# 정산 송규 평전

# 정산송규
# 평전

이혜화 지음

북바이북

정산 송규 종사

조실 앞에 선 정산 송규 종법사

정산의 아버지 구산 송벽조 교무

정산의 아우 주산 송도성 교무

정산 송규 종사 성탑

| 출처: 원불교기록관리실 제공

# 차례

## V.
## 변산 시대



## VI.
## 익산 시대



## VII.
## 대명 시대

# I

# 하늘·땅·사람

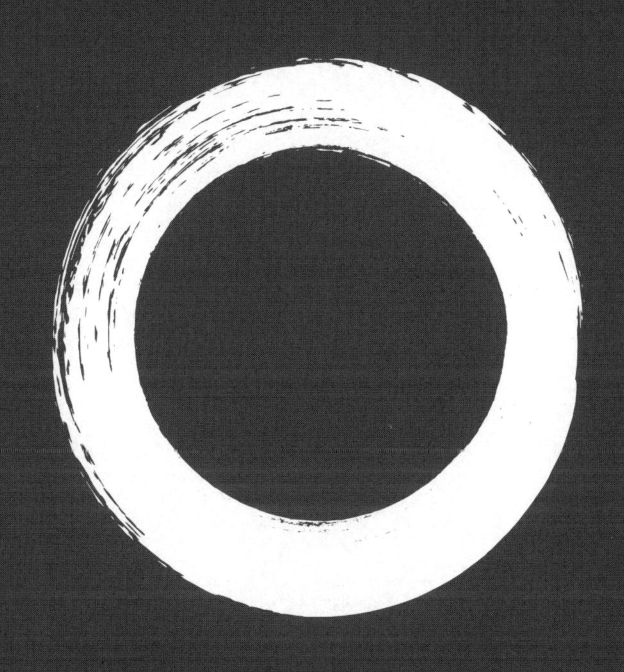

## 앞 이야기

왕조(국가)나 회상(종교)을 막론하고 창업자(시조)의 최대 고민 중 하나는 후계 구도일 것이다. 혼신의 힘을 기울여 이룩한 성취를 계승할 후계자가 마땅치 않거나, 있다 하더라도 온전한 계승에 성공하지 못할 경우, 그간의 업적이 부정당하거나 물거품처럼 사라질 수도 있기 때문이다. 후계 문제라면 어느 대代인들 중요하지 않겠느냐만 특히 창업 1세와 2세의 경우에는, 계승의 제도화가 정착하기 이전이므로 후계자의 안정적 계승은 더욱 비중이 큰 과제일 수밖에 없다.

창업자의 위치에선 단순히 물리적 계승자를 원하는 게 아니다. 진정한 창업은 1세에 끝나는 것이 아니라 2세 혹은 3세 이후까지도 지속적으로 기반을 닦아야 하는 것이라 할진대, 창업자는 계승자가 그의 원대한 꿈을 함께하고 그의 성과를 증장할 역량을 발휘하길 기대할 것이다. 그런 기대 속에 뽑힌 후계자라 하여 반드시 기대에 충족하는 것은 물론 아니다. 어떤 경우엔 창업자의 기대에 한참 못 미칠 뿐 아니라, 심하면 창업자의 경륜과 업적을 송두리째 날려 버리는 수도 있다.

종교의 경우는 어떠할까? 권력과 부귀가 따르는 국가의 제왕이나 재벌의 총수와 달리 종교의 교조는 대개 사람과 세상을 구제한다는 거룩한 이상을 가지고 창업한다. 그러므로 창업자와 후계자는 스승과 제자라는 관계로 맺어지는데, 이 경우의 승계도 생각처럼 순조롭기만 한 것은 아닌 듯하다. 석가는 마하가섭에게 삼처전심三處傳心[1]으로 후계 지명을 하면서 이견 없는 계승이 이루어진 것 같지만, 실은 왕사성 출신(가섭)과 석가족(아난)의 갈등, 엄격주의 율법파(제바달다)의 이탈 등 적잖은 파란이 있었다. 공자는 안회를 후계자로 점찍었으나 그가 먼저 요절하자 "아! 하늘이 나를 버리는구나!" 하고 하늘을 원망하며 통곡하고, 별수 없이 '꿩 대신 닭'인 증자에게 도를 계승시켜야 했다. 예수는 12사도 가운데서도 베드로를 각별히 신임하였건만, 결정적 순간에 스승을 '모르는 사람'이라고 세 번이나 부정하는 배반을 저질렀다. 그럼에도 대안이 없었던지 '울며 겨자 먹기'로 그를 후계자로 지명했다. 마호메트는 후계자를 지명하지 못하고 애매하게 "예언자의 후계자는 알라가 정한다."고 신에게

---

1) 석가가 가섭에게 세 곳에서 불교의 진수를 전했다는 말. 불교 선종의 근본적인 선지(禪旨)인데, 이는 다자탑전분반좌(多子塔前分半座), 영산회상거염화(靈山會上擧拈花), 사라쌍수곽시쌍부(沙羅雙樹槨示雙趺)라는 용어로 표현되고 있다.

미루는 바람에, 처음부터 후계 다툼에 피를 보더니 오늘날까지도 수니파와 시아파로 갈라져 뒤끝이 작열한다.

멀리까지 갈 것 없이 최근세 한국(조선)의 종교계에서 교조와 후계의 관계는 어떤 모습일까? 신종교로 가장 사회적 영향이 컸던 동학과 증산교 둘을 놓고 본다면 흥미롭게도 극명한 대조를 보인다. 이는 교조(스승)와 후계자(제자) 간의 관계 설정을 판별함에 있어서 전형적인 두 가지 유형일 수도 있다. 하나는 교조로부터 법통이 온전히 계승되고, 후계자는 스승의 뜻을 받들어 스승을 더욱 드러내고 스승의 유업을 확장하고자 노력하는 경우다. 또 하나는 교조가 후계자를 선택하지 않거나 혹은 못하고 떠나서 저마다 후계자를 자처하고 나섬으로써 스승의 뜻은 실종되고 헤게모니 쟁탈전으로 대립과 분열이 가속화하는 경우다. 동학에서 수운 최제우와 해월 최시형의 관계가 전자에 해당한다면, 증산교에서 증산 강일순과 복수의 제자들 사이에 형성된 관계는 후자에 해당할 것이다. 동학의 경우, 수운이 각도 후 4년 미만에 순교하자 해월은 34년간 스승의 뜻을 펴기 위하여 헌신하고 교단의 입지를 확립했다. 한편 증산교의 경우는 증산 화천하자 후계를 자처하는 직계 제자 차경석(보천교), 김형렬(미륵불교), 안내성(증산대도교), 이치복(제화교), 박공우(태을교) 등에다 가족 고판례(부인, 선도교), 강순임(딸, 증산법종교), 강선돌(누이, 무극대도) 및 후래 추종자 조철제(무극대도), 이상호(동화교), 여처자(모악교) 등에 이르기까지 가세하며 분열을 반복하다 보니 한때는 분파가 1백 개를 헤아릴 정도였다고 한다.

원불교에서 교조 소태산 박중빈과 후계자 정산 송규의 관계는 어땠을까? 일단 수운과 해월의 관계 유형에 부합할 것이지만, 좀 더 깊이 들어간다면 종교사 전반에서도 그 선례를 찾아보기 힘들 만큼 완벽하고 아름다운 승계라고 할 만하다. 그것은 앞선 교조 쪽에서도 그러하거니와 뒤선 후계자 처지에서도 역시 그러하다. 수운의 후계 구도가 남접과 북접의 대립으로 온전히 이루어지지 못했다든가, 이후 교단이 천도교, 시천교, 수운교 등 여러 개의 종파로 분열되었다든가 하는 데 비하면, 소태산의 후계 구도는 온전했고 분열 또한 없었기 때문이다. 소태산과 정산의 계승은 교권의 인계인수라는 물리적 주고받기뿐 아니라, 소태산과 정산 상호간의 미진한 부분을 한 팀이 되어 완성하는 상보적 관계가 더 이상 바랄 수 없이 이상적이다. 그리고 정산 쪽에서 보면 이 '계승'이 곧 정산의 생애를 설명하는 핵심 열쇳말이기도 하다.

## 그를 낳은 땅 별고을

원불교 2세 교주(종법사)를 역임한 정산 송규의 본명은 송도군宋道君(1900~1961)이다. 족보명은 홍욱鴻昱이고 아명이 명여明汝, 자가 명가明可이지만, 원불교에 입문한 이후로는 규奎라는 법명과 정산鼎山이란 법호 이외에 거의 쓰이질 않는다. 본관은 야성冶城인데, 시조 송맹영宋孟英이 고려 7대왕인 목종 때 가의대부 혹은 총부의랑 등 정

4품 벼슬을 지낸 후 야성군冶城君으로 봉군되고 야성현을 식읍으로 받은 내력이 있기 때문이다. 야성은 지금의 경남 합천군 야로면에 해당한다.

송맹영의 10세손으로 경기감사를 지낸 송구宋構가 1345년(고려 충목왕 1년)에 영남지방 재상어사災傷御史(재난 지역에 파견되어 사태를 수습하는 관리)로서 성주군 초전면 문덕동을 지나다가 이곳 산세와 지리에 반해서 거기에 터를 잡고 살게 되었다고 한다. 그 후 16세 송희규宋希奎(1494~1558)가 조선 중종 때 문과 급제를 하여 사헌부 집의(종3품)로 벼슬 살다가 임금(명종)의 외숙 윤원형을 탄핵하고 을사사화를 당하여 전라도 고산현高山縣(전북 완주군 고산면에 해당)에 유배되었다. 5년 후 유배가 풀려 귀향하면서 터를 초전면 고산동으로 옮겨 백세각百世閣(지방유형문화재 163호)을 짓고 살았는데, 이런 연유로 고산동高山洞(일명 고산정)[2]이 야성송씨의 집성촌으로 발전했다.

송희규는, 생전에 영남 사림의 대표 인물인 회재 이언적, 충재 권벌 등과 교의가 두터웠다든가, 유림의 대표 격인 퇴계 이황과 율곡 이이로부터 학덕이 깊다는 칭송을 받았다든가, 죽은 지 4년 후에 조정에서 정려와 효우비를 세워주었다든가 하여 후손들의 숭모를 받았다. 게다가 고종조(1871)에 와서는 그의 충의와 학덕을 기려서 이조판서를 추증함과 동시에 충숙忠肅이란 시호를 내리니, 야성

---

2) 본래 외로울 고, 고산동(孤山洞)인 것을, 유배생활의 쓰라림을 잊지 말자는 뜻에서 유배지 고산현(高山縣)에서 높을 고를 따다가 고산동(高山洞)으로 고쳤다고 한다.

송씨의 긍지를 한껏 높여준 인물이 되었다. 다시 21세 단구 송세필(1607~1684)이 파조가 되어 단구공파丹邱公派가 생겨난다. 단구공의 8세손으로 송성흠宋性欽(1849~1924)이 나고, 송성흠의 외아들로 송인기宋寅驥(1876~1951)가 나고, 송인기가 두 아들을 두니, 장남이 바로 후에 정산 송규로 일컬어지는 송도군이고, 차남은 후에 주산 송도성으로 일컬어지는 송도열宋道悅(1907~1946)이다. 송도군과 송도열은 시조 송맹영의 30세손이 되고 충숙공에게는 15세손이 된다.

정산은 "제1천성은 자성 본체이고, 제2천성은 과거 습관성이며, 제3천성은 부모, 풍토, 기질이다."(『한 울안 한 이치에』, 72쪽)라고 말한 적이 있다. 이 말이 맞는다면 그 자신에게도 같은 이치가 적용될지니, 정산 송규의 천성(개성)을 구성하는 요소 역시 셋이라 할 것이다. 제1천성은 초시간적 인류 공통의 것이니 따질 바가 못 되고, 제2천성은 과거 전생 업에 걸린 습관의 문제로 보인다. 현재 생애에 영향을 주는 배경으로 주목할 것은 제3천성이다. '기질'은 외부 환경에 반응하는 감정적인 경향이나 반응에 관계되는 성격의 한 측면이라고 하는데, 대개 선천적인 것으로 본다. '부모'는 부모로부터 물려받거나 영향받는 유전성을 말하는 것 같고, '풍토'는 태어나고 자란 지역의 풍토성으로 볼 만하다.[3] '천성'이란 말의 본래 뜻이 선천적인 성격 및 성품이라면 '기질'이나 '부모'를 포함하는 것까지는 양해할

**3)** 풍토란 흔히 인간과 영향을 주고받으며 인간 활동의 기초가 되는 자연환경을 일컫는다.

수 있지만, '풍토'처럼 후천적인 것을 굳이 '천성'이라 일컬은 까닭은 그것의 영향력이 천성에 준할 만큼 강력하다고 본 때문이 아닐까 싶다.

송규는 19세에 소태산 박중빈을 만나 불법연구회(원불교)의 멤버가 된 이후 거의 한 번도 고향을 찾지 않고 호남 지방에서 종신하였다. 그러나 영남 내지 성주에서 태어나고 자란 배경이 송규의 성격과 인격을 형성하는 데는 적지 않은 역할을 한 것으로 보인다.[4] 아울러 유년기와 청소년기 송규에게 끼친 고향 인물들의 영향뿐 아니라 평생 그를 둘러싸고 있던 가족과 친인척 및 고향 인맥의 영향은 결코 작은 것이 아니다.

누구나 전적으로 믿지는 않으면서도 솔깃하게 귀 기울이는 것으로 지리인성론이란 게 있다. 풍수지리적 조건이 사람의 인격이나 성격 형성에 지대한 영향을 미친다는 주장이다. 풍토와 관련하여 조선 팔도인의 특성을 평하는 사자평四字評은 일찍부터 호사가들의 화젯거리가 되었다. 정조 때 규장각 학자인 윤행임(1762~1801)의 주장이라는 설도 있고, 태조 이성계와 삼봉 정도전의 대화에서 유래한다는 설명도 있는데, 일관된 평어도 아니어서 그다지 신빙성은 없어 보이지만 흥미로운 것은 사실이다.

거기엔 경기의 경중미인鏡中美人이나 충청의 청풍명월淸風明月 등과

4) 지리적 환경 조건이 인간 심리에 주는 영향을 연구하는 풍토심리학에서도 자연적·지리적 환경 조건뿐 아니라 사회적·문화적 환경 조건을 연구 범위에 포함하고 있다.

함께 경상의 태산교악泰山喬嶽(혹은 泰山峻嶺)이 나온다. 큰 산이나 험준한 고개가 많은 풍토에 사는 사람답게 영남인의 성격은 거칠고 드세다든가, 선이 굵고 우직하다는 뜻이란다. 개인이 아니라 평균적 경상도 사람이라면 그런 평도 얼추 비슷하지 않은가 싶다. 더러는 태산교악 대신 송죽대절松竹大節이라 하기도 한다. 솔이나 대나무처럼 지조 있고 절개가 굳다는 뜻으로 보이는데, 이는 객관적 평이기보다는 태산교악의 부정적 의미를 희석시키거나 합리화하려는 의도에서 영남인 스스로가 지어낸 평어일지도 모른다. 어쨌건 이런 평이 전라의 풍전세류風前細柳라는 평어와 대조되면서 흥미를 더욱 자극하는 것도 같다. 바람 앞에 한들거리는 버드나무 가지라면, 좋은 뜻으로 멋과 풍류를 아는 사람들이란 말로도 설명되지만, 나쁜 뜻으로 보면 지조 없이 시류를 좇거나 이해利害에 흔들린다는 해설도 가능하니까 말이다.

지역주의의 병폐를 지적하는 입장에서 보면 이런 말들은 함부로 쓸 것이 못 된다. 하지만, 망망한 평야 지대에 물산이 풍부한 호남의 지리적 환경과, 험준한 산악 지대에 먹고살기 팍팍하던 영남의 지리적 환경이 주민들의 성격에 일정 부분 영향을 끼쳤을 것은 부인하기 힘들다. 성주가 속한 경상북도를 보면 동쪽의 태백산맥을 한 축으로 놓고 북서쪽으로 높고 험준한 소백산맥이 울타리를 친 형국이다. 낙동강 유역에는 평야가 있지만 대체로 산지가 많고 고도가 높은 편이다. 경상북도 도청 홈페이지에서 경북 소개를 보면 '의리와 뚝심, 정의감을 중시하는 굳건한 기상'을 내세우고 있는데 이 역시 '태산교악'이나 '송죽대절'의 사자평을 벗어나는 것이 아니구나 싶다.

그렇다면 경상북도 성주만 놓고 볼 때 그 풍토(지리)는 어떠한가? 경북의 서남단에 위치한 성주는 동으로 대구 달성군과 칠곡군, 서로 김천시와 경남 거창군, 남으로 고령군과 경남 합천군, 북으로 김천시와 칠곡군이 둘러싸고 있다. 북서방의 경계선에 대체로 백마산, 염속산, 가야산, 형제봉 등 10여 개의 큼직한 산들이 진을 치고 있는가 하면, 경계 안에 품고 있는 열네다섯 개나 되는 산들이 요소요소에 박혀 있다. 616제곱킬로미터 면적의 67퍼센트가 임야이며 전답은 20퍼센트에 불과한데 군계를 그려보면 땅 모양이 원형에 가깝다. 주목할 자연지리는 역시 가야산에서 찾아야 할 것이다. 흔히 가야산이라 하면 경남 합천군 소속으로만 알지만 가야산 면적의 30퍼센트가 성주군에 속하고, 가야산의 최고봉인 칠불봉(1,443미터)도 성주군에 속한다. 숱한 전설과 역사를 간직한 영산靈山 가야산의 풍광과 의미는 경남 합천군과 더불어 경북 성주군의 것이기도 하다. 합천 야로면이 본관인 성주군 야성송씨들의 처지에선 가야산을 사이에 두고 본향과 거주지가 마주하는 지리적 위치에도 감회가 적지 않을 것이다.

당연한 말이지만 풍토를 자연지리 측면에서만 접근하면 안 된다. 성주의 자연지리가 영남 내지 경상북도의 평균적·보편적 기준에서 예외는 아닐 듯하지만, 인문지리 측면은 어떨까를 살필 필요가 있다. 필자는 성주 같은 경우 지역지리학적 측면에서 볼 때 자연지리 못지않게 인문지리적 영향이 중시돼야 한다고 생각한다. 먼저 성주의 향토사를 보기로 하자.

성주읍 성산동 고분군에서 보듯이 각지에서 청동기시대의 지석묘가 무더기로 발견되고, 철기시대 유물 역시 다수 출토되는 것으로 보아 1~3세기에는 상당한 정치세력이 성주 일대에 등장하여 벽진국碧珍國이란 소국을 이루었던 것으로 추정된다. 『삼국유사』에 나오는 벽진가야碧珍伽倻는 성주군 벽진면으로 흔적을 남기고 있지만, 3세기 중엽에 가야제국 중 하나인 성산가야로 발전했다가 4세기 말 이후 신라 영향권에 편입되었고, 6세기 초반에 완전히 신라에 병합된 것으로 보인다. 경덕왕 16년(757) 군현 개편에서 성산가야의 고토는 성산군으로 편제되고, 고려 충렬왕 34년(1308)에 성산군을 성주목으로 칭하면서 성주란 명칭이 비로소 등장하게 된다. 조선조에 오면 역모사건 등으로 목牧이 군郡으로 강등되었다가 환원되기를 세 차례나 반복하고, 1895년 행정 제도 개편에서 마침내 성주군이 된다. 수차례에 걸친 지역 통폐합을 겪으며 군내 6개 면을 고령, 김천, 칠곡, 현풍(달성), 지례(김천) 등 이웃 군에 할양하여 면적이 축소되지만, 본래 조선조 행정단위가 목牧이었음에 유의할 필요가 있다. 부·목·군·현 계급체계에서 팔도 중 주州 자 이름 20개 고을만을 목이라 부른 만큼, 성주는 애초 큰 고을이었음을 알 수 있다.[5] 경상도를 통틀어도 성주 외엔 상주와 진주 정도만 목이었으니[6] 행정단위로서 성주의 위상을 짐작할 수 있다. 조선 초만 해도 간전墾田(경작지)의 결수[7]가 경상도에서 가장 많았다고 하고, 제언堤堰(저수지)도 많이 축조되어 있어서 본래 성주는 영남치고는 경제적으로도 제법 부유한 고을이었다는 것이다. 이런 경제적 풍요가 성주 지방의 문화적 풍요를 가져왔고, 별고을〔星州〕이란 이름처럼 걸출한 인재들을 배출한 밑거름일 수도 있지 않을까 싶다.

성주를 시골에 있는 무명의 작은 고을로만 보고, 고작 성주참외로나 기억하는 사람들로선 알아보면 알아볼수록 성주가 예사롭지 않은 고을임을 주목하게 된다. 관광 투어를 해보면, 수려한 자연 풍광도 그러하거니와 다양한 문화재에 놀라게 된다. 서원, 서당, 향교, 사찰은 물론 종택, 고택, 재각, 정자에 충신문, 의열각 같은 사연 깊은 유형문화재가 즐비하다. 특히 왕자들의 태실이 집중돼 있는 것은 더욱 놀라운 일이다. 월항면 선석산 기슭에 마련된 '세종대왕자태실'에는 세조를 비롯하여 세종대왕의 18왕자 태실이 있다. 전국에서 태실이 가장 많은 곳이 성주이니, 세종왕자 태실 외에 태종 태실과 단종 태실[8])도 성주에 있었다. 태실은 왕자가 태어나면 태를 버리지 않고 태항아리에 소중히 담아 명산 길지를 가려 모신 곳이다.

---

5) 성주가 목이 된 것을 「조선 왕실의 태실을 관내에 안치한 까닭에 행정구역이 군에서 목으로 승격돼, 정3품관인 목사가 머물렀다.」(《원불교신문》, 1833호, 2017.2.17.)고 보는 의견도 있는 모양이나 성주가 목이 된 것은 고려 충렬왕 때부터이니까 설득력이 떨어진다.

6) 수부로서 경주는 부(府)에 해당하고, 안동과 창원이 대도호부였을 뿐 대구조차 목의 하위 단위인 도호부였다.

7) 결(結)의 수효(數爻). 결이란 조세를 매기기 위한 논밭의 면적 단위로 시대에 따라 크기가 달랐다.

태실은 음택 풍수(묘지)가 아니라 양택 풍수(주거)를 적용하는 것이라 하니, 성주는 조선 팔도에서 가장 생생력生生力이 왕성한 길지라는 해석도 가능해지는 셈이다.

### 영광과 성주

필자는 『소태산 평전』에서 호남 내지 영광이 가진 지리적·역사적 특수성에 대하여 누누이 말한 바 있다. 즉 호남 내지 영광은 차별의식과 저항정신으로 뭉친 곳이자 한을 품은 반역의 땅이다. 근세에도 혁명의 보금자리였으며, 종교적으로는 미륵하생신앙을 기반으로 하여 신종교가 집중적으로 발생한 곳이었다고 했다. 한편 영남 내지 성주는, 바다를 끼고 열린 영광과는 달리, 내륙 산악지대의 폐쇄적 공간에서 완강한 보수성을 키워온 곳이다.

경상도에서도 민란과 항쟁이 적지 않았지만, 그것은 전라도처럼 한이 맺힌 끈질긴 저항이기보다 대개는 조세 저항으로 촉발되어 단기간에 마무리되었다. 또 같은 경상도라 해도 내륙과 해안은 성격이 좀 다르다. 딱히 이분법으로 나눌 수야 없지만, 해안을 낀 지방에서는 진주에서 촉발된 임술민란(1862)이나 영해(영덕)에서 봉기

---

8) 태종과 단종의 태실 자체는 훼손되어 지금은 터만 남았다. 세종대왕자 태실도 일부는 훼손되어 18기가 온전히 보존되어 있지는 않다.

한 '이필제의 난'(1871)처럼 나름 역동적인 항쟁의 모습을 보인 데 비하여, 내륙에 있는 고을에서는 주자학적 경직성이 압도하는 경향이 컸다. 사상적 배경으로 볼 때, 이런 영남(성주)의 보수성은 아마도 퇴계 이황을 정점으로 하는 영남학파의 주리론主理論 영향으로 강화된 듯하고, 상대적으로 전라도(영광)의 현실 참여는 율곡 이이를 정점으로 하는 기호학파의 주기론主氣論이 부추긴 듯도 하다. 영광과 성주를 이을 꼬투리가 영 없지는 않다. 영광이 세 차례에 걸쳐 읍호강등(군에서 현으로)의 반골 역사를 썼듯이, 성주 역시 세 차례나 읍호강등(목에서 군으로)의 수모를 겪었다. 역모의 저항성, 이것은 영광과 성주가 손잡을 수 있는 작은 고리일지도 모른다. 1894년 동학농민전쟁에서 치른 영광의 몫에는 상대가 안 되지만, 성주도 1862년과 1883년 양차에 걸친 민란의 기억이 있으니, 이를 두고 모반謀反의 에너지를 공유한 증거로 삼을 수 있을까는 모르겠다. 다만 이런 것이 곧 영광의 소태산과 성주의 정산이 손잡을 수 있는 정서적 공감대에 작은 기여쯤은 했을 법도 하다.

## 그가 겪은 시대

정산 송규는 20세기의 출발을 앞둔 1900년에 태어나서 생애 태반을 일제 식민통치 시대에 살았고, 이후 해방과 6·25전쟁을 지내고, 전쟁의 상흔이 사라지기도 전에 4·19학생혁명과 5·16군사정변을 겪고 나서 열반에 든다. 이 중 소태산과 겹치는 기간이 43년이고, 둘이 함께했던 기간은 24년 정도다.

둘의 나이 차이가 아홉 살에 불과하니 소태산 출세의 시대 배경과 정산 출세의 시대 배경은 거의 같다. 필자는 소태산 출세의 시대 배경을 후천개벽이란 우주적 순환론으로 설명한 바 있고, 『원불교교사』(약칭 『교사』)의 시각을 인용하여 「인류역사상 일찍이 없었던 큰 격동의 시대요 일대 전환의 시대」라고 했다. 세계사를 두고는 전쟁과 혁명의 시기이자 과학기술의 비약적 발전기라는 보편성으로 설명하는 일방, 국가사 관점에서 일제강점기란 특수성도 지적했지만, 이들 대부분은 정산 송규에게도 해당한다. 다만 소태산 사후 후계자로서 정산이 감당해야 했던 세계사적·국가사적 격동기의 의미는 첨가될 것이 있다. 특히 해방 이후 혼란기와 6·25전쟁의 수난기는 일제강점기에 이어 또 다른 의미가 있을 것이다.

아울러 종교사의 맥락에서 정산 송규의 출세 시기를 바라보는 데는 별도의 시각이 필요하다. 정산은 「수운 선생과 증산 선생이 이 회상의 선지자이시다. 대성의 출현에 앞서 반드시 선지자가 예시하는 것은 자고의 통례이다.」(『정산종사전』, 109쪽)라고 언급했다. 이것은 동학(최제우), 증산교(강일순), 원불교(박중빈)가 3대 개벽종교로서 역할 분담을 하고 있다는 주장[9]과 연계하면 보다 쉽게 이해된다. 정산은 소태산과 원 팀이 되어 본격적인 개벽 활동을 하러 나온 셈이다. 이런 시각은 정산의 후계자인 대산 김대거의 다음 말로 보면 더욱 잘 이해된다. 「성현들은 혼자 다니지 않고 앞뒤로 발맞춰 다니므로 수운 대신사께서 이 땅에 오셨고 해월 신사께서 그 법을 이으셨나니, 두 분의 신의와 정의는 소태산 대종사와 정산 종사 같으니라. 수운 대신사와 해월 신사를 이 땅에 내시고 대종사와 정산 종사를 내신 것은 우연한 일이 아니요 이 나라에 복조가 있기 때문이니라.」(『대산종사법어』, 248쪽)

요컨대 전남 해안 영광의 소태산과 경북 내륙 성주의 정산이 만들어내는 조합은 숙명적 결합인 동시에 최선의 합작품이라는 뜻이 되지 않을까 싶다.

---

9) 개벽의 순서를 날이 새는 것에 비유하여 금계(닭) 역할, 영오(개) 역할, 주인(사람) 역할이 연속되는 것으로 설명한다.(『대종경선외록』, 원시반본장2 참조)

# II

# 성주星州 시대

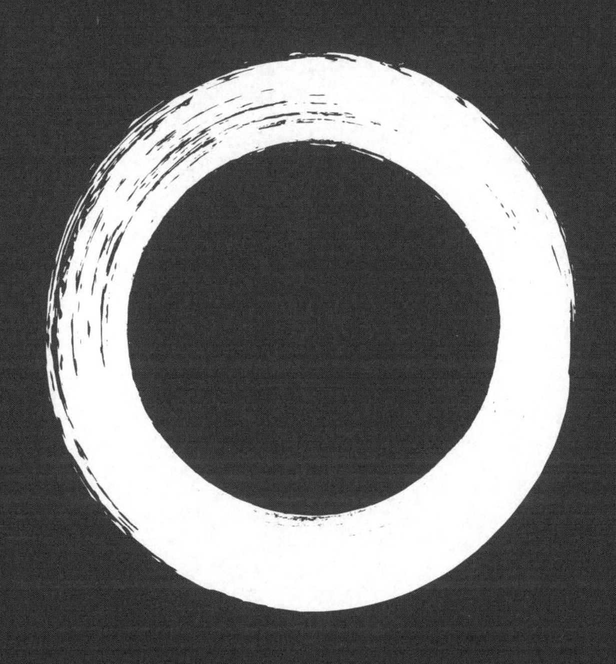

## 선비의 길목에서

송도군의 조부 송성흠宋性欽은 사미헌四未軒 장복추張福樞(1815~1900)[10] 문하에서 공부하였고, 외아들 송인기에게 한문과 유학을 손수 가르쳤다. 성장한 송인기 역시 장복추 문하에서 배우고 유림들 사이에서 학문을 닦다가 결혼하여 1900년에 맏아들 송도군을 낳았다.

대대로 선비의 길을 걷고 유학을 숭상한 집안 가풍에 따라 송도군은 7세경부터 할아버지한테 한문을 배우며 유학의 정신을 익혀간다. 조부 송성흠의 스승 장복추도 7세부터 학문을 시작했다 하거니와 당시 영남지방에선 6~7세가 한문 공부를 시작하는 나이였다. 사랑방에서 동네 아이들에게 서당 공부를 시켰던 전력으로 보아 조

---

10) 조선말 영남 최고의 성리학자로, 성주군 금수면에 그가 제자를 키운 강학소 자언정(玆焉亭)이 남아 있다.

부 송성흠은 손자에게도 초급과 중급 수준의 교육을 시켰을 것으로 보인다. 아마 『천자문』, 『동몽선습』, 『명심보감』, 『소학』, 『통감』 정도를 가르쳤을 것이다. 부친 송인기가 후일 기록한 〈구산수기〉[11]에는 다음 내용이 나온다.

「유시幼時 4, 5세로부터 천질天質(타고난 재질)이 총명하고 영리하여 조부의 훈계를 받아 지내매 사소한 일이라도 한 번 말라 하면 범하는 바가 없고 부모의 명령을 소중히 알아 (…) 7세 때에 조부께 한문 수학을 한바 학습하는 재질이 모든 동류同類(또래)에 뛰어나더라.」

조부는 이 '총명 영리'한 손자를 더 이상 잡아두지 않고,[12] 역시 장복추의 문인이었던 공산 송준필恭山 宋浚弼(1869~1943)[13]에게 보낸다. 공산은 송성흠이 구성동으로 이사 오기 전에 살던 고산동 백세각에서 고양서당高陽書堂을 열어 제자들을 가르치고 있었다. 송도군은 고산동 종조부 댁에서 하숙하며 4~5년간을 배웠다고 하는데, 주로 사서四書를 배운 것으로 알려져 있다. 더러는 과장이 심하여

---

11) 송인기는 만년에, 원불교 종법사로 있던 아들의 전반생을 약전 형태로 기록하여 〈現在法師歷史(현재법사역사)〉라 했는데, 이를 이공전 교무가 《원광》 49호(1965.8.)에 〈鼎山先師(정산선사)의 求道歷程記(구도역정기)〉라는 제목으로 소개한 바 있다. 두 가지가 다 글 제목으론 적절치 않아 편의상 작자의 법호 구산(久山)에 붙여 〈久山手記(구산수기)〉로 부르기로 한다. 이는 구산의 육필 기록에 이공전이 붙인 명칭이기도 하다.

12) 9세에 『통감』을 배웠고 11세에 사서를 공부했다는 기록이 있는 것으로 보아 조부에게 배우는 것은 10세 이전에 마쳤을 것으로 보인다.

13) 성주군 출신의 성리학자로 1919년 유림 중심의 독립운동 〈파리장서〉 사건을 주도한 인물이기도 하다.

「송씨 문중에서 공산 선생에게 한문을 배우는데 한 번 가르치면 바로 아셔서, 공자님처럼 생이지지하셨다고 한다. 10세 안에 사서삼경도 다 아셨다니 신동 아닌가?」(『생불님의 함박웃음』, 319쪽)와 같은 찬사도 보이긴 한다. 하지만 전후 사정을 볼 때 9세에 『통감』을 배웠다는 전언이 신빙성 있고, 그것이 맞는다면 10세 전에 사서삼경을 접하지는 못했을 것이다. 『심산 김창숙 평전』을 보면, 같은 성주군의 대가면에서 태어난 심산 김창숙金昌淑(1879~1962)이 여섯 살 무렵 글을 배우기 시작하여 열서너 살 적에는 사서를 떼었다 한[14] 것으로 보더라도, 일곱 살에 시작한 송도군 역시 14~15세경엔 사서까지 마쳤을 것이다. 16세이던 을묘년(1915)에 송도군이 스승 송준필에게 편지를 보내고 받은 답서가 있는데, 여기서도 『중용』과 『논어』가 논의의 대상이 된 것으로 보아[15] 여전히 공부는 하였으되 시·서·역 등 삼경이 아닌 사서에 머물러 있음을 짐작할 만하다. 12~13세경에 『사기』를 배웠다는 기록도 있으니 사서 배우는 틈틈이 역사서를 읽고, 한당송의 명문을 섭렵했을 것이다.[16]

전통적으로 서당교육의 내용은 강독講讀(독해), 제술製述(작문), 습자習字(서예)의 세 가지였다. 사서삼경의 강독 순서는 대개 『대학』,

14) 김삼웅 『심산 김창숙 평전』(시대의창, 2006) 66쪽 참조.

15) 송준필, 『공산문집』, 권10.

16) 후에 그가 『서전』, 『주역』을 인용하고 『춘추』, 『예기』를 말하고, 불경과 도경까지 가르친 것을 보건대 깊은 학문은 성주에서 학업을 닦던 시대가 아니라 소태산에게 간 뒤에 연마한 것으로 볼 수 있다.

『논어』, 『맹자』, 『중용』, 『시경』, 『서경』, 『주역』이었다고 한다. 그러나 지방 서당에서 삼경까지 배우는 경우는 흔치 않았던 모양이다. 제술은 시문의 각종 양식을 짓는 것이다. 제술 학습 교재로는 『사기』나 『고문진보』를 비롯하여 『당송문』, 『당률』 등이 쓰였고, 습자는 해서로 시작하여 행서와 초서에 이르렀다.

송도군은 "가없는 중생이 고루 알아듣게 말하라 (…) 유무식 남녀노소를 물론하고 누구나 다 이해할 수 있도록 쉬운 말로 해야 한다."(『한 울안 한 이치에』, 32쪽)라고 늘 강조하면서도 정작 본인은 한문 고전을 인용하거나 손수 한시문을 지어 보이며 법설하기를 빈번히 했고, 만년까지 소동파나 두보의 시를 말하고 구양수의 〈취옹정기醉翁亭記〉, 왕원지의 〈대루원기待漏院記〉를 사랑했으니, 이런 것이 다 그가 소년기에 성주 고양서당에서 배우고 익힌 글에 대한 애착과 습관을 놓지 못한 때문이었다.

## 구도의 습관

성주 지인 동학들의 증언을 따르건대 송도군이 학업에 그리 집중한 것 같지는 않다. 소태산이 서당에 취미를 못 붙이고 통산 2년에 『통감』 두어 권까지 읽은 게 고작이듯이 송도군도 글은 읽되 유학에는 흔쾌히 몰입할 수가 없었던 것이다. 어머니 연안이씨의 회고담에 따르면, 네 살 때 목화밭에 가는 누나를 따라갔던 송도군이

'목화밭 한쪽 귀퉁이 빈터에서 사방에 대고 절을 하는' 기이한 행동을 보였다[17] 하는 것으로 보아 송도군의 구도求道는 그가 말한 제2 천성, 즉 전생의 습관이었음 직하다.

> 10세 시에 모친을 따라 면전棉田(목화밭)에 갈새 길이 대로를 지내가는지라, 모친은 전행前行(앞섬)하고 추후追後(뒤따름)해 가다가 길가에서 한 폐의남루弊衣襤褸(누더기를 걸침)한 자를 만나 한참 동안 문답하고 오거늘, 모친이 묻되 "너 아는 사람인가?" 한대, 대답해 가로대 "아는 사람이 아니오나 그러한 사람 가운데 혹 이인異人(재주가 신통하고 비범한 사람)이 있는가 싶어서 몇 가지 이치를 물었더니 하나도 모릅디다." 하더라.(《구산수기》)

소태산의 생애를 읽은 사람은 이쯤에서 누구나 기시감을 겪을 것이다. 이것은 소태산이 이인 도사를 찾아 헤맬 때에, 남루한 차림의 걸인이 제갈량의 시를 읊는 것을 보고 혹시나 이인 도사인가 싶어 집에 모셔다 도를 듣고자 하다가 허탕 쳤던 일과 유사하다. 훗날 정산이 제자들에게 "나는 어려서부터 인간사와 우주에 대해 의심이 걸려서 이것으로 인해 많은 시간을 보냈는데, 너희들은 인생과 우주에 관한 의심이 나지 않느냐"고 하며, 구도에 무관심한 이들을 도무지 이해할 수 없다는 투로 말한 것을 보면(『우리 회상의 법모』

---

17) 김일상, 『정산 송규 종사』(월간원광사, 1987), 22쪽.

120쪽) 나머지는 짐작할 만하다.

송도군은 도에 관한 관심이 깊어질수록 가슴이 답답하여 고뇌하게 된다. 모든 것이 궁금하고 답답하기만 해서, 술을 마시면 모든 것을 잊고 답답한 것도 풀린다는 말을 듣고, 한번은 집 안에 있는 동동주를 네다섯 사발이나 퍼마시고 마음을 달래려다 실패한 적도 있고[18] 혹은 이인 은자異人隱者 등을 찾아 강호와 산곡을 두루 살피며 뜻을 이뤄보려는 시도도 하였다.[19] 이것은 또 소태산이 이인 도사를 찾아다니면서 「어찌하여 생사고락 그 이치며/ 우주 만물 그 이치를 알아볼까/ 이러구러 발원하여/ 이 산으로 가도 통곡/ 저 산으로 가도 통곡」(《탄식가》)하고 고뇌하던 것과 많이 닮았다.

> 거주하는 신축 가옥이 벽산하碧山下(푸른 산 아래)에 있는데 독서실로부터 행하여 소허小許(좀 떨어진 곳)에 이른즉 심벽深僻(매우 후미짐)하고 통천通天(하늘이 뚫림)한 처소가 있는지라 곧 그곳에 소단小壇(작은 제단)을 닦고 매일 석후 삼경夕後三更(저녁밥 먹은 후 0시 전후)에는 반드시 청수 일기一器(한 그릇)를 받들어 단상에 올리고 인하여 빌어 가로대 "송모宋某(송 아무개) 후일에 위대한 사업을 이뤄서 명전백세名傳百世하여 주시라" 고 축천祝天(하늘에 빎) 기도하였고 간혹 건어乾魚(마른 생선)와 과일 등을 구해서 제물용祭物用을 하더라. (《구산수기》)

---

18) 앞의 책 21~22쪽 참조.

19) 『정산종사 법설집』(원광사, 1962), 19쪽.

이것은 구성동 소야마을의 집을 부근 박실마을로 뜯어 옮기고 이사한 후 있었던 일이라는데, 집 뒤에 있는 거북바위 앞에서 지성으로 청수 기도를 올렸다는 기록이다. '명전백세'는 이름을 백 세대 후까지 전한다는 뜻이다. 『효경』에서 효孝의 최종 수단을 '이름을 후세에 드날리는 것'[20]이라 한 것을 본 따서 한 말로 '명전천추名傳千秋' '유방백세流芳百世' 등과 같은 뜻일지니 명예욕과는 다소 결이 다르다. 송도군의 부인 성주여씨의 증언으로는 1914년(15세) 겨울부터 기도를 시작하여 여러 해 계속하였다 한다.

"거북바위 앞에 맷방석만 한 자리를 닦아 놓고 돌을 빼고 옴팍하게 만들어 골짜기에서 내려오는 물을 고이게 하여 추우나 더우나 그 물에 목욕재계하고 기도를 드리셨다. (…) 아마 바가지로 정화수를 떠 올리셨는가 보다. 농 위에서 뜻밖에 떡 뭉치가 나오기도 하였다. 이때 제물로는 떡, 과일, 건어물 등을 올린 것 같다."(『정산종사전』, 51쪽)

이는 열한 살 소태산이 삼밭재 마당바위에서 4년간 산신기도를 한 일과 견줄 만한 행태다.

---

20) 立身行道 揚名於後世 以顯父母 孝之終也(입신행도 양명어후세 이현부모 효지종야), 몸을 세우고 도를 행하여 후세에 이름을 떨침으로써 부모를 드러나게 하는 것이 효행의 끝이다.

## 옥녀봉 혹은 거북바위

예로부터 '인걸은 지령'이라고 큰 인물은 대개 산의 정기를 받아 태어난다고 했다. 삼밭재 마당바위가 있는 영광 옥녀봉을 보면 고작 151미터, 여기서 소태산이 정기를 받아 도를 이루었다니 실망스럽던 시절이 필자에게 있었다. 석가모니가 도를 이룬 설산이 히말라야 산맥일진대 영봉 에베레스트(8,848미터)의 정기를 받았음 직하니 이에 비교하면 너무 초라하다고 생각했다. 그러나 풍수 하는 사람들 얘기를 들으면, 산은 주봉이 아니라 끄트머리에 있는 산봉의 기운이 강하다고 한다. 과수도 굵은 원가지나 버금가지가 아니라 가느다란 곁가지(열매가지)에 열매가 맺히고, 호박조차 큰 줄기가 아니라 기운이 뭉친 끝가지에서 열매가 열린다는 것이다. 그러니까 산도 정기가 뭉치는 곳은 에베레스트나 백두산 높은 봉우리가 아니라 산맥의 끄트머리이니, 바로 거기서 인물이 난다는 얘기다. 백두대간 태백산맥에서 노령산맥을 거쳐 내린 구수산의 끄트머리인 옥녀봉은 바로 기가 뭉친 곳, 열매 맺는 봉우리인 셈이다.

기가 모이는 곳은 산 중에도 골산이요 골산 중에도 지구의 자기력이 분출하는 매개체인 바위란다. 그래서 기도발이 센 곳은 바위일 수밖에 없다. 지핵地核에서 맨틀을 통과하여 지각 밖으로 뿜어 나오는 기(에너지)를 사람이 쏘이게 되면 뇌신경세포가 활성화되고 불안정했던 뇌파도 안정되어 신비한 능력이 생긴다는 것이다. 성주 정산 유적지(박실마을)에서 거북바위를 보고 필자는 또 한 번 실망했다. 산기슭에 놓인 작은 돌덩이가 거북이보다는 두꺼비 정도로 보이는데 거기다 빌 바에야 차라리 해발 611미터 달마산에라도 빌 일이지 싶었다.

그런데 다시 생각하니, 바위에서 뿜어 나오는 자기력이 아무리 많다고 하더라도 그것을 받아들이는 것은 어차피 자신이 가진 그릇 만큼이다. 우리가 한 끼 먹기로는 한 되 밥이나 한 섬 밥이나 마찬가지인 것과 같다. 이래도 한 사발 저래도 한 사발밖에 못 먹는 것이라면, 굳이 한 섬 밥을 탐낼 이유가 없다. 박실마을에 놓인 거북바위가 간직한 기는 당시 정산으로선 양껏 먹을 만큼의 분량이었을 것이다.

송도군은 13세에 성주군 금수면 성주여씨 집으로 장가들었다. 조혼 풍속에 따른 것으로 신부는 네 살 위인 여선이呂先伊(1896~1978)였다. 송도군의 구도적 고뇌는 결혼 후에도 계속된다.

14,5세로부터 간혹 동류로 더불어 시구詩句를 지으매 남보다 고상한 뜻을 표시하더라. 한번은 처가에 가서 외처에서 온 동류 수인同類數人(또래 몇 명)과 당지當地(그곳) 청년 수인과 더불어 시를 지을새 제이련구第二聯句에 「해붕천리고상우海鵬千里翺翔羽 농학십년칩울신籠鶴十年蟄鬱身」이라고 쓰거늘 처부妻父(장인) 여병규呂昺奎 씨가 보고 "후일에 어떠한 출가대인出家大人(집 떠난 큰 인물)이 될 것이요, 가정 치산治産(살림살이를 돌보는 일)은 아니하겠다." 하더라. (…) 간혹 장문長文(긴 문장)을 지어

서 의사와 포부를 미현微現(살짝 드러냄)할새, 한번은 〈장부회국론丈夫恢局論〉이라는 장문을 지었으니, 그 대의가 「대장부 출세하매 마땅히 공중사公衆事(공중을 위한 일)에 출신出身(몸을 내놓음)하여 혜택이 생민生民(백성)에게 미쳐가게 할 것이요 구구區區(자질구레함)한 가정생활은 벗어나야 된다.」 하였는데, 지초紙草(원고)가 장여丈餘(한 길 남짓한 길이)에 급及(미침)하였는바 그 초草(원고)를 상주尙州이종姨從(이종사촌) 김석주金錫柱가 지거持去(가져감)하였으며, 또는 간혹 지도서地圖書, 천문도天文圖를 그려놓고 묵시묵념默視默念(말없이 보고 묵묵히 생각함)하더라. 가정이 자래自來(이전부터)로 유학儒學을 숭상하는지라, 조부가 매양 유서儒書(유교서적)를 근실히 읽기를 권하되, 사師(스승이)[21] 자심중自心中(스스로의 마음속)에 「금지세今之世(요즘 세상)에 거居(삶)하여 유서儒書(유교의 경서)만 읽어가지고는 큰 사업을 이루지 못할 것이라.」 하여 주야로 경영하기를 「훌륭한 이인異人(재주가 신통하고 비범한 사람)을 만나서 나의 뜻을 이루리라.」 하고, 명산거령名山 巨靈(이름 있는 산과 큰 힘을 가진 신령)을 찾아 유벽幽僻(그윽하고 후미짐)한 가옥을 많이 방문하였더라.(〈구산수기〉)

이 글에는 몇 가지 소중한 정보가 들어 있다. 우선 한시 두 구를 풀면 「바다의 붕새처럼 깃을 치며 천리를 날고 싶건만, 조롱 속의 두루미 되어 십년간 몸도 옴쭉 못하네.」 정도의 뜻이 된다. 형식으

---

21) 왕이 된 아들이나 왕비가 된 딸에게 그 부모가 존칭을 쓰듯이, 송인기(벽조)는 종법사가 된 아들을 가리켜 師(사)라고 존칭하여 객관화하였다.

로는 전후구가 대구를 이루었고 의미상으론 대조가 되어 있다. 이상理想으로서 해붕과, 현실로서 농학의 어긋남이 바로 그를 우울하게 만든 원인이다.[22] 「후일에 위대한 사업을 이뤄서 명전백세하여 주시라.」 기도하였고, 〈장부회국론〉이란 장문의 대의가 「대장부 출세하매 마땅히 공중사에 출신하여 혜택이 생민에게 미쳐가게 할 것이요 구구한 가정생활은 벗어나야 된다.」[23]였다면, 이는 같은 맥락이니 송도군의 경륜이 얼마나 호대했는가를 미루어 짐작할 만하다.[24] 장인 여병규가 사위를 보는 눈은 「이 사람, 아무래도 가정사에 얽매일 인물이 아니구나. 출가하여 큰 인물이 될 것 같지만 정작 내 딸은 고생문이 열렸네.」 정도였을 것이다.

다음으로 주목할 것은 그가 지도서와 천문도를 그려놓고 명상했다[25]는 대목이다. 지도서 중엔 팔도 지도가 나오기 전에 천하도天下圖라 하여 세계지도가 나오는 일이 종종 있다. 아마 여기 지도서는 세계지도가 돼야 할 것이니[26] 인류세계를 뜻하고, 천문도는 별자리

---

22) 1948년, 종법사 송규(송도군)는 새해 첫 예회에서 글을 발표했는데 그 가운데 다음과 같은 대목이 나온다. 예의 시에 대응이 될 법하다. 「籠中鳥(노중조, 조롱 속의 새)야, 깃을 펴고 농 밖에 나와 太虛(태허, 하늘)에 날을 준비를 하라/ 井底蛙(정저와, 우물 안 개구리)야, 웅덩이에서 나와 滄海(창해, 바다)에 나갈 준비를 하라.」(박정훈, 『한 울안 한 이치에』(원불교출판사, 1987), 119쪽)

23) 송도군(송규)은 후일 〈장부회국론〉을 짓게 된 기연을 말하되, 12~13세경에 『사기』를 배우다가 춘추전국시대 초나라 이사(李斯)와 연나라 채택(蔡澤)의 이야기에서 느낀 바 있어 쓴 글이라고 했다.(박정훈, 『정산종사전』, 52쪽) 그렇다면 부친(구산)이 기억하는 14, 15세경과는 2년 정도의 간극이 있다.

24) 이혜화 『원불교의 문학세계』(원불교출판사, 2012) 46쪽 참조.

그림〔星圖〕이니 무한대의 우주를 뜻할 것이다. 요컨대 앞에서 말한 그의 경륜이 스케일 면에서 더할 수 없이 크고 넓었다는 얘기다.

다 연관되는 것이겠지만, 또 하나의 정보는 그가 가학家學(한 집안에 대대로 전해오는 학문)이라 할 유학의 범주를 훨씬 뛰어넘어 훨훨 날고 있음이다. 이것은 그가 이미 고향(성주)과의 별리, 혹은 가문(유림)과의 불화를 준비하고 있다는 신호다. 유학을 넘어 그는 어디로 가려는가. 그는 '거령, 이인, 유벽'을 동경하고 있다. 공자는 괴이한 것이나 귀신에 대해서는 말하지 않았다.(『논어』, 술이편20) 제자가 귀신 섬기는 문제를 물으니 "사람도 섬길 수 없는데 어찌 신을 섬기겠느냐?"고 했고, 죽음에 대해 물으니 "삶도 모르는데 어찌 죽음을 알겠느냐?"고 대답했다.(『논어』, 선진편11) 눈에 보이지 않는 초자연에 대해 공자는 이렇게 명쾌하게 거부했음에도 송도군은 오히려 여기서 유교의 한계를 본 것이다. 생生뿐 아니라 사死까지 아우를 수 있는 도, 자연의 세계뿐 아니라 초자연의 세계까지 포함하는 도를 찾았던 것일까. 그로서는 오히려 유교를 뛰어넘는 곳에서 진리를 보고 호대한 경륜을 구현하여 궁극적으로 생민에게 혜택을 베풀 수 있으리란 희망을 본 것이다.

---

25) 어떤 근거인지는 모르나 이 대목과는 다소 결이 다른 의견도 있다. 「정산종사는 거북바위에서 기도를 상당히 계속하였으나 별 효과가 없자 집안에서 올리면 효과가 있을까 생각되어 방 안에 '천문도(天文圖)'를 그려놓고 천문도를 향하여 하늘 기운이 응하기를 빌고, '지도서(地圖書)'를 놓고 땅 기운이 응하기를 빌었다.」(유원경, 〈성지 문화순례/성주성지〉, 《원불교신문》, 1833호(2017.2.17.)).

26) 정산은 종법사가 된 후에도 종법실 벽에 늘 세계지도를 붙여놓고 보았다.

비슷한 기록으로 「고대 성현들과 영웅달사들의 명패를 실내에 봉안하고 거기에 치성을 드려도 보았으며, 혹은 이인 은자들을 찾아 강호와 산곡을 순력巡歷도 해보았으나, 다 뜻을 이루지 못하고 답답한 심정으로 돌아와 한 간 초당에 두문 정좌杜門靜坐(문을 닫아걸고 조용히 앉음)하여 심공心功을 계속하다가 종종 이적이 스스로 나타나 인근을 놀라게 한 일도 간혹 있었다.」[27] 같은 것이 있다. '고대 성현과 영웅달사들의 명패를 실내에 봉안하고' 치성을 드렸다는 대목이 색다르긴 하지만 여기서도 주목할 것은 '종종 이적이 스스로 나타나'이다. 그는 초자연을 탐구하는 이인에게 매력을 느끼고 형이하의 양계보다 형이상의 음계에서 진리를 찾고 싶었던 듯하다. 여기엔 위험이 도사리고 있으니, 양명한 현실세계와 떳떳하게 마주하지 않고 신비와 이적을 선호하는 불길한 조짐이 엿보인다. 어쩌면 소태산이 산신령을 찾고 이인 도사를 찾았듯이 그도 그쪽에서 나름의 구도 과정을 겪는 중인지도 모르지만, 문제는 송도군이 상당 기간 '이적異蹟'에 집착함으로써 훗날 소태산의 교정矯正을 필요로 했다는 점이다.

27) 이공전, 〈정산대원정사 약력〉, 《원광》, 39호(1962.4.).

## 이소離巢의 날갯짓

드디어 송도군은 둥지를 떠나려 날갯짓하는 새끼 새처럼 집 밖으로 도를 구하러 다니기 시작한다. 한번은 경북 상주 백화산을 거쳐 충남 계룡산까지 순례하는 구도 편력에 나서려고 했다 한다. 백화산은 오늘날의 차도로 가도 70킬로미터요, 거기서 다시 계룡산까지는 80킬로미터가 넘는 길이다. 소년의 걸음걸이로 들길, 산길을 걸어 다녀오려면 여간한 각오 없이 엄두가 안 날 일임에도 이모집에 다녀오겠노라 거짓말을 하고 나섰으나, 눈치챈 조부의 만류로 이 시도는 좌절당했다. 다시 백여 리 길인 가야산행을 세 차례나 실행하니[28] 어른들 몰래 하는 나들이여서 부인 여씨가 옷감을 팔고 은반지를 팔아 여비를 장만해주었다고 한다.

왜 가까운 명산 가야산을 두고 멀리 떨어진 백화산이나 계룡산을 먼저 찾을 생각을 했는지는 알 수 없다. 그러던 중 처가(성주군 금수면)에 다니러 갔다가, 처가 사람 중에 여 처사呂處士로 불리는 사람이 가야산에서 수십 년간 도를 닦는데 육정육갑六丁六甲(도교에서 천제가 부린다는 12명의 신장)을 부리는 도인이란 말을 듣게 된다. 처사라면 벼슬하지 않고 초야에 묻혀 사는 선비를 가리키는바, 불교에서도 출가하지 않고 집에 머물며 불도를 닦는 거사를 처사로 부르

28) 기록의 문맥을 살피면, 중도에 돌아온 것까지 합하여 세 차례라 한 것으로 보인다. 가야산에 진입한 것으로는 두 차례가 맞는다.

기도 한다. 육정육갑을 부린다는 것으로 보아 유교나 불교 쪽이 아닌 도교 쪽 수련인일 수도 있어 보인다. 소태산이 구도고행을 하면서 이인 도사를 찾을 때 부친 박성삼이 고명한 도사라며 초대한 이가 육정육갑을 부린다고 큰소릴 치다가 망신만 당하고 도망쳤다 하는데, 여기서 또 '육정육갑'을 부리는 처사가 등장하는 것이 얄궂어 보인다. 육정육갑은 『서유기』나 『삼국지연의』에도 나오다 보니, 잡귀를 물리치는 신장神將(장군 귀신)으로 민속이나 무속에서도 제법 인기가 있다. 소태산이 그랬던 것처럼, 송도군도 여 처사를 만났더라면 보나마나 낭패를 보았겠지만, 행인지 불행인지 이들의 만남은 이루어지지 않았다.[29] 다만, 소태산이 처가에 갔던 길에 『조웅전』 읽는 것을 듣고 구도의 전기를 맞이했듯이 송도군도 처가에 들렀다가 구도의 새 길을 찾은 것이 우연의 일치라기엔 신기하다.

어쨌건 이때 송도군은 풍편에 들은 이야기만으로도 여 처사한테 홀딱 반해서 당장 만나러 가고 싶었다. 그는 집안 아저씨뻘 되는 네 살 연상의 송인집宋寅輯(1896~1961)[30]에게 가야산 동행을 요청하여 승낙을 받고, 출발은 함께 하였으나 상대가 중도에 변심하여 돌아가자 송도군도 단념하고 말았다. 어린 나이에 혼자 갈 자신이 없

---

29) 송도군의 처가에서 여 처사와 한 차례 만남(상면 정도)이 있었다고 하는데, 가야산 현지에서의 심층 면담을 약속했음에도 끝내 성사되지는 못했다고 한다.

30) 그는 송준필의 문하 고양서당에서 정산과 함께 공부했다. 일제시 독립운동을 했으며, 해방 후 원불교에 귀의하여(법명 창허(蒼虛), 법호 진산(晉山)) 유일학림 교수 등을 지냈다. 장남 송성찬은 전무출신(출가) 하였다.

었을 것이다. 송도군은 뜻을 거두지 않고 있다가 18세 되던 1917년에 드디어 기회를 얻었다. 마침 김천 외갓집 혼사에 갔던 길에 가야산행을 단행하게 된 것으로, 때는 음력 이월 초였다. 송도군은 '여처사'란 이름 하나 가지고 가야산을 헤매었으나 며칠을 묵으며 찾은 보람이 없이 발길을 돌려야 했다. 이월 말 장모 제사를 모시러 성주군 금수면 처가에 갔던 길에 다시 가야산으로 여 처사를 찾아간다. 이번에도 여 처사는 만나지 못했으나 여기서 증산교 계통의 수련인 두 사람을 만난 송도군은 그들의 지도를 받아 치성을 드리며 1주일을 머무른다.

> 第3차 가야산 왕행시往行時(갈 때)에 한 유벽幽僻(그윽하고 후미짐)한 정사精舍에 유숙留宿하다가 우연히 증산계甑山系(강증산 계통) 수련인의 지도를 입어 일야지간一夜之間(하룻밤 새)에 고요히 앉아 주문을 읽은 결과, 정신이 열연悅然(기쁜 모습)히 밝아져서 앞으로 불법을 두고 공부해 나갈 일이 소연명석昭然明晳(아주 분명함)한지라, 이에 귀가하여 비로소 조부와 부모 전에 전일부터 남다른 뜻이 있었던 것을 고백하고, 인하여 독방을 차려주어야 정좌靜坐(조용히 앉음) 수양하겠다고 청하거늘 양대兩代(할아버지와 아버지)가 다 허락하니, 이때에 사師(스승)의 연年(나이)이 18세요 정사년丁巳年(1917) 사월이러라. (《구산수기》)

송도군은 가야산에서 돌아온 후 할아버지와 아버지에게 먹은 맘을 고백하고, 집에 기도실로 쓸 독방을 마련해달라고 부탁하여 허락을 얻는다. 한 1주일은 온 식구를 동원하여 치성을 드리고 증산교의 태을주를 외었다고 한다. 태을주太乙呪란 23자 다섯 마디로 된 주문이니, 「훔치 훔치 태을천상원군 훔리치야도래 훔리함리사바하」였다.[31]

### 땅 이름 사람 이름

땅 이름이나 사람 이름을 두고 의미를 따지는 성명학이나, 천문(별)에서 길흉을 점치는 점성술이나, 지문(땅)에서 화복을 예지하려는 풍수지리나, 사주에 근거하여 인간의 운명을 알아내려는 명리학이나, 얼굴 등 생김새를 보아 성격과 명운을 짚어내려는 관상술이나, 꿈에서 예지적 정보를 얻으려는 해몽법 등등 이런 것들은 다루기가 참 난감하다. 믿어도 되나, 아예 못 믿을 것인가. 이들은 학문으로 대접하기도 애매하고, 그렇다고 사뭇 미신으로 취급하기도 어렵다. 그러니까 학문과 미신 사이 어디쯤에 자리를 잡고 있는 것 같은데, 그것은 쓰는 사람에 따라 약이 될 수도 있고 독이 될 수도 있을 것 정도로 해두자.

송도군. 길 도, 임금 군, 도군道君이란 이름은 어떻게 지은 것일까?

31) 태을주는 불교의 다라니를 변형한 것으로, 이는 증산교가 훔치교(흠치교) 혹은 태을교라 불리게 된 근거가 된다.

직역하자면 '도의 군왕'이란 뜻인데 그가 훗날 원불교의 교주가 될 것을 알고나 지은 것이 아니라면, 일반인의 이름치고는 너무나 무겁다. 더구나 족보상으로는 항렬자 따라 홍욱鴻昱이란 이름이 있음에도 말이다. 또 송도군의 아명은 명여明汝요 자字는 명가明可인데 후에 월명암에서 받은 법명이 명안明眼이다. 이렇게 밝을 명이 따라다니는 것도 송도군의 천부적 명철明哲을 상징한다는 생각도 해봄직하다.

송도군의 탄생지 소성동 마을 뒷산은 달뫼 혹은 달마산이라고 불린다. 달마산이라면, 달마가 불법을 의미하니 신기하거니와 달뫼는 또 뭐냐. '달의 산(月山)'은 「대종사가 하늘이요 태양이시라면 정산 종사는 땅이요 명월이시다.」(〈정산종사 탑비명〉)에서 가리키는 명월을 뜻하는 셈이다. 정산 종사(송도군)를 품은 산이기에 달뫼라는 말이 된다.

송도군의 고향 지명을 보면, 유난히 눈길을 끄는 것이 봉새 봉鳳자 지명이다. 봉암산, 오봉산, 연봉, 봉곡, 봉무, 봉소…. 봉황새는 신성한 새다. 고대 중국에서부터 이 새가 나타나면 천하가 크게 안녕하다 하여 성천자의 출현을 예고하는 서조瑞鳥로, 나아가 성천자 내지 성인의 상징으로까지 쓰였다. 탄생지 소성韶成의 마을 이름도 『서경』에 나오는 '소소 곡조를 아홉 번 연주하자 봉황이 내려와 춤을 추었다(簫韶九成鳳凰來儀).'에서 두 글자를 골라 지은 것이란다. 결론인즉 성주 초전면에 집중적으로 나타나는 봉자鳳字 지명이 원불교 교주로서 송도군(정산 송규)의 거룩한 출현을 예고한다는 식의 해석이 있다.

이름으로 예언한다는 이런 명참名讖 풀이들은 매양 견강부회에 빠질 위험성을 내포한다. 그러니 호사가들의 화젯거리로나 남겨두고 너무 신비주의 유혹에 넘어갈 일은 아니다 싶다.

송도군은 가야산에서 만났던 증산도꾼들이 일러준 말을 곰곰이 생각했다.

"공부를 하려면 상도로 가야지, 하도에서는 큰 공부가 아니 되오. 그러니 우리와 같이 여기서 치성을 드리고 상도로 갑시다."

여기서 하도下道란 경상도요 상도上道란 전라도를 말하는 것이다. 본래 영남과 호남을 좌도(동쪽 도)와 우도(서쪽 도)로는 불렀고, 중앙(서울)을 기준으로 충청, 경상, 전라 삼남지방을 묶어서 하도라곤 했지만, 전라도와 경상도를 상하로 구분하는 것은 도꾼들에게서 처음 듣는 말이었다. 가야산의 도꾼들은 또, 상도에 간다면 먼저 김제 원평에 사는 송찬오를 찾아가서 안내를 받으라고 일러주었다.[32]

---

32) 여기까지는 정산의 시자였던 이공전 교무의 구술자료 및 정산의 조카이자 이춘풍의 딸인 이경순 교무의 기록 〈정산종사 출가 전후의 이모저모〉(《원광》, 54호(197.2.))를 따른 것임.

# III

# 호남 유력遊歷

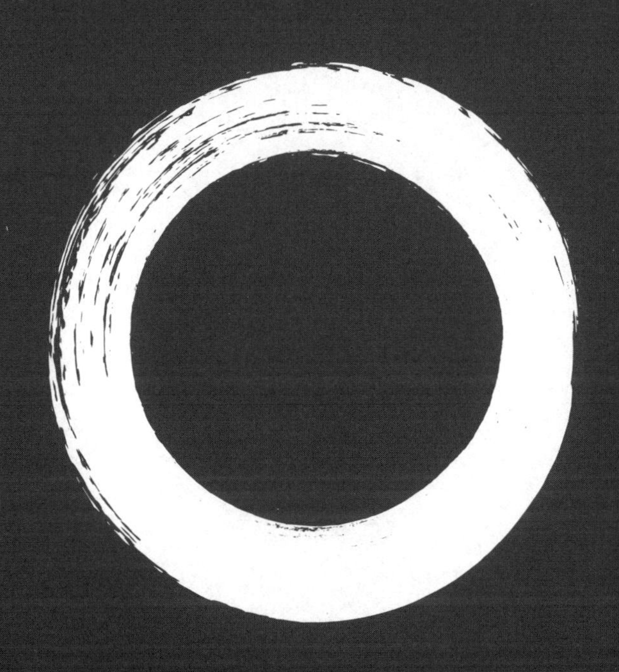

## 일차 시도

증산 강일순은 1909년 음력 유월에 화천(사망)했으니, 송도군이 전라도로 떠나던 때인 1917년 여름엔 증산이 죽은 지 이미 8년이다. 가야산 증산도꾼들이 일러준 것은, 죽은 증산의 도를 받은 이는 증산의 수부首婦[33]인 고판례이니 그녀를 찾아가는 것이 증산의 도를 받는 지름길이라는 정보였다. 음력 오월, 송도군은 길을 떠나기 전 할아버지에게 전라도에 가서 증산 미망인 고판례를 모시고 오겠다고 했단다. "사모님을 모시고 오면 제 방으로 모시려 하니 그 방에 남쪽으로 문 하나를 더 내고 깨끗이 수리해 주십시오." 이렇게 부탁을 드리고 집을 나섰다는 것이다.[34] 상대 의사는 들어보기도 전에

33) 강증산이 이른바 천지공사라는 의식을 치르기 위해 우두머리 여성으로 의미를 부여한 사람이니, 고판례는 강증산의 세 번째 부인이 된다.

34) 박정훈, 『정산종사전』(원불교출판사, 2002), 62쪽.

제 맘대로 모시고 오니 마니 하는 게 이해되지 않지만, 뒤를 보면 전혀 불가능한 일을 꾸민 것도 아닌 듯하다. 이는 송도군의 배포가 어떠했는지를 보여주는 일례가 될 법도 하다.

증산은 후계를 지명하지 않고 죽었고, 이것이 교단 분열의 단초가 되었지만, 초기엔 수부 고판례가 스스로 후계자임을 자임하면서 먼저 치고 나왔다. 그녀를 받쳐준 것이 그녀를 증산에게 수부로 천거했던 이종사촌동생 월곡月谷 차경석車京石(1880~1936)이다. 차경석은 누이를 앞에 내세워 태을도를 창시하고 처음엔 한 발짝 뒤에 물러나 있다가, 교세가 커지면서 유통기한이 지난 누이를 용도 폐기하고 나중에 보천교를 만들었는데, 송도군이 원평을 찾았을 때엔 이미 고판례가 세력 다툼에서 밀려나고 판세를 차경석이 장악했던 때였다.

송도군은 가야산 도꾼들이 가르쳐준 대로 원평 송찬오[35]를 먼저 찾았다. 송찬오는 강증산의 친자종도親炙宗徒(스승에게 직접 가르침을 받은 신도)로 정보통인지라 그의 엿도가(엿을 만들어 도거리로 파는 집)가 신자들 사이에 연락처가 되었던 모양이다. 송찬오는 고판례가 머물던 정읍군 입암면 대흥리 차경석의 집으로 안내했고, 송도군은 김제 원평에서 다시 정읍 대흥리로 찾아갔다. 고수부는 연금당한 상태였고 만날 수 있는 상대는 차경석뿐이었다.

35) 그는 후에 변산에 은거 중인 소태산을 찾아와 적벽(赤壁)이란 법명을 받고 신성을 바쳤다.

"이렇게 큰 일을 벌이고 계시다 하니 천하창생을 위한 천하대사가 무엇입니까?"

그런데 이에 대한 대답은 하지 않고, "미경사未經事 소년이 말만 옹통스럽군!" 하며, '일을 지내보지 아니한 경험 없는 어린 사람이 무엇을 안다고…' 하는 인상을 나타냈다. 정산 종사는 '아마 인연이 아닌가 보다' 생각되어 더 말을 하지 않고 자리에서 물러나와 고씨 부인 만날 것을 알아보았으나 그가 건강 관계로 외인 대면을 못하고 있는 중이라 하여 만나지 못하였다.(『정산종사전』, 65쪽)

'옹통스럽다'는 말은 '옹통지다'로도 쓰이는 것으로 표준말 '다부지다(일을 해내는 태도나 의지 따위가 굳세고 야무지다.)'에 해당하는 호남방언이다. '미경사'와 '소년'을 묶어보건대 차경석은 송도군을 어이없는 책상물림 정도로 치부한 것인가 싶기도 하지만, 한편 '옹통스럽다'는 표현으로 볼 때는, 다루기 만만한 상대가 아님을 이미 알고 있던 것이 아닌가 생각된다. 38세에 장대한 덩치를 가진 차경석으로선 키가 자그마하고 나이는 약관에도 못 미치는 송도군이 구상유취口尙乳臭(입에서 아직도 젖비린내가 남)로밖에 안 보이는데, 감히 천하창생과 천하대사를 논한다는 것 자체가 아니꼬웠을지도 모른다. 게다가 증산 사모님 고수부를 모시고 경상도로 가고 싶다고 하니 일언지하에 거절했을 것이다. 명분은 사모님(고판례)에게 광증狂症이 있다고 했단다. 숫제 미친 여자 취급을 하여 외인 접견을 금지시키고 차경석이 통교권統敎權(교단을 통솔할 권리)을 장악한 것이다.

송찬오에게 다시 의논하니 그는 송도군을 시루봉 아래 증산 본가가 있는 손바래기(객망리)[36]로 가도록 안내한다. 손바래기엔 강증산의 부모와 본처 정치순과 외동딸 강순임姜舜任(1904~1959) 외에 누이동생 선돌댁(1881~1939)이 살고 있었다. 송도군은 그들 가족에게서 증산의 도를 받은 인물을 찾으려 애썼는데, 부모는 물론 본부인 정치순은 평범한 사람이었고 딸 강순임은 겨우 열네 살짜리 소녀였다. 다만 누이동생 선돌댁만은 일찍이 정읍시 고부면 입석리(선돌마을)로 시집갔다가 아기를 낳지 못해 소박맞고 친정에 돌아와 사는 처지이지만, 증산의 도를 받아 수도에 재미를 붙이고 있었다. 선돌마을에 시집을 갔대서 친정 마을에선 그녀를 선돌댁이라 불렀고, 후에는 강선돌을 그녀의 이름으로 대용하게까지 되었다. 어쨌든 '꿩 대신 닭'이라고 송도군은 37세 선돌댁을 설득하여 고향 성주로 데리고 오는 데 성공한다. 음력 유월, 보리타작할 무렵이었다고 한다.

이때로부터 선돌댁의 주도 아래 전 가족을 동원하여 본격적인 치성을 드리게 된다. 백일치성을 드리기로 작정하고 3개월여를 계속했는데 여러 가지 이적을 경험하였다고 한다. 청수 떠놓고 떡 해놓고 소머리나 개고기를 제물로 바치고 예의 주문 '훔치 훔치… 훔리함리사바하'를 외우고 치성을 드리노라면, 밤새도록 천둥 같은 소리가 들려왔다는데, 선돌댁은 그것이 '모악산[37]에서 기운이 몰려오

---

36) 당시는 전라북도 고부군 우덕면 객망리이고, 현재는 전라북도 정읍시 덕천면 신월리에 해당한다.

는 소리'라 하더란다. 호랑이가 옆집에 와서 지켜보기도 했단다. 송도군이 한 번도 본 적 없는 죽은 장모의 인상을 말하는데 여씨 부인이 들어보니 꼭 맞았다. 여씨 부인은 시집오기 전부터 체증이 있어 소화력이 부실한데도 개고기랑 찰떡이랑 먹어도 소화가 잘 되었다. 처음엔 선비 집안에서 창피한 짓이라고 동참하지 않던 조부가 갑자기 배에 통증이 심하여 사경에 이르게 되자 치성 드린 청수를 먹여 살려냈는데, 이는 치성을 꾸짖은 조부를 신장들이 벌준 것이라 했다. 지금 들으면 도무지 뭣들 하는 짓인지, 그래서 어쨌다는 것인지 아리송하지만, 그런 이적(?)들이 가족의 마음을 잡을 만은 했던가 싶다. 〈구산수기〉는 다음과 같이 기록하고 있다.

> 자사월自四月(사월에 시작함)로 지구월至九月(구월에 이름)까지 육삭지간六朔之間(여섯 달 동안)을 수련에 주의하니 간혹 이적이 유有(있음)하였고, 당시에 3차나 천상으로부터 서기瑞氣(상서로운 기운)가 소거가옥所居家屋(사는 집)을 횡복橫覆(가로로 덮음)하여 서천을 향해 연긍連亘(잇달아 뻗침)하기를 2, 3시간씩 하였었다.

여기서 불가사의한 이적, 초자연적인 현상을 경험했다 함은 이

37) 전라북도 전주시, 완주군, 김제시에 걸쳐 있는 산(796미터)으로 완주군의 대원사와 김제시의 금산사 등 증산 강일순과 인연 깊은 유적이 있다. 계룡산과 함께 신흥종교들의 근거지로도 꼽힌다.

후 송도군의 구도 방식에 상당한 영향을 준 것으로 보인다. 이적의 실상이 보잘것없다고도 할 수 있지만, 세 차례나 천상의 서기가 치성 드리는 집을 덮고 서천으로 뻗쳤다니, 사실이라면 그것만으로도 충분히 고무될 만하다. 더구나 순간적 현상이라면 착각이랄 수도 있으나 두세 시간씩이나 지속되었다면 소년 송도군의 예민한 감성에 감동과 확신을 주었을 것이다.

## 상도上道 전라도

〈구산수기〉에선 수련 기간이 음력 사월부터 구월까지 여섯 달 동안이라 했으나 선돌댁을 모시고 치른 치성은 유월부터 구월까지 백일치성인 것으로 보인다. 이 치성으로 별다른 성과는 거두지 못했지만, 송도군으로서는 적어도 전라도에 가면 도를 얻을 수 있으리란 확신이 든 것 같다. 그는 마침내 본격적인 유력遊歷(여러 고장을 두루 돌아다님) 길에 나서기로 작정하였다. 1917년 음력 구월경, 송도군은 마침내 경상도 집을 떠나 전라도 나그넷길을 단행하게 된다.

> 사師(스승이) 항상 말하되 "내가 전라도를 가야 내 만날 사람도 만나고 공부를 성취하리라." 하더니, 이에 기어코 뜻한 바를 이루고자 하거늘, 부친은 불시에 토지를 방매하여 진행 차비와 가서 순회 유련留連(객지에서 묵음)할 준비를 해주어 김천역에 가서 척행隻行(먼 길을 혼자 떠남)으

로 가는 청년 아들을 전송하고 돌아오더라.(《구산수기》)

이런 10대 소년의 당돌한 가출을 응원하고자 토지를 팔아 여비[38]를 챙겨주는 아버지 송인기도 예사 사람은 아니다. 막상 어린 아들을 낯선 데로 혼자 떠나보내려니 마음이 안 놓였던지, 아버지는 김천역까지 가서 송도군을 배웅하였다. 요즘 찻길로도 22킬로미터라 하는데 당시에 부자가 걸어서 갔을 테니, 55리나 되는 길을 데려다 주고 다시 그 길을 되짚어 돌아오자면 왕복 110리나 된다. 얼마나 고된 길이었을까. 부친은 '척행'이라 했지만 아들을 걱정하는 부정에서 한 말이지, 이때 송도군의 전라도행은 치성을 마친 선돌댁과 동행이었던 것으로 보인다. 자연스레 선돌댁이 사는 손바래기 증산 본가로 일단 돌아갔고, 송도군은 손바래기 집을 베이스캠프 삼아 정읍, 김제, 고창, 장성 등 인근 고을의 신흥종교 단체랑 사찰이랑 돌아다니며 여러 도꾼과 승려 들도 만났다. 이번에 그가 만난 사람 중엔 먼저 왔을 때 차경석의 방해로 만나지 못했던 수부 고판례도 있었다.

차경석의 감시망을 벗어난 고판례를 대흥리에서 만난 송도군은

---

38) 흥미로운 것은 원기 19년(1934) 동선 해제 때에 소태산이 정산의 신분검사(신행 정도와 인격 수준을 항목별로 점검하는 방법)를 체크했는데, 수지대조 항에 '공부하러 나온다고 논밭 팔아서 700원'이란 대목이 나온다. 또한 8세부터 18세까지 키우면서 부모가 든 경제적 부담 역시 7백 원으로 계산이 나온 것을 보면, 7백 원은 상당한 액수였을 것으로 보인다.

상당한 기대를 걸었으나 별 재미는 못 보았다. 한동안 고수부에게 집요하게 접근했던 모양이나 송도군이 실망하여 떠나기 전에 고수부 쪽에서 먼저 송도군을 뿌리친 것으로 보인다. 부친 송인기가 홀로 떠난 아들이 염려스러운 나머지 정읍으로 찾아갔다가 마침 고수부를 만나고 보니, 그녀가 송인기에게 부탁하기를 "제발, 댁의 아들 좀 데리고 가소. 내가 머리가 지끈지끈 아파 당최 못 살겠소."라고 하소연했다 한다. 요컨대 송도군은 고수부가 성취한 도의 수준을 캐내기 위해 사뭇 공격적인 법거량(도력 시합)을 시도했던 듯한데, 이를 당해내지 못한 고수부가 손을 든 것이 아닌가 싶다. 이를 두고 훗날 여씨 부인은 남편에게 들은 얘기가 있어서 그러겠지만, 「허령[39]을 겨우 얻어서 버티던 고수부가 송도군의 도력을 상대하기가 버거워서, 혹은 송도군의 도력이 고수부의 허령을 누르니까 그게 싫어서」 뿌리친 것이란 뜻으로 말했다.

결국 증산 가족이나 고수부에게서도 참스승의 자취를 얻지 못한 송도군은 그들을 떠나게 되는데, 전혀 소득이 없다고는 못 할 일이 생겼다. 강순임을 만난 덕에 증산으로부터 전해진 소중한 책 한 권을 얻는 행운을 얻었기 때문이다. 그 상황이 소설에선 다음과 같이 그려져 있다.

---

39) 허령이란 주송이나 기도 등으로 일심이 되어 솟아오르는 영지(靈知). 도의 궁극은 아니고 일시적으로 불가사의한 신령 현상이 나타나는 것일 수 있다.

송도군은 순임을 다독거리며 쌈지를 풀어 엽전 몇 닢을 손에 쥐여주었다. 순임은 눈물을 훔치면서 더 이상 조르지 않고 송도군과의 이별을 받아들였다.

"오라버니! 나도 선사헐 게 있어라우."

순임은, 아버지 증산이 서재처럼 쓰던 별실로 송도군을 안내하였다. 순임은 천장 한 귀퉁이를 가리켰다. 거기는 찢어진 곳을 때운 듯 도배지를 덧댄 부분이 보였다.

"아부님 시상 뜨시기 전에 책 한 권을 쩌그다 옇고 봉함시렁, 훗날 여그를 끌르고 이 책을 찾아갈 임재가 있을 것잉게 그때까장 암헌테도 말허지 말라고 일르싰지라. 생각해봉께 오라버니가 그 임재 같은 생각이 들어라우."

송도군은 호기심과 기대로 눈을 크게 뜨고 곧 천장의 땜질 부분을 뜯어냈다. 과연 오래 묵은 종이에 한문으로 꼼꼼히 적은 책 한 권이 나왔는데 표지엔 『正心要訣(정심요결)』이라 적혀 있었다. 송도군이 『정심요결』을 품에 간직하고 모악산 대원사로 몸을 옮긴 것은 해가 저무는 동짓달이었다. 대원사는 증산이 사십구 일을 기도하여 득도한 곳이라 하고, 혹은 석가 후신이란 진묵이 머물던 곳이란다. 불현듯 이제부터는 불법을 공부해야겠다는 생각이 들었다. 간혹 눈을 감고 깊은 생각에 잠기다 보면, 원만한 용모의 큰 스승과, 고요한 해변 뻘땅(갯벌)에 붉은 행자(칠면초)가 깔린 평화로운 풍경이 떠올랐다. 그는 자신의 스승은 필시 그분일 것이라고 생각했다. 언제 어디서 만날 것인가, 아련한 그리움이 가슴에서 망울망울 커나가고 있었다.(『소설 소태산』, 210~211쪽)

## 만국 양반

『정심요결』은 도교 계통의 수련서로서, 중국 도교나 유교가 연원이란 설에서 조선말 도학자 이옥포의 저술이란 설까지 모호한 부분이 적지 않은데, 이본들이 많고 그래서 이름도 가지가지인 모양이다. 게다가 강증산이 을미년(1895) 봄에 두승산 시회에서 어느 노인한테 받았다는 비서祕書가 이것이요, 강증산이 이것을 읽고 대원사에 가서 도통을 했다는 설까지 보태져서 더욱 신비화하는 모양새다. 수운 최제우가 을묘년(1855)에 이인으로부터 비서(을묘천서)를 받는 신비체험을 했다더니 그의 모방 설화 같기도 하다. 아무튼 『정심요결』을 입수한 송도군은 명승 진묵의 사연에 증산까지 얽힌 대원사로 들어가 수도할 생각이 나서 동짓달에 정읍 손바래기를 떠나 모악산으로 향했다. 이경순 교무는 「사師, 바른 스승을 만나지 못함을 항상 답답하게 생각하다가 드디어 결심하기를 "올 여름까지만 더 기다려 보고 가을이 되면 전주 대원사를 찾아가 삼동三冬(겨울 석 달)을 독실히 연구해 보리라. 그래도 스승을 찾지 못하거나 진리를 깨치지 못한다면 자결해 버리고 말겠다"는 울울한 심정으로 세월을 보내던 중」[40]이라고 했는데, 답답하고 우울한 심경이었을지는 모르나 새파란 나이에 느닷없이 '자결' 운운하는 것은 아무래도 과장 내지 왜곡이라고 보아야 할 것이다.

---

40) 이경순, 〈정산종사 출가 전후의 이모저모〉, 《원광》, 54호(1967.2.), 81쪽.

> 사師(스승이) 전라도로 와서 명산승지를 돌아다니고 사찰에도 다니더니 전주 대원사大院寺에 이르러 3개월간을 유련留連(객지에서 묵음)하고 무오춘戊午春(무오년 봄)에 다시 정읍군 화해리 김도일가金道一家(김도일의 집)로 이주하였으니 차처此處(이곳)는 비록 촌이라도 한적한 취미가 있는 연고이더라.(《구산수기》)

송도군은 먹을 것이 없어서 죽으로 연명하기로 소문난 빈찰 대원사에 들어가서 3개월씩이나 무슨 일을 한 것일까? 우선 『정심요결』은 정독했을 것이다. 태을주를 비롯한 주문을 많이 외었을 것도 같다. 기왕 절에 들어갔으니 불경도 적지 않게 읽었음 직한데 모를 일이다. 아마 수양공부 위주로 심공을 많이 드린 것 같다. 송도군은 훗날 대원사 시절을 회고했다. 두보의 '不貪夜識金銀氣(불탐야식금은기, 탐내지 않으니 밤에 금과 은의 기운을 알 수 있고)/ 遠害朝看麋鹿遊(원해조간미록유, 해치지 않으니 아침에 사슴들 뛰노는 것을 보리라.)'[41] 하는 시구가 떠오를 만한 신비체험도 했고, 육도사생[42]에 대한 말을 이전에 들어보지 못했는데 우연히 육도사생으로 윤회하는 이치가 환히 드러나는 깨달음도 얻었다는 것이다.

---

41) 당나라 시인 두보의 칠언율시 〈題張氏隱居二首(제장씨은거이수)〉 셋째 연(경련)에 나오는 부분.

42) 불교 용어로 육도(六道)는 중생이 선악의 업인에 따라 윤회하는 여섯 가지 세계, 즉 천상(天), 인간(人), 수라, 축생, 아귀, 지옥을 가리키고, 사생(四生)은 생명체가 태어나는 네 가지 방식, 즉 태생, 난생, 습생, 화생을 가리킨다.

## 진묵과 증산, 그리고 송도군

법명이 일옥一玉인 진묵 스님(1562~1633)은 서산대사나 사명대사만큼은 드러나지 않았지만, 조선조 스님 가운데 존경받는 분이다. 전주 봉서사에서 출가하여 월명암, 대원사 등에 머물렀는데 파격적이고 흥미로운 전설이 많기로 유명하다. 정산 송규(송도군)가 원불교 교조 소태산을 진묵의 후신이라 언급하고, 소태산은 법설 가운데서 진묵을 여래라고 인정한 바(『대종경』, 불지품7)도 있어서 원불교와는 불가분의 관계이다. 어떤 이는 어릴 적 지은 시에서 스스로 천 리를 날고 싶은 붕새를 자처했던 송도군이 대원사에서 진묵의 선시를 접하고 크게 혹했을 것이란 추측도 한다. 天衾地席山爲枕(천금지석산위침, 하늘 이불, 땅 자리에 산을 베개 삼으니)/ 月燭雲屛海作樽(월촉운병해작준, 달은 촛불, 구름은 병풍, 바다는 술통이로다)/ 大醉居然仍起舞(대취거연잉기무, 크게 취해 슬그머니 일어나서 춤을 추려니)/ 却嫌長袖掛崑崙(각혐장수괘곤륜, 긴 소매가 곤륜산에 걸릴까 걱정이 되네.).

애초에 수운 최제우를 숭배하던 증산 강일순姜一淳(1871~1909)은 한편으로 진묵의 숭배자이기도 하였다. 원불교 3세 교주 김대거는 증산이 진묵을 사모하여 대원사 가서 도통을 했고, 진묵의 법명 일옥一玉에서 한 글자씩 따다가 자기 이름 일순一淳과 자 사옥士玉을 지었으리라고 설명한 바 있다.(『최초법어부연법문』, 60쪽)

송도군이 소태산을 만나 귀의한 뒤, 불법연구회(원불교)에서는 1927년에 초기 수양 교재인 『수양연구요론』을 펴내면서 『정심요결』을 약간 편집하여 『정정요론定靜要論』이란 이름으로 수록하고,

다른 도교 계통의 서적과 합본하여 출간하였다. 이 책에 애착을 가졌던 송도군(송규)은 1954년에 『정심요결』을 다시 편집하고 문장을 다듬어 『수심정경修心正經』이란 이름으로 출간하기도 하였다. 요컨대 증산이 그의 딸 강순임을 통하여 송도군에게 전해준 『정심요결』이 결과적으로 원불교 수양 교재로 상당한 기여를 한 셈이니 고마운 일이다.

그런 송도군이 '무오춘戊午春(무오년 봄)'에 대원사를 떠나 '정읍군 화해리 김도일가金道一家(김도일의 집)'로 이주하게 된다. 무오년은 1918년이다. 정읍군 화해리라면 손바래기 증산 생가에서 불과 십여 리밖에 안 되는 곳인데, 거기에 한들댁(법명 김해운, 1872~1939)이란 홀어미가 태을도를 신앙하며 자녀들과 살고 있었다. 이때 47세인 한들댁은 금산사 아랫동네 원평(김제시 금산면)으로 종종 나들이를 했다. 원평은 증산이 생전 둥지를 틀었던 곳으로 태을도에도 성지였기 때문이다. 요즘도 화해리에서 걸으려면 여섯 시간을 잡는다. 신심이 장한 한들댁으로선 그리 먼 길이 아니기도 했겠지만, 거기에 이종사촌 여동생이 살고 있으니 하룻밤 묵어가기도 어렵지 않았을 것이다. 그러다가 원평에 사는 또래 여인 구남수(법명, 1870~1939)와 사귀게 되는데 그녀는 차경석을 추종하는 도꾼이었다. 구남수는 어떤 경로로 얻어들은 소문인지 모르나 한들댁에게 "대원사에 경상도에서 온 생불님이 계시다."는 말로 시작하여 "우리 한번 만나러 갈까?"

로 설득했다. 구남수도 혼자는 갈 용기가 안 났지만, 동행이 있다면 한번쯤 가서 만나보고 싶은 정도였을 것이다. 원평이라면 모악산 서편이요 대원사는 모악산 동편 산속에 있으니 보행으론 20리 길이지만 산길이라 적지 않은 품이 들었을 터이다. 증산이 도통한 절 대원사는 당시 증산 신자들에겐 성지순례 코스이기도 했다.

그들은 달덩이 같은 송도군을 만나 그 곱고 동탕한 모습에서 도인다운 선풍도골을 발견했을 것이다. 송도군에게 호감을 느꼈고, 그 중에도 한들댁은 더욱 반했다. 그들은 그가 늙은 스님이 아니라 초립둥이 젊은이란 점에서 또 다른 매력을 느꼈을지도 모른다. 기성 종교인 불교에 식상하고 태을도니 보천교니 하는 신흥종교를 신종하는 이들이다 보니 오히려 삭발하지 않은 송도군의 차림과 용모에 더 끌렸음 직도 하다. 이후 한들댁은 구남수와 동행하여 혹은 혼자서 대원사로 여러 차례 나들이를 했다. 정읍 화해리에서 대원사까지는 요즘에도 최단 거리 보행로로 일곱 시간 40분을 잡을 만큼 먼 길이었지만 말이다. 그러다 보니 찾아다니기도 수월찮은 터에 한들댁은 송도군을 숫제 화해리로 모셔 오고 싶어졌다. 당시 상황은 구술로 전해지는 것이 있다.

"우리가 강증산교를 믿었어. 우리 이모님이 원평에 계셔. 우리 어머니(한들댁)가 사촌동생한테로 그리 도를 받으러 댕겨. 한번은 갔다 오시더니 '참 도인'을 만나 뵈셨다 그려. 나는 비웃는 소리를 잘하제. "도인이 어떻게 생겼다요?" (…) 몇 번 갔다 오시더니 훌륭하다고 그러고, "우리 집에 좀 있었으면 쓰겠다"고. 집이 이런데 어떻게 모시냐 하니, "니가 있는 방을 칸을 막아 몇 달이라도 있으면 쓰겠다." 그러셔. "그건 얼마라도 하시오." (…) 키는 작더만. 장가를 가 가지고 초립을 쓰고 다녔어. 작아도 갓을 사 쓰고 다녔어."(『돌이 서서 물소리를 듣는다』, 128~129쪽에서 재인용.)

여기서 구술자는 한들댁의 맏아들 김기부金基富이니, 그가 〈구산수기〉에 나오는 김도일金道一(법명)이다. 송도군보다 네 살 연상이다. 아들의 허락을 받은 한들댁은 당장 송도군을 찾아가 자기가 모시고 싶으니 집으로 가자고 설득하였다. 송도군은 애당초 동안거 3개월 기간에만 머무를 작정이었는지도 모르지만, 어쨌거나 출가승도 아니면서 빈찰에 더 붙어살 명분도 없다 보니 못 이기는 체하고 따라나섰다.

화해리에 와서 송도군은 무엇을 하며 어찌 지냈을까? 김기부의 증언을 보면, 주로 방 안에 틀어박혀 글 읽고 주문 외는 심공을 드린 듯하다. 아침에 겨우 세수하러 나올 뿐으로, 돗자리에 송도군의 '발 복숭뼈' 자리가 패어 있을 정도였다니, 돌부처처럼 한 자리에 앉아 정신을 집중하는 시간이 많았을 터이다. 저녁마다 동네 북쪽에 있는 매봉 야트막한 언덕에 올라가 기도를 했다고도 한다. 2014년에 원불교청운회에서 매봉에 '영주비靈呪碑'를 건립했다. 〈화해 영주비 설립경위 안내문〉에는 「원기 2년(1917) 무렵 김해운의 요청으로 화해리에 머물며 기도 적공하던 중 우연히 솟아오른 주문을 외우니 이가 곧 영주靈呪이다.」라고 돼 있다. 영주[43]는 1950년 전후하여 편찬한 『예전』에 넣기 위해 지은 것인데, 1918년[44]에 송도군이 매봉에서 기도할 때 과연 이 영주가 있기나 했을까? 혹시 증산교의 태을주 같은 것을 외지는 않았을까, 잘 따져볼 일이다.

김기부는 또 송도군의 심부름으로 천문도를 구해다 주었다는 것으로 보아, 성주 있을 때 「간혹 지도서地圖書, 천문도天文圖를 그려놓고 묵시묵념默視默念하더라.」(《구산수기》)의 연장선상에 있음을 알 수 있다. 요컨대 송도군의 우주적 경륜이 보다 성숙해지는 과정이 아니었을까 싶다. 한들댁은 동네 사람들이 어쩌다 '경상도 손님'을 물으면 조카라고 둘러댔다지만, 7개월이나 식구로 지내다 보니 송도군은 한들댁을 어머니로, 김기부를 형님으로 부르며 단란하게 지냈다. 여기서 한들댁이 송도군을 '만국 양반'으로 호칭했다는 것이 두고두고 화젯거리가 되고 있으니 짚고 넘어가야 할 것이다. 김기부의 구술 중에 "우리 어머니가 하도 허물없이 지낸게 '선생님 택호[45]가 어디냐' 농도 하고 '광대안댁이라' 한게, '거 못쓴다. 조선에 없는 만국양반이라'고 우리 어머니가 이름 지어 줬제. 그런게 그 양반은 그냥

---

43) 영주는 원불교 기도 의식 처음 순서에서 마음을 모으기 위해 쓰이는 칠언절구 식 주문으로 '천지영기아심정/ 만사여의아심통/ 천지여아동일체/ 아여천지동심정'이다.

44) 〈화해 영주비 설립경위 안내문〉에 원기 2년(1917)이라 한 것은 원기 3년(1918)의 오류로 보인다.

45) 宅號, 집주인의 벼슬 이름이나 처가나 본인의 고향 이름 따위를 붙여서 그 집이나 집주인을 부르는 말. 송도군의 처가 동네가 광대안(광원리)이어서 송도군을 광대안댁이라 부른 것이다.

웃어버리지 어쩌겠어." 하는 데서 알 수 있듯이 우스개처럼 시작한 명명이지만, 여기엔 송도군을 설명하는 깊은 뜻이 있어 보인다는 평가다. '세계 만국 만민의 일을 아시고 걱정하시는 분'(이경순), '세상에서 가장 잘난 양반이란 뜻'(박용덕), '천하만국 일을 다 알고 천하사를 하는 분'(박정훈) 등으로 풀고 있다. 한마디로 요약하면 한들댁 눈에도 송도군이란 도인은 쩨쩨한 인물이 아니라 적어도 글로벌 단위의 호대한 스케일을 가진 인물임을 알아보았다는 얘기다. 그야말로 '해붕천리고상우(바다 붕새로 천리를 날아갈 만한 깃을 가졌다.)'라 한 포부가 그것이다.

화해리 김기부 집에서 머무는 동안 송도군은 가지가지 이적과 신통을 행함으로써 주목을 받는다. 매양 그렇듯 이런 사연에는 흥미 위주의 과장이 덧붙고 악의 없는 조작이 따르기 마련이어서 어디까지가 사실이고 어디부터가 설화인지 구분하기란 쉽지 않다. 그러나 선별하기는 어렵더라도 어느 정도 사실에 기반한 내용들이 있던 것만은 맞는 것 같다. 몇 가지 예를 들어보면 다음과 같다.

이웃에 사는 증산의 제자 황윤중(일명 황방맹이)이 있었는데 그가 송도군에게 다짜고짜 벼 한 섬을 꿔달라고 요구했다. 타관에서 굴러 들어온 애송이한테 시비 붙자는 의도가 다분했다. 꿔줄 벼가 없다고 거절하자 이번엔 송도군을 험담하는 투의 말이 나왔다. 기분이 상한 송도군이 웃통을 다 벗더니 황윤중을 향해서 고성으로 주문을 외었다. 그러자 광풍이 몰아치며 황윤중의 집 지붕을 몽땅 걷어버렸다. 이어서 뇌성벽력이 치며 소나기가 퍼부으니 황윤중이

동네로 이리저리 쫓겨 다녔는데 주문을 그치자 하늘이 맑게 개었다.[46)]

화해리에 한때 도깨비들이 출몰하여 주민이 불안했다. 송도군은 "흉년에 허기져서 죽은 귀신들이니 음식을 대접해야 된다."고 하며, 메밀범벅 한 동이와 음식 한 상을 차려가지고 매봉 무덤가에 갖다 놓으라고 하였다. 그대로 하니, 어둠이 짙어지자 도깨비불이 사방에서 번쩍거리며 몰려들어 빽빽 소리를 내더니 음식을 먹고 사방으로 흩어졌다.

이런 것에서부터 한들댁이 송도군을 먹이려고 딸네 집에 가서 달걀을 몰래 가져오자 그것을 어떻게 알고 나무라더라는 것이며, 마당에 곡식을 말리려고 너는데, 곧 비가 올 것이니 곡식을 거둬들이라고 하여 말대로 했더니 얼마 후 소나기가 좍좍 퍼붓더라는 것이며, 김기부의 식구들이 밖에서 일을 하는데 날이 저물어 일을 미처 못 끝내게 되니, 일하는 동안 해를 붙들어 두었다가 일을 마친 뒤에야 해가 지게 했다는 것 따위다. 증산도꾼들 사이엔 자연히 "경상도에서 온 송 아무개가 개안을 했다."는 소문이 났다고 한다. 개안은 득도得道와 같은 말로 증산도꾼들이 목표로 하는 깨달음의 최고

---

46) 비슷한 이야기가 송인걸 교무의 〈교사이야기〉 12(《원불교신문》, 2015.4.3.)에는 「한 사람이 해운의 집에 타관 남자가 숨어 있다고 순사에게 밀고를 하였다. 정산종사 그 사람을 혼내주기 위하여 절부채를 척 펴들고 그 집 쪽을 향하여 활활 부치니 난데없는 회오리바람이 일어나서 별안간 지붕이 용마름부터 걷히더니 결국 서까래만 남게 되었다. 이 일이 있은 지 며칠 후에 그 사람이 연유를 깨닫고 와서 "도인을 몰라 뵈어 죄송합니다." 하고 사죄하였다.」로 나와 있다.

경지를 이름이다.

성주에서부터 이적을 나타내거나 신통을 부리는 데 재미를 붙여가더니 그즈음에는 제법 그런 일에 능숙해진 모양이다. 소태산을 만난 뒤엔 스승이 이런 일을 싫어하는 걸 알고, 결국 송도군도 신통 이적을 거둬들였다. 후일에 "내가 그때는 도를 몰랐기 때문에 부질없는 일이 나타났으며, 혹 때로 나도 모르는 가운데 이상한 자취가 있었을 따름이니라."(『정산종사법어』, 기연편7)라고 고백했다.

여기서 짚고 넘어갈 기연이 하나 있다. 송도군이 화해리에서 증산 강일순의 식구들과 다시 이웃해 사는 일이 생긴 것이다. 증산 첫 부인(정치순)이 손바래기(객망리) 시집에서 나와 화해리 김기부의 집과 붙은 이웃집에 살게 된 것이다. 언제부터 같이 살게 되었는지(적어도 증산 부인은 진작부터 거기 살았던 것으로 보인다.) 두어 가지 설이 있지만 여기서까지 굳이 따질 건 없다.

> "얼매끔은 그렇게 지냈는디 우리 집 밑에가 샘에서 물 얻어먹었다고 하는 이(강증산의 유족)가 거기 제금 나와 살어. 거기 행랑채가 있는데 강증산 어머이가 (손바래기 본집에서 따로 나와) 얻어 갖고 나와 살아. 강증산 아버지 탈상도 거기서 했어. 강증산 동생 선돌댁은 담뱃대 물고 (송도군한테) '자네 어쩌고저쩌고' 법사님(송도군)을 '조카네'라고 하며 친하게 지냈제."(박용덕, 같은 책, 129~130쪽에서 재인용.)

송도군이 강순임을 통해 『정심요결』을 입수하던 손바래기 집이 아니고, 그가 손바래기를 떠나 대원사에 들어가 머무르던 그 사이(혹은 그 이전부터) 증산 가족이 화해리에 와 있던 것이다. 증산 어머니, 증산 본처, 증산 누이(선돌댁)만 언급되고, 딸 이야기는 안 나오지만 다른 자료를 보면 강순임도 와 있었던 모양이다. 같은 샘을 쓰는 아래윗집 같은데 증산교의 한 파인 대순진리회의 경전 『전경典經』에 따르면, 증산 유족이 있던 집이 곧 김기부의 집처럼 돼 있다. 송도군이 화해리를 떠난 이듬해인 1919년 일로 나오는데 참고할 만하다.(괄호 안은 인용자가 참고로 넣은 내용)

> 도주道主(趙哲濟, 1895~1958)께서 다음 해(1919) 정월 보름에 이치복을 앞세우고 정읍 마동 김기부의 집에 이르러 대사모님(증산 본처 정치순)과 상제의 누이동생 선돌부인과 따님 순임을 만나셨도다. 선돌부인은 특히 반겨 맞아들이면서 "상제께서 재세시에 늘 을미생(1895년생)이 정월 보름에 찾을 것이로다."라고 말씀하셨음을 아뢰이니라. 부인은 봉서封書를 도주께 내어드리면서 "이제 내가 맡은 바를 다 하였도다." 하며 안심하는도다. 도주께서 그것을 받으시고 이곳에 보름 동안 머무시다가 황새마을로 오셨도다.(『전경』, 교운 2장 13절)

살짝 어긋나긴 했지만 송도군과 조철제(무극도)[47]는 묘한 인연이

47) 조철제는 차천자의 보천교와 쌍벽을 이루며 조천자로 행세하였는데 해방 후, 태극도와 대순진리회 등으로 가지치기를 하였다.

있어 보인다. 필자가 1996년 8월에 화해리를 들렀을 때 화해교당 교무는 지금도 증산교 사람들이 종종 성지순례 차 김기부 집을 찾고, 값은 얼마든지 쳐줄 테니 집을 팔라고 치근댄다고 했다. 교무는 송도군(정산 송규)이 한때 인연이 있었을 뿐 이미 오래전에 원불교 사람이 되었음에도, 증산교에서는 아직도 그를 사모하여 한때 머물렀던 김기부 집을 성지순례 코스에까지 넣고 찾는다고 자랑스럽게 말했다. 그런데 알고 보면 그들이 찾은 것은 송도군의 자취가 아니라 도주 조철제의 자취였던 것이다.

### 조철제와의 인연

조철제는 경상남도 함안 출신으로 항일운동을 하던 아버지를 따라 15세 때 만주에 가서 구국운동에 가담하다가 증산甑山에 대한 이야기를 듣고 감동했다. 귀국 후 입산수도하던 중 23세 때 개안영통하였다고 하며, 증산의 영적 제자를 자처하였다. 증산 사후 숱한 분파가 저마다 증산 후계를 자처하는 판에 조철제는 그들 친자종도(직접 가르침을 받은 제자)와 경쟁하기에는 치명적 약점이 있었다. 증산을 만난 적도 없는 그가 후계를 자처할 명분이 없었기 때문이다. 그는 정통성을 획득하기 위하여 몇 가지 술수를 쓴다.

무오년(1918) 가을, 조철제는 증산에게 치성을 드리고, 증산의 연고지 김제 원평에 있는 구릿골 약방을 찾아가고, 증산이 도통한 대원사에 가서 백일기도를 한다. 을미년(1919) 정월 보름 조철제는 화해리 김기부 집(?)으로 와서 증산의 본처 정치순, 누이 선돌부인, 딸 강순임을 만난다. 차경석이 수부 고판례를 볼모로 했듯이, 조철제는 증산 가족을 자기편으로 끌어들이려고 한 것이다. 여기서 그는 선돌댁과 합작하여 몇 가지 모사를 한다. 39세 선돌댁이 주도하여 25세 조철제를 설득하니 ①증산이 생전에, 을미생(조철제)이 정월 보름에 찾아올 것이라 했다면서 비전한 봉서封書를 주고, ②증산의 구릿골 약방에 보관하였던 약장과 둔궤(목제 궤짝)를 천지 도수의 조화라면서 훔치라 사주하고, ③증산의 혈통인 선돌댁과 영적 제자인 조철제가 연분이니 혼인해야 한다 했다. 이해관계가 맞아떨어진 두 사람은 14년의 나이차에도 불구하고 인연을 맺고 동거하면서 증산의 약장과 둔궤를 약탈하고, 심지어는 증산 유골의 탈취까지 기도한다. 김기부의 집 벽지 안에 도배하여 숨겨놓았던 봉서를 찾아내 전했다는 것도 다분히 조작으로 보이지만, 어쨌건 조철제는 나름의 정통성을 확보하고 정읍 태인면에서 무극도(혹은 무극대도)란 교단을 창립하는 데 성공한다.

후일담이지만, 조철제의 교단에서 재무를 책임졌던 성정호(법명 성정철)는 1925년에 조철제를 떠나 소태산에게 귀의한다. 한번은 소태산이 "그 사람이 괜찮으니 데려오너라." 하면서 송도군을 조철제에게 보냈다. 다녀와서 여의치 않음을 보고하니 "아, 발이 좀 늦었다. 안 되겠다." 하고 포기하였다.(『최초법어부연법문』, 100쪽)

송도군과 조철제는 두 사람 다 법호가 정산鼎山이다. 우연일까? 또 화해리 김기부의 집을 지연地緣으로 하고, 선돌댁이란 맹랑한 여인을 인연人緣으로 하여 두 사람이 묘하게 얽혀 있다. 희한한 일이다.

## 소태산을 만나다

1891년 전남 영광군 백수면 길룡리에서 태어난 박중빈은 일찍이 일곱 살 나이에 발심하여 자연현상과 인생사에 대한 의문을 풀고자 구도의 길을 걷는다. '우주만물 그 이치와 생사고락 그 이치'를 풀고자 11세부터 만 4년을 산신기도에 매달렸다. 가망 없는 헛수고임을 깨달은 1906년, 그는 처가에 갔던 길에 고소설 〈박태보전〉, 〈조웅전〉 읽는 것을 듣다가, 세상에는 도사나 이인과 같은 탁월한 인간이 있다는 것을 알게 된다. 존재 여부부터 아리송한 산신을 포기하고, 도사 이인을 만나 의문을 풀고자 22세까지 스승을 찾아 방황하며 고행의 나날을 보낸다. 그러나 어디에서도 그의 의문을 시원히 풀어줄 스승을 찾지 못한 그는, 궁핍과 질병에 시달리며 몸소 악전고투의 세월을 보내던 끝에 1916년 4월 28일, 드디어 큰 깨달음(대각)을 성취한다. 그의 법호가 소태산少太山이다.

이후 추종자들을 모아 도를 전하던 중 여덟 명의 제자를 특선하여 표준 제자로 정하고, 1917년 10월에 10인 일단十人一團의 기초 조직을 만들어 스스로 단장이 된다. 이어서 저축조합을 설립하고, 금주단연과 절약절식을 실행하고 숯장사를 하면서 자본금을 모은다.

목표로 했던 자본금이 모이자 1918년 음력 사월 초나흘 간석지 방언공사에 착수하는 한편, 10인 1단의 구성원 중 모자라는 1인을 찾는 일에 나선다. 실은 모자라는 1인이 조직의 2인자로 중앙이 되어 단장을 보좌할 인물이니, 소태산이 진즉에 점찍어 두고 때를 기다리던 처지였다.

> 선시先時(이전)에 대종사께서 영광 길룡리에서 득도得道(도를 깨침)하신 후로 조합원 8인을 데리시고 방언역防堰役(제방 막는 일)을 마치신 후[48] 인하여 8인으로 더불어 단團(10인 모임)을 조직하실새 대종사께옵서 단장 되시고 8인으로 단원을 삼으시고 다음 법호法號를 주시며 말씀하시되 "중앙 재목은 뒤에 원방遠方(먼 지방)에서 올 것이다." 하시더니, 그 후 삼 삭三朔(석 달)을 지낸 뒤에 대종사께서 일산一山(이재철), 사산四山(오창건) 양인兩人(두 사람)을 불러 말씀하시되 "너희는 장성역長城驛에 나가서 체격이 조그마하고 낮이 깨끗한 어떤 소년이 차에 내려서 미처 갈 곳을 결정 못하고 두류逗留(머뭇거림)하거든 데리고 오너라." 하시거늘 양인이 청명聽命(명을 들음)하고 익일翌日(이튿날)로 발정發程(출발)하기로 경영經營(계획)하더니 당일 석후夕後(저녁 식후)에 다시 말씀하시되 "장성 갈 일은 그만두라. 후일 자리 잡아 앉은 뒤에 다시 다녀오리라."

48) 방언을 마친 것은 1919년 음력 삼월이고, 단을 조직한 것은 그보다 훨씬 앞선 1917년 음력 칠월이니 시차가 큰데, 필자 구산은 연대를 많이 착각하고 있다. 또한 방언을 마친 후에 송도군을 데려온 것도 아니고, 8인에게 먼저 법호를 준 것도 아니다.

하시더니, 동년 사월에 지至(이름)하여 하루는 대종사께서 팔산을 불러 말씀하시되 "오늘은 나와 함께 저 윗녘을 가자." 하시거늘, 팔산八山(김광선)이 가로대 "어찌 가자 하시나이까?" 한 대, 대종사 "내가 전일부터 항상 말하기를, 우리와 만날 사람이 있다고 하였었지. 그 사람 데리러 가잔 말일세." 하시니, 당시에는 광주나 영광 사이에 자동차가 통래通來(오고 감)되지 아니하였는지라, 두 분이 보행으로 무장, 고창, 흥덕을 지나고 정읍 화해리에 이르러 김도일 집을 방문하여 비로소 대종사와 사師(송도군) 두 분이 서로 만나게 되었다.(《구산수기》)

여기서 소태산의 초인적 면모가 드러난다. 기록마다 차이가 있으니 단정적으로 말하기는 조심스러우나, 우선 소태산은 간혹 별자리와 천기天氣(하늘에 나타난 조짐)를 관찰하며 "우리가 만나야 할 사람이 점점 가까이 오고 있다." 했고, 종종 오재겸(사산 오창건), 김성섭(팔산 김광선) 두 제자를 시켜 고창 장날에 가서 모습과 신장이 이러이러한 초립동 소년을 만나거든 데려오라고 하였으나 몇 번이나 헛걸음을 하였다고 했다. 한번은 "그대들은 어느 곳이든지 가고 싶은 데로 가서, 이분 같으면 우리 선생과 비슷하다고 생각되면 그 사람이 우리 사람이니 데리고 오라"고 하며 노잣돈까지 챙겨주었으나 돈만 쓰고 돌아온 일도 있었다는 등 전해지는 이야기들이 몇 가지 있다. 이런 것은 소태산으로선 다 때가 있는 줄 짐작하면서도 먼저 조직에 들어온 8인 제자들에게 나중에 들어올 중앙 자리가 막중함을 인식시키기 위해서 쓴 방편이었다는 것이다.

그러던 중 단을 조직한 지 3개월이 지난 1917년 시월 어느 날, 소태산이 이재풍(일산 이재철), 오재겸 두 제자를 부르더니, 장성역에 가서 체격이 자그마하고 낯이 깨끗한 어떤 소년이 차에서 내려 갈 곳을 결정하지 못하고 머뭇거리거든 데리고 오라고 했다. 이전보다 한결 구체적이다. 장성역이란 장소도 그렇고 인물의 용모와 행동거지까지 눈에 보이듯 지적해준 것이다. 그러나 그날 저녁에 돌연 명을 거둔다. "장성 갈 일은 그만두라. 후일 자리 잡아 앉은 뒤에 다시 다녀오리라." 그런데 소태산이 이렇게 하룻밤 만에 마음을 바꾼 이유가 뒤에 밝혀졌다. 앞서 송도군이 장성, 정읍, 고창 등지로 스승을 찾아 종종 나들이를 했다 했는데, 소태산이 제자들에게 장성역에 다녀오라 한 그날, 뜻밖의 사정으로 송도군 측에서 일정을 변경한 것이다.

김삼룡(법명 정용)이 아버지 김기부(도일)에게 듣고 교차 검증까지 마쳤다고 하는 이야기인즉 이렇다. 하루는 송도군이 김기부에게 "오늘은 먼 데를 가십시다." 하고 동행을 제안하여 아침밥을 먹은 후 함께 정읍역으로 왔다. 역에 들어섰는데 마침 젊은이들의 난투극이 벌어져서 코피가 터지고 난장판이 되었더란다. 송도군이 눈살을 찌푸리며 "우리가 올 때가 아닌가 보네." 하더니 그냥 돌아가자고 하여 되돌아왔다. 그날 장성역까지 가려던 일정이 어긋난 것이다. 일이 이렇게 될 것을 미리 내다본 소태산이 처음 계획했던바 장성역에 사람 보내기를 아예 포기하게 되었단 것이다.(『생불님의 함박웃음』, 322~323쪽)

소태산은 송도군의 존재를 간절히 기다렸고, 송도군이 소태산에게 그만큼 필요한 사람이었음을 알겠다. 다만 소태산은 송도군의 존재 자체는 물론 그의 일동일정을 지피에스GPS 보듯 예의 주시하고 있었음에 비하여, 송도군은 소태산의 존재를 막연히 인식하고 있을 뿐 구체적으로 동정을 살필 정도의 혜안은 미처 갖추지 못했던 셈이다. 이들의 만남은 다시 일곱 달쯤 미뤄진 이듬해(1918) 음력 오월 어느 날, 방언공사를 착공한 지 한 달쯤 지날 무렵에 드디어 성사가 되었다. 소태산은 제자들을 거느리고 옥녀봉 중턱까지 올라가더니 "우리가 찾던 사람이 어디 왔는가 한번 보세." 하고 천기를 살피더니 "그 사람이 멀리 있지 않네." 하였다.

소태산은 마침내 결심이 선 듯, 제자 김성섭(팔산 김광선)을 앞장세웠다. 두 사람은 걸어서 무장, 고창, 흥덕을 거쳐 이튿날 정읍 화해리 마동마을에 도착하였다. 소태산은 아는 집 찾아가듯 갔고, 마을에 이르자 김성섭을 시켜, 김기부의 집으로 가서 경상도에서 온 소년을 데리고 나오라고 일렀다. 소설에서는 이들 만남의 순간이 이렇게 묘사되고 있다.

> 이윽고 느티나무 뒤로 두 사람의 모습이 나타났다. 처음엔 거리가 멀고 나뭇가지에 가려 분별이 안 되었지만 그들이 마을 고샅길을 벗어나 논가로 나서자, 육 척 장신의 풍채 좋은 김성섭과 함께 오 척 단구의 자그마한 소년의 모습이 얼른 구별되었다. 박중빈은 설레는 마음으로 송도군의 다가오는 모습을 끝까지 지켜보았다. 송도군은 자기를 찾아온

인물이 누구인지 궁금한 듯 발걸음을 머뭇거리며 몇 차례나 머리를 들어 박중빈 쪽을 바라보았다. 마지막으로 송도군이 둑에 올라서자 두 사람은 비로소 시선을 정면에서 마주하였다. 소녀처럼 희고 고운 피부, 망건 아래 갓끈 따라 동글동글 선이 부드러운 윤곽, 단정한 이목구비에 유난히 총기 있어 뵈는 눈빛! 이십팔 세 박중빈은 부드러운 미소를 얼굴 가득 머금고 십구 세 송도군을 바라보았다. 깎은서방님 같다더니 송도군이 꼭 그랬다.

송도군은 몇 걸음 밖에서 발을 멈추고 박중빈을 우러렀다. 박중빈의 얼굴을 보는 순간 그는 감전된 듯 깜짝 놀랐다. 아니 이럴 수가? 그렇다! 저 원만하고 빛나는 용모, 내가 정신 기운이 맑아질 때면 종종 뜬금없이 떠오르던 그 상호가 분명하다. 저 춘풍화기 감도는 미소까지가 꼭 맞는구나. 송도군은 아침 해를 바라보는 아이처럼 눈이 부셨다.

"원로에 소생을 찾아주시니 감사합니더."

송도군은 비로소 두 손을 읍한 자세로 모으고 머리를 공손히 숙여 예를 갖추었다. 박중빈은 몇 걸음 송도군에게로 다가와 그의 작고 보드라운 손을 감쌌다.

"우리 만남은 숙세의 약속이었소. 나는 이날을 늘 기둘르고 있었지라!"

"지도 기다리고 있었습니더. 다만 언제 어데서 뵐 수 있을지 그걸 몰라 답답했지예."

"진작 만내고도 싶었지만 때가 아니길래 참고 기둘렸소. 인자 우리가 만날 때가 되았고, 만나서 항께 헐 천하 대사가 있소."(『소설 소태산』 203~204쪽)

소태산은 송도군의 안내를 받아 김기부의 집으로 들어갔다. 그 날 밤은 김기부가 자기 방까지 내주고 이웃에 가서 잤고, 두 사람은 맘 편히 밤새 이야기를 나누었다. 이튿날 아침에 궁금증을 못 이긴 한들댁이 송도군에게 "밤새도록 잠 안 자고 무슨 이야기를 그리 했다요?" 하고 물었다고 하는 걸 보면, 두 사람은 오래 쌓인 회포를 푸는 연인들처럼 아마 밤을 꼬박 새우며 이야기를 나누었을 것이다. 도대체 이들은 무슨 이야기를 나누었을까? 「두 분께서는 지내오신 경로와 현재 진행하신 일이며 돌아오는 세상에 펴실 포부를 밤이 새도록」(『정산종사전』, 111쪽) 나누었다고 하는 것이 대체로 맞는 추측일 것이다. 아마 지난 세월의 구도 역정을 서로 소개했을 것이고, 각자 도달한 깨침의 현주소도 문답했을 것이고, 앞으로 펼쳐갈 중생 제도의 포부도 밝혔을 것이다. 그 과정에서 자연히 두 사람의 법력 차가 드러났을 것이니, 소태산은 송도군에게 의형제를 맺자고 제안한다.

소태산은 도인으로서 송도군의 실력과 가능성을 확인하고 역시 놓쳐서는 안 될 인재라, 아쉬운 마음에 당장 데려가고 싶었던 것 같다. 그러나 송도군의 결심이 서는 것은 오히려 쉬운 일이나 한들댁의 동의를 얻는 것은 어려웠던 것 같다. "할머니는, 정산 종사님(송도군)께는 섭섭하지 않았지만 찾아 온 손님(소태산)에게 몹시 섭섭했다. 그 어른은 이튿날 아침을 들고 가시는데 뒤꼭지가 미웠다고 말씀하셨다."(손자 김삼룡 증언)라는 걸 보면, 한들댁으로선 처음부터 불길한 예감이 들었던 것 같다. 소태산은 이웃집에 사처를 정하고 다시 이틀을 기다렸다고 한다. 송도군이 한들댁을 잘 설득하도록 시간 여유를 준 것이기도 하고, 또한 한들댁이 체념하고 송도군을 놓아주기를 기다린 것이기도 했겠다. 그러나 한들댁은 그리 만만한 여자가 아니었다. 훗날 송도군이 김기부의 둘째며느리 김성윤에게 시할머니 한들댁을 두고 "여자이지만 여장군이다. 보통 할머니가 아니시다. 잘 받들어라." 하고 당부했다[49]는 걸 보더라도 한들댁은 워낙 대가 센 여자였던가 싶다.

> 김씨(한들댁)는 이들 두 사람의 심상찮은 상봉을 처음부터 미심쩍게 바라보았다. 혹시 저 사람이 만국 양반을 데려가버리는 것은 아닐까? 데려가겠다고 않더라도 만국 양반이 스스로 저 사람을 따라나서진 않을까? 앉았다 섰다 부접을 못 하던 김씨는, 보자고 부르는 도군의 은근한 목소리에 가슴이 철렁 내려앉았다.
>
> "어무이, 그동안 지 땜새 고생을 마이 하셨는디, 지가 아무래도 영광으로 떠야겄소."
>
> 아니나 다를까 만국 양반은 김씨에게 작별을 통고하는 것이었다. 김씨는 그 자리에 털썩 주저앉았다. 그리고는 투정부리는 어린애처럼 막무가내였다.
>
> "안 되지라우. 고로코롬은 못 허지라우. 내가 사대육신이 요러코롬 멀쩡한디 암디도 못 보내지라."

49) 『우리 회상의 법모』(원불교신문사), 27쪽.

송도군은 난감했다. 박중빈과 함께 영광으로 가서 형님으로 모시고 천하 대사를 도모하자고 밤새 한 다짐이 수포로 돌아가게 된 것이다.(『소설 소태산』, 213쪽)

결국 한들댁이 체념하기보다 두 사람 쪽에서 먼저 체념하였다. 김기부가 예의 회고담에서 "(방 하나를 아래윗간으로) 간을 막고 그렇게 지내는데 우리 집안 식구들이 서로 그 양반 없으면 못 살 줄 알고 지내고…"라고 한 걸 보면, 송도군은 한들댁뿐 아니라 나머지 식구들에게도 그냥 불편한 군식구만은 아니었던 것으로 보인다. 두 사람은 뜸을 좀 들이기로 하고 훗날을 기약한 채 작별하였다. 소태산은 아쉬움을 달래려고, 갖고 다니던 담뱃대를 신의의 표시로 송도군한테 주었다고 했다.[50] 이는 1917년 저축조합운동을 하며 「모든 단원이 술, 담배를 끊어 그 대액代額을 저축하며 (…)」(『원불교교사』)와 어긋난다. 그렇다면 이경순 교무의 담뱃대 기억이나 교사의 기술, 두 가지 중 하나는 오류다. 송도군의 혈연(외사촌형 이춘풍 교무의 딸)으로 자별하게 지내던 이경순의 기억을 신빙한다면, 교사의 연대 표기가 잘못일 수도 있다. 그러나 저축조합과 연동된 금연 타이밍을 부정하는 것, 그 또한 어렵다.

50) 〈정산종사 출가 전후의 이모저모〉, 82쪽.

## 신물信物로서의 담뱃대

각별한 혈연, 친구, 연인 등이 기약 없는 이별을 할 때, 훗날 만나서 서로 신분을 확인하기 위하여 주고받는 간단한 물건을 신표信標라고 했다. 신분 확인과 상관없이 신의의 표시로 쓰였다면 신표信標보다 신표信表가 맞을 듯도 하다. 남녀 연인들이 사랑을 맹약하며 잊지 말자는 증표로 쓰이기도 하다 보니 신표는 정표情表이기도 했다. 성춘향과 이몽룡이 이별할 때 신물로 명경과 옥지환을 주고받은 것도 그 예이다. 옛날에는 이럴 때 쓰인 것으로 칼, 반지(가락지), 거울 등이 있고, 더러는 불망기不忘記와 같이 수기手記로 대신하기도 하는데, 소태산과 송도군의 경우처럼 담뱃대가 쓰인 예는 찾아보기 힘들다. 그것도 주고받는 교환이 아니라 일방적인 증여인 점도 예외적이다.

소태산의 담뱃대 신물이 생뚱맞기만 한 건 아니다. 근세의 선승 경허는 담배를 좋아하였던 모양인데, 그가 1904년 승려 생활을 청산하고 여생을 정리하러 삼수갑산으로 떠나려 할 때, 제자 송만공이 스승에게 새 담뱃대와 쌈지를 선물하였다는 얘기가 있다. 이 신물을 아끼던 경허는 임종에 즈음하여 담뱃대와 담배쌈지를 자기 무덤에 함께 묻어달라는 유언까지 했더란다.

담배를 즐기던 강증산도 "천하사를 하는 사람은 담뱃대를 반드시 가지고 다니라(爲天下事者 煙竹必備)."(『천지개벽경』, 갑진 9장) 하였으니, 도가에서도 담뱃대가 화제로 등장하는 일이 더러 있긴 한가 보다.

소태산은 송도군에게 간절한 정을 드러내 보이기 위한 정표로서,

혹은 천하사를 함께하자 한 맹약을 잊지 말라는 뜻의 신표로서, 가장 가까이 두고 쓰던 담뱃대를 주고 떠난 것이라 할까. 평생토록 물건으로서 스승에게 무엇을 드려본 적이 없다고 고백했던 송도군은 이때도 답례를 하지 못했다.

당시 담뱃대는 흡연 도구 외에 사교의 도구로서도 기능했다. 소태산이 본래부터 흡연을 즐기지 않은데다 이때는 해수병까지 있어서[51] 담배를 피울 처지도 아니었던 것으로 볼 때, 여기도 굳이 흡연 목적으로 가져간 것은 아니지 싶긴 하다. 흡연을 위해서 가져갔다면 대용품도 없이 자기 쓰던 담뱃대를 불쑥 주지는 않았을 것이다. 이런 상황까지 예상해서, 안 쓰고 처박아두었던 담뱃대를 일부러 챙겨 갔다고 한다면 너무 궁색한 유추겠지만.

---

51) 대각 전, 하도 기침이 심하여 이원화가 꿀 한 단지를 구해다 주었더니 그걸 다 먹고 기절하였다는 구전이 있다.(박용덕, 『소태산의 대각, 방언조합운동의 전개』, 185쪽)

# Ⅳ

# 법인성사

## 송도군의 영산 합류

같은 해(1918) 음력 칠월, 김성섭(팔산 김광선)은 소태산의 지시를 받들고 다시 정읍으로 갔다. 화해리서 시오리 거리인 정읍군 연지리에 있는 주막에서 인편으로 연락을 취했을 때는, 송도군 또한 한들댁을 설득해놓고 기다리던 차였다. 송도군은 김기부의 배웅을 받으며 주막에 가서 김성섭을 만났다. 한들댁에 가서 신세를 진 지 7개월 만이었다. 장마철이라 종종 비를 맞으면서 두 사람은 120리나 떨어진 영광으로 향했다. 지름길로 산길 물길을 가다 보니 송도군은 김성섭의 속도를 따라잡지 못해서 숨이 가빴고, 물을 건널 때면 으레 김성섭이 송도군을 업고 건넜다고 한다.

### 한들댁 김해운의 일편단심

송도군은 한들댁을 이렇게 설득했다 한다. "지가 영광을 가는데 그냥 댕기오겠으니 그리 아시이소. 혹시 제가 쉽게 못 오면 어무이께서 한번 오셔서 만나면 되는 것이니 너무 섭섭지 마이소."[52] 그러나 말이 설득이지 한들댁 처지에선 결코 동의하지 않았던 것 같다. 김기부조차 "작별하고는 어디 볼래야 볼 데 없고 어떻게 섭섭한지, 두 달 되었던가 석 달 뒤엔가 120리 길을 지름길로 질러 가 영광에 찾아갔지." 하는 걸 보면, 한들댁의 서운한 마음이야 오죽했겠는가. 무려 20년 동안이나 발을 끊고 지냈다고 한다. 김기부의 아들 김정용(삼룡)의 회고담에도 그런 사정은 잘 보인다.

"그동안 대종사님께서 만국 양반을 불러 가신 일이 할머니 마음속에서는 크게 섭섭한 일로 남아 있었던 까닭에, 정산 종사님을 뵈러 가지 않겠느냐는 말이 나오면 '거기 가셔서 도꾼 되어 큰일 하신다는데 내가 갈 것 뭐 있느냐.' 하시며 일축해버리곤 하셨었다. (구남수 할머니가) 이런 할머니의 마음을 아시고 영산이 아니라 총부에서 총회가 열리니 한번 가보자고 부추기시는 바람에 할머니도 못 이긴 척 따라가셨다."

「(1938년) 만국 양반을 뵈오러 정읍 해운 할머니가 오니, 대종사님께서 "왜 이제야 오는고?" 하며 꾸중하시니 "예, 알은 일찍 낳았으나 밑에 들어서 까기를 늦게 했습니다." 대종사님께서 웃으시며 "됐다." 하시고 바로 즉석에서 법명을 주시며 말씀하시기를 "해운의 집에서 좋은 전무출신 두 명이 나올 것이니 후원을 잘하라." 하셨습니다.」 (이경순, 〈정산종사 출가 전후의 이모저모〉)

한들댁은 20년 만에 소태산을 만나서 삐친 마음을 겨우 풀고 해운海運이란 법명을 얻었고, 숙원이었던 만국 양반을 만나자 신심은 날이 갈수록 더하여졌다. 그 후 인용, 정용 두 손자를 총부로 보내어 전무출신(출가)을 시켰다. 얼마 후 이 어린것들이 어찌 지내나 궁금하여 다시 총부를 찾아와 손자들을 만났다. 정용은 산업부에서 토끼 밥을 주고 있는데 한껏 야윈 얼굴에 명주털(솜털)이 보송보송 난 것이 마냥 가여워 보이고, 인용은 보화당(한약방)에서 왼손잡이로 어설프게 약을 썰고 있는 옆모습이 어찌나 처량해 보이던지, 집에 가면 아들한테 얘기해서 손자들을 당장 데려가리라고 마음먹었더란다. 하지만 돌아가는 길에 생각하기를 "아, 부처님께서 알아서 하시는 일을 내가 작은 인정에 끌려서 이러면 안 되지." 하고 마음을 돌린 뒤, 집에 돌아가 뒷바라지에 힘썼다.

후일에 아산 김인용, 문산 김정용 형제는 원광대학으로 배치를 받았다. 건물 한 동만 겨우 갖춘 2년제 원광초급대학에서 시작하여, 인용은 총무처장을 하고 정용은 총장까지 하며 원광대학교를 의료원까지 갖춘 어엿한 종합대학교로 키워내는 데 일등공신이 되었다. 사람들은 이를 두고 오로지 김해운 할머니의 신심과 공심이 만들어낸 결정체라고 칭찬을 했다.

사(송도군)께서는 약속한 장소에 가서, 영광에서 대종사님 명을 받들

52) 박용덕, 같은 책, 91쪽.

어 새벽길을 나온 팔산(김성섭) 선생님을 만나, 길 험하고 물 많은 수십 리 길을 걸어서 날이 저물 때에야 영산에 도착하셨습니다. 와서 보니 선진포 나루터 전경이 고향에서 늘 눈에 나타나던 풍경과 같음을 보고 희한하고 상쾌한 마음 이루 비할 데 없었다고 합니다. 영산에서 대종사님을 뵈옵고 "형제의 뜻을 놓고 아버님으로 모시겠습니다." 하고 부자의 뜻을 정했다 합니다. 대종사께서 "나는 이제 근심을 다 놓았다. 법을 전할 법주法主를 만났으니 (…)" 하시며 매우 중하게 여기셨고, 8인 동지들도 법사님보다 다들 연장이건만 형이라고 불렀다 합니다.(이경순, 같은 글)

훗날 송도군은 "내가 일찍 경상도에서 구도할 때에 간혹 눈을 감으면 원만하신 용모의 큰 스승님과 고요한 해변의 풍경이 떠오르더니, 대종사를 영산에서 만나 뵈오니 그때 떠오르던 그 어른이 대종사시요 그 강산이 영산이더라." 하고 회상하였다. 성주 초전면 산골에 살던 그가 해변의 영상을 떠올린 것도 신기하지만, 영산(영광 길룡리 일대)의 선진포 나루터에서 붉은 행자(칠면초)가 뒤덮인 갯벌을 보면서 송도군은 기시감에 깜짝 놀랐다고 한다. 소태산은 전세부터 그의 스승이었고, 영산은 전세부터 그가 인연 맺은 땅이란 것이겠다.

그는 스승을 너무나 존경하고 사랑했다. "내가 만일에 대종사를 뵙지 못하였으면 어떻게 되었을까?" 하고 곰곰이 생각하면 참으로 행복스러움을 느낀다고 했다. 또 "나는 평생에 기쁜 일 두 가지가 있노니, 첫째는 이 나라에 태어남이요, 둘째는 대종사를 만남이니라." 하고 "모든 사람이 스승님의 은혜를 다 같이 느낄 것이나, 나는 특히 친히 찾아 이끌어주신 한 가지 은혜를 더 입었노라."라고도 하였다. 다른 사람은 그쪽에서 스승을 찾아와 뵈었는데 자기는 스승이 친히 찾아주셨으니 다른 사람에 비하여 천 배 만 배의 보은을 해야 한다고 다짐했다.

송도군은 스승을 닮고자 얼마나 애썼는지 식성까지도 스승이 잘 잡수시는 것으로 다 바꾸어버렸다. 평생을 함께한 부부 사이에도 식성의 차이는 어쩔 수가 없는데 식성까지 바꾸다니, 스승에 대한 절대적 신뢰와 절절한 신성信誠은 송도군의 심신을 개조할 만큼 간절한 것이었다. 원불교에서는 흔히 스승에 대한 제자의 신성 최대치를 '창자를 잇는 대신성'이라 하는데 그 이유를 알 듯도 하다. 소태산도 송도군의 그 지극한 신성을 알았기에 "무슨 일이나 내가 시켜서 아니한 일과 두 번 시켜본 일이 없었노라."(『대종경』, 신성품18) 하고 칭찬했다. 송도군은 소태산을 모시고 잠을 잘 때면 잠결에 스승이 자기 손을 아기 만지듯 어루만지는 것을 수차례 겪었다고 회고했다. 소태산에게 있어 송도군은 엄마 품에 안긴 아기 같은 존재였는지도 모른다. 그렇다면 영광으로 와 품에 안긴 송도군을 소태산은 어떻게 맞이했을까?

대종사님께서 방언 당시 8인 제자들과 일터에서 돌아오시더니, 법사님(송도군)에게 "사형師兄들이 삼계대중을 위하여 천지공사에 온종일 수고하고 왔으니, 너는 형들의 앞앞에 절을 하라." 하시고, 이후로는 집에서

보리방아를 찧어 밥을 짓도록 시키니, 법사님께서는 즐겨 복종했다 합니다.(이경순, 같은 글)

아마도 8인 선임 제자들의 텃세를 방지하기 위한 선제 조치일 것이며, 동시에 송도군의 하심下心을 요구하는 속내가 있었을 것이다. 여타 8인이 영광 토박이임에 비하여 송도군만 경상도에서 홀로 굴러 들어왔다. 게다가 8인이 모두 송도군보다 연상이다. 연상도 한두 살이 아니라 김성섭, 이인명, 유성국 같은 경우는 자그마치 20년 이상이고, 최연소 박한석조차 3년이다. 조혼 풍속이 만연하던 당시 20년이면 형이 아니라 아버지 항렬이다. 그러니 말석에 참여한다 하여도 같잖을 터에 그들의 상석인 중앙(부단장 격) 자리를 꿰차고 들어오는 경상도 촌뜨기를 거부할 정서는 얼마든지 생길 법했다. 그래서 선임 단원들 앞앞에 절을 시켰으리라. 뿐만 아니라 보리방아 찧어서 밥을 지어 단원들에게 공양하도록, 그러니까 바닥부터 기도록 한 것이다. 마치 저 중국 선종에서 오조 홍인이, 신수 등 선임 제자들의 시기와 해코지로부터 신입인 육조 혜능을 보호하기 위하여 8개월이나 방아 찧는 일을 시킨 것처럼 말이다.

한편으로 소태산은 또 중앙 자리인 송도군의 위상, 위격을 지켜줄 필요가 있었다. 송도군이 오기 전부터 8인들에게 미리 '우리가 만나야 할 사람' 혹은 '그 사람을 만나지 못하면 일이 이뤄지지 못할 것' 등의 말로 송도군의 막중한 존재감을 각인시키고, 송도군을 맞으러 단장이 몸소 120리 길 화해리를 걸어서 다녀오는 등 예방주사를 톡톡히 놓았다. 그래도 못 미더워 "우리 회상의 법모이며 전무후무한 제법주[53]라, 내가 만나려던 사람을 만났으니 우리의 대사는 이제 결정났다."고 격한 환영사를 했다. 별수 없이 21세 연상인 김성섭 같은 노장도 자식 또래[54] 송도군을 장형처럼 섬기며 깍듯이 '형님'이라 부를 수밖에 없었다.

송도군은 단장보다 12년이나 연상인 김성섭, 이인명 등이랑 외숙 되는 유성국조차 소태산을 스승으로 깍듯이 섬기는 것을 보자 비로소 상황 파악이 되었던가 싶다. 군사부일체라니 스승은 형제 항이 아니라 부모 항이다. 송도군은 너무 송구했다. "제가 결의형제하여 형님이라고 부르는 일이 다시 생각하오매 극히 황송하오니, 지금 이후로는 형제의 분의를 해제하고 법法으로 부자의 분의를 정하게 하여 주시옵소서." 하니 소태산은 "네 마음 좋을 대로 하라." 하고 허락하였다(《구산수기》) 했다.

소태산은 송도군을 다른 제자들처럼 방언공사(간석지 개간)에 합류시키지 않았다. 대신 길룡리 옥녀봉 아래 토굴을 파두었다가 송도군에게 거기로 들어가라고 명했다. 이로부터 8개월 정도를 토굴에서 생활하였다 하는데, 소태산은 아끼는 제자를 어찌하여 토굴 속에 가두었을까? 여기엔 대체로 두 가지 이유가 있던 것으로 보고

---

53) 법모(法母) 또는 제법주(制法主)에 대해서는 뒤에 천착할 기회가 있을 것이다.

54) 실제로 송도군보다 불과 두 살 연하인 장남 김홍철이 있으며, 그 위로 맏딸 김용선화가 있었다.

있다. 하나는 삼일운동을 앞두고 시국이 민감하여 원주민 아닌 경상도 도인의 합류를 조직의 외연 확대로 보고 일제가 박해를 가할까 우려한 것이고, 또 하나는 송도군의 수도가 정도를 벗어나 신통묘술에 재미를 붙였기에 이를 바로잡으려는 의도였다는 것이다. 여기에 한 가지를 덧붙인다면, 미완성 도꾼 송도군의 오만한 자아도취를 제어할 필요가 있기 때문이 아니었을까 생각된다. 다음은 후일 정산의 고백이다.

> 나도 20세 전에는 성현보다 더 나은 듯한 감을 갖다가 대종사님을 뵈옵고, 또 성현들의 심량을 쓴 처사에 깊은 감동을 얻었다. 우물 안 개구리처럼 조금 알았다고 해서 아만심을 내는 자는 넓고 큰 지경을 모르는 까닭이다. 아는 자는 그렇지 않다.(『정산종사 수필법문』, 상, 99쪽)

송도군은 낮에는 토굴 속에서 소태산이 제자들에게 설한 〈최초법어〉와 『법의대전法義大全』 등을 무수히 읽어 외우는 한편 저축조합 문서를 열람하며 소태산과 8인 단원이 그간 진행해온 자취를 살폈다고 한다.(송인걸, 〈교사이야기〉, 15) 소태산이 대각 초기에 한시문과 가사 등을 많이 지었고 이들을 묶어 『법의대전』이란 저술을 엮었으나, 나중에 모두 태워버리도록 하여 지금은 전하지 않는다. 그럼에도 송도군은 훗날 이동진화, 이성신 두 여제자에게 "법의대전에 '完田宋樞許付以當來事(완전송추허부이당래사)'라 한 구절이 있었노라."라고 말했다.[55] 「완전한 법의 밭인 송도군에게 회상의 미래사를 당부하노라.」 정도로 푼다면, 송도군은 그의 어깨에 짊어지운 스승의 막중한 기대를 인식하고 자부심과 책임감을 동시에 느꼈을 것이다.

토굴 생활은 후일에 송도군의 건강에 부정적인 영향을 주었다는 의견이 있다. 말년에 중풍으로 오래 고생한 것이 차고 눅눅한 토굴에서 장기간 생활한 때문이 아니겠느냐 하는 것이다. 실제로 송도군조차 만년에 주치의로 시봉한 한의사 장인중에게 치료에 참고하라면서 "대종사님(소태산)을 만나 영산에서 생활할 때 몇 개월 동안 굴속에서 생활했는데 그동안 찬 곳에 있어 습濕이 배어 아프게 된 원인이 되었다."라고 말했다.[56] 이 자가 진단이 의학적인 근거가 있는지는 따져볼 일이지만,[57] 토굴 생활에서 그는 얻은 것만 있는 것이 아니라 잃은 것도 있었던 것이다.

낮에는 주로 토굴 속에 있으며 남의 눈을 피하던 그도 땅거미가 지고 인기척이 없을 때면 간혹 토굴을 나와 방언공사의 진척 상태를 살피기도 했으며, 일꾼에게 식사를 공급하는 일도 거들었던 모양이다. 또한 밤에는 8인 단원들과 함께 소태산을 모시고 공부와 사업에 대한 대화를 나눴다 하는데, 소태산은 송도군과 둘만의 시

55) 『한 울안 한 이치에』, 161쪽. 송도군이 토굴 생활을 하면서 정말 이 책을 '무수히 읽고 외웠다'면 책 내용의 태반을 기억하고 있었을 것이다. 지금은 『대종경』 전망품 2장에 극히 일부만 전하지만, 어쩌면 스승의 뜻을 알기에 짐짓 복원하지 않았을 수도 있다.

56) 『우리 회상의 법모』, 238쪽.

57) 대체로 25년쯤 후에 치질과 중풍(뇌졸중)이 발병했는데 토굴 생활과 인과관계가 있는지는 연구할 대목이다.

간도 종종 가졌던가 보다. 그때마다 나머지 8인 제자들로선 적잖이 소외감을 느꼈을 것이다. 한번은 유성국이 웃으며 회고하기를 "우리(8인 단원)가 고생은 더 했는데 우리들은 제쳐놓고, 낮에는 토굴에 있게 하였다가 밤이 되면 대종사 방으로 불러들여 두 분이 밤이 깊은지 모르고 속닥속닥 이야기해싸니 참 뇌꼴스럽더니…." 했다. '뇌꼴스럽다'는 '보기에 아니꼽고 얄미우며 못마땅한 데가 있다.'는 뜻이다. 도가 미성숙한 여덟 사람들로서야 왜 안 그랬겠는가.

기미년(1919)에 송도군의 아버지 송인기가 성주에서 찾아왔다. 마침 식사 때가 되어 이원화가 밥 소쿠리를 들고 토굴 안으로 들어가니 송도군이 대뜸 물었다. "아버지 오셨지요?" "예!" 대답하고 밖으로 나와 소태산을 만나니 "그 사람이 아버지 오신 줄을 알고 있지?" 하고 물었다. 그렇다고 하니 소태산은 "저런 귀신같은 사람!" 하더란다.[58] 그러니까 송도군은 토굴에 앉아서 성주에 사는 아버지가 영광에 도착한 것을 알았고, 소태산은 또 송도군이 부친 온 것을 알고 있으리란 것, 그걸 물어보았으리란 것조차 다 읽고 있었던 셈이다. 송도군은 허령虛靈[59]이 열린 것이었으리라. 소태산은 그걸 한편으론 대견하게 생각하면서도 그런 것에 재미를 붙일 것을 걱정한 듯하다. 소태산이 허령을 조심하라 한 것을 대산 김대거도 명심했다. 「과거에는 한때의 기도나 주문으로 허령이 열려 사람의 오고 감이나 천기 등을 미리 알면 도인이라 하였으나, 허령은 평생 가는 것이 아니

---

58) 〈정산종사 출가 전후의 이모저모〉, 82쪽.

라 자칫 큰 죄를 짓기 쉬우므로 허령이 열릴 때를 무섭게 알아서 감추고 일생을 참으면 지각을 얻고 신명을 얻을 수 있느니라.」(『대산종사법어』, 적공편29) 그러나 이때 정산의 경지를 허령이 아닌 영통[60]의 단계로 보는 의견도 있는 듯하다.

## 바다를 막다

1918년(원기 3) 시월, 소태산은 창립한도라는 걸 발표했다. 새 회상, 새 종교를 건설하기 위한 스케줄인데, 1차로 36년(1대)의 계획을 12년(1회)씩으로 삼등분하였다. 제1회 12년은 교단 창립의 정신적·경제적 기초를 세우고 창립의 인연을 만나는 기간으로, 제2회 12년은 교법을 제정하고 교재를 편성하는 기간으로, 제3회 12년은 법을 펼 인재를 양성 훈련하여 포교에 주력하는 기간으로 했다. 주목할 것은 제1회 12년이니, 교단 설립의 필수적 전제로 내세운 두

59) 성리학에선 주희의 설에 근거하여, 잡된 생각이 없이 텅 비고 영묘한 마음의 본체를 허령으로 보고, 지각과 함께 체용 관계로 이해하는 것이 대세인 듯하다. 소태산은 수도 과정에 심령이 열리는 것을 허령과 신령으로 나누고, 허령은 생각지 아니하여도 이것저것이 마음 가운데 어른어른 나타나서 알아지는 것이라 짧은 기간 번갯불같이 나타났다가 없어지는 것이며, 신령이란 것은 때를 따라서 생각지 아니하여도 알아지고 마음으로 어느 곳이든지 관하는 대로 알아지는 것이라 했다.(『대종경선외록』, 구도고행장7)

60) 보고 듣고 생각하지 않아도 천지 만물의 변태와 인간의 인과보응 이치가 역력히 알아지는 능력. 도통, 법통과 합하여 삼통이라 한다.

개의 기둥이 '정신적 기초'와 '경제적 기초'를 세우는 일이란 것이다. 이건 정말 놀라운 발상이다.

선천시대 성자들은 입으로 교단을 설립하고 운영하였다. 석가도 공자도 예수도 혹은 소크라테스도 수익사업 같은 일은 생각하지 않았다. 영혼과 정신을 풍요롭게 가꾸기 위하여 차라리 고행을 하고 걸식을 할지언정 돈을 벌고 자본을 형성한다는 것은 세속적인 일 혹은 타락한 일로 여겼던 것 같다. 근세조선의 성자들, 예컨대 동학, 증산교, 남학, 대종교의 창교자들을 비롯한 그 누구도 후원자나 대중의 헌금이 아니면 조직을 이끌 수 없었다. 더구나 이들 중 상당수는 신자들로부터 재산을 긁어모아 부를 축적함으로써 사회문제가 된 일도 적지 않다. 그러나 소태산은 영육쌍전(혹은 물심양전物心兩全)의 교리대로 처음부터 재물과 육신을 무시하거나 멀리하지 않았다. 오히려 개인의 수도를 위해서나 민중을 제도濟度(중생을 고해에서 건져내어 해탈성불로 이끌어줌)하기 위해서는 자본이 필요하고 온전한 육신이 필수임을 강조하였다. 소태산은 기금 조성을 위해 손쉬운 '묻지 마' 헌금에 의존하지 않았고, 먼저 협동조합 형태로 저축을 유도했다.[61]

소태산은 제자들과 저축조합(→불법연구회 기성조합)을 설립한 후, 소비절약 운동, 공동 출역 등을 통하여 자금을 모았다. 거기에 자신의 전 재산을 출연한 후 숯장사 등을 하여 8~9천 원의 거금을

---

61) 이상 문단은 필자의 『소태산 평전』(북바이북, 2018) 164~165쪽에서 인용, 수정했다.

마련하자 첫 사업으로 마을 앞 갯벌을 개간하여 논을 만들고자 했다. 그러기 위하여 밀물 때마다 밀려드는 조수의 물길을 차단하는 둑을 막는 작업(방언공사)을 시작한 것이다.

중빈은 마침 방언공사를 감독하고 있던 길이라 도군에게 공사 내역과 진척 상황을 대강 설명하였다. 발밑에선 짱뚱어 새끼가 우스꽝스럽게 툭 비어져 나온 눈망울을 두리번거리며 갯구멍으로 들락거리기 바빴고, 뻘게들은 발길에 차일 듯 발발거리며 기어 다녔다. 산골에서만 살아온 송도군은 눈앞에 펼쳐진 갯벌과 붉은 행자에 박중빈을 묶어 보며 다시 한번 놀랐다. 꿈엔 듯 생시엔 듯 수시로 떠올리던 곳인지라, 그는 생전 처음 보는 이곳의 풍경이 낯설지가 않았다. 이런 도군의 감동을 아는지 모르는지 중빈은 방언공사 안내에만 열심이었다.

"아오님, 저 사람덜이 나를 찾아온 것은 도를 배우러 온 것인디 내가 무신 까닥에 도는 안 갈치고 저러코롬 심들게 바다를 막으라 했는지 알겄소?"

박중빈은 일꾼들이 개펄에 빠져서 옷과 얼굴에 흙을 묻힌 채 땀을 흘리는 현장을 가리키며 이렇게 물었다. 도군은 잠시 생각하고 나서 대답하였다.

"저 같은 소견으로 행님의 깊은 뜻이야 우째 헤아리겠능교만, 두어 가지 있겠다 싶어예. 저토록 어려운 일을 함시롱, 우선 저 사람들로서는 단결된 지들의 힘이 얼매나 큰일을 해낼 수 있을지 시험하는 기회가 될끼고예, 행님으로서도 저들의 위인과 신심을 재량裁量하는 기회가 될 듯합니더. 또 근검절약으로 자작자급하는 방법과 뜻도 알끼고 절로 참을성도 안 길러지겠십니꺼?"

박중빈은 고개를 가볍게 끄덕이더니 느닷없이 엉뚱한 질문을 했다.

"아오님이 증산의 도를 배웠당께 묻겄네. 그 천지공사天地公事라는 게 뭣이고, 또 고것을 어떠코롬 혔다든가?"

"선천시대의 상극과 원한을 청산하고 상생과 해원의 후천 개벽시대를 열기 위한 제의祭儀를 천지공사라 캅디더. 방법은, 종이에 부적을 그리거나 글로 써갖고 불사르기도 하고, 신이한 말을 하고 주문을 외고 독경을 하기도 하고, 더러는 신명 앞에 식혜, 청수 혹은 시루떡과 돼지고기를 공물로 바치고 풍악을 울리고 노래하고 춤추며 굿을 하지예. 그 밖에도 별스런 갖가지 법술法術을 다 씹니더."

"영부를 불살라 청수에 타서 묵고 주문을 외우고 가무를 허고…… 그런 일은 수운水雲도 허긴 혔제. 아오는 그런 짓거리를 어처코 생각헌당가?"

송도군은 박중빈의 속뜻을 미처 헤아리지 못해 눈치를 살폈다.

"자네도 그런 짓을 허고 잡나? 그러코롬 혀서 신통을 부리고 이적을 비고 싶나? 바람을 불리고 도깨비를 놀리고 그라는 선천시대 풍속이 그리 재미지든가?"

도군은 중빈의 시선을 마주 받을 수가 없었다. 언제나 춘풍화기만 감도는 형님의 눈빛에 서릿발 같은 위엄이 감돌았다. 송도군은 머리끝이 쭈뼛하고 두려워 도무지 얼굴조차 들 수가 없었다.

"내 말을 잘 들어두게. 나도 천지공사에 착수했네만 나의 방식은 그분

덜과는 달브네. 수만 년 버려졌던 간석지를 개간허는 저 방언공사가 땅(地) 공사라, 이런 것이 바로 물질개벽이라 허는 것이네. 다음 차례는 오래 묵정밭으로 버려졌던 마음밭을 일구는 하늘(天) 공사라, 이것이 곧 정신개벽이라 허는 것이네. 땅 공사로 땅이 응應허고 하늘 공사로 하늘이 감感허면 내가 짜는 후천 개벽의 천지 도수가 지대로 드러날 것이네. 영육이 쌍전허고 도학과 과학이 병진해야 후천 개벽이 되는 것이여. 선천은 일꾼(勞動者)과 도꾼(修道者)이 따로따로 놀았지만, 후천은 일꾼과 도꾼이 둘 아닌 온전헌 사람이 사는 세상이라네."(『소설 소태산』, 216~219쪽)

주민들의 조소와 관변의 비협조를 극복하면서, 기계의 힘을 빌리지 않고 삽과 지게로 이룩한 방언공사라니, 마침내 6백 미터의 방조제를 쌓고 2만 6천 평의 토지를 확보하는 기적의 대역사를 성공시켰다. 공사는 착공 이후 꼬박 1년이 되는 1919년 삼월 스무엿샛날 마감이 되었는데, 그 사이 주목할 만한 사건이 세 가지 있었다.

첫째는 소태산이 영광경찰서에 소환되어 자금 조달 경위와 독립운동과의 연루 여부 등을 심문당하면서 7일(혹은 13일?)간 구류당한 사건이다. 회계 부정이나 독립운동단체와의 연계로 트집 잡힐 일이 있다면 방언공사의 좌초뿐 아니라 조합의 해체가 십상인데 소태산은 아무 꼬투리도 잡히지 않고 석방되었다. 둘째는 '무오년(1918) 감기'로 불린 스페인 독감이 지구촌을 뒤덮으며 조선 땅을 강타했고, 조선총독부 자료(1918년)에 의하면 조선 인구 1759만 명 중 288만

4천 명이 감염되어 사망자는 무려 14만 명에 이르렀다. 그 겨울 얼음을 깨고 물속에 들어가 일을 하였으되 조합원들은 감기에 걸린 사람이 하나도 없었다. 한 사람이라도 독감에 걸리거나 죽기라도 했다면 소태산의 경륜은 큰 타격을 면치 못했을 것이다. 셋째, 공사가 막바지에 이를 무렵 조선 팔도는 만세운동으로 진동하고 있었다. 영광도 3월 14일과 15일, 각각 5백 명과 1천 5백 명이 읍내에 모여 만세를 불렀다. 소태산은 조합원들의 참여를 냉정히 차단하였다. 만세운동을 부정한 것이 아니었다. 만세 한번 부르고 나면 조합원들은 검거되어 투옥될 것이며, 방언의 역사役事는 물거품이 될 것이 불을 보듯 뻔했기[62] 때문이다.

송도군은 기미만세운동 때 소태산이 시국에 대해 한 말을 이렇게 전한다. "개벽을 재촉하는 상두소리[63]니 바쁘다 어서 방언 마치고 기도드리자."(『정산종사법어』, 국운편3) 여기서 주목할 것이 두 가지이니, 하나는 만세소리를 개벽을 향한 진군의 나팔소리쯤으로 해석한 것이요, 또 하나는 방언공사를 마치고 다음에 할 과제가 기도라고 언명한 것이다. 땅 공사(물질개벽)를 마침과 동시에 하늘 공사(정신개벽)에 착수한다는 메시지다.

---

62) 개간 허가라 할, 전라남도의 '대부허가'는 방언 준공 5개월이 다 된 9월 16일에야 어렵사리 얻어냈다. 만약 만세운동에 참여했더라면 대부허가는 받기 어려웠을 것이고, 1년의 방언공사 성과는 무산되었을지도 모른다. 1907년 조선통감부에서 제정한 〈국유미간지이용법〉에 따른 절차는 미간지대부허가 출원 → 대부허가 → 간척답 준공인가 → 토지 불하/ 대여로 되어 있었다.

63) 상두소리에 대한 해설은 『소태산 평전』 188~190쪽에 상세히 나와 있다.

## 핏빛 손도장

땅 공사(방언)에는 참여하지 않은 송도군이 하늘 공사(기도)에는 앞장선다. 필자는 원불교 원로들이 초창기 제자들을 언급할 때 으레 쓰는 '8~9인 선진(제자)'이란 말이 이해하기 힘들었던 적이 있다. 왜 똑 부러지게 '9인'이라 안 하고 '8~9인'이라 어정뜨게 말할까 의심이 간 것이다. 초창기 제자들이 한 대표 과업이 방언공사와 산상기도라면 전자는 8인이 하고 후자는 9인이 한 것이다. 그러다 보니 '8~9인'이란 어중간한 표현이 일상화되었던가 싶다.

> 대종사께서 방언 역사를 마친 후, 다시 9인 단원을 한 곳에 모으시고 말씀하시기를 「현하 물질문명은 금전의 세력을 확창擴昌하게 하여 줌으로 금전의 세력이 이와 같이 날로 융성하여지니, 이 세력으로 인하여 개인·가정·사회·국가가 모두 안정을 얻지 못하고 모든 사람의 도탄이 장차 한이 없게 될 것이니, 단원 된 우리로서 어찌 이를 범연히 생각하고 있으리오. 고래古來 현성賢聖도 일체 중생을 위하여 지성으로 천지에 기도한 일이 있으니, 제군들이여! 이때를 당하여, 한번 순일純一한 마음과 지극한 정성으로써, 모든 사람의 정신이 물욕에 끌리지 아니하고 물질을 사용하는 사람이 되어 주기를 기도하여 기어이 천의의 감동하심이 있게 할지어다. (…)」 하시니, 9인 등은 황공 희열한 마음으로 일제히 지도하심을 청하는지라,(《불법연구회창건사》)

8인 단원들은 영산의 주산인 구수산의 여덟 봉우리를 배정받았고, 송도군은 팔방의 봉우리와 조응할 수 있는 중앙에 위치를 잡았다. 소태산이 대각을 이룬 노루목 뒷산인 노루봉을 중앙봉으로 명명하고 그 자리에 배정을 받은 것이다. 이 산상기도를 흔히 혈인기도 혹은 법인기도라고 부른다.

> 이에 3월 26일로 시작하여, 10일간 재계로써 매 3·6일(6일·16일·26일)에는 기도식을 거행하되, 치재致齋 방식은, 첫째 마음 청결을 위주하고, 계문戒文을 더욱 조심하며, 육신에도 매일 일차씩 목욕재계하고, 기도 당일은 오후 8시 이내로 일제히 교실에 회집하여 대종사의 지시를 받은 후, 동同 9시경에 기도 장소로 출발하도록 하고, 기도는 동同 10시로부터 12시 정각까지 하기로 하며, 식을 마친 후에는 또한 일제히 교실에 돌아오게 하되, 단원이 각각 시계[64] 한 개씩 수지手持하여 기도의 시작과 그침이 서로 분각分刻이 틀리지 않게 하고, 장소는 각각 단원의 방위를 따라 정하되, 중앙봉을 위시하여 8방의 봉만峯巒(뾰족한 산봉우리)을 지정하고, 단기團旗를 제작하여 기도 때에 그 장소 주위에 건립하게 하며, 식을 시작할 때에는 먼저 향촉과 청수를 진설하고, 다음은 헌배와 심고를 올리며 다음은 축문을 독송하나니 (…)(《불법연구회창건사》)

64) 여기서 시계란 회중시계로 보이는데, 개당 가격이 30원이었다.(『한 울안 한 이치에』, 163쪽)

여기서 월일은 음력이며, 교실教室이란 소위 구간도실九間道室을 말하는 것이다. 그간 전주이씨 제각, 강변주막 등을 임시 집회 장소로 써왔으나 위치와 시설이 부적당하여 고심했었다. 방언공사가 한창임에도, 격을 갖춘 집회시설이 필요하다고 판단하여 1918년 10월에서 12월 사이 옥녀봉 아래에 아홉 칸 건축을 한 것이 저 희한한 이름 '대명국영성소좌우통달만물건판양생소'란 도실이니 통칭이 구간도실이다. 단기는 주역에 쓰이는 팔괘를 차용하여 정팔각형으로 배열한 것이다. 축문은 어떠한가? 송도군은 후일에 〈불법연구회창건사〉(약칭 〈창건사〉)를 쓰면서 "그 축문의 대략은 아래와 같다."는 전제 아래 축문을 기록해놓았다. '축문의 대략'이란 말로 보아 그때에 쓰인 원문이 아니라 창건사를 쓰면서 기도 당시의 기억을 소환하여 복원한 것임을 알 수 있고, 원본 축문도 송도군이 작성했을 것으로 유추된다. 그런데 여기서 의문스러운 것이 하나 불거져 나온다. 〈창건사〉를 모본으로 하여 쓰인 『원불교교사』에는, 〈창건사〉의 '축문을 독송하나니'가 '축문을 낭독한 다음 지정한 주문을 독송케 하였다.'로 바뀌어 있다는 점이다. 그러니까 축문만 읽은 것이 아니라 축문을 읽고 나서 주문을 외었다는 뜻이다. 〈창건사〉에서 '축문을 독송'했다 했는데, 독송은 본래 읽는〔讀〕 의미와 외우는〔誦〕 의미가 결합한 것이다. 축문은 읽는 것이지 외는 것이 아닐진대[65] 〈창건

---

65) 엄격히 말하면 주문을 낭송한다 하지 않고 독송한다 한 『교사』 표현도 바람직한 것은 아닐지 모르나 주문이 상당한 양의 길이를 가질 경우 독송이라 할 수 있다. 길이의 장단 외에도 운곡 유무 혹은 반복 여부가 용어 선택에 참고할 만하다.

사〉의 오류를 『교사』에서 바로잡은 것으로 보아야 할 것 같다. 지정한 주문이 무엇인지는 밝혀지지 않았다.

기도를 시작한 지 열두 번째 되는 칠월 열엿새, 소태산은 단원들에게 엄청난 제안을 한다.

"그대들이 지금까지 기도해온 정성이 심히 장한 바 있으나, 나의 증험하는 바로는 아직도 천의를 움직이는 데는 그 거리가 먼 듯하니, 이는 그대들의 마음 가운데 아직도 어떠한 사념私念이 남아 있는 연고라, 그대들이 사실로 인류 세계를 위한다고 할진대, 그대들의 몸이 죽어 없어지더라도 우리의 정법이 세상에 드러나서 모든 창생이 도덕의 구원만 받는다면 조금도 여한 없이 그 일을 실행하겠는가?"

"그리하겠습니다."

희생제의를 두고 살신성인 테마로 단장과 제자들 사이에 오고 간 심리적 소통과 언어적 문답은 생략하거니와, 주목할 것은 여기에 막내둥이 송도군이 한 주도적 역할이다. 중앙 단원에게 주어진 임무이기도 하겠지만, 송도군은 두려움과 망설임이 없지 않았을 단원들을 설득하고 격려하는 역할을 했다.

9인 제자들은 단장이 미리 준 단도를 받아 몸에 지닌 후, 다시 10일간 치재致齋(몸을 깨끗이 하고 삼감)를 더한 다음, 칠월 스무엿새(양력 8월 21일)를 최후의 희생일로 정하였다. 당일 밤 8시, 제자들은 청수 상에 각자의 단도를 늘어놓은 후 '死無餘恨(사무여한)'이라 쓰인 최후 증서에 인주 없이 맨손가락으로 돌아가며 지장을 찍고 마지막으로 결사의 심고心告(진리 전에 마음먹은 것을 고백하고 뜻이 이루어지기를 비는 일)를 올렸다. 의식이 끝난 후 증서를 살피던 소태산은 제자들이 맨손으로 찍은 손도장이 핏빛으로 변한 것을 발견했다. 그는 제자들에게 증서를 들어 보이며 "이것은 그대들의 일심에서 나타난 증거요." 하며 기쁨을 감추지 못했다.

소태산은 곧 증서를 불살라 하늘에 고하고는, 바로 모든 행장을 차리어 기도 장소로 가라고 명했다. 이제 각자 정해진 장소에 이르러 기도를 마치고 단도로 자결할 일만 남아 있다. 제자들이 시계와 단도 등을 챙겨서 기도 장소로 걸어가는 뒷모습을 한참 지켜보던 소태산이 별안간 제자들을 큰 소리로 불렀다. "내가 한 말 더 부탁할 바가 있으니 속히 도실로 돌아오시오." 돌아온 제자들에게 소태산은 이렇게 말했다.

"그대들의 마음은 천지신명이 이미 감응하였고 음부공사[66]가 이제 판결이 났으니, 우리의 성공은 이로부터 비롯하였소. 이제 그대들의 몸은 곧 시방세계에 바친 몸이니, 앞으로 모든 일을 진행할 때에 비록 천신만고와 함지사지陷之死地(아주 위험한 처지에 빠짐)를 당할지라도 오직 오늘의 이 마음을 변하지 말고, 또는 가정 애착과 오욕의 경계를 당할 때에도 오직 오늘 일만 생각한다면 거기에 끌리지 아니할 것인즉, 그 끌림 없는 순일한 생각으로 공부와 사업에 오로지 힘쓰시오."

중앙 단원인 송도군은 단장의 지시에 따라 여덟 명의 단원들을

---

66) 陰府公事, 현실세계와 차원이 다른, 보이지 않는 진리계에서 하는 일.

인솔하고 중앙봉에 올라가서 함께 기도하였다. 흥분을 가라앉힌 단원들이 구간도실로 돌아왔을 때 단장은 그들에게 법명을 주었다. 그리고 다소간 시차를 두고 법호를 주었다. 법호는 팔방(건·감·간·진·손·이·곤·태)까지는 건방부터 태방까지 일련번호로 부여하고 중앙 단원인 송도군만은 달리하였다. 이재풍은 일산一山 재철載喆로, 이인명은 이산二山 순순旬旬으로, 김성구는 삼산三山 기천幾千으로, 오재겸은 사산四山 창건昌建으로, 박경문은 오산五山 세철世喆로, 박한석은 육산六山 동국東局으로, 유성국은 칠산七山 건巾으로, 김성섭은 팔산八山 광선光旋으로, 그리고 송도군은 정산鼎山 규奎였다.[67] 소태산은 법명의 의의를 "그대들의 전날 이름은 곧 세속 이름이었던바 그 이름을 가진 사람은 이미 죽어버렸고 이제 세계 공명公名인 새 이름을 주어 살리는 바이니 삼가 받들어 가지고 창생을 제도하라."라고 당부하였다. 죽음俗名/私名과 재생法名/公名의 기호학적 과정인 셈이다.[68]

증산 강일순이 부적 태우고 굿하며 기행 이적으로 "하늘도 뜯어 고치고 땅도 뜯어 고치는"(『대순전경』) 천지공사를 했다지만, 소태산은 이로써 둑 쌓아 바닷물을 막는 물질개벽 지공사地公事를 했고, 아홉 제자의 목숨을 건 산상기도로 정신개벽 천공사天公事를 성공적

67) 법인기도 직후 법명을 주었다는 것에는 이의가 없으나, 법호는 법명과 동시에 부여했다는 공식 기록(『교사』)과 달리 소태산의 변산 입산 후(1920) 별도로 내렸다는 증언과 주장(박용덕)도 있고, 송규의 법호(정산)는 진즉 주어졌다는 설도 있어 일률적으로 다루기는 어렵다.

68) 이상 혈인기도 과정은 『소태산 평전』 196~199쪽에서 발췌한 것이다.

으로 치러냈다.

**혈인기도의 좌표**

프랑스의 종교사학자 프레데릭 르누아르와 저널리스트 마리 드뤼케르와의 대담 형식으로 엮은 『신의 탄생』(양영란 옮김, 김영사)을 읽다가 흥미롭다 싶어 적어본다.(32~33쪽 참조.)

르누아르는 종교의례를 굿과 제사의 두 유형으로 놓고, 굿과 제사를 차별화하여 굿은 최면상태의 무당이, 제사는 합리적이고 이성적인 사제가 각각 집행하는 의식이라고 보았다. 드뤼케르는 이를 여성적 무당이 최면상태에서 하던 의례에서, 남성적 사제가 희생제의를 하는 쪽으로 진화한 것으로 받아들였다.

르누아르는 "인류를 지탱해온 가장 오래된 종교원리가, 주거니 받거니 하는 이 상호 기부 원리 속에 함축되어 있다."라고 말한다. 사인私人 간의 거래 연장선상에서 '눈에 보이지 않는 힘과의 교환'이 기본 원리라는 것이다. 인간과 절대자 사이의 거래는 희생(제물)이라는 매개체를 통해 이루어지며, 희생은 다름 아니라 자신에게 소중한 것을 바친다는 원칙에 따른다. 종교사 속에서 희생은 단계적 강화를 겪어왔다. 처음엔 적은 양의 곡물이나 작은 동물을 바치다가, 많은 곡물이나 큰 동물을 바치게 되고, 다음엔 인간 희생으로 포로를 바치다가, 다시 자기 동포를 희생으로 바치고, 나아가 제 자식을 바치고, 마침내 자기 자신의 생명마저 바친다.

원불교에서의 법인기도(의식)는 형식에서부터 굿은 물론 제사 쪽에도 해당하지 않는다. 최면상태의 무당이 없으니 당연히 굿은 아니려니와 제사와도 구별되는 결정적 근거가 있다. 주송이다. 향, 초, 청수, 헌배, 축문 등은 제사 일반에 동원되는 소품들이다. 그러나 단기, 시계, 심고, 주송(주문 독송) 등은 일반적 제사 소품은 아니다. 특히 두 시간 기도 중에 태반의 시간을 할애한 주송은 기도에만 해당하는 절차이다. 더구나 그 기도가 개인 아닌 집단이면서 한 장소가 아니라 각기 다른 장소라는 점 또한 특이하다. 재래불교의 불공이나 재와도 물론 다르다.

내용에서 차별화는 더욱 명백하다. 자연재해나 불운 등의 공포로부터 구해달라거나 다산과 풍요를 간구하는 식의 굿이나 제사와는 구별된다. 교단을 창립하여 제생의세를 목적하니 이 서원을 이루도록 진리의 위력을 베풀어달라는 것이다. 그것도 거저 달라는 것이 아니라, 주과포혜나 돼지대가리를 놓고 달라는 것이 아니라, 자그마치 아홉 사람의 생때같은 목숨을 희생으로 바치겠다는 것이다. 그러고 보면 '눈에 보이지 않는 힘과의 교환'이 기본 원리로 작동하는 것도 사실이고, 희생의 최후 단계인 자신의 목숨을 바치겠다는 거래도 맞는 말이다. 중요한 것은 이기적 욕망의 성취를 위한 거래가 아니라 창생을 고해에서 건지고 낙원세상을 이루겠다는 발원, 이 서원이 각별하다 함이다.

소태산은 여타의 제자들에게 일산부터 팔산까지 일련번호를 부여함으로써 한 형제로서의 연대 의식을 강조했다 하겠는데, 유독 송도군에게 아홉 구九 자 구산이 아닌 솥 정鼎 자 정산을 부여한 것은 무슨 뜻이었을까? 이는 단순히 중앙 단원으로서 위상을 높여주기 위한 것만은 아닐 것이다. 뒷날 소태산은 여자 제자들로써 첫 단을 조직할 때에 남자의 산山 대신 타원陀圓을 썼을 뿐(일타원, 이타원… 팔타원, 구타원) 여자 중앙 단원에게 정鼎타원을 주지 않았다.

소태산〔솥+의(의)+산〕이나 정산鼎山이나 같은 뜻이라면 소태산이 송도군을 후계자로 점찍었음을 여기서도 알 수 있다는 생각이다. 『정산종사전』의 저자 박정훈은 「정산 종사의 솥 정鼎 자의 뜻은, 모든 곡식이 솥을 거쳐 나와야 먹을 수 있는 밥이 되는 것처럼 모든 법도와 공부인의 언동이 법주의 감정을 맡아 나와야 새 기운을 빌려 쓴다는 것이다.」(『정산종사전』, 134쪽)[69]라고 했다.

송도군의 법명은 어찌 되는가? 규奎는 별이름이니 이십팔수二十八宿의 열다섯째 별자리에 있는 별들로서 문운文運을 맡아 보고, 이 별이 밝으면 천하는 태평하다는 게 사전적 설명이다. 요컨대 규 자는 ①문운, ②천하태평 등 두 가지 의미를 가졌다고 보면 되겠는데, 소태산이 이 둘 중 어느 것을 염두에 두었는지는 모르나 굳이 고르지 않고 둘 다를 포괄코자 했을 듯도 하다.

---

69) 솥 혹은 鼎에 대한 해설을 더 보려면 『소태산 평전』 216쪽을 참고하기 바란다.

소태산은 법명 이전에 송도군에게 추樞라는 이름을 내린 바 있다고 한다. 북두칠성 중 가장 크고 밝은 첫째별(Dubhe, 天樞)이니, 법명 규와 더불어 별이름을 갖다 쓴 것이 퍽 의도적이다 싶다. 추는 본래 문지도리(돌쩌귀)를 가리키는 말로 가장 중요한 부분, 근원, 중앙 등을 뜻한다. 별고을 출신 송도군의 이름에 굳이 규나 추 같은 별이름을 부여한 것이 우연일 뿐일까. 어쨌건 송도군의 역할에 거는 기대가 그대로 반영된 이름이라고 할 것이다.

## 일가 영광 이주

송도군의 성주 가족에 대하여 다시 한번 정리할 차례가 되었다. 송도군의 조부는 송성흠宋性欽(1849~1924)이니 형제 중 아우로 태어나 다섯 살 때 어머니를 잃는 불운을 겪었다. 학문을 좋아하여 당시 이름난 선비 장복추 문하에서 한학을 공부하였고, 일찍부터 동네 아이들에게 글을 가르쳤다. 전주이씨 현덕李顯德과 결혼하여 외아들 인기를 두고 41세에 상처하였으나 재취하지 않고 혼자 아들을 키웠다.

아버지 송인기宋寅驥(1876~1951)는 성주 초전면 고산동에서 태어나, 8세부터 아버지에게 한문을 배우기 시작하여 후에는 부친의 스승인 장복추 문하에서 공부하였다. 14세에 연안이씨 말례李末禮(1872~1967)와 약혼하였으나 신부 쪽에서 모친상을 당한 관계로 3년 탈상 후인 17세 때 결혼하였다. 어머니 이말례는 아버지보다 4년 연상으로, 김천군 구성면[70]에서 2남 4녀 중 막내로 태어났다.

송인기와 이말례는 결혼 후 같은 면 소성동韶成洞으로 이사하여 3남 2녀를 두었다. 첫딸 선양善養은 후에 이웃 지역인 칠곡군 전주이씨 가문에 출가하였다. 5년 후 장남 도군道君을 낳고, 셋째로 차녀를 낳았으나 이 딸은 일찍 죽었다. 넷째로 차남 도열道悅(1907~1946)을 낳으니, 여덟 살 때 아우를 본 송도군은 기뻐서 대문 밖으로 뛰어나가 "우리 집에 장수 났소!" 하고 동네방네 큰소리로 외쳤다 한다. 어찌하여 아우를 본 첫인상이 '선비'가 아니고 '장수'였는지는 두고두고 화젯거리다. 이것은 도열의 기질을 잘 짚어낸 일면이 있으니 뒤에 언급할 기회가 있을 것이다. 도열의 뒤로 다시 삼남이 태어났으나 일찍 죽었다.

송도군은 13세에 성주여씨呂善伊(1896~1978)에 장가드니, 여씨는 성주 금수면 광원리(광대안)에서 3남 2녀 중 장녀로 태어나 17세에 4년 연하인 신랑에게 시집온 것이다.

> 1919년(원기 4, 기미) 3월[71]에 처음 대종사를 뵈온 아버지(송인기)는 경북 성주 집으로 돌아와서 할아버지(송성흠)께 자초지종을 자상히 보고한 후 잘 웃지 않는 평상시와는 달리 즐겁게 웃으며, "성사님께서 우리에게 이사하라 하신다." 하고, 그 이튿날 가대[72]를 팔기로 내놓았다. 갑

70) 구성면은 김천군에서 금릉군(1949)으로, 다시 김천시(1995)로 행정구역상 소속이 변경되었다.

> 자기 내놓은 가산이라 쉽게 팔리지 않았다. 가산이 팔리려고 하면 식구들이 다 좋아하고 흥정이 되려다 말면 식구들은 밥맛을 잃었다. 가산을 헐값에 넘기기도 하고 동네 사람들에게 거저 주기도 해서 그럭저럭 정리하고 지붕도 다 새로 이었다. 봄에 바로 이사하려던 일이 끌고 끌어 오다가 9월 11일에야 이사하게 되었다. 71세의 할아버지, 44세의 아버지, 48세의 어머니, 24세의 부인, 그리고 13세의 동생, 다섯 가족[73]이 이사 보퉁이를 들고 메고 일가친척과 마을 사람들의 만류를 무릅쓰고 대대로 살아오던 성주 고향을 떠나게 되었다.(『정산종사전』, 146쪽)

소태산을 만나본 송인기는 아들 못지않게 소태산에게 홀딱 반했다. 첫 만남에서 소태산이 대성인임을 알아보고 15년이나 연하인 소태산을 성사聖師로 받들게 되니 참 대단한 혜안의 소유자라 할 것이나, 그렇다고 수백 년 대대로 살아오던 고향을 등진 채, 당장에 일가족을 이끌고 이주할 용단을 내다니 이건 어쩌면 무모한 짓이다. 집성촌이다 보니 씨족들부터 무수한 만류를 받았고, 더구나 유림은 "전라도 사교에 빠져서 선산도 일가친척도 다 모르고 패가망신

71) 송인기가 소태산을 만난 시기를, 박용덕은 『정산 종사 성적을 따라』(원불교출판사, 2003) 102쪽에서 '기미년 음력 유월스무닷새(7월 20일)'라고 날짜까지 박아놓았고, 박정훈은 인용문의 출전에서 '1919년 3월(음력)'로 적었다. 그런데 고향에 돌아가 가솔을 거느리고 서둘러 영광으로 이주한 것이 음력 9월 11일(박정훈) 혹은 늦가을(박용덕)이라면 3월(음력)은 간격이 너무 뜨다. 유월일 개연성이 높다.

72) 家垈, 집터와 그에 딸린 논밭, 산림 따위를 통틀어 이르는 말.

73) 장녀 송선양은 이때 이미 칠곡군 전주이씨 집안으로 출가했기에 동행하지 않았다.

하러 간다."고들 비난하고 우려했다고 한다.

송인기가 성주의 집과 논밭을 다 팔고 고향을 떠나 영광으로 이주하기로 한 것이, 송인기의 말대로 과연 전적으로 소태산의 권고 때문이었을까? 아니면 아들 송도군의 의견이 보다 많이 개입됐을까? 하기야 소태산이 권고했거나 아들 송도군의 주장이 있었다 하더라도 따르고 안 따르는 것은 송인기에게 달렸으니 결국 송인기의 결단이 결정적이겠지만 말이다.

『대종경선외록』엔「그대가 어린 아들의 말을 듣고 (···) 정든 고향을 떠나 나의 처소에 이사하여 온 것」(사제제우장15)이라고 돼 있으니, 이 말이 맞는다면 송도군의 의사가 상당히 작용한 것으로 추측할 수도 있다. 그런 추측에 힘을 실어주는 기록은 또 있다.

> 이춘풍 선생은 정산 종사의 집이 전라도 영광으로 이사하기 위하여 집과 전답을 매물한다는 소식을 듣고 고모님이 되는 이운외(정산 종사의 모친) 정사를 찾아와「아이들 말만 듣고 고향을 떠나는 송씨가宋氏家가 걱정된다.」고 하였다. 그리고「우리 집안에 왜 저런 사람(정산 종사)이 나왔는가 모르겠다.」며 역정과 탄식을 했다.(『정산 송규 종사』, 81쪽)

만약 아들 정산보다는 소태산의 권고가 주효했다 한다면, 그는 또 무슨 생각으로 송인기에게 일가족 이주를 권유했을까? 그럴 필요가 있었을까? 송도군 하나 건져도 대단한 소득인데 굳이 일가족 이주까지 권유했다면, 결과론이지만 송인기와 송도열 부자마저 내

사람으로 만들려는 계획이 있어서였을까?

이건 이태 뒤 소태산의 지시로 송도군의 외사촌 형 이지영(법명 춘풍, 법호 훈산)이 김천군 구성면에서 일가족을 거느리고 전라도 이주를 단행한 것과도 상관 있다. 이지영을 이주시킨 것이 소태산의 뜻이었을진대 송인기를 이주시킨 것이 소태산의 뜻이 아니랄 법도 없다. 후일담이지만 이지영의 경우도 아버지와 딸 둘 등 셋이 전무출신 하여 소태산의 교화를 도왔고, 송인기의 경우도 삼부자가 출가하여 소태산의 창교사업을 도왔다. 그렇다면 소태산은 이들이 성주 혹은 김천에 머물러 있어서는 인재를 육성 활용하는 데 한계가 있을 것으로 알고 이주를 권한 것일 수도 있겠다 싶다. 물리적 거리도 있지만, 성주 유림들 속에 방치할 경우 그들은 웬만해선 소태산의 제자, 특히 출가 제자로서 공부하거나 사업을 돕지는 못했을 테니까 말이다. 역시 후일담이지만, 송인기 등의 노력에도 불구하고 소태산 생전 전무출신 중에 성주, 김천 등 경북 사람이 추가적으로 소태산의 제자가 된 경우는 하나도 안 나왔다.[74] 역시 풍토의 한계였다.

산 설고 물 설은 전라도 개땅임에도 유월부터 구월까지 기다리고 기다리던 길, 10대부터 70대까지 온 가족 다섯 명이 허위허위 장성역에 도착했다. 장성서부터는 걸어서 삼계면 사창에 이르렀는

---

74) 송인기는 고향 성주를 드나들며 송준필, 송홍눌 등을 비롯하여 고향 친척과 유림들에게 포교를 하였으나 큰 결실을 거두지는 못했다. 성주 친척으로 1937년에 전무출신을 서원한 송제국(宋濟局)이 있었으나 6년 근무 후 중도 하차하였다.

데, 웬일인지 차남 도열이 복통으로 도저히 걸음을 옮길 수가 없었다. 송인기만 떨어져 아들을 돌보기로 하고, 다른 식구들은 마중 나온 오재겸(사산 오창건)에게 딸려 먼저 보냈다. 실은 그때부터 영광길에 대한 예감이 불길했었다. 도열이 평생 차멀미에 시달리긴 했지만, 이때는 자동차도 아닌 기차에 웬 멀미를 하는지 '우리 집에 장수 났다' 한 그 장수감이 외지에 나와 이렇게 맥을 못 추다니 아무래도 수상한 조짐이라 싶었것다! 사창에 떨어진 송인기와 도열 부자가 호열자(콜레라) 환자로 오인받아 숙소에서 내쫓기는 등 타향의 설움을 톡톡히 당하고 이튿날까지도 도열의 몸이 회복되지 않아 남의 등에 업히어 겨우 영광에 도착했다. 와보니 아뿔싸, 하루아침에 알거지가 되는 꿈같은 재난이 닥쳤다. 무슨 대단한 낙원이라도 찾아가는 것처럼 그렇게 허겁지겁 달려가는 게 아니었는데 말이다. 성격이 조급하고 처사가 허술하다. 고향 사람들이 알았다면, "전라도 사교에 빠져서 선산도 일가친척도 다 모르고 패가망신하러 간다고 그렇게 말려도 듣지 않더니 꼴좋다."고 비웃었을 일이다. 여기서 『대종경』 수행품 40장이 문득 떠오르는 것은 자연스런 일이다. 「송벽조宋碧照(송인기의 법명) 좌선에만 전력하여 수승화강을 조급히 바라다가 도리어 두통을 얻게 된지라 (…)」 소태산은 공부하는 길을 잘 알지 못해서 생긴 결과라고 나무라며, 길을 알아 행하는 사람은 별 괴로움을 느끼지 아니하고 바람 없는 큰 바다의 물과 같이 한가롭고 넉넉할 것인데 길을 알지 못하면 공연한 병을 얻어서 평생의 고초를 받기 쉽다고 주의를 준다.

고지식하고 어수룩한 송인기가 유월(혹은 3월?)에 영광에 와서 사귄 사람을 너무 믿어가지고 생긴 사고였다. 집 팔고 논밭 팔아 마련한 전 재산을 그에게 미리 덜컥 맡기고, 가족이 가기 전에, 거처할 집과 양식(혹은 토지)의 매입을 부탁해놓았던바 그 경솔한 처사가 이 사달을 빚게 만든 것이었다. 나중에 이런 사실을 안 소태산이 노발대발했던 모양이나 엎질러진 물이니 어쩌겠는가. 유능제강이라 했으니 태산교악이 풍전세류를 당하랴 싶기도 하지만, 고지식한 경상도 선비가 교활한 전라도 개땅쇠한테 당했다 한들 할 말이 없게 생겼으니, 입맛이 많이 썼을 것이다. 별수 없이 읍내 연성리 사는 아우 한석(육산 박동국)에게 보내어 당장 노숙만은 면하게 했다. 창피한 일인지라 두 아들에게조차 사건의 진상을 숨겼다는데, 단편적 입소문만으로 사기꾼에게 당했다느니, 몽땅 탕진했다더라느니 하는 정도로 쉬쉬하였다. 그 후로도 '그 사기꾼'이 누구인지는 입에 올리는 것 자체가 금기였으니, 이는 그를 용서하고 그의 명예를 지켜주려는 통 큰 배려일지, 아니면 그의 가족 등 관련자들에게 돌아갈 또 다른 피해를 방지하려는 고육책이었을지 모를 일이다.

성주에선 대접받던 선비 집안으로, 머슴도 두고 끼니 걱정 없이 지내다가, 겨우 시래기죽으로 고픈 배를 달래야 하는 가혹한 현실 앞에 온 식구가 당황했지만, 특히 열세 살 소년 도열에겐 도무지 이해가 안 되는 황당한 일로 보였으리라. 왜 이런 곳으로 이사를 와야 했는지부터 납득이 안 되니 불평도 잦았다고 한다. 20일 만에[75] 군서면 학정리 이재풍(일산 이재철) 소유의 집으로 옮겼다. 이재풍에게서 식량과 김치까지 얻어먹으며, 송인기의 어머니와 부인은 생전 안 해본 나무하기부터 밭매기까지 험궂은 살림살이에 내몰렸다. 송인기의 늙은 아버지는 학정리 일대 함평이씨 자제들을 모아 『통감』, 『사략』을 가르치는 것으로 소일거리를 삼고, 도열은 할아버지를 도와 동네 조무래기들에게 『천자문』을 가르쳤다.

이쯤 하여 한숨을 돌리게 되자 소태산은 온 식구를 제자로 받아들여 가장 송인기에겐 벽조碧照, 부친 송성흠에겐 훈동薰動, 부인 연안이씨(말례)에겐 운외雲外, 며느리 성주여씨(선이)에겐 청운淸雲으로 법명을 내렸다. 한편 도열은 아버지 따라 30여 리 길을 걸어 길룡리 3·6일 법회에 다녔는데, 1920년 사월 그믐날 소태산을 만나 입문 절차를 밟게 된다.

부친을 따라 길룡리로 찾아간 도열에게 소태산은 대뜸 이렇게 물었다.
"그래, 성품의 본래 자리를 연구해 보았느냐?"
그래서 도열은 형이 준 화두 '성품의 본래 자리를 연구해 보라'는 숙제의 답안을 내놓게 된다.
"부심자夫心者는 지광지대물至廣至大物이니 수련정신修練精神하여 확충기대지심이이擴充其大之心而耳입니다(마음은 지극히 넓고 지극히 큰 물건이라 정신을 수련하여 그 큰 마음을 확충하는 것입니다.)."

---

**75)** 각기 같은 책에서, 박정훈은 '근 20일 만에'라고 했고 박용덕은 '한보름 남짓'이라고 했다.

"허, 네가 제법 성품자리를 말하는구나."

이리하여 도열은 법명을 도성道性이라 불리게 되었다.(『대장부』, 27쪽)

말은 못 해도 송인기(벽조)로서야 연로한 부친에게 죄송하고, 아래로는 아내, 며느리, 어린 자식 보기에 가장家長 체면이 말이 아니었을 것이다. 소태산 역시 공연히 송인기 보고 이사를 하라 부추긴 것이 미안키도 하려니와, 죄 없이 끌려와 고생하는 가족들에게 염치가 없었을 것이다. 소태산은 의기소침한 송인기를 격려할 필요도 있었을 법하다.

"그대가 어린 아들의 말을 듣고 유가의 규모를 벗어나서 친척 친우의 반대를 물리치고 정든 고향을 떠나 나의 처소에 이사하여 온 것은[76] 그 신심도 장하려니와 이것은 숙세의 깊은 인연이요 실로 우연한 일이 아닌 것이다."(『대종경선외록』, 사제제우장15)

위로 삼아 한 말인지는 모르나 소태산은 송인기의 며느리 여선이(청운)에게 희한한 이야기를 한다.

"네 시아버지는 전생에 임금이었다. 과거 생에 호의호식한 과보로 이생에 저렇게 물질적 어려움을 겪는구나."

---

76) 송인기 일가가 애초에 이사하기로 했던 곳은 송도군(송규)이 머무르는 월명암에서 멀지 않은 곰소항 근방 진서리로 내정되어 있었다는 설이 있다. 영산과 변산 사이에서 연락처 역할을 하려고 그랬다는 것이다. 그러니까 ①영광 이주 계획, ②송도군이 변산 가면서 곰소항 근방으로 변경, ③송인기가 이주 자본을 떼임으로써 다시 영광 정착으로 환원. 그리고 이 과정마다 소태산의 권유나 지시가 작용했다는 것이다.

나중에 송성흠(훈동)이 병들어 3년을 자리보전할 때, 송인기는 아내나 며느리에게 환자를 맡기지 않고 손수 대소변을 받아낼뿐더러 더럽혀진 속옷 빨래도 혼자서 처리했다 한다. 효심이 장하니까 그렇기도 했으려니와 부친에게나 아내, 며느리에게 미안했던 마음을 이사 후 4~5년이 지난 그때까지도 떨칠 수가 없어 그랬을 것이라고들 말한다.

# V

# 변산邊山 시대

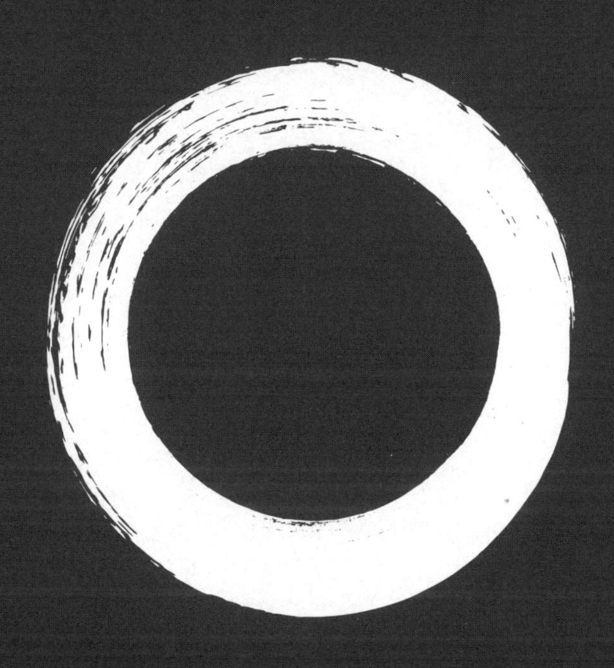

## 월명암 중이 되다

대종사, 일찍부터 새 회상 창립의 준비를 위한 휴양처를 물색하시어, 원기 4년(1919, 기미) 3월에 오창건을 데리시고 전라북도 부안 봉래산 월명암에서 10여일 유하신 후 돌아오시고, 7월말에는 다시 송규를 보내시어 미래의 근거를 정하게 하시더니, 10월에 이르러 조합의 뒷일을 여러 사람에게 각각 부탁하시고, 몇 해 동안 수양하실 계획 아래 월명암에 행차하시었다. 대종사, 서해 연변을 돌아 월명암에 오시니, 오랫동안 고대하던 송규는 환희용약하였고 백학명 주지도 반가이 영접하였다. 대종사의 입산 동기는, 다년간 복잡하던 정신을 휴양하시며, 회상 창립의 교리 제도를 초안하시고, 사방 인연을 연락하여 회상 공개를 준비하시며, 험난한 시국에 중인의 지목을 피하시기 위함이었다.(『원불교교사』)[77]

---

77) 여기 나오는 달 이름은 음력이다.

1919년 4월, 영광경찰서에 연행되어 일주일쯤 심문을 받다가 나온 소태산이 오재겸(사산 오창건)을 데리고 월명암에 들어가 휴식하며 백학명 스님을 사귀다가 한 열흘 만에 돌아온 일이 있었다. 백학명과 소태산은 일면식도 없는 사이지만, 백학명의 출신지가 영광이고 출가도 영광 불갑사에서 했기 때문에 소태산의 머리에 일찍부터 입력된 인물일 것이다. 더구나 그가 당대 손꼽는 선승으로 이른바 반농반선半農半禪(반은 농사짓고 반은 불도를 닦음)을 주창하였으니 소태산과 지기가 될 직한 인물이다. 아무튼 이때 학명에게 미리 부탁한 바가 있었던지, 8월 21일 혈인 이적으로 법인기도를 마무리한 소태산은 정산 송규(이하 지문에서는 정산을 기본 명칭으로 함)를 백학명에게 보낸다. 소태산은 이 시점에 왜 정산을 백학명(월명암)에게 보냈을까? 물론 후에 소태산이 입산할 계획이 있어서 자리 잡아두라고 미리 보낸 점도 있을 것이다. 그러나 법인기도로 인해 부득이 정산의 신분이 노출되고, 「박천자 세상이 되면 경상도에서 온 송 아무개가 영의정이 된다더라.」 하는 식으로 주민들 입방아에 오르내리자 관변의 주목으로부터 그를 숨기고 보호할 필요가 있었을 것으로 보인다. 이때 소태산이 먼저 정산을 생질(누이의 아들)이라 소개했다고도 하고 나중에 정산이 소태산을 외숙[78]이라 둘러댔다고도 하

78) 〈구산수기〉에서는 「山人(산인, 산속에 사는 승려)들이 그 관계를 의심하여 물으매 姨叔姪(이숙질) 간이라 답하더라.」 했다. 이숙질이라면 소태산을 이모부라 했다는 것이지만, 정산에게는 이모가 없으므로 둘러대는 것도, 없는 이모부보다는 있는 외숙이 자연스럽지 않을까 싶긴 하다.

는데, 어쨌건 소태산과 정산의 관계를 놓고 방편이 동원된 것만은 틀림없다.

이경순은 "너, 머리 깎고 얼마간 중노릇을 해야겠다. 그러나 불경은 볼 것 없고…"(〈정산 종사 출가 전후의 이모저모〉, 83쪽) 이렇게 심플하게 말하여 보냈다 하고, 박정훈은 "내가 오랫동안 복잡했던 정신을 휴양하고 일제의 지목을 피하며, 과거 불교의 교리와 제도를 실지 참고하여 장차 혁신할 본회의 교리와 제도를 초안하고, 사방에 있는 인연을 서로 연락하여 앞으로 회문 열 준비를 위하여 봉래산으로 들어갈까 하는데, 네가 먼저 월명암으로 가서 머리 깎고 학명선사 상좌로 있으면서 여러 가지 면으로 연구해보아라. 그런데 불경은 보지 말라."(『정산종사전』, 135쪽) 이렇게 주저리주저리 당부하여 보냈다 했지만, 누구 말이 맞는지는 아무도 모른다. 메시지는 단순하고 깔끔해야 효과적이니 카리스마 강한 소태산의 스타일로는 이경순의 말이 제격이다. 하지만 상대가 정산이라면 예외적으로 속내를 다 털어놓고 당부했음 직하니, 그렇게 본다면 박정훈이 맞을 수도 있겠다.

그건 그렇다 해도 '불경은 보지 말라.' 한 이유는 밝힐 필요가 있다. 더구나 1919년 10월 6일, 소태산은 저축조합의 이름을 '불법연구회 기성조합'으로 고치고 "이제는 우리들의 배울 바도 부처님의 도덕이요 후진을 가르칠 바도 부처님의 도덕이니, 그대들은 먼저 이 불법의 대의를 연구해서 그 진리를 깨치는 데에 노력하라." 하고 불법에 대한 선언까지 했다.(『교사』) 그렇다면 오히려 정산에게 기왕 절에 간 김에 불법을 잘 배워두었다가 뒤에 써먹자, 했어야 맞을 듯한 데 말이다. 정산으로서야 "와 불경은 보지 마라 하시능교?" 하고 따지지는 못했을 터이니 후인이라도 짐작해볼 수밖에 없다. 필자는 『소태산 평전』에서 다음과 같이 유추했다.

> 소태산은 왜 수제자 송규를 월명암 학명에게 의탁케 했을까? 흔히는, 후에 소태산이 변산으로 가서 자리 잡기 위한 준비 임무를 띠고 간 것이라 말한다. 소태산이 변산에 둥지 틀 준비도 준비이지만, 산중 풍속도 익힐 겸 선승 학명을 가까이 모시고 배울 것이 있다고 본 것 아닐까 싶다. 그러면 왜 불경은 보지 말라고 당부했을까? 소태산은 송규의 성격을 알기에, 그가 불경에 몰입한다면 오히려 불교혁신의 큰 뜻에 방해가 될 것을 우려한 때문이 아닐까? 유학 혹은 증산교에 빠져 허우적대는 것을 겨우 건져 올렸는데 불경의 법해法海에 빠진다면 이전보다 훨씬 많은 공력이 들 것으로 보고 경계하지 않았을까?(『소태산 평전』, 213쪽)

후일 정산이 제자에게 "학문에 빠지면 바다에 빠진 것과 같다. 학문의 바다에 빠지면 요령이나 힘을 얻지 못한다." 한 것도 그 뜻일 터이다. 어쨌건 월명암에 있는 동안 정산은 불경은커녕 경전을 올려놓는 경상조차 외면할 만큼 스승의 말씀을 철저히 준행했다는 일화가 전해온다. 「하루는 학명 노승이 특히 오시어 책을 펴놓고 공부할 뜻이 없느냐고 물으니, 법사님(정산)은 고개를 외면하고 책을 쳐다보지도 않았다 합니다. 불경 보는 데 맛을 붙일까 저어하여 당부하신 뜻을 모르고 책만 보아도 안 되는 줄 알았다고 후에 말씀하셨습니다.」(이경순, 같은 글) 이 글대로라면 소태산은 정산이 불경 보는 데 맛 들일 것을 염려했을 뿐인데, 정산은 그 뜻도 모르고 무조건 책은 보아서는 안 된다는 고지식한 생각에 사로잡혔다는 것이다.

소태산은 제자들에게 다시 1백 일을 더 하여 2백 일 기도를 드리도록 당부하고, 팔산 김광선(김성섭)과 둘이서 금산사로 들어가 한 달쯤 머물렀는데, 여기서 일어난 사건[79]으로 일경에 연행되어 김제경찰서에서 일주일간[80] 유치장살이를 한 적이 있다. 거기서 나온 소태산은 12월 12일 사산 오창건(재겸)을 데리고 봉래산(변산) 월명암으로 들어간다.

소태산이 은둔지로 변산을 택한 것은 학명 스님과 관련이 있다. 그러나 학명이 월명암 아닌 다른 데 있더라도 거기로 갔을까는 의문이다. 월명암은 신라시대 유명한 거사 부설浮雪(본명 진광세)이 서기 691년에 창건한 암자다. 부설거사는 인도의 유마거사維摩居士, 중국의 방거사龐居士와 더불어 출가승 위주의 불교사에서 빛나는 재가신자이다. 그는 본래 승려였으나 김제 만경에 있는 신도 집에서 유숙하다가 그 집 딸 묘화와의 인연으로 부득이 환속하였다. 이후 아들 등운과 딸 월명을 낳고 네 식구가 재가신도로 수도 적공하여

---

79) 강증산 탄생일인 대순절에 금산사 미륵전 앞마당에서 한 신도가 쓰러져 사망(?)한 일이 있었는데 소태산이 그를 처치하여 살려낸 사건. 상세 내용은 『소태산 평전』 220~222쪽 참조.

80) 박정훈은 '17일간 구류'라고 기록했다.(『정산종사전』, 145쪽)

마침내 온 가족이 성도케 됐다 한다. 그들이 변산에 들어와 도를 이루었고, 부설이 딸을 위하여 지어주었다는 월명암은 곧 부설 일가 성도담의 전설적인 근거지가 되었다. 재가불교를 건설하고자 한 소태산으로서 월명암은 그렇게 상징성이 큰 도량이었던 것이다.

## 한 제자 두 스승

「사師를 부안 월명암에 보내시어 전라도에서 도가 제일 높은 고승 백학명白鶴鳴을 방문하고 제자 되기를 탁명托名(이름을 붙여둠)하니[81] 학명은 사師가 불가佛家의 화두를 의심 없이 짐작하는 것을 극히 사랑하여 법명을 '명안明眼'이라 주었다.」(《구산수기》)라고 했다. 학명이 선문답하기를 즐겼다 함은 여기저기 흔적이 남아 있거니와 송규를 만나서도 성리문답으로 그의 됨됨이를 떠보았을 것이다. 갓 스물, 약관에 제법 대답을 잘한다 싶었을 것이다. 학명의 변산 제자 중에 유명한 해안海眼이 있는 걸 보면 학명은 당시 제자들의 법명을 눈안眼 자 돌림으로 주었던 것 같다.「월명암에서도 이 상좌를 중히 여기어 처소를 별도로 마련해서 특실에서 다른 학인 한 분과 같이 거처하게 했다.」(이경순, 같은 글)라고 한 걸 보면, 학명이 명안(송규)을

81) '탁명'이라 한 것은, 학명의 제자라고 이름만 걸어놓은 것이지 실제는 소태산의 제자임을 말하고자 한 것으로 보인다.

여타 제자들과 달리 본 것만은 틀림없다. 뒷일이지만, 학명은 명안에게 중국 북경대학 유학을 제안하기도 할 만큼 인재로 키울 욕심이 있었다. 학명 자신이 중국, 일본 등지로 다니며 불교계 시찰도 했지만, 실제로 제자 해안에게 중국 유학을 주선했으니 명안에게 한 제안은 그냥 해본 소리가 아니었음을 알 만하다. 중국행을 사양하자 다시 해인사 강원으로 보내려 했으나 그마저 거절했다니 학명으로서도 퍽 아쉬웠으리라.

명안 스님에 대한 재가의 평판도 예사롭지 않았던가 보다. 재가야 성리문답을 해서 법력의 고저를 알 리는 없고, 「그 관옥 같은 신관身觀(얼굴의 높임말)과 청초한 풍모가 범인에 뛰어나니, 모두가 큰 도인으로 숭배하였다.」(이경순, 같은 글) 했다. 아무리 '범소유상개시허망凡所有相皆是虛妄(무릇 상 있는 바가 모두 허망한 것)'(『금강경』)이라 해도 범부들에겐 역시 신언서판[82]이니, 인물치레가 평가 기준이 된다.

> 견성 도인이라 풍문이 있는 고로 고부 은씨가古阜 殷氏家에서는 후일 인연을 맺기 위하여 수년간 양미糧米(양식으로 쓰는 쌀)를 계속 부송負送(물건을 부쳐 보냄)하였더라.(《구산수기》)

고부 신승지 댁 부인은 학비를 전담하였으며, 서로 시봉하려 했고, 만

82) 身言書判, 예로부터 사람을 평가하는 우선순위를 외모, 언변, 문필, 판단력 순으로 보았다.

인이 존경하고 우러러 의복 일체를 서로 받들어 공경했다 합니다.(이경순, 같은 글)

이 두 기록이 동일한 이야기의 와전인지 아리송하다. 고부(정읍군)라는 지명만 같을 뿐 주인공도 은씨와 신승지로 갈리고 대상도 양미와 학비(혹은 의복)로 갈리니 참 궁금하다.

**명안明眼과 해안海眼**

김해안金海眼(1901~1974)은 1901년 전라북도 부안군 산내면에서 태어나 한학에 정진하다가 1914년 내소사에서 한만허韓滿虛 스님을 은사로 득도, 1917년 장성 백양사에서 삭발하고 송만암宋曼庵 스님을 계사로 출가하였다. 당시 백양사 조실이었던 학명 스님과의 인연으로 일대 변화를 겪으니, 1918년 성도절을 맞아 학명이 준 화두 '은산철벽을 뚫으라.'에 분발하여 7일 만에 견성하고 돈오의 경지를 맛보았다 한다. 불교중앙학림(동국대 전신)을 나와 중국 북경대학에서 2년간 불교학을 공부하고 1925년 귀국했다. 1927년에는 부안 내소사 주지가 되고, 금산사 주지 등을 역임했다. 당대 선승으로선 통도사 주석했던 경봉鏡峰과 더불어 '동東 경봉, 서西 해안'이라 칭송받았다.

명안이 월명암 머물 때에 해안은 백양사쯤 머물지 않았는가 싶은데 학명 스님을 매개로 내소사, 월명암 등을 오가면서 두 사람 사이에 교유가 있었을 것이다. 나이도 한 살 차이다. 백학명, 한만허, 송만암 등의 인물은 변산 시절에 명안이 가까이 했던 스님들이며, 그들의 무대도 변산과 그 일대를 크게 벗어나지 않는다. 명안이 떠나온 뒤이지만 해안이 1931년에 월명선원(월명암)에서 안거를 나기도 했다. 선수행만 강조하던 당시에 해안은 『금강경』, 『원각경』을 즐겨 읽고 〈금강경 강의〉도 하며 선교 일치를 지향했거니와 명안(송규)도 1936년에 〈금강경 해解〉를 발표했으니 교감이 있었는가 싶다. 해안이 1974년 내소사에서 입적하기 열두 해 전인 1962년에 명안은 익산총부에서 열반에 들었다. 이 소식을 들은 해안은 종재일에 맞추어 〈경천정산각령추어敬薦鼎山覺靈麤語〉(정산 종사 영전에 다듬어지지 않은 말씀 삼가 올림)라는 제목의 법어를 쓰고 말미에 '선우禪友 해안 합장 분향'이라고 적었다. 선우란 '함께 선하던 벗' 정도의 뜻이겠다.

낳되 남이 없고 죽되 죽음이 없기에 무생이면서 낳고 무사이면서 죽습니다〔生而無生死而無死 無生而生無死而死〕
그러니 음양의 몸이 참입니까 음양을 받지 않는 몸이 참입니까〔陰陽身是眞耶 不受陰陽身是眞耶〕
흰 구름은 푸른 산에 걸리지 아니하고 푸른 산도 흰 구름에 걸리지 않아서〔白雲不碍於青山 青山無放白雲〕
산이 스스로 그러하고 구름도 그러하듯〔山自然雲自然〕
낳고 죽고 가고 옴이 이와 같고 거래가 없는 것도 또한 그러하지요(生死去來亦如是 無去無來亦如是).

소태산이 다시 월명암에 들어와 살면서 정산 송규는 겉스승과 속스승을 함께 모시는 이상한 생활이 시작되었다. 이런 상황을 껄끄럽지 않게 넘기려고 학명과는 사제 법연, 소태산과는 숙질 혈연으로 설정해둔 것이니 현명한 방편이라 생각된다. 산속 작은 암자에서 옹색하게 지내는 중에도 명안의 포부와 배포는 여전히 걸림 없이 넓고 넓었으리라. 당시 지은 칠언시 중 한 연聯이 전해진다.

> 사師는 시詩를 지으매 간혹 뜻이 광활廣闊하고 호대浩大한 곳이 있었는데, 월명암 있을 때에 어떤 속인俗人과 같이 글을 짓는데 셋째 연구聯句 '사이 간間' 자 운자韻字에 '地氣薰濛雲萬里 天心洞徹月中間(지기훈몽운만리 천심통철월중간)'이라고 하니 재방지인在傍之人이 말하되 "천지도덕을 밝힌 글인데 포함包含이 크다."고 하더라.(《구산수기》)

「지기훈몽운만리 천심통철월중간」을 번역하면, 「땅 기운은 구름 만 리 훈훈하게 적시고, 하늘 마음은 달 중간에 깊숙이 사무치다.」이다. 정산은 후일에 말하기를 "앞 구는 천지의 덕을 밝힌 것이요, 뒤 구는 천지의 도를 밝힌 것이다." 했다. '재방지인(곁에 있던 사람)'의 말처럼 도덕을 밝히되 포함이 크다. 천지를 포함했으니 '평천하'의 차원도 넘었다 할 만하다.

소태산은 월명암에서 학명 스님과 불교혁신을 테마로 차담도 하고 문학도 논했을 것이다. 두 사람은 불교혁신의 신념도 확고했거니와 한시, 가사 등 문학작품의 창작도 즐겼으니, 나이 차를 넘어 망년지우로 뜻이 잘 맞았을 법하다. 그런데 소태산의 은둔은 그리 한가로운 일이 아니었다. 금산사 사건 이후 생불이 났다는 소문을 듣고 물어물어 월명암까지 찾아오는 이들이 생겨났다. 김제, 정읍 등지로부터 증산도꾼들이 모여들었다. 송적벽, 김남천 같은 남자며, 이만갑, 구남수 같은 여인네들이 그들이었다. 결국 백학명에게 누가 될 상황이 되자 소태산은 이사를 하기로 한다. 월명암에서 한 10리쯤 내려가 내변산 깊숙이 자리한 실상사 옆에 민가를 샀다.[83] 방이 하나밖에 없어 새로 방을 한 칸 들이고 섣달 추위를 무릅쓰고 이사를 했다. 교사教史에서 실상초당이라 불리는 집이다. 제자들도 들어왔지만, 명안은 끼어 잘 방이 마땅치 않아 그대로 월명암 신세를 졌다.

## 석두암 시절

실상초당으로 살림을 나자 제자들이 김제, 영광, 전주 등지에서 모여들었다. 월명암에 몸 붙이고 있는 명안조차 스승 곁으로 오고

83) 민가 매입 비용으로는 소태산이 영광 떠나올 때, 단원들이 산상기도에서 각자 소지했던 회중시계를 거두어 준 것을 팔아 썼다고 한다.

싫어서 애가 달았다. 명안은 밤이면 스님 몰래 실상동으로 내려와 소태산을 만나고 새벽에 다시 월명암으로 올라가는 일이 잦아졌다. 밤에 산길을 질러 내려오자면 울퉁불퉁한 바위에 신우대가 무성한 숲길이어서 여간 험한 산행이 아니었음에도 명안은 스승을 뵙고 말씀을 받드는 재미가 쏠쏠해서 틈만 나면 내려왔다. 「매일 밤 왕복 이십 리 길에 대종사님을 뵈옵고 가는 재미, 그 스승을 만난 기쁨으로 수도 일념에 낙도 진진 (…)」(이경순, 같은 글)이라고 했지만 '매일 밤'은 송규의 신성을 강조하려는 뜻이겠고 실제로는 이레 혹은 열흘에 한 번꼴이라는 증언이 신빙할 만하다.[84] 학명이 알면 서운해 할까 싶어 몰래 다닌 밤 나들이였지만 꼬리가 길면 밟힌다고, 꼭 한 번 들켰다고 했다. 한 방에서 동료 수행자와 둘이 자다가 슬쩍 나와 초당으로 갔었다. 그날 밤 열한 시가 넘어서 절에 귀한 손님이 찾아와 스님이 나오라고 불렀는데 한 사람만 나가게 된 것이다. 이튿날 스님이 어디 다녀왔느냐 물어서 외숙한테 다녀왔다고 대답하였다 한다.

사산 오창건을 비롯하여 송적벽과 김남천이 있고, 김남천이 데려온 딸 김혜월과 외손녀 이청풍이 있고, 구남수, 이만갑이 뻔질나게 드나들고, 장적조가 합류하고, 거기다 문정규, 박호장까지…. 아

84) 박용덕도 「밤이 깊기를 기다려 주지 스님의 눈을 피하여 거의 매일 밤 내왕하기를 일과처럼 하였다.」(《원불교신문》, 1999.12.31.) 하였지만, 박정훈은 「스승을 뵙고 싶고 연구한 바를 보고도 드릴 겸, 일주일이나 열흘 간격으로 밤중에 험한 길을 내리고 올랐다.」(『정산종사전』, 154~155쪽) 했다.

무래도 거처가 비좁았다. 결국 다시 증축 논의가 일어서 실상초당 이웃에 산기슭 쪽으로 축대를 쌓고 방 두 칸짜리 초가를 새로 지었다. 건축 일은 주로 오창건, 송적벽, 김남천이 발 벗고 나섰고 뒷바라지와 비용은 여자들이 맡았다. 학명이 건축 자재를 보조하였다. 1921년 8월에 시작한 일이 10월에 끝나고 입주까지 마쳤다. 집 앞에 거북바위가 있기에 당호를 석두암石頭庵이라 했더니, 학명이 손수 쓴 현판을 달아주고 달마도 족자 한 폭까지 집들이 선물로 보냈다. 실상초당에 석두암까지 갖춘 복합 거처를 일러 봉래정사로 부르게 되지만, 소태산은 주로 석두암에 머무르며 자호를 석두거사라 하였다.

석두암이 건축되어 숙소 문제가 해결되자 소태산은 정산(명안)을 불러들였다. 처음엔 건축을 돕네, 집들이를 하네, 그럴 듯한 명분을 붙여 드나들다가 나중엔 소태산 저술에 조력한다는 핑계로 학명에게 양해를 구하고 실상동으로 내려왔다. 실제로 소태산은 입산 이듬해(1920)부터 〈회성곡〉, 〈안심곡〉, 〈교훈편〉 등의 가사를 짓고, 『조선불교혁신론』, 『수양연구요론』 등을 초안하는 등 저술 활동에 많은 시간을 할애했다. 교강敎綱(4은 4요와 3강령 8조목)도 제정하여 발표했는데, 이 과정에서 의논 상대는 당연히 정산이었을 것이다.

학명은 명안을 월명암으로 올려 보내지 않는다고 성화를 바쳤다. 석두거사는 학명을 찾아가 어떻게든 무마시켜야 했다. 소설에선 다음과 같이 그리고 있다.

학명은 석두거사를 맞이하자 대뜸 힐난하듯 물었다.

"왜 명안(송규)일 안 데리꼬 왔소?"

"지가 데리꼬 헐 일이 있어서 그리 되았소이다."

"그라믄 은제쩜 올라보낼 것이지라우?"

"기약이 없소이다."

학명은 행여나 하던 기대가 무너지고, 진작부터 우려하던 예상이 적중했음을 직감했다. 그는 잠시 묵묵히 있더니 마침내 체념하듯 중얼거렸다.

"내가 쑤꾹새 새끼를 키웠구만!"

"에미 지빠귀는 복혜가 양족헐 것이외다."

"때까친지 지빠귄진 몰라도 에미 쑤꾹새가 부럽소."

뻐꾸기(쑤꾹새)가 지빠귀나 때까치 둥지에 알을 낳아놓고 오면 지빠귀나 때까치는 제 알인 줄 알고 부화시켜 키우는데, 다 키우고 나면 어미 뻐꾸기가 와서 제 새낄 찾아간다는 얘기에 비유해서 주고받은 말이다. 내 제자려니 하고 애지중지하던 명안이가 이태나 키워준 학명을 버리고 끝내 석두의 품으로 달아난 것이, 내심 줄곧 걱정하던 일이긴 했어도 너무나 아쉬웠던 것이다.(『소설 소태산』, 318쪽)

구월, 석두암 준공 후 얼마 되지도 않았는데 어느 날 소태산은 정산을 불렀다.

"이제 차츰 때가 되어간다. 어디든지 네 발길 내키는 대로 가보아라. 그러면 만나야 할 사람을 만날 것이다. 가다가 전주는 돌아볼 것도 없고….”

이른바 만행萬行(여러 곳을 돌아다니며 닦는 온갖 수행) 길에 나선 나그네 중이 된 것이다. 소태산은 정산을 월명암으로 보내면서도 ‘불경은 볼 것 없고…’라고 단서를 달았듯이 이번에는 ‘전주는 돌아볼 것도 없고…’라고 단서를 달았을 뿐이다. 월명암에 가서 불경은 물론 경상조차 쳐다보지 않았듯이, 이번에도 전주 쪽은 아예 바라보지도 않고 길을 갔다는 이야기가 정산의 신성을 증명하는 일화로 회자된다. ‘전주는 돌아보지도 말라.’ 한 것은 결과적으로 정산의 행로를 인도한 것으로 보인다. 승복 차림의 명안 스님은 전주 외곽으로 돌아 결국 진안 미륵사 주지승을 만나고, 그의 권유에 따라 만덕산 미륵사로 들어가 한겨울을 나게 된다.

미륵사가 빈찰이다 보니 시주 위해 불공도 열심히 드렸겠지만, 나름으로 성리 공부에도 몰입하는 기회가 되지 않았을까 싶다. 훗날 한 학인이 “정산 종사께서는 무슨 의심으로 대도를 오득하셨을까?” 하자, 상산 박장식이 들은 얘기로 전하되 “정산 종사가 대종사의 명에 따라 만덕산에 계셨을 때 하루는 우연히 하나의 의심이 생기는데 그것은 숨 쉬는 것이었다. 숨을 들이쉬었다가 내쉬고 내쉬었다가 들이쉬며, 들이쉬는 것이 밑천이 되어 내쉬고 내쉰 것이 밑천이 되어 들이쉬며, 숨을 들이쉬면 아니 내쉴 수 없고 또 내쉬면 아니 들이쉴 수 없으니, 이것이 어째서 그럴까 의문을 갖고 연마하였더니, 이 우주의 이치가 이 하나에 벗어나지 아니함을 아셨다 한다.” 했다.(『한 울안 한 이치에』, 163쪽) 소태산이 생사 이치를 잠이 들고 깨기, 숨을 들이쉬고 내쉬기, 눈을 뜨고 감기 등으로 비유한 것(『대종경』, 천도품8)을 보면, 정산이 여기서 깨친 것이 어느 것이었을까 짐작이 된다.

만덕산은 전북 완주군과 진안군에 걸친 산으로 미륵사는 완주군 쪽에 있는 작은 절이다. 전주 봉서사에서 머리 깎고 변산 월명암, 모악산 대원사에도 있었다는 진묵 스님이 언제인지는 불확실하나 이 미륵사에서도 주석했던 것으로 알려져 있다. 그런데 미륵사 화주보살 노릇을 하는 마흔 살 최인경(1883~1954, 법명 도화)이란 여인이 명안 스님을 보면서 판이 뒤집어진다. 전북 임실 출신으로[85] 결혼하여 남매를 두고도 자살 시도를 하는가 하면, 가출하여 승려 생활도 하고, 보천교에 빠지기도 하고, 비단 장수로 동네방네 떠돌기도 하는 등 곡절 많은 여인이었다. 사람 보는 안목이 있던 그녀는 명안 스님을 보자 대뜸 생불님이라고 떠받들었고, '미륵사에 생불님이 있다.'고 입소문을 내어 이 절에 불공이 많이 들어오고 시주꾼이 몰렸다고 한다. 사람들의 주목을 받게 되자 정산은 소태산에게 그간의 경과를 보고하는 편지를 써서 인편에 석두암으로 부쳤다. 편지를 본 소태산은 거두절미하고 '곧 돌아오라'고 지시했고, 명안 스님은 즉시 미륵사를 떠나 변산으로 복귀했다. 그러자 최인경은 길을 물어 부랴부랴 봉래정사까지 2백 리 길을 달려와 명안 스님을

85) 최도화의 출생지는 각종 기록에서 진안(성수면 상길리)과 임실(지사면 금평리)로 양분되어 있다. 『원불교대사전』을 따라 임실로 해두기로 한다.

재회했고, 명안 스님(정산)은 최인경을 스승 소태산에게 데리고 갔다. 최인경이 이번엔 소태산에게 매료당하여 곧장 미륵부처님이라고 단정하였고, 소태산은 그녀에게 도화道華란 법명을 주어 제자로 삼았다.[86)]

최도화는 원불교 초기 교단의 3대 여걸이라고 일컬어지는 만큼 포교에 막대한 공로를 세웠다. 비단 장수로 전북 일대를 동네처럼 휘젓고 다닌 덕에 전북에서만 3백 수십 명을 입교시키는가 하면, 서울 두뭇개(옥수동)에 있는 미타사에서 2년간 중노릇을 하며 서울 지리를 훤히 익힌 바 있던 최도화는 서울 교화의 물꼬를 틔운 인물이 되었다. 그렇다면 소태산이 정산을 목적지 없는 만행 길로 떠나보낸 것이 결국 최도화를 얻기 위하여 치밀하게 계산된 작전이었던가. 우리는 이쯤에서 소태산이 정산을 떠나보내면서 '만나야 할 사람'을 만난다고 한 뜻을 비로소 납득한다. 소태산은 정산이 어디로 가서 누구를 만나 인도할지, 또 그 사람이 2~3차로 어떻게 인연의 그물을 엮어갈지를 촘촘하게 구상해놓고 하수인으로 정산 혹은 최도화를 부린 셈이다.

이제 정산 이야기를 잠시 멈추고 정산의 외사촌 형 되는 이지영李之永(1876~1930)의 이야기를 끼워 넣을 때가 되었다. 1921년 구월 초하루, 송벽조(인기)가 경상북도 김천에서 온 처조카 이지영을 데리

86) 이 단락은 『소태산 평전』 252~253쪽에서 발췌, 수정했다.

고 내변산까지 찾아와 소태산을 접견시켰다. 이지영은 한학에 조예가 깊은 선비로, 고모부 송인기가 전라도 이단에 빠져 가족을 끌고 영광으로 온 일을 개탄하던 차, 고모댁 식구들을 개심시켜 다시 고향으로 데려가기로 작심하고 영광을 찾은 길이었다. 소태산을 만나본 이지영은 그가 가장 숭배하는 공자의 모습을 소태산에게서 보았노라고 했다. 그는 즉석에서 15세 연하인 소태산의 제자가 되기를 서원하고 춘풍春風이란 법명을 받는다. 소태산은 그에게 경상도를 떠나 부안군 곰소항 인근으로 이사하기를 권유한다. 고모네 가족을 데려오고자 나섰던 길에 오히려 이지영이 춘풍으로 이름을 갈고 고향을 떠나 가족을 거느리고 이사를 간다고 한다. 고향 사람과 유림 쪽에서 비난과 항의가 쏟아졌을 것은 당연하다. 그는 딸만 여덟을 낳은 처지인지라, 타관 물을 먹으면 혹시 아들을 볼 수 있을까 해서 떠난다고 둘러대고 고향을 떠나왔다. 아들 두기를 체념하고 양자까지 들인 시점에 아들 낳기 위해서라 한 것은 '불효삼천 무후위대不孝三千 無後爲大(불효가 3천 가지로되 후손 못 두는 것이 가장 큰 죄다.)'라 한 가르침[87]을 역이용한 핑계일 따름이다. 결국 줄포만 곰소나루가 가까운 보안면 신복리 종곡으로 이사를 하니, 영광과 변산 사이를 오고 가는 이들에게 필요한 유숙처가 되었다. 이곳은 애초 송벽조(인

87) 속설에 이리 쓰지만, 근거는 〈맹자〉의 '不孝有三 無後爲大(불효유삼 무후위대)'에 〈효경〉의 '五刑之屬三千 而罪莫大於不孝(오형지속삼천 이죄막대어불효)'가 섞여 만들어진 것으로 보인다.

기)가 이사하여 자리 잡으려던 진서리 이웃 동네이기도 하다. 신유년 선달 스무닷새(1922.1.22.), 아내 정삼리화, 칠녀 경순, 팔녀 정화, 그리고 양자 총순과 혼자된 여동생까지 총 여섯 식구가 옮겨 왔다.

여기서 잠시 짚고 갈 일이 있다. 『대종경』 서품 10장에 나오는 「하루는 이춘풍이 와서 뵈오니, 대종사 말씀하시기를 "저 사람들이 나를 찾아온 것은 도덕을 배우려 함이어늘, 나는 무슨 뜻으로 도덕은 가르치지 아니하고 이같이 먼저 언堰을 막으라 하였는지 알겠는가." 춘풍이 사뢰기를 (…)」 이 대목이다. 1921년 구월에 처음 소태산을 만난 게 맞는다면, 방언공사를 준공하고도 2년 반이나 지난 시기인데, 『대종경』 해당 대목에는 방언공사 하는 현장을 보며 두 사람이 나눈 대화로 돼 있으니 이상하다. 추측컨댄 이춘풍이 아니라 송벽조가 제격일 듯한데 어느 쪽에서 오류가 난 것인지 모를 일이다.

### 훈산 이춘풍의 문학

훈산薰山 이춘풍은 1922년경, 변산 석두암에 은거 중인 소태산의 지시로 『대학』, 『중용』 등 유교 경전의 요지를 해역解譯하고 베끼는 일을 했다 하고, 선서仙書인 『옥추경』, 『정심요결』 등도 번역하였다. 전하는 『정심요결』(번역)에 '鐵柱中心 石壁外面(철주중심 석벽외면)'을 '쇠지동(쇠기둥)의 가운데 마음이요 독벽(돌벽)의 밧긋나시라(바깥낯이라.).' 한 걸 보면 철저한 직역이었음을 알 수 있다.

소태산이 불법연구회를 창립하고 익산 총부로 떠나면서 봉래정사

(→ 부안수양소)에 들어와 도량 수호를 맡았다. 불교계와 교유하며 성리 공부도 하고, 문집 『산중풍경』을 유고로 남겼다. 문집에는 가사, 한시, 선화, 수필, 논설 등 다양한 장르의 글이 기록되어 있는데 그중에는 학명, 만허 등 승려와 주고받은 선화禪話 세 편이 있어 흥미를 돋운다. 〈경헌학도사敬獻鶴道士〉는 서간문 형식인데 다음은 번역문이다.

「삼가 학명 도사께 올립니다. 낮게 날아도 그 계신 곳을 보지 못하더니 높이 날매 다만 그 소리를 들을 뿐입니다. 초당에서 봄잠을 실컷 자다가 꿈을 꾸니, 한 옥동자가 하늘 위에서 내 옆으로 내려와서 말했습니다. "그대는 어찌하여 잠이 깊이 들어 깰 줄을 모릅니까? 아까 백학도사가 인간에 낮게 날아와 그 선악을 살피고 홀연히 하늘 위로 높이 날아갔습니다." 깨고 보니 곧 꿈이었습니다. 지게문을 열고 보았으나 그 계신 곳이 보이지 않으매 하늘을 우러러 탄식을 하니, 오직 들리는 건 학의 울음소리뿐이었습니다. 다시 옥동자를 가까이 불러서 조용히 말했습니다. "낮게 날았던 곳은 어디며 날아간 곳은 어디인가. 낮게 날고 높이 나는 사이에 너는 그 높이 나는 곳에 가서, 다시 장차 높이 날아올라 한 마디만 하시면 내 꿈을 크게 깨리라 일러라." 멀리 남쪽 하늘을 바라보다가 유유히 앉아서 푸른 산을 바라보나이다. 늦봄에 봉래산인 올림」

때는 백학명 스님이 월명암을 떠나 내장사 주지로 옮긴 후, 한때 월명암을 다녀갔다는 소식을 듣고 만나지 못한 아쉬움에 편지를 보낸 것이다. 학명의 답장은 이러하다.

「내장산에 있는 병든 학이, 봉래산에 신선이 많다는 소식을 문득 듣고 구름 따라 들어갔으나, 신선은 학을 몰라보고 학은 신선을 몰라보았소. 오연히 휘파람을 불며 돌아오자 곧 혜서를 받으니 신선 인연이 다시 이어지는구려. 돌이켜 구름을 헤치고 다시 봉래산에 들어가 서로 손잡을 궁리를 할 뿐이오.」

선문답하듯 차원 높은 대화다. 이춘풍은 1925년에 하산하여 익산 총부로 와서 전무출신 하였다. 이후 5년간 교무로 활동하다가 1930년 55세로 열반에 들었지만, 자손 중에서 한다 하는 전무출신이 다수 나왔다.

## 송도성의 변산

1922년에, 이춘풍에 이어 봉래정사를 찾아온 경상도 사람이 또 하나 있었으니 다름 아닌 정산의 아우 송도성(도열)이다. 임술년 동짓달 초하룻날(1922.12.18.), 곰소나루 종곡마을에 사는 외사촌 형 이춘풍의 집에 들렀다가 삭풍이 씽씽 부는 내변산을 향해 걸음을 옮기는 16세 송도성의 각오는 어땠을까. 3년 전 송씨네 일가가 우여곡절 끝에 영광 학정리에 자리 잡았을 때, 소태산이 송벽조에게 제안하기를 "도성이하고 우리 집 만네(길선)하고 한번 바꿔서 가르쳐

봅시다." 했더란다. 그로부터 맏네는 송씨네 가서 식구들과 함께 나무하러 다니고 집안일 거들면서 송벽조에게 한문을 배우고 유가 예법도 익혔다. 한편 도성이는 소태산의 슬하로 와서 가르침을 받다가 소태산 입산 후로는 끈 떨어진 뒤웅박 신세가 되어 스스로 학문을 익혔다. 이때 송도성은 제대로 문리가 틔어 사서를 읽었는데 그중에도 『맹자』의 매력에 푹 빠져 있었다.[88] 그러던 그가 고심 끝에 소태산을 찾아 변산 길에 나선 것이다.

"도성이는 집을 나와 왜 이 고생을 하려고 하느냐?"

소태산이 짐짓 만류하는 뜻으로 묻자 송도성은 준비했던 글(출가시)을 써냈다.

獻心靈父 許身世界(헌심영부 허신세계)

마음은 영부께 바치고 몸은 세상에 내놓아서

常隨法輪 永轉不休(상수법륜 영전불휴)

항상 스승님의 법륜을 따라 길이 쉬지 않겠나이다.

송도성의 출가를 가장 반긴 것은 아무래도 형 정산이 아니었을까 싶다. 이후 정산의 든든한 후원자이자 도반으로서 송도성의 역할은 말할 수 없이 컸다고 할 것이다. 소태산은 이듬해 2월(임술년 설

---

**88)** 그의 필명 직양(直養) 혹은 직양생(直養生), 직양한인(直養閒人) 등도 『맹자』 양혜왕장구 중 「至大至剛, 以直養而無害(지대지강, 이직양이무해)」에서 따다 쓴 것으로 보인다.

달)에 최도화의 요청을 받아들여 1차 만덕산 나들이를 시행한다. 사산 오창건과 만덕산 산제당(산신을 모신 당집)으로 들어가는데 입산한 지 얼마 안 된 송도성을 데리고 갔다. 먼저 송규가 머물던 미륵사가 완주군 소양면 소속이라면 산제당 만덕암萬德菴은 진안군 성수면에 속한다. 이때 최도화는 준비도 없이 스승을 모셨을 뿐으로, 날씨는 춥고 식생활도 쉽지 않아 생활의 불편이 컸음에도 소태산은 석 달 가까이 이곳에서 지냈다.

소태산은 만덕암에 들어간 이튿날, 최도화의 인도로 찾아온 진안 마령면 사는 과부 전씨와 열네 살짜리 외동아들 전세권을 만난다. 이들 모자는 전삼삼田參參과 전음광全飮光으로 법명을 받고 소태산의 불법연구회 창립 과정에 큰 도움을 주는데, 특히 전음광은 소태산의 수양아들이 되어 이후 교단 창립에 초석이 된다. 송도성에게는 더할 수 없이 좋은 도반이 되는데 어쩌면 소태산이 입산 초년생인 송도성을 변산에 두지 않고 굳이 데려간 것이 이 둘을 묶어주려는 의도가 아니었을까 모르겠다. 그건 그렇다 해도 전음광 모자를 만난 것은 만덕산 들어간 이튿날이니, 그 후로는 별 볼일도 없던 듯한데 자그마치 석 달간이나 체류한 것은 무슨 까닭일까? 거기에 대해서는 바로 만덕암의 주인인 김해김씨 일가와 연관이 있을 것으로 보인다. 1924년 2차 만덕암 나들이로 이어지면서 소태산의 의도가 보다 선명해지지만, 아마도 진안 인맥을 발굴하는 것이 목적이었던 것 같다. 핵심은 역시 3세 종법사를 지낸 김대거 집안과의 반연絆緣(얽혀서 맺어지는 인연) 개척이지만 여기서는 상세한 이야기를 줄인다.

송도성은 봉래정사에서 「대종사를 시봉하는 한편 나무도 하고 산전도 개척하며 법문을 기록하는 데에 전심전력하였다.」(『정산종사전』, 172쪽) 한다. 도성이 심부름으로 월명암을 드나들다가 학명의 눈에 들었고, 학명이 형 명안 대신으로 아우 도성을 탐냈지만 이 역시 소태산에게 거절당했다더라 하는 일화도 전한다. 초기 교단에서 독보적 서예가였다는 송도성은 이 시절에 학명이 그리는 달마도를 흉내 내다가 배워서 후에 원불교 달마도 작가의 효시가 된다.

1924년 6월 1일 불법연구회 창립총회 이후 스승 따라 익산으로 이사했으니 송도성의 변산 생활은 불과 1년 반이다. 그러나 그 민감한 나이에 겪은 변산의 추억은 그의 구도적 생애에 엄청난 자양분이 된 것으로 보인다. 유교적 풍토와 유가적 가풍 속에서만 자란 그는 봉래정사의 생활을 통하여 불교의 실상을 속속들이 맛보았고, 새 불교의 지향이 어떠해야 하는가도 충분히 통찰했을 것이다. 동시에 소태산은 물론 형 정산의 법력과 인격에 감동할 기회도 많이 누렸던 것으로 보인다.

송도성의 유고 중 〈대종사 약전略傳〉이 있는데, 이는 그의 만년에 해당하는 1943년부터 1945년 사이 어느 즈음에 쓰인 것으로 보인다. 미완성 원고로 1891년 소태산의 탄생부터 시작하여 1924년 익산 총부 건설까지 기록되었고, 거기서 끊어져 있다. 그중에도 거의 끄트머리에 「그 후 대종사께서 실상사 부근에 수간의 초간을 매수하사 휴양의 처소를 삼으시니 월명암과 거리가 십리허十里許이라 (…)」 이후로 송도성이 변산에서 소태산을 모시고 형 송규와 함께 살던 기간의 기억을 기록해놓은 부분이 있다. 여기에는 형 정산이 쓴 〈불법연구회창건사〉(《회보》에 1937~1938년 연재)에 언급되지 않은 소중한 기록이 들어 있는바 그들 중 일부를 소개하고자 한다.

> 한때에는 학명선사 한시 절구 1수를 보내어 은연히 대종사의 출세를 권고하여 가로대, 「투천산절정透天山絶頂/ 귀해수성파歸海水成波/ 불각회신로不覺回身路/ 석두의작가石頭倚作家」 때에 대종사 거처하시는 가옥이 협루狹陋(비좁음)하다 하여 시봉 제자들이 상모相謀(서로 의논함)하고 초가삼간을 신축하고 석두암이라 편액을 붙였던 고로 '석두의작가'의 말이 나오게 되었던 것이다. 대종사 곧 화시和詩를 써 가라사대, 「절정천진수絶頂天眞秀/ 대해천진파大海天眞波/ 부각회신로復覺回身路/ 고로석두가高露石頭家」 이것은 지금 숨은 석두암이 장래에 드러날 석두암이 될 것이라고 하신 의미이다.
>
> 하루는 대종사께서 실상사 주지 한만허韓滿虛 화상 동행하여 월명암에 올라가시더니 실상천實相川 흐르는 물가에 이르러서 문득 혼자 입속으로, 「강류석부전江流石不轉이로구나.」 하고 가거늘 대종사 뒤에 따르시다가 큰 소리로, 「강류하처거江流何處去오?」 하고 외치시니, 만허 화상 작지를 멈추고 서서 아연俄然하는지라, 대종사 서서히 가라사대, 「석부전강불류石不轉江不流로다.」 하시고 두어 걸음 걸어가시다가 다시 만허 화상을 부르시어, 「석역전강역류石亦轉江亦流라.」 하시니, 그때에 수행하던 자 그 뜻을 알지 못하더라.

두 이야기가 모두 기막힌 풍유다. 이들 시화와 선문답에 대하여는 이미 상세한 해설을 한 바 있으므로[89] 생략하거니와 여기서 의문이 생긴다. 형 정산도 놓친 것을 이렇게 상황 설명까지 하면서 기록으로 남긴 것은 무엇을 의미할까? 정산은 이를 알고도 별로 중요한 게 아니라고 판단하여 〈창건사〉에서 편집해버린 걸까? 그건 알 수 없지만 적어도 아우 송도성은 이 두 가지가 가진 문학적·성리적 의미를 잘 알고 있었음에 틀림없다. 어쩌면 이들 사건의 현장에 정산은 임석하지 못했고 송도성은 임석하여 사건을 목격한 차이였을 듯도 하다. '그때에 수행하던 자'는 곧 자신을 가리키는 것 아닐까?

송도성이 짧은 생애에도 불구하고 상당한 문학작품을 남긴 것, 그 작품들 태반의 품질이 빼어난 것 등을 볼 때, 적어도 문학적 감각과 역량에선 아우가 형보다 앞선 것 같다. 그는 후에 불법연구회 기관지 《회보》에 〈불해탐주佛海探珠〉란 제목으로 총 11회에 걸쳐 36화의 선화禪話를 연재하였다. 여기에 뽑힌 글의 내용이나 문체에서 보여주는 선문답이 위에 제시한 것들과 상통함을 보더라도 송도성은 짧은 입산 체험에서 불교에 대한 속 깊은 공부를 한 것으로 보인다.

---

89) 이혜화 『'새로쓴' 소태산 박중빈의 문학세계』(원불교출판사, 2012) 146~147쪽 및 『원불교의 문학세계』(원불교출판사, 2012) 196쪽 참조.

## 하산 준비

봉래정사엔 송적벽, 김남천, 이춘풍, 이만갑, 구남수, 장적조, 최도화 등 남녀 제자들이 혹은 상주하고 혹은 드나들며 2차로, 3차로 연이어 도꾼들을 물어들이니, 소태산은 교법을 구상하고 저술을 하는 일방 인재들을 상대하기도 만만찮게 바빴으리라. 거기다 영광으로 진안으로 전주로 혹은 서울로 길고 짧은 출장이 적지 않았다. 그런데 정산은 존재감이 별로 없다. 정산은 배역이 소극적이다. 있는 듯 없는 듯한 조연이 아니라 단역 혹은 엑스트라처럼 지낸다. 겨우 스승이 시키는 일이나 말없이 할 따름이다. 이런 기조는 여기서 그치지 않고 소태산 생전에 지속되었다. 여북하면 참다못한 소태산도 "그대는 나를 만난 후로 오늘에 이르기까지 모든 일을 오직 내가 시키는 대로 할 따름이요, 따로 그대의 의견을 세우는 일이 없었으니"(『대종경』, 부촉품5) 어쩌려고 그러느냐고 나무랐으랴. 이 책은 『소태산 평전』이 아니라 『정산 송규 평전』이니 정산에게 맞추어 아웃포커싱(배경 흐림 기법)을 쓰려 해도 이중노출처럼 소태산에 가려 정산이 잘 안 보인다. 훗날 쓰임을 기다리는 도광韜光(빛을 감추어 밖으로 새어 나가지 않게 함) 수법임을 짐작이야 하지만 평전 작가 처지에선 안타깝다. 아, 그나마 하나 건졌다.

어느 해 소태산은 경성지부(돈암동)에서 요인들에게 "정산은 보통 사람이 아니다. 정산은 비범한 도인이라 나도 간혹 옷깃을 바로 할 때가 많다." 하고 정산을 추켜세운다. 열반을 앞두고 후계자 정산의 권위를 세우고자 여러모로 애쓰던 중에 나온 말이겠지만, 생판 없는 얘길 하는 것은 아니었을 것이다. 소태산은 정산이 비범한 도인임을 증명하고자 "나보다 한 수 더 보는 것을 보았다." 하고 실례를 들었다. 변산 봉래정사에 있을 때, 하루는 아침 식사 후 송적벽과 김남천 두 사람이 초당 앞에 와서 정답게 이야기를 하는데, 두 사람의 기운 뜨는 것이 그날을 못 넘기고 싸울 것으로 보였다. 정산에게 그 기운을 보라 했더니 한참 후 빙그레 웃으며 "두 사람이 오후가 되면 싸우고는 한 사람이 보따리를 싸 가지고 가면서 다시는 아니 올 마음을 내겠습니다." 하였다.[90] 결과는 어땠을까? 그 이야기가 『대종경』에 나온다.

> 대종사 봉래정사에 계실 때에 하루는 저녁 공양을 아니 드시므로 시봉하던 김남천, 송적벽이 그 연유를 여쭈었더니, 대종사 말씀하시기를 「내가 이곳에 있으매 그대들의 힘을 입음이 크거늘 그대들이 오늘 밤에는 싸움을 하고 내일 아침 해가 뜨기 전에 떠나갈 터이라 내 미리 밥을 먹지 아니하려 하노라.」 두 사람이 서로 사뢰기를 「저희 사이가 특별히 다정하온데 설령 어떠한 일로 마음이 좀 상한들 가는 일까지야 있겠나이까. 어서 공양에 응하소서.」 하더니, 몇 시간 뒤에 별안간 두 사람이 싸움을 하며 서로 분을 참지 못하여 짐을 챙기다가 남천은 대종사의 미리 경계하심이 생각되어 그대로 머물러 평생에 성훈을 지켰

90) 〈정산 종사 출가 전후의 이모저모〉, 86쪽.

고, 적벽은 이튿날 아침에 떠나가니라.(『대종경』, 실시품3)

그러니까 「아침 해가 뜨기 전에 떠나갈 터이라」는 소태산이 예상한 것이 아니라 정산 송규가 내다본 것이었단 말이다. 성격이 괄괄한 송적벽은 「다시는 아니 올 마음을 내겠습니다.」처럼 소태산 곁을 떠났지만, 나중엔 성질이 풀어져서 1923년 9월, 영산원을 건축할 때에 찾아와 조력도 했고, 이듬해 조송광(불법연구회 2대 회장) 장로를 끌어오는가 하면, 갑자년 익산 총부 건설 때는 갖은 고생을 하면서 수익사업으로 엿 고는 일을 주관하였다.[91]

1923년 오월, 원평에서 한의원을 하는 서동풍이 아우 서상인(1881~1930)을 데리고 봉래정사로 소태산을 찾아왔다. 서상진(법명 동풍)은 1년 전에 장적조의 인도로 소태산을 만나서 제자가 된 이후 믿음을 바치다가 이번엔 아우를 설득하여 데리고 온 것이다. 서상인은 김제에서 인화당이라는, 종업원이 40명이나 되는 기업형 한약방을 하는 사람으로, 20대에 김제군 성덕면장을 역임한 바도 있는 지역 유지다. 소태산은 그에게 중안中安이란 법명을 주고 하룻밤을 재웠는데, 이튿날 희한한 일이 벌어졌다. 소설에선 이렇게 그리고 있다.

---

91) 소태산 법하에서 종신한 김남천과 달리, 송적벽은 들락날락하면서 회원의 의무를 소홀히 하는 바람에 결국 1928년 제6회 평의원회 의결에 의해 제명 처분을 당하고 말았다.

석두거사는 서상인에게 중안中安이란 법명을 주고 사제지의를 맺었다. 그러나 하룻밤을 자고 난 서중안은 석두의 인격에 깊은 감동을 받은 듯, 굳이 부자지의로 인연을 고치자고 졸라댔다. 나이도 아홉 해나 연상이 되니 사제지의만으로 무관하다 해도 막무가내였다. "육신의 아부지가 아니라 정신적 아부님, 영부靈父가 되아주십시오." 결국 마흔두 살의 중년 서중안은 서른세 살의 청년 석두와 부자지의를 맺는 데 성공했다. 이후 서중안으로 인해 석두거사의 제도濟度 사업은 커다란 전기를 맞게 된다. 서중안은 유월에 다시 아내 정鄭씨를 데리고 와 세월世月이라는 법명을 받게 하고는 본격적으로 석두거사의 하산을 추진했다.

"사부師父님! 여그는 도로가 험난허고 장소가 비좁습니다. 교통이 편리허고 장소가 광활헌 곳에 도량을 정허고 여러 사람의 전도를 널리 인도허심이 시대의 급선무이지 않은가 헙니다."

석두가 묵묵히 듣고 수긍하는 태도를 보이자 서중안은 용기가 나서 바짝 끈을 당겼다.

"사부님, 지금은 천하에 도덕이 미약허고 인도 정의가 무너지서 창생의 고통이 끝이 읎습니다. 사부님의 높은 도덕으로 일체 생령을 구제헐라면 하레라도 일찌거니 시상으로 나가셔야 헙니다."

"내가 시상에 나가는 것이사 어러운 일이 아니제만, 중안이 이 일을 감당허겄능가?"

석두거사는 서중안의 마음을 넌지시 떠보았다. 그러나 그만한 생각도 없이 일을 서두를 중안도 아니었다.

"소자가 큰 재산은 읎고 정성도 부족허제만 기엉코 감당헐 작정입니다."

석두거사는 마침내 칠칠한 서중안의 제의를 받아들이기로 하고 회상을 공개할 구체적 계획을 토의하였다.(『소설 소태산』, 346~347쪽)

'칠칠하다(성질이나 일 처리가 반듯하고 야무지다.)'는 말을 썼지만 서중안의 성격은 냉정하고 치밀한 데다 끈기 있는 열정이 있었다. 이렇게 해서 소태산 일행은 은둔 시대를 끝내고 불법연구회를 창립하면서 회상(교단)을 세상에 공개하는 절차를 밟게 되지만, 그렇게 되기까지는 아직 준비운동이 필요했다.

서중안과 더불어 하산의 필요성을 논의하던 바로 그때, 소태산은 영광으로부터 모친 위독이란 급보를 접하고 즉각 영광으로 달려간다. 아우 박동국의 집에서 보름 남짓 간병을 하다가 초상을 당했다. 전국에서 제자들이 문상차 모여들고, 숙소로 구간도실이 쓰였는데, 비좁고 습해서 대중 수용에 불편을 겪었다. 초상을 치르고 나자 도실 이축에 뜻을 모으게 되어 범현동으로 옮기고 증축하여 목조 초가 10간 1동과 8간 2동짜리 회관을 완공하고 이를 영산원靈山院이라 하였다. 〈창건사〉에 기록된 건축 유공 인원 중 전무 주력자 12명 명단에 송적벽과 함께 정산과 송도성도 이름을 올렸다.

12월이 다 되어서야 영광 일을 대강 마친 소태산은 전주 완산동 전음광의 집으로 가서 서중안을 만난다. 회상 공개를 위한 준비 작업을 협의한 후 서중안에게 교단 창립의 절차와 준비 작업을 일임한 소태산은 떠난 지 여섯 달 만에 봉래정사로 귀환하였다. 여기까지 정산과 송도성은 소리 없이 스승을 따라다니며 보좌하였을 것이다.

석두암에 돌아온 소태산은 학명을 찾아가서 하산 결심과 교단 창립의 계획을 소상히 개진한 듯하다. 그러자 학명은 그동안 그가 다듬은 계획을 늘어놓는다. 자기가 월명암을 떠나 내장사 주지로 가게 되었다는 것과, 거기서 불교혁신의 꿈을 이루리라 작심했다는 것, 그리고 이제부터는 소태산의 협력이 절대 필요하다는 것이다.

백학명은 본래 월명암에 들어올 때 10년을 작정하고 떠나지 않기로 하였는데, 그동안 다짐대로 한 걸음도 산문 밖으로 발을 내디디지 않았다고 한다. 그러던 그가 1923년, 월명암 턱밑에 있던 양진암에서 만해 한용운을 만난다. 만해는 2박 3일을 머물다가 떠나면서 〈養眞庵臨發 贈鶴鳴禪伯(양진암임발 증학명선백, 양진암을 떠나면서 학명선사에게 드림)〉이란 시 두 수를 남겨주었다. 그 시 중에 하나는 이렇다. 「世外天堂少/ 人間地獄多/ 佇立竿頭勢/ 不進一步何(세외천당소/ 인간지옥다/ 저립간두세/ 부진일보하, 이 세상 밖에 천당은 적고/ 인간에는 지옥이 많다/ 장대 끝에 우두커니 섰을 뿐으로/ 어찌 한 걸음 더 내딛지 않는가.)」 지옥 같은 세상을 구하려면 월명암에 틀어박혀 있지 말고 한 걸음 나서라는 말이니, 그러니까 만해는 '백척간두 진일보(백척 장대 끝에서 한 걸음 내딛다.)'로 월명암에서 내려가라는 메시지를 준 것이다. 이 시를 받은 학명은 정말 백척간두에 선 자세로 주장자(지팡이)를 짚고 선원 뜨락에 꼿꼿이 서서 이틀 밤낮을 지새우며 고민했더란다.[92] 결론은 스스로 한 10년 기약을 깨고 9년 만에 월명암을 떠나 '진일보'로 내장사 주지 제안을 받아들인 것이다. 그는 내장선원 규칙 제1조를 「선원의 목표는 반선 반농으로 변경함」으로 정하고 선농일치禪農一致로 불교혁신의 깃발을 들었다. 그리고 여기 꼭 필요한 인물로 소태산을 찍은 것이다.

정산이 기록한 〈창건사〉에 따르면, 학명은 내장사에서 소태산이 활동할 수 있는 구체적인 안案[93]을 수립해놓고 기다렸던 것이다. 이미 하산 계획을 착착 진행하고 있던 소태산으로선 학명의 제안이 난감했다. 거기다 출가승들의 완고한 편견과 행태를 익히 아는 처지에 내장사에서는 뜻을 펼 수 없음을 이미 알았다. 부득이한 사유를 들어 완곡히 사양하였으나 학명의 부탁과 호의를 박절하게 거부할 수만도 없다. 소태산은 정산과 사산, 팔산 등 제자 다섯을 엮어 미리 내장사로 보내놓고 익산, 전주, 김제를 차례로 들러 창립 준비를 점검했다. 그러고 나서 소태산이 전음광을 데리고 내장사엘 들어가 보니, 사내 대중들의 반대로 학명의 계획은 이미 물 건너간 상태였다. 소태산은 학명을 위로한 뒤, 마침 내장사에서 수양 중이던 송상면(1876~1931)의 귀의를 받아들인다. 한학을 하고 김제군 용지면 면장을 지낸 그에게 만경萬京이라 법명을 주니, 소중한 인재를 거저 얻은 셈이다. 소태산은 내장산에서 내려오면서 머리를 삭발했다. 입산 삭발이 아니라 하산 삭발이다.

소태산은 김제, 전주를 거쳐 이리역에 와서 기차를 탔다. 회상 공개의 큰 꿈을 품고 최도화의 안내를 받아 서울 입성을 단행하니,

---

92) 이때 고찰 내장사는 퇴폐하여 중창이 절실한 처지였는데, 학명의 내장사행은 백양사 송만암의 적극적 권유가 주효했다 한다.

93) 그 계획에 대해서는 『소태산 평전』 271~272쪽 참조.

여기에 동행한 인물이 정산, 서중안, 전음광 등이었다. 최도화는 안내자, 서중안은 물주, 전음광은 시자, 그리고 정산이야말로 소태산이 분신처럼 데리고 다니며 현장 감각을 익히도록 배려한 것이 아닐까 싶다. 최도화는 용산에 사는 박사시화(1867~1946)를 데려오고, 박사시화는 종로구 계동에 사는 쌍둥이 동생 박공명선과 그 외동딸 성성원(1905~1984)을 인도하였다. 다시 서중안이 당주동에 1개월 월세로 집을 빌리고 임시 출장소로 삼았다. 여자들은 이동진화(1893~1968), 김삼매화, 이현공 등 소중한 인연들을 차례로 데려왔는데 이 중 이동진화와 김삼매화는 후에 출가 제자가 되었다. 이현공은 바로 만덕산 산제당(만덕암) 주인인 김해김씨 집 종부다. 거기다 후에 구타원 이공주(1896~1991)로 불리는 과수댁 이경길이 남편 탈상일인 시월 열여드레 이후 만나기로 약속하였다. 여기까지 정산의 역할은 무엇일까? 도무지 눈에 띄지 않는다. 끼어들 여지도 없어 보인다. 최도화 등 여자들은 사람들을 불러들이거나 밥하고 빨래하는 역할을 분담했을 것이다. 남자로서 서중안은 돈 쓸 일 있으면 주머니를 열었고, 애송이 전음광은 잔심부름을 전담하였을 것이다. 정산은 빈둥거리고 밥이나 축냈을 것인가? 아니다. 소태산은 정산에게 현장학습을 시키고 있었을 것이다. 옆에서 지켜보며 스승의 언행을 꼼꼼히 체크하였을 것이고, 먼 훗날 자신이 할 일이 무엇인가를 고민했을 것이다.

갑자년 삼월 열엿새, 1924년 4월 19일이다. 앞서 언급한 바대로 송적벽(본명 찬오)은 이웃 사람 조공진(1876~1957)을 끈질기게 설득하여 소태산을 만나보도록 하는 데 성공한다. 25년 간 하나님을 섬겨온 예수교 장로 조공진은 전주 한벽당에서 소태산을 만난다. 그는 예수교를 만나기 전에 유교, 동학, 선도仙道의 신앙을 섭렵했고, 동학농민전쟁의 와중에 녹두장군 전봉준을 따라다니기도 했지만, 한의학을 배우고 예수교를 믿기 시작한 이래 한 치의 흔들림도 없이 열렬한 신앙생활을 해왔다. 그는 다만 세상이 바야흐로 말세라고 탄식하며, 「이 말세에 필시 예수님이 예언하신 대로 구주께서 도둑같이 다녀가신다 하였으니 그 '산 예수님'을 만나보게 해 주십사 고 기도를 하며 지냈다.」[94] 한다. 그러던 그가 소태산을 만나고는 감복하여 송광頌廣이란 법명을 받고 창립기 교단에서 중요한 역할을 하게 된다. 이 말의 이면에는, 그가 만나기를 기도하던 '산 예수님'이 다름 아닌 소태산이란 의미가 숨어 있다.

---

94) 『돌이 서서 물소리를 듣는다』, 313쪽. 예수님의 예언이라 한 것은 「보라 내가 도둑같이 오리니」(『요한계시록』 16장 15절)를 가리키는 것 같다. 원불교에서는 흔히 '다녀간다' 혹은 '왔다 간다'로 인용되는데 이는 원전의 '온다'와는 의미가 다르다. 다른 데서도 「주의 날이 도둑같이 오리니」(「베드로후서」 3장), 「주의 날이 밤에 도둑같이 이를 줄을」(「데살로니가전서」 5장)처럼 '온다'에 방점이 있지 '간다'는 뜻은 나타나지 않는다. 영역 성경도 한결같이 'come'으로만 되어 있다.

# VI

# 익산益山 시대

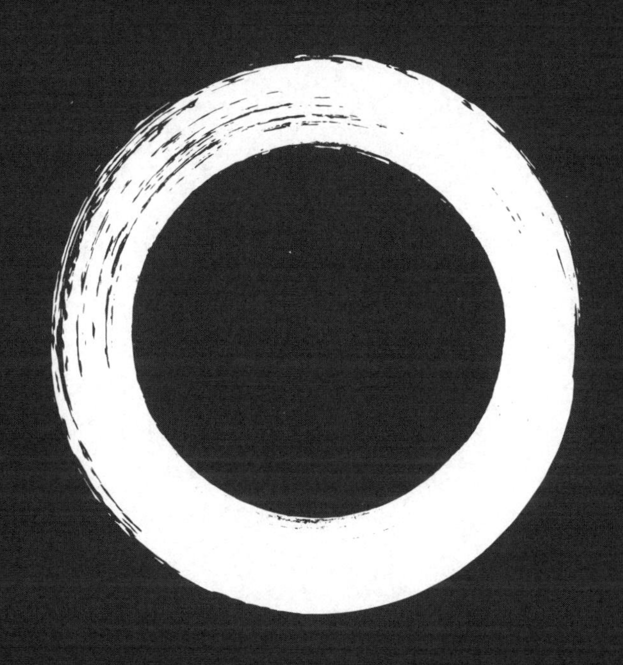

## 불법연구회 창립

갑자년 사월 그믐(1924.6.1.) 오전 10시, 드디어 신종교 불법연구회 창립총회가 개최되었다. 장소는 전라북도 익산군 이리읍 마동에 있는 보광사라는 작은 절이었고, 참석 인원은 39명이었다. 내장사에서 만나 귀의한 송만경이 개회사를 했고 서중안이 임시의장을 맡았다. 미리 준비한 6장 22조로 된 규약을 조목조목 심의하여 채택한 후 임원 선출을 했다. 총재에 소태산, 회장에 서중안, 서기 전음광,[95] 그리고 평의원 8명을 뽑았다. 이어서 김기천의 교리 강연과 《시대일보》 이리지국장 정한조의 축사까지 하고 오후 3시에 폐회했다. 정한조는 비록 문맥조차 허술하고 110자에 불과한 지방소식란 기사였

95) 〈불법연구회창건사〉에는 서기(임시)에 김광선이 뽑힌 것으로 되어 있는데, 〈창립총회록〉에는 임시서기가 전음광으로 나와 있다. 회의록에 오기가 있다고 보기보다는 창건사의 오류로 보인다.

을망정, 불법연구회의 탄생을 세상에 최초로 알렸다.「'불법연구회 창립' 전라북도에서는 조선의 불교를 일층 확장키 위하여 서상인 송상면 오창건 이동안 문정규 제씨의 發起(발기)로 諸有志(제 유지)가 去(거) 1일 오후 2시에 익산군 이리 寶光寺(보광사)에 집회하여 불법연구회를 조직하고, 제반 결의가 있었고, 회장 서상인 씨 외 諸般議員(제반의원)을 선거하였다고.」(《시대일보》, 1924.6.4.)

그런데 참 알 수 없는 게 정산 송규의 위치다. 최초 9인 단원 중 단장 소태산을 대리할 수 있는 2인자로서 중앙 단원 송규의 존재감은 어디로 갔을까? 5월 2일, 전주 전음광 집에서 불법연구회 발기인회를 할 때에도 발기인으로 서중안, 문정규, 송만경, 이춘풍, 박원석, 전음광에 여자 이청춘까지 일곱 명이 선정되었다. 입회 2~3개월에 불과한 송만경도 넣었는데, 겨우 16세짜리 전음광도 넣었는데, 화류계 출신 여자 이청춘도 넣었는데, 왜 송규가 빠졌을까?[96] 거금을 투척한 서중안에게 웬만한 일은 일임하는 식으로 그에게 힘을 실어준 결과인가. 총회의 임원 선출에서도 송규 이름은 없다. 특히 평의회評議會(평의원회)는 5년간 총회 권한을 대신할 최고 의결기구인데도 거기 평의원 여덟 명(서동풍, 박원석, 김남천, 문정규, 송만경, 오창건, 이동안, 전음광) 명단에 송규가 빠진 이유는 알 수 없다. 진행 과정에서도 동의, 재청, 특청 어디에도 이름이 안 보인다. 16세 전음광이 발기인, 평

96) 송규뿐 아니라 영광 9인이 모두 배제되었다. 본부가 영광에서 전북으로 옮겨지듯이 권력의 축도 그렇게 이동하는가 싶다.

의원, 임시서기, 하다못해 회록 작성 대표자로 이름을 올린 데 비하면 회의록 어디에도 송규 이름 두 자가 없다. 〈창건사〉에 보면 영광지방 대표 다섯 명, 김제지방 대표 다섯 명, 익산지방 대표 한 명, 전주지방 대표 세 명의 명단이 올라 있는데 여기에도 송규와 송도성의 이름은 없다. 전남(영광)과 전북의 비율이 5 대 9다. 하루아침에 전북세가 주류가 되고 전남(영광)은 비주류가 되었다. 송규나 송도성은 호남의 텃세, 전북의 위세를 실감했을 법하다. 소태산의 입장에서도 적잖이 난감했을 것이고, 부득이 수습에 나선 것으로 보인다.

창립총회 후 구월 초열흘, 익산군 오산면 송학리 박금석 씨 집에서 임시평의원회가 열린다. 의안은 회관 건축 건과 임원 보선 건인데 여기에 비로소 송규가 연구부장에, 송도성이 서무부서기에 이름을 올린다. 송만경이 특청을 하고 전음광이 재청을 하여 통과시킨 것으로 회의록에 나와 있다. 유추컨대 소태산의 입김이 작용했다면, 송만경 내지 전음광에게 귀띔한 결과가 아닐까 싶다. 이런 유추는 위험하긴 하지만, 근거 없이 하는 것이 아니다. 특신급 이하 평의원 여덟 명의 지혜가 여래위 소태산 1인의 지혜를 능가할 수 없는 것은 자명하다. 민주제의 발상지인 그리스에서 플라톤이 중우정치를 구하기 위해 철인독재를 주장했던 이유가 바로 이것이다.

소태산은 민주적 절차를 존중했기에 제자들을 그렇게 훈련시키고 싶었을 것이다. 그러나 중우의 처사를 보면서 결국 자신이 지나친 기대를 하였음을 깨닫고 적당한 선에서 타협하고 절충할 필요를 느꼈을 것이다. 그동안 참고 기다리면서 평의원들의 회의 결과를 지켜보던 소태산이 마침내 회의에 개입을 시작한 증거가 1928년 삼월 열엿새에 열린 제6회 평의원회 회록에 나타난다. 「의사진행에 들어가 총재선생께서 말씀하시되 "여러분이 모든 일을 알아 결정할 때에는 반드시 이 사람의 의견을 듣고야 말리니, 여러분이 먼저 난만토의(난상토론)하여 결정된 뒤에 이 사람의 의견을 듣기보담 이 사람이 의견을 먼저 진술한 뒤에 여러분은 왈가왈부로 비판만 하여 줌이 어떠하냐?" 하여 양해를 얻으신 후 아래의 의항을 결정하다. (…) 다음에 임원을 선거할새 선생주의 지명에 만장이 찬동하여 당선된 임원은 아래와 같음.」[97]

요컨대 임원 선거 같으면, 총재선생(소태산)이 지명한 리스트를 내려 보낼 터이니 그것을 가지고 토의하라는 것이다. 보나마나 백 프로 통과다. 민주제의 이상으로 보면 이건 아니다. 그럼에도 그럴 수밖에 없던 초기 교단의 수준을 감안할 때 이해 못 할 것도 없다.[98]

불법연구회 총부 기지를 물색하여 익산군 북일면 신룡리로 낙점이 됐다. 이후의 일은 또 회장 서중안에게 일임하고 소태산은 만덕산으로 훌쩍 들어간다. 지난해 1월의 1차 방문에 이어 1년 5개월 만에 하는 2차 방문이었다. 시차는 있지만 함께 간 사람이 열두 명[99]

---

97) 제6회 평의원회 회록에서 발췌한 것으로 현대어로 윤문했다.

98) 이때 소태산이 평의원회에 제시한 리스트에는 '연구부 서기 송도성, 영광교무 송규, 경성교무 이춘풍' 등 경북 출신 3인이 중용되고 있다.

이니, 송규, 김광선, 오창건, 최도화, 전삼삼, 노덕송옥, 전음광, 박사시화, 이청춘, 이동진화, 김삼매화, 김대거 등이었다. 1차 방문 때는 석 달이나 체류했지만 이렇다 할 프로그램이 없었는데, 2차 방문 때는 초선初禪(첫 정기훈련)이라 부를 만큼 제자들에게 공부를 시켰다. 기간은 한 달간 머물렀다는 설부터 4개월설까지 다양하지만 정작 중요한 의미는 다른 데 있는 듯하다. 3세 종법사인 김대거金大擧(1914~1998)가 11세 소년으로 할머니 노덕송옥의 손에 이끌려 참석했다는 점이다.

어느 제도도 처음부터 완벽하지는 않지만, 교조이자 1세 종법사인 소태산과 2세 종법사 정산 송규, 3세 종법사 대산 김대거 등 삼세의 종법사들이 처음으로 한자리에 모였다는 의미에서 만덕산 초선은 교단사적 의미가 크기 때문이다. 정산 송규가 한때 머물렀던 미륵사의 소재지가 만덕산이었고, 거기서 만난 최도화가 김대거를 인도했다든가, 소태산이 전후 두 차례나 만덕산에 와서 수양을 했다든가 하는 것이 모두 김대거를 얻기 위한 기획에 따른 것으로 보인다. 김대거는 어린 날의 회고에서, 동네에 온 승려를 두고 '때때중(나이가 어린 중)'이라고 놀린 적이 있는데 그 중이 1921년 미륵사에 머물며 왕래하던 정산 송규

---

**99)** 12명 명단에 김기천이 들어가고 최도화가 빠진 것으로 알려진 것은 대산 김대거의 증언에 따른 것이었다는데, 이는 11세 소년 김대거의 기억에 착오가 있던 때문으로 보인다. 김기천은 참석하지 않았고, 이 자리에는 최도화가 참석한 것이 맞는 것 같다.

였을 것으로 추측했다.[100] 당시 송규가 스물두 살이니 어리다고 할 수는 없지만, 과장법은 조롱에서 필수다. 워낙 작은 키에 동안이다 보니 애들 눈에 그리 과장할 만도 했겠다. 송규는 정읍에 숨어 있는 자신을 소태산이 몸소 찾아주었듯이, 자신은 또 그렇게 자신의 후계자 김대거를 찾기 위해 탁발승 차림으로 만덕산을 내려와 성수면 좌포리 김해김씨 집안을 은밀히 기웃거렸을지도 모를 일이다. 아무튼 아홉 살 차 송규에 이어 스물세 살 차 김대거도 소태산과 은부시자恩父侍子 의를 맺었고, 저절로 김대거는 열네 살 터울 송규를 의형으로 모시며 원불교 창립의 역사를 써 나간다. (『소태산 평전』, 287~288쪽)

8월에 정산의 조부 송훈동(성흠)이 세상을 떴다. 76세였다. 송벽조 역시 그랬지만 정산 형제는 어려서 조부에게 한문을 배웠다. 아들 송벽조의 뜻을 좇아, 평생 살아온 고향을 등지고 영광에 왔고, 손자의 뜻을 좇아 소태산을 스승으로 섬기며 곤궁한 생활을 달게 받다가 병석에서 3년을 고생하고, 소태산의 탄생지 길룡리에서 임종한 것이다. 부친의 간병을 성심으로 하던 송벽조는 장례를 마치고 몸도 마음도 홀가분해지자 두 아들에 이어 출가를 단행한다.

100) 1921년이라면 김대거는 여덟 살이어서 정확한 기억을 못하지만, 의문이 나서 출가 후에 송규에게 물어보았더니 웃기만 하던 것으로 보아 그게 맞는 것 같다고 했다.(『구도역정기』, 14쪽)

## 윤회의 수수께끼

송성흠(훈동)의 열반 소식을 접한, 고향 성주 종친이자 송벽조의 친구인 유학자 송홍눌宋鴻訥이 한문으로 된 조문弔文을 보내왔다. 번역하면 "애도합니다, 우리 집안 할아버지. 우리 종문의 3백여 명이 우러르던 그 풍채, 삼가고 조심함이 공의 부자父子 같은 분이 누구이오리까. 영광 3백 리 소식 없더니 생사 소식마저 두절되어 서로 알지 못하였구려." 점잖다.

그러나 소태산은 남의 집 초상에 문상 방식이 엉뚱하다. 슬픔을 가눌 길 없어서 '애고! 애고!' 슬피 우는 송벽조에게 소태산이 한 말은 "왜콩이고 조선콩이고 대강 우시오. 죽은 부친을 너무 슬퍼하지 말고, 후일에 13세 훈동이 도문에 들어오거들랑 그대의 부친인 줄 아시오." '애고 애고' 곡하는 소리를 '왜콩 왜콩'으로 비틀고 여기에 조선콩까지 동원하니, 김동순의 〈만장〉을 능가하는 해학적 조문이다.[101]

1940년, 영광 출신 이공전李空田이 만 13세에 총부를 찾아와 소태산을 뵙고 출가했는데 그가 바로 송훈동의 후신이라고 전해진다. 정산 시자로 지냈으니 전생의 조손이 뒤집혀서 사제가 된 것이다. 송벽조가 1951년에 세상을 떴으니까, 그는 전생 아버지의 후신을

---

101) 송인걸 〈교사이야기〉 25 참조. 〈만장〉은 1929년 전주 회원 김동순이 죽었을 때 소태산이 지은 것이다.

10여 년간 본 셈이다. 이공전은 만년에 필자에게 "정산 종사와 나 사이엔 손톱만큼도 감춘 게 없이 다 말하고 지냈다." 하고, "어른께서 내가 송훈동 어르신 후신이라고 했잖아?" 하면서 겸연쩍은 표정을 지어 보였다.
알고 보면 이생에 친근한 이들 중엔 전생에도 가까운 인연이었던 이들이 적잖을 것이다.

서중안 회장은 토지 3,500평을 사들이고 현금 6백여 원을 쾌척하였으며 각처 회원들이 7~8백 원의 의연금을 모았다. 12월에 목조 초가 2동 17칸 건축을 마무리했다. 후천개벽의 첫해인 갑자년에 창립총회를 하고 총부 건설까지 마친다고 하는 상징적인 의례를 완수한 셈이다.

총부 건축 마무리 공사가 한창 진행 중이던 시월 열여드레, 경성 계동에서 남편 탈상을 마치고 소태산과의 상면을 기약했던 젊은 과수댁 이경길을 만날 날이 되었다. 이 날을 손꼽아 기다렸지만, 탈상일이 되자마자 찾아 나선다면 너무 야박하다 싶었던지 한 주일쯤 지나서 소태산의 2차 상경이 이루어진다. 동대문에서 그리 멀지 않은 창신동 605번지 산기슭, 이동진화의 별장에서 이경길 일행을 만난 것은 시월 스무이레(11월 23일) 일요일이었다. 이경길은 친정어머니, 언니 등을 대동하고 소태산을 찾아왔다. 여기서 역사적인 만남이 이루어지고 이후 이경길은 이공주李共珠로, 친정어머니는 민자연화閔自然華로, 언니는 이성각李性覺으로, 그리고 이성각의 딸이 김영신金永信으로 각각 법명을 받고 새로운 인생을 시작한다. 이들 중 이공주와 김영신은 전무출신의 길을 밟게 되면서 창립기 불법연구회에서 큰 몫을 하게 된다.

## 익산 새미르

황량한 언덕배기 신룡리에 초가집 두 동 지어놓고 불법연구회총부라 거창한 간판을 내다 걸긴 했지만, 실속을 알고 보면 한심한 지경이었다.

일단 신앙공동체로서 둥지를 틀었으니, 수시로 오가는 사람이야 그렇다지만 출가한 상주 인원 10여 명은 자급자족으로 생계를 해결해야 했다. 이럴 때 영산 길룡리에 방언으로 개간한 2만 6천 평 논이 효자 노릇을 할 만도 한데 알고 보면 어림없는 기대였다. 수천 년 소금으로 찌든 갯벌에 당장 무슨 곡식이 자라겠는가. 당시 주민의 증언이 딱 맞는다. "논 치 갖고 처음으로 써래질해서 농사 지었는디 뻘거니 타 죽었고만! 아, 뻘땅에다 모 심궁게(심으니까) 그것이 하메(행여나) 먹을라든가?"(박화백) 민물로 씻어내고 빗물로 녹여내며 염독을 희석시키지만 아직은 뿌린 볍씨나 겨우 건지는 수준이었나 싶다.(『소태산 평전』, 297쪽)

별수 없이 송적벽의 경험으로 엿집을 직영하여 회원들이 엿목판을 지고 동네방네 다니며 '엿 사시오!'도 해보고, 송학리와 만석리의 농지를 임차하여 소작농도 해보며, 눈물겨운 개척의 역사를 써나간다. 어느 여자 교도의 회고담을 들어보면, 끼니는 거르지 않나 싶어 밥때에 들여다보니 밥상이 없는 회원들이 찬도 없는 밥을 방바닥에 놓고 먹는데 그나마 소태산만은 총재선생님이라고 목침 위에 밥그릇을 놓아드리더란다. 조천자(조철제)의 무극대도에서 간부로 있다가 소태산 휘하로 온 여신도가 소태산의 초라한 밥상이 조천자의 칠첩반상과 대조되어 눈물을 흘렸다는 것도 그래서이다. 정산은 훗날 제자들에게 그 극한의 절약과 내핍을 겪으며 건설한 창립의 정신을 가슴에 새기자고 누누이 당부했다. "우리 회상 초창기의 법인정신과, 숯 장사 하고 엿 장사 하며 아카시아 잎에 엿밥 먹던 정신이 계속 흘러가야 교세가 무궁하게 발전할 것이며, 그 정신을 이어받은 전무출신이라야 회상의 주인이요, 참 도인이 될 것이다."(『한 울안 한 이치에』, 139쪽)

그런 간고한 삶을 감수하는 것은 도꾼으로서 수도를 하기 위한 것이다. 총부 건설 이듬해인 1925년부터 절집의 하안거·동안거 격인 정기훈련[102]을 연중 6개월씩 빠짐없이 시행했다. 1926년 삼월 스무엿새, 제3회 평의원회에서는 지방을 순회하면서 법회를 열기로

102) 《월말통신》 18호(1929년 음력 팔월)에 보면 훈련은 6과정(좌선, 염불, 회화, 강연, 경전, 일기)으로 되어 있다.

의결하는데, 여기에 설교자로 정산이 선정되었다. 일정까지 못 박았으니 사월 초엿새는 전주, 여드레는 김제군 원평, 열흘은 영광, 이러했다. 아무리 궁핍하다 해도 공부하고 수행하는 교화사업은 멈출 수가 없었기에 처음으로 지방 순회를 실시한 것이다. 1928년 삼월 열엿새 제6회 평의원회에서 회원 중 의무 불이행자 40인을 제명한다. 창립총회 후 4년 미만이고 총부 건설 이후 3년 반도 안 되는데 벌써부터 기강이 엄정하다. 의무 불이행자란 연회비 1원, 월회비 20전(합계 3원 40전)의 회비를 1년 이상 미납한 자라든가 3개월 이상 법회에 불참한 자이니, 여기엔 송적벽 같은 회원도 포함이 되었다. 송적벽이 어떤 인물인가? 변산에서 여러 해를 헌신하면서 소태산을 모신 사람이고, 구간도실 이축과 영산원 건축에 발 벗고 나선 인물이고, 조송광을 비롯하여 똘똘한 증산도꾼들을 입교시키려 기꺼이 몰이꾼이 돼준 인물이고, 총부 건설 당시 몸 바쳐 토역을 해준 인물이다. 그것으로 부족하여 회원들 생계를 위한 엿집 경영에 원평 엿도가 노하우를 아낌없이 제공하여 갑자 겨울부터 을축 여름철까지 5개월여를 먹고살게 해준 공로자가 아니던가. 그러나 평의원들의 추상 같은 기세는 회체오손자會體汚損者에게 정상참작을 인정하지 않았다.[103]

103) 소태산은 송적벽을 잊지 못하여 1933년 그에게 하산(夏山)이란 법호를 내리고 공로를 기렸다. 한편 1929년 제2회 정기총회 회록에 보면, 의무 불이행자를 회체오손자(교단을 더럽히고 손해를 끼친 사람)라고 칭하고 있다.

소태산 대각 후 12년간을 결산하는 제1회 기념총회(1928)에서, 소태산은 회원의 공부 성적을 평가하는 법위 사정을 발표한다. 법위 등급은 보통급, 특신급, 법마상전급, 법강항마위, 출가위, 대각여래위 등 6등급이 있고, 보통급을 제외한 각 등급은 예비와 정식으로 나뉘었다. 당시는 역사도 일천한 데다 법위 사정이 엄격해서 생존 회원의 법위는 정식특신급이 최고였는데, 그것도 송벽조, 김기천, 송규, 송도성, 이동진화, 이공주 등 6인에 불과했다. 최초 9인 제자 가운데 송규와 김기천이 들었고, 경성회원 이공주와 이동진화가 들었고, 나머지는 송벽조와 송도성 부자다. 결국 정산과 그의 부친 및 아우 등 세 사람이 최고 법위 여섯 자리 중 절반을 차지하고 있는 것이다. 이것은 본인들의 실력도 실력이려니와 소태산의 신뢰이기도 할진대 정산 삼부자에 거는 소태산의 기대는 실로 막중했다는 얘기다. 영광 최초 9인 중 일산 이재철, 사산 오창건, 팔산 김광선 같은 쟁쟁한 인물들도 들지 못한 자리에, 여자에 늦깎이로 뛰어든 이공주, 이동진화가 들다 보니 본인들도 다소 면구스러웠던 모양이지만, 그런 체면치레는 '지공무사至公無私(지극히 공정하고 사사로움이 없음)'란 원칙 앞에 발붙일 여지가 없었다. 개인뿐 아니라 지역 단위에 대해서도 평가제도가 엄정했다. 같은 날 연구부장 정산이 등단하여 각 지방 회원의 공부와 사업 진행 정황을 보고한다. 성적은 창립 이후 3~4년을 누적 평가한 것으로 보이는데, 영광 1위, 익산과 경성 공동 2위, 진안 3위, 김제·정읍 4위, 전주 5위 등으로 눈치 볼 것 없이 똑 부러지게 등급을 매기고 공개해버리는 것이다.

불법연구회는 차츰 건물이 늘어나고 사람이 꼬이고 사업이 번창하기 시작했다. 〈학력고시법〉이나 〈신정의례〉처럼 새로운 제도와 규칙을 제정한다든가, 기전여고보 출신 조전권이나 경성여고보 출신 김영신처럼 신식 교육을 받은 인재들이 모여든다든가, 과수·묘목·양계·양돈·양잠·한약업 등으로 수익사업이 늘어간다든가 등등 눈에 띄게 발전해갔다. 사회적 주목을 받으며 《시대일보》, 《동아일보》를 시작으로 《조선일보》, 《매일신보》 등이 연일 호의적인 기사를 내보내자 전북도경 등 일제의 감시와 간섭이 강화되기 시작한다. 소태산은 처음부터 무저항으로 일관했다.

소태산의 무저항 정신을 잘 드러내는 법설이 있다. 1928년 5월, 이공주의 주도로 《월말통신》이란 이름의 기관지가 창간된다. 거기에 〈약자로 강자 되는 법문〉이란 제목의 법설이 실려 있는데 이 글에는 이런 전문前文이 있다. 「무진년 윤이월 26일(1928.4.16.), 오전 10시경에, 선생께옵서 창신동(불법연구회 경성교당)으로부터 제자 송규씨를 데리시고 계동 이공주의 집으로 오시니 그곳에는 자연화, 성각, 공주 등이 복대伏待(공손히 기다림)하고 있다가 맞아 모시고 실내로 들어가 좌정하옵셨다.」 여기에 정산 송규가 시종한 것은 그가 당시 경성교당 교무였기에 자연스러운 일이지만, 이 자리에서 행해진 법설을 라이브로 들을 수 있던 것은 또 다른 행운이기도 했다. 그때가 아니더라도 익히 알고 있는 무저항주의였지만, 훗날 그가 종법사 위에 올라 일제 말기를 슬기롭게 넘길 지혜와 확신을 담고 있었기 때문이다.

법설의 요지는 조선과 일본을 갑 동네와 을 동네로 비유하여 강약이 부동한 처지에 강 대 강 대결보다 무저항으로 종처럼 바보처럼 지내면서 준비를 하자는 것이다. 준비인즉 첫째 경제이니 근검저축으로 자본을 세우고, 둘째 교육이니 교육기관을 설치하여 인재를 양성하고, 셋째 정신이니 개인주의를 버리고 단체주의로 공공심을 기르다 보면 무위이화로 독립의 때가 온다는 것이다. 이 '종처럼 바보처럼'을 두고, 사나운 사람들은 비굴하다고 비난하고, 똑똑한 사람들은 어리석다고 조롱할 테지만, 세월이 지나면 과연 누가 현명한지 판결이 날 것이었다. 소태산은 대각 첫해(1916)에 이미 최초법어에서 〈강자·약자의 진화상 요법〉을 강조했건만 제자들 중에서도 그 본의를 이해하는 사람은 그리 많지 않았을 것이다.

시창 13년(1928)에 제1대 제1회(12년) 기념총회를 성공리에 마치고, 창립총회와 총부 건설의 주역인 서중안에 이어 제2대 회장으로 기독교 장로 출신 조송광이 등장한다. 제1회 12년을 마무리한 시창 13년은 또 다른 의미가 있는 해였다.

어느 가을날, 소태산은 느닷없이 제자들을 강당으로 불러 모았다. 그리고 '견성'을 주제로 간단한 법설을 한다. "수도하는 사람이 견성을 하려는 것은 성품의 본래 자리를 알아, 그와 같이 결함 없게 심신을 사용하여 원만한 부처를 이루는 데에 그 목적이 있다."고 전제하고 "이는 목수가 목수 노릇을 잘 하려면 잣대가 있어야 하고, 용이 승천하려면 여의주를 얻어야 하는 것과 같다. 견성을 하려면 성리공부를 하여야 한다." 하면서 제자들에게 의두요목(화두)을 하나씩 놓고 물었다. 여러 제자가 대답을 했으나 인가치 않다가 삼산 김기천이 걸림 없이 대답을 하면서 결국 심사를 통과하였다. 소태산은 만족한 웃음을 지으며 말했다. "오늘 내가 비몽사몽간에 여의주를 삼산에게 주었더니 받아먹고 즉시 환골탈태하는 것을 보았는데, 실지로 삼산의 성리 설하는 것을 들으니 정신이 상쾌하다." 이어 말하기를 "법은 사정私情으로 주고받지 못할 것이요, 오직 저의 혜안이 열려야 그 법을 받아들이나니, 용은 여의주를 얻어야 조화가 나고 수도인은 성품을 보아 단련할 줄 알아야 능력이 나나니라." 이리하여 불법연구회 역사 12년 만에 처음으로 견성인가를 받은 제자가 나오는 경사를 맞이하였다. 소태산은 몽사를 통해 삼산 김기천의 공부가 무르익은 것을 눈치채고 짐짓 의두요목 문답의 법석을 마련했던 것이고, 역시 몽조대로 삼산의 견성을 확인한 것이다. 그러자 이 사태에 대해 대중의 의문이 생겨났다. 연구부장이자 수위단 중앙으로 법력이라면 자타가 공인하는 2인자 정산은 탈락하고 삼산이 최초의 견성도인이 되다니 말이다. 문정규가 대중의 의문을 대변하여 질문을 던진다.

"저희가 일찍부터 정산을 존경하옵는데 그도 견성을 하였나이까?"

"집을 짓는데 큰 집과 작은 집을 다 같이 착수는 하였으나, 한 달에 끝날 집도 있고 혹은 일 년 혹은 수년이 걸려야 끝날 집도 있듯이 정산은 시일이 좀 걸리리라."[104]

소태산의 대답은 아리송하다. 대기만성이라 했으니, 삼산은 작은 집을 지었고, 정산은 큰 집을 짓느라고 아직 공사 중이란 것은 알아듣겠는데, 작은 집과 큰 집의 차이가 견성의 단계[105]를 말하는 것일까. 아마도 견성의 집과 성불의 집 차이가 아닐까 싶다. 법위로 말하자면 견성은 제4위인 법강항마위요, 성불은 제6위이자 최종위인 대각여래위일 듯하다. 그러니까 삼산은 견성을 목표로 하였기에 먼저 도달하였지만, 정산은 견성을 건너 성불까지 목표로 하였기에 시간이 걸린다는 뜻이라 할 것이다.

또 하나 기록적인 화젯거리는 이듬해 있던 혼사다. 1929년 동짓달 스무하루, 선방에서 송벽조 교무의 차남 송도성과 소태산 종법사의 외동딸 박길선의 혼례가 시행되었다. 신랑은 입던 옷에다 광목 두루마기를 입고 신부는 목세루(목서지) 치마와 옥양목 저고리를 입고 입장했다. 신정예법에 정한 순서대로 예물 교환도 없는 간략한 의식이 치러지고, 피로연은 삶은 고구마로 대중공양을 대신하였다. 신랑, 신부는 기념품으로 벽시계를 선방에 기증하였고, 선물로 들어온 옷감 몇 벌은 옷이 없는 동지들에게 나누어주었다. 이렇게 간소한 예식이었지만 이 혼례의 의미는 결코 작게 평가될 수 없다. 그야말로 소태산이 장고 끝에 둔 신의 한 수라 할 만하니 다시 언급할 기회가 있을 것이다.

---

104) 이상의 내용은 『대종경』 성리품 22장에 수렴되어 있다.

105) 시각, 본각, 구경각 등 3단계설을 비롯하여 다양한 이론이 있다. 정산은 ①만법귀일, ②진공, ③묘유, ④보림(합덕), ⑤대기대용(만능)의 5단계를 주장했다.

미국발 세계경제공황이 조선까지 강타하는 속에서 불법연구회도 「이리 보나 저리 보나 직접 간접으로 본회가 받은 영향은 실로 막대한 바 있나니 금년이야말로 본회 창립 도정에 있어서 최대 난관이며 최대 위기」(《월말통신》, 1930년, 음력 11월호)라 자평할 만큼 시련을 겪었다. 이런 난관이 극복되자 회원들은 속속 불어갔고, 건물과 시설도 늘었고, 산업은 눈부시게 성장하였다. 소태산은 창립 초기 가쁜 고비에서 한숨 돌리고 나자, 1930년의 금강산 유람, 이듬해의 부산, 동래, 양산, 경주를 잇는 경상도 여행을 진행한다. 기관지 《월말통신》(→ 월보 → 회보)을 창간하고 마령(진안), 좌포(진안), 원평(김제), 하단(부산) 등지에 지부를 신설하고 교세 확장에 박차를 가한다. 1932년엔 최초의 교리서인 『보경육대요령』을 발간하고, 《월말통신》의 15개월 정간, 《월보》의 압수 폐간 등을 겪고도 1933년 《회보》로 새 출발하는 집념을 보이며 교단의 언론 문화까지 챙긴다.

1932년은 또 하나의 획기적인 해가 될 것이다. 정산이 252구의 장편가사 〈원각가〉를 지어 기관지 《월보》 38호에 발표하였다. 원각圓覺을 원불교식 용어로 말하자면 대원정각大圓正覺의 준말이니 곧 법위가 대각여래위에 이르렀음을 뜻한다. 앞서 말한 소태산의 표현 방식을 빌리자면 드디어 큰 집의 완공을 본 셈이다. 정산 〈원각가〉의 키워드는 변·불변變不變이다. 인간의 성품과 우주의 원리를 싸잡아 설명할 수 있는 말이 변·불변 아니고는 없다고 보았다. 다만 다른 성인들과는 설명 방법이나 용어 선택에서 차별성이 있을 뿐이다. 어찌 보면, 소태산이 대각을 이룬 후 밝힌 '불생불멸의 이치와 인과보응의 이치'를 변·불변으로 단순화한 것뿐이다. 불생불멸은 불변의 법칙이고 인과보응은 변화의 법칙이다. 그것은 후일 소태산이 〈일원상서원문〉을 발표하면서 유상·무상으로 단순화한 것과 일치하는 방식이니, 상·변常變에서 정산은 변을 기준으로 하고 소태산은 상을 기준으로 한 차이뿐이다.

영국의 사회심리학자 그레이엄 월러스(1858~1932)는 창의성이 결실 맺기까지는 네 단계의 과정을 밟는다고 했다. ①준비 단계preparation stage, ②포란 단계incubation stage,[106] ③발현 단계illumination stage, ④검증 단계verification stage이다. 정산 생애를 여기에 대응시키면, 성주에서의 유소년기는 준비 단계에 해당하고, 청년기(초기 구도와 호남 유력기)는 닭이 알을 품는 것과 같은 포란抱卵 단계이자 잠복 단계이고, 소태산을 만난 후 원각까지는 발현 단계, 종법사 등극 이후는 검증 단계라고 할 만하다. 발현 단계는 포란을 넘어 알을 깨고 나오는 부화 단계이니 논리를 넘어 직관(영적 깨달음)의 힘으로 달성하는 것이다. 소태산의 지도에 따라 줄탁동시[107]의 이상을 실현했다고 할 만하다.

---

106) incubation은 포란과 부화 양쪽에 다 쓴다. 그래서 incubation stage를 흔히들 부화 단계로 번역하는데, 이 단계는 잠복 단계이기에 포란(알 품기)으로 번역하는 것이 적절해 보인다. 오히려 부화(알까기)는 세 번째 단계인 발현 단계에 해당하는 것으로 판단된다.

107) 啐啄同時, 병아리가 알에서 나오기 위해서는 새끼와 어미 닭이 안팎에서 서로 쪼아야 한다는 뜻으로, 가장 이상적인 사제 지간을 비유하는 말이다.

## 깨달음과 나이

음악의 천재, 스포츠의 천재, 수학의 천재처럼 특정 분야에서 어린 나이에 천재성을 드러내는 예는 역사적으로도 많았고 현실에서도 어렵지 않게 목격된다. 그러나 종교적 깨달음과 같은 고도의 종합적 능력은 물리적으로도 상당 기간의 시간 축적이 필요한 것 같다. 현대 뇌과학은 자기공명MRI과 같은 진단 기술에 의해 새로운 분석과 관찰법을 개발한 덕분에 미처 모르던 많은 것들을 알게 해준다. 그중 한 가지는 신경가소성神經可塑性의 힘이니, 뇌는 자극하고 발전시켜 인지능력을 향상시킨다면, 끊임없이 새로운 신경 연결을 만들어낸다는 점이다. 그러므로 신체적 성숙이 그런 것처럼 뇌 발달도 20세 이전에 끝나는 것이 아니라, 30~40세 사이에 완전한 성숙단계에 이른다는 주장이다. 지능은 비네의 지능지수IQ와 골만의 감성지능EQ을 거쳐 이제 가드너의 다중지능 시대가 열리고, 그중엔 아홉 번째 지능인 영성지능SQ[108] 같은 개념도 있다. 잠재된 유전자의 능력을 모조리 일깨우고, 다양한 영역을 상호 연결하는 신경망을 강화하면, 마침내 다중지능의 총합이 절정에 이르게 되고, 그제서야 영성지능이 주도하는 깨달음의 문도 열린다는 생각이 가능하다.

108) 영성지능은 인간 존재의 이유나 참 행복의 의미, 삶의 근원적 가치를 추구하는 능력을 나타내는 인간 지능이라고 한다. 일명 실존지능.

천문학자로서 인간 지성의 기원을 연구한 뇌과학자이기도 한 칼 세이건(1934~1996)의 의견도 참고할 만하다. 「생물학에는 반복설反復說[109]이라는 것이 있다. (…) 반복설의 핵심 내용은 개체 하나의 발생 과정이 해당 종이 겪어온 진화의 과정을 되풀이한다는 것이다. 나는 개개인의 지적 성숙 과정에서도 반복설이 성립한다고 믿는다. 우리는 자기도 모르는 사이에 우리 조상들이 해 온 사고의 과정들을 되풀이하면서 하나의 개인으로 성장해 간다.」(『코스모스』, 331쪽) 이 의견을 원용해보자. 전생의 부처가 다시 태어나더라도 바로 성도할 수는 없다. 전생의 수행 과정을 압축해 반복하면서 진화(성숙)하다가 어느 순간 전생에 도달했던 단계에 이르면 다시 깨달음을 성취하는 것인데, 그 과정이 보통 30~40년 소요되는 것은 아닐까? 물론 금생에 처음 깨달음에 이르는 경우와 전생에 이어 거듭 깨달음에 이르는 경우는 차이가 있을 테지만, 어느 경우나 치열한 수행의 과정은 필수일 듯하다.

그러고 보니 종교적 성자들의 깨달음 혹은 계시啓示가 30세 전후에서 40세 사이에 이루어지는 것도 우연이 아니다. 석가는 35세에 보리수 아래서 성도했고, 예수도 30세 무렵 악마의 유혹을 뿌리쳤고, 마호메트는 히라 동굴에서 40세에 신을 만났다. 수운 최제우는 37세에 동학을 각도하였으며, 증산 강일순은 대원사에서 31세에 성도하

---

109) 생물의 개체발생은 계통발생 과정의 단축적 반복이라는 헤켈의 학설은 많은 비판을 받고 있지만, 여기서는 그 아이디어만을 차용한 듯하다.

였다. 소태산은 26세, 정확히는 만 25세 미만에 대각을 이루었으니 가장 이른 나이인 듯하다. 그래서인가, 그의 대각은 병진년(1916)부터 정사년(1917)에 걸친다.[110] 어쩌면 조숙한 대각이기에 10개월 이상의 숙성 기간이 더 필요했는지도 모른다. 정산 송규는 33세에 오도가悟道歌(원각가)를 불렀으니 역시 깨달음을 위해 모자람 없이 꽉 찬 나이이다.

## 회색의 이치

강묘진姜妙眞이 회색 저고리를 입고 오니 말씀하셨다.

"회색이 좋은 색이다."

"회색분자라고 좋지 않은 의미로 쓰일 때도 있는 것 같습니다."

"그것은 회색의 참 가치를 모르는 말이다. 회색은 검은 색이 묻어도 쉽게 드러나지 않고 흰 것이 묻어도 얼른 드러나지 않는 것이다."(『한 울안 한 이치에』, 135쪽)

소태산이 활동하던 시대는 동학의 최제우가 감히 '개 같은 왜적 놈을/ 일야간에 멸하고자'(〈안심가〉) 하고 큰소리칠 수 있던 조선조

110) 『소태산 평전』 119~120쪽 참조. 특히 각주 18번을 주목할 것.

가 아니고, 불법연구회의 활동 공간은 대종교나 청림교가 무장독립투쟁을 하던 만주(북간도)가 아니다. 소태산과 불법연구회는 창건(1916)부터 해방(1945)까지 반일도 친일도 아닌 전략적 모호성으로 일관했고, 일제의 입장에선 피아 구분이 모호한 그 30년이 기나긴 '개와 늑대의 시간'이었다. 만약 일제를 반대한다는 입장을 노골적으로 밝힌다면 받지 않아도 될 탄압을 자초하여 회체의 존립이 불가능했을 것이고, 일제를 대놓고 지지한다면 교법의 정당성을 상실하고 정치적 노예로 전락했을 것이다. 실제로 당대의 신흥종교 가운데는 반일 혹은 친일의 태도를 명확히 함으로써 자멸의 길로 들어선 종단들이 적지 않았다. 불법연구회는 흑도 백도 아닌 회색의 길을 선택했고, 그것은 내 입장을 명확하게 밝히지 않음으로써 상대방의 대처 방식을 헷갈리게 만드는 전략적 모호성이었다.

2007년 MBC 드라마 제목으로 쓰여서 회자된 '개와 늑대의 시간'[111]의 의미는 「해 질 녘 모든 사물이 붉게 물들고, 저 언덕 너머로 다가오는 실루엣이 내가 기르던 개인지, 나를 해치러 오는 늑대인지 분간할 수 없는 시간」을 말하는 것이란다. 일제의 입장에서 보면, 분명한 반일이 아니니 해체할 명분은 부족하고, 자발적 친일도 아니니 인정해서 기세를 키워줄 이유도 없다. 그렇다고 무시해도 좋을 만큼 만만하지도 않다 보니, 그저 그만한 긴장 관계를 유지하며 미

111) 프랑스 말 heure entre chien et loup(개와 늑대 사이의 시간)에서 온 것으로, 해거름 녘, 황혼 무렵을 가리킨다고 한다.

봉적 타협으로 지낼 수밖에 없었을 것이다.

그런데 1936년 2월 20일 무렵, 독립운동의 거두 도산 안창호가 불법연구회를 방문하면서 상황은 급변했다. 가출옥 상태에서 호남 일대를 순회하던 도산 안창호는 익산군 북일면의 사립학교를 방문하던 참에 예고 없이 불법연구회 총부를 찾아왔다. 안창호의 방문과 소태산과의 면담은 사전 교감이 없던 것임에도 일경에게 큰 충격을 주었다.

동학농민전쟁부터 시작하여 삼일운동 등 항일운동에 앞장서는 종단으로 의암 손병희 사후에도 수백만 신도를 확보하고 막강한 영향력을 행사하는 천도교, 역시 수백 만 신도를 조직하고 상해임시정부를 비롯하여 민족주의 세력뿐 아니라 사회주의 세력과도 맥이 닿아 있는 차경석의 보천교 등에 비하면 소태산의 불법연구회는 애초부터 일경의 눈에 거슬릴 일이 없었다. 차천자(차경석)의 보천교, 조천자(조철제)의 무극대도를 비롯하여 증산교 계열의 크고 작은 종단들도 유사종교해산령으로 된서리를 맞았지만, 불법연구회는 그동안 딱히 해산시킬 명분이 없었다. 불법연구회는 공인종교인 불교의 울타리에 들 수도 있으니까 더욱 그렇다. 그러나 도산 안창호가 익산군 북일면 신룡리 불법연구회 총부를 다녀간 후 상황은 바뀌었다. 그들이 당황한 것은 안창호의 불법연구회 방문이 자기들의 촘촘한 정보망에도 잡히지 않은 돌발 사태였기에 더 그랬던 것 같다. 일경의 당시 상황은 후에 소태산에게 귀의한 담당 순사 황가봉의 증언이므로 그냥 짐작이나 추측이 아니라

거의 팩트라고 보아야 한다.(『소태산 평전』, 396쪽)

조선인의 민족의식을 꺾고 국권회복운동을 막으려는 일제는 조선인의 결집을 원천적으로 봉쇄하고자 종교단체, 특히 민족종교를 유사종교로 규정하고 노골적으로 탄압하였다. 그중에도 불법연구회는 각종 신문이 호의적인 기사를 내며 사회적 이목을 집중시키던 중에 도산 안창호의 방문까지 겹치면서 상황이 꼬였다. 꼬리까지 살랑살랑 흔들지는 않아도 앙탈 않고 순종하는 개로 알았는데 어쩌면 이빨을 감춘 야생의 늑대일지도 모른다는 의혹에 휩싸였다. 다음을 보면 그들이 '유사종교'를 보는 눈, 의혹의 실체를 실감할 수 있다.

유사종교 단체의 횡행은 사회의 안녕질서 유지를 문란케 하고, 인심을 광혹誑惑(속여서 정신을 헷갈리게 함)시키며, 총후치안銃後治安(전쟁 중 후방의 안녕질서를 유지 보전함)의 확보에 지장을 발생시킬 뿐 아니라 교의의 이면에 민족의식의 색채가 농후한 것이 많고, 그 중에는 불경죄 혹은 유언비어죄를 띤 것도 많으므로 이의 단속 강화 철저를 각하刻下(시각이 급한 이때)의 급선무라 믿는 바입니다.[112](1939년 10월, 고등법원 증영增永 검사장이 사법관회의 주재 중에 한 발언)

---

112) 〈사상 범죄로 본 최초의 조선재래 유사종교〉, 『사상휘집』, 22호, 17쪽.

전북도경은 이리경찰서에 지시하여 북일주재소를 불법연구회(약칭 불연) 경내에 신설케 하고, 순사 두 명을 상주시키며 소태산과 불연의 일동일정을 감시하기 시작한다. 순사는 일인 고지마 교이치小島京市와 조선인 황가봉黃假鳳이었다. 이들을 두고 이공전은 「조금이라도 탈이 있으면 불법연구회를 박멸하고, 쓸 만하면 일본 불교에 붙여주라는 지령을 받고 온 밀정」이라고 규정했지만,[113] 불연으로 보면 "총 맞고 죽을래, 칼 맞고 죽을래, 양자택일하라."와 다를 게 없었다.

이로부터 불법연구회 해산의 명분을 찾기 위한 악랄한 음모는 실행되었고, 특히 세 차례에 걸친 아찔한 고비가 있었다. 하나는 1937년 어느 날 새벽, 이리경찰서장이 총독부 보안과장을 안내하여 총부를 기습하고 비리 여부를 조사한 사건, 둘은 같은 해 어느 날, 전북도경 회계주임과 고등계 형사 등 회계 전문 인력이 갑자기 총부에 들이닥쳐 사무실 장부와 금고까지 샅샅이 조사하며 회계 부정을 잡아내려고 한 사건, 셋은 1938년 8월, 총독부 경무국장과 전라북도 경찰부장, 이리경찰서장 등 7~8명이 총부로 쳐들어와 교리를 놓고 사상 검증을 한 사건 등이다. 매번 소태산과 회원들의 지혜로운 대응으로 무난히 고비를 넘겼다. 여기엔 황가봉 순사의 협조가 있었는데 그는 소태산에게 감화되어 법명을 이천二天으로 받

---

113) 이공전, 『범범록』(원불교출판사, 1987), 517쪽. 그러니까 선택지는 해산 아니면 부역(附逆)이니 이래도 죽고 저래도 죽는 길이었다.

았다.

겨우 한숨 놓으려던 판인데 1939년 7월, 마침내 대형 사건이 터졌다. 전북 진안군 마령면에 있는 불법연구회 마령지부 교무 송벽조(인기)가 천황불경사건으로 불리는 어이없는 사고에 휘말린 것이다. 송벽조는 다른 사람이 아니라 정산 송규와 주산 송도성의 아버지가 아니던가. 일제가 깜짝 긴장한 것은 그럴 만한 사정이 충분했다.

> 동 연구회(원불교)는 1935년 말 조사에 의하면 그 교세는 전라남·북도에 한정되어 있으며, 포교기관 7개소, 교도수 1천여 명[114]에 불과하였지만, 그 후 순조로운 발전을 이루어 공인 불교계 유사종교 단체로서는 동학계의 천도교·시천교에 버금가는 세력을 확장하고 있는 현상이다. 현재 본부 소재지인 전북 일원에만 하더라도 지금 수만 원을 가진 포교기관 8개소, 교도수 5975명을 헤아리며(1939.7. 전북 경찰부 조사) 기타 전남, 경남, 경기도 등에 지부가 있어서 각지의 교도를 합하면 주목할 신흥유사종교이다.(《사상휘보》, 22호, 37~38쪽)

조선총독부 고등법원 검사국에서 이 사건이 터진 후에 낸 비밀문건이다. 여기선 첫째, 불법연구회가 자그마치 여섯 배의 교도수 증가를 보였다는 점, 둘째는 전라남·북도에 한정된 단체로 보았더니

---

114) 1935년 총독부에서 낸 『조선의 유사종교』에는 교도수 824명(남 376, 여 448)으로 나온 것을 보아 '교도수 1천여 명'은 얼버무린 숫자이고 정확히는 824명이 맞는다.

경남, 경기 등지로 확산하고 있다는 점 등에 주목하고 있다. 특히 이들 교세 확장이 최근 3~4년 사이에 이루어졌던 만큼 그 속도가 빠르다는 점을 지적하였다.

그러면 사건의 실체는 무엇인가? 정리하면 다음과 같다.

①1939년 여름, 가뭄이 심하여 대흉년이 예상되고 민심 흉흉하던 때

②전북 진안군 소재 불법연구회 마령지부 송벽조(인기) 교무가 천황의 존엄을 모독하는 무기명 투서를 천황 앞으로 보냄(1939.7.15.)

③총독부에서 서신을 검열한 끝에 투서의 불온성을 파악하고 투서자 색출을 지시

④진안군의 군수와 경찰이 군민 상대로 시회詩會를 열고, 여기 참석한 송벽조의 한시 서체와 투서 서체를 대조한 후 투서자로 송인기를 지목하여 연행(1939.7.)

⑤전주지방법원 검사국에서 송인기를 불경죄로 기소(1940.2.16.)

⑥전주지방법원 형사부에서 징역 1년 판결(1940.3.13.)

⑦사건 후 ❶소태산 종법사 경찰 신문, ❷피고 장남 송규 광주경찰서 구류, ❸불법연구회 탄압 강화

어찌 보면 단순한 사건이지만, 그 배경과 후유증, 해석과 평가 등이 당대는 물론 후대까지 두고두고 논란의 여지를 남긴다.

첫째, 시대 배경을 살필 필요가 있다. 총독부에서는 1936년에 조선사상범 관찰보호령을 발포하였고, 일본군부가 중국 대륙을 침

략하고자 1937년에 중일전쟁을 일으켰고, 1938년엔 전쟁을 뒷받침하고자 조선 등 식민지의 인적·물적 자원을 총동원하는 국가총동원법을 발동하였고, 1939년 7월은 일본, 독일, 이탈리아 등 추축국과 연합군 사이에 벌어진 제2차 세계대전 발발을 2개월 앞둔 시점이었다. 한마디로 일제의 국력이 극성하고 분위기는 살벌하던 시기였다.

둘째, 사건의 주인공 송인기의 사상 배경을 들여다볼 필요가 있다. 송인기의 행위를 의거로 보려는 사람들은 1919년 삼일운동 당시 그의 고향 성주에서 일어난 유림단독립청원운동(〈파리장서〉[115] 사건)과 성주만세운동에 유림이 적극 가담하였고, 송씨 문중에서도 송인기의 동학 송준필, 송규의 동학 송인집 등 다수가 참여한 결과 그중엔 옥고를 치르거나 해외에 망명하여 투쟁한 이들이 많았다는 점에 주목한다.[116] 송인기는 유림에다 야성송씨로서 자연히 자주독립의 사상과 기백을 체득했고 이것이 후일에 항일 투서 방식으로 발현되었으리란 것이다.

셋째, 일제의 사건 해석을 살펴볼 필요가 있다. 고등법원 검사국 사상부에서 1940년에 낸 《사상휘보》 22호에 실린 〈사상 범죄

115) 巴里長書(파리로 보낸 긴 편지), 파리에서 열린 만국평화회의에 보내고자 영남 유림 김창숙, 곽종석 등이 중심이 되고, 호서 유림 김복한 등이 합류하여 만든 2,674자의 한문체 청원서로, 일제 강점의 부당함을 규탄하고 조선 독립의 당위성을 설파했다. 원문은 곽종석이 지었고 유림 137명의 서명을 받아 파리와 국내로 발송했다.

116) 국가보훈처에서 1991년에 포상한 건국훈장(애족장)의 수훈자만 해도 10명이 나왔다.

로 본 최근의 조선 재래 유사종교〉에 보면 「본 교단의 교리는 온건 평이하고 또한 상당한 당국의 비호도 있어서 비상한 발전을 이루고 있었는데, 교주 종법사 박중빈과 협력하여 본 교단을 창설하고 지금 전북 진안지부 교무의 중임에 있는 장로 송인기가 감히 불경사건을 야기하여 본회에 커다란 동요를 주게 되었다. (…) 현재 본교 교리 자체에 불경불령不敬不逞 사상이 내장되어 있는 것이 아닌가, 라는 혐의를 살피기에 이르러 목하 전북 경찰부에서 극력 내사 중이다. 본 건은 약진 도상의 본교에 있어서는 실로 유감스런 불상不祥 사건이며, 교세 신장에 대하여 현저한 장애를 줄 것으로 관측된다.」라고 하였다.

넷째, 일경과 불법연구회의 사건 처리 과정을 살펴볼 필요가 있다. 일경은 송인기가 종법사와 사돈 관계로 장남 송규가 영산지부장, 차남 송도성이 교정원장으로 교단 핵심에 자리하고 있으므로 사건이 개인 일탈이 아니라 교단적 거사의 단초가 아닌가 주목했던 것 같은데, 아무리 조사해보아야 교단적 사건으로 확대 해석할 꼬투리를 잡을 수 없었다. 불법연구회에선 진안경찰서장과 안면이 있던 김형오를 파견하여 사건의 실정을 파악하며 교단으로 불똥이 튀지 않도록 수습에 진력하였다. 결국 사건은 '유학에만 능하고 정치적 현실감각이 둔감한 선비'(『생불님의 함박웃음』, 210쪽) 송인기가 교단과는 무관하게, '단지 유교사상에 찌들어서 저지른 개인적 돌출 행위일 뿐'(『천하농판』, 273쪽)으로 정리된 듯하다. 본인은 1심 판결대로 징역을 살고, 장남 정산 송규는 광주경찰국에서 21일간 구류를 살았고, 종법사 소태산은 이리경찰서에 소환되어 '앞으로 그런 제자가 다시 없도록 하겠다.'는 서약을 강요받았다.

그렇지만 뒤끝이 없을 수 없다. 「교리 자체에 불경불령不敬不逞 사상이 내장되어 있는 것이 아닌가.」라는 혐의를 모두 거둔 것은 아니어서, 전북 경찰부에선 불연에 대하여 즉각적인 사찰을 실시하고, 감시를 강화하였다. 이로부터 총부는 물론 지부까지 자질구레한 압박이 가해졌는데 그 한 예가 〈불법연구회가〉를 두고 잡은 트집 같은 것이다. 회가 가사 중 '구주이신 대종사님', '전무후무 유일하신 우리 대종사', '천양무궁 만만 겁을 즐겨 봅시다.' 등을 지적하고, '구주'란 단어를 헤프게 썼다든가, '전무후무 유일하신'은 외람되다든가, '천양무궁'은 천황에게나 쓰는 용어라든가, 하는 식으로 괴롭혔다.

이쯤에서 종전의 교단적 인식에 석연치 않은 것, 오류가 있어 보이는 것 들을 정리할 필요가 있다. 구산 송벽조(인기)는 영혼이 맑고 일이관지하는 강직한 선비일지언정 수시변역隨時變易[117]에 능한 처세가가 아닌 탓에 이 사건을 일으켰다. 그는 본질적으로 왕조시대를 그리워하는 존왕주의자일 듯하다.[118] 일찍이 소태산이 "그는 전생에 왕이었다."라고 한 말의 함의도 그런 것이었을까. '대일본제국 도쿄대전내 천황폐하 어하감大日本帝國 東京大殿內 天皇陛下 御下鑑'이라는 제목

117) 『주역』에 나오는 말로, 시대와 상황에 따라 새롭게 바뀌어야 한다는 뜻이다.

118) 어쩌면 조선왕조를 회복하고자 복벽(復辟, 왕조를 다시 일으킴)을 요구하며 〈파리장서〉 운동에 합류하기를 거부한 호남의 전우(田愚, 1841~1922) 진영과 정서를 같이할는지도 모른다.

으로 발송한 상소문, 한자와 한글로 섞어 쓴 65행 1,270자 불경문서의 원문(증 제1호)과 초안(증 제2호)이 몰수되어 사라진 터에 '불경문서'의 초록인 판결이유서를 보자.

> 지금 폐하 등극 이래 조선에 재해가 빈발하고 있사온바 이 같은 현상은 옛 중국의 요 임금과 탕 임금 시대에도 있던 일로, 이것은 하늘이 성치聖治를 시험하는 것이옵니다. 동양의 행복을 위해 소화昭和의 연호를 원덕元德 또는 명덕明德으로 바꾸시옵고, 또한 천의天意를 온화하게 하기 위해 은사恩赦를 베풀 것이며, 사방에 절하고 살피는 외에 명산 또는 야외에 음식을 갖추어 천지신명에게 친히 기원을 올린다면 그 효험이 분명할 것 (…)[119]

물론 원문을 고대로 옮긴 것인지는 알 수 없지만, 원불교단에 그동안 알려져온 것과는 내용도 문체도 많이 다르다.

> 송벽조는 위정자들의 덕이 부족하여 하늘이 이런 재앙을 내린 것이라고 생각하고 조선총독과 일본천황에게 흉년의 책임을 지고 물러나라는 상소를 올렸다. 그리고 그들의 연호인 '소화'를 '燒火'라고 쓰고 총독과 천황의 부덕함을 나무라는 내용의 상소(투서)를 띄웠다.(『원불교70년

---

119) 조경달의 〈식민지 조선에 있어 불법연구회의 교리와 활동〉(『전쟁, 재해와 근대동아시아의 민중종교』, 유시샤, 2014)에 나온 인용문을 박맹수 번역문으로 옮겼다.

정신사』, 209쪽)

송 교무는 일본천황 앞으로 준열히 꾸짖는 글을 썼다. 천황이 박덕하여 재난이 빈발하는 것이므로 연호가 잘못되어昭和=燒火 그런 것이니 당장 바꿀 것과 조선 총독은 물러날 것을 건의하고 무기명으로 글을 부쳤다.(『천하농판』, 272쪽)

일본왕에게 가뭄에 대한 책임을 지고 물러나라는 편지를 보냈다.(『정산종사전』, 278쪽)

중국 역사상 성군의 대명사로 통하는 요堯 임금, 탕湯 임금[120]과 일본 쇼와 천황을 나란히 놓은 것부터가 결코 천황을 준열히 꾸짖거나 물러나라고 하는 뜻과는 거리가 멀다. 오히려 천황 모독의 진정서이기보다는 당면한 재난을 타개할 정책을 제안하는 상소문[121]으로 보아야 옳다. 은나라 탕왕은 죄가 없었음에도 7년간의 큰 가뭄을 자기 탓으로 돌리고 이른바 상림도우桑林禱雨(상림에서 비를 빌다.)를 통해 자기 허물을 하늘에 고함으로써 하늘을 감동시키고 비를 내리게 했다. 그러니까 천황이 비록 죄가 없어도 탕왕의 전례를

120) 요 임금 때에 9년 홍수가 있었고, 탕 임금 때에 7년 대한(大旱, 큰 가뭄)이 있었다고 전한다.

121) 김정용은 이 사건을 '송벽조의 상소사건'으로 규정했는데 이는 중립적인 명명이라 할 만하다.

본받으라는 권고다. 동양사를 아는 사람은 이것이 결코 천황을 모독하는 무례가 아니라는 것을 안다. 또한 연호를 바꾸고, 은사를 베풀고, 천지신명에 제사를 드리는 행위는 한발 때 행하는 전통적인 관행이라는 점에서 도무지 트집 잡을 일이 아니다.[122] 그럼에도 일본 법원은 「금상폐하 등극 이래 조선 각지에 재해가 빈발하는 것은 (…) 몰래, 금상폐하가 성덕에 있어서 옛날 중국의 제왕과 차이가 있다는 요지로 비판하여 만방무비 만세일계[123]의 천황폐하의 존엄을 모독하는 불경 행위를 일으킨 자」라 했다. 요컨대, 문장의 표면은 그렇지 않지만 (행간을 읽고 보면) '몰래' 천황이 재해 빈발에 대한 책임이 있다는 것과, 중국 제왕만 못하다는 뜻이 있으니, 이는 천황 모독이라는 논리이다. 정상적 논리로는 억지스럽지만, 당시 절대 존엄인 천황에 대한 경직된 숭배 논리로는 말이 안 되는 것도 아니다. 적용된 형법 74조에는 불경죄에 대한 처벌이 '3개월 이상 5년 이하의 징역'으로 되어 있다. 그러니까 징역 1년은 비교적 가벼운 판결임을 알 수 있으니 그들도 송인기의 깍듯한 경어체 문장이나 '성치聖治' 등 충정 어린 내용으로 보아 중형을 내릴 정도로 죄질이 나쁘지는 않다

---

122) 「가뭄과 같은 천재지난이 있을 때면 임금이 하늘에 제사를 드림으로써 흉흉해진 민심을 수습하는 통치상의 관행이 있었으며, 또한 재앙에 따른 임금의 부덕을 지적하는 상소(투서) 역시 너그럽게 수용하는 정치 문화적 전통을 실행했던 것.」(김정용, 〈일제하 교단의 수난〉, 『원불교70년정신사』(원불교출판사, 1989), 210쪽)

123) 萬邦無比 萬世一系(공간적으로 만국에 비할 나라가 없고, 시간적으로 만세에 한 계통을 이어왔다는 뜻). 천황의 칙어에는 관행적으로 만세일계의 황위니 만방무비의 국체니 하는 말을 썼다.

는 것을 감안한 것이다. 다만 「천황은 신성하며 그 권위를 침범해서는 안 된다.」(제국헌법 3조)는 천황제 이데올로기를 옹호하고 항일독립운동의 싹을 자르기 위한 과잉 대응일 뿐이다.

## 송벽조는 왜 그랬을까?

체제를 부정하는 것도 아니고 천황을 모독할 뜻도 없는 온건한 상소문을 왜 굳이 무기명 투서 방식으로 하였을까? 송인기는 당대 상황을 고려할 때 상소문이 일으킬 파장을 충분히 예상했을 것이고, 기명으로 했을 경우 불법연구회에 불이익이 올 것을 우려했을 것이다. 본인의 신변에 해코지가 돌아올 수도 있음은 감수할지언정, 적어도 교단이나 소태산 종법사에게 누를 끼쳐서는 안 되겠다는 인식이 강했을 것이다.

결과적으로 송인기 개인이나 불법연구회에 적잖은 피해를 준 이 무모한 투서를 송인기는 무슨 생각으로 했을까? 교단 밖에 있는 연구자조차 의문을 제기하고 있다. "무슨 이유 때문에 교리의 본질을 잘 알고 있었을 장로가 이 같은 반교리적反教理的이며 또한 처벌을 각오한 행위를 했던 것일까?"(조경달, 〈식민지 조선에 있어 불법연구회의 교리와 활동〉) 정말 그 투서가 천황에게 전달될 것으로 믿었을까? 믿었다면 개원改元 등 그가 제안한 정책이 받아들여져서 가뭄을 극복할 수 있으리라고 기대했을까? 아니면 단지 항일독립 의지를 표출하고 민족정기의 일단을 과시하고 싶었던 것일까? 전자라면 천황제를 모르는 조선인이라 할지라도 지나치게 순진하고, 후자라면 〈파리장서〉와 비교하더라도 지나치게 온건하다.[124)]

또한 '불경죄로 1년 징역'만을 항일독립투쟁의 증거로 삼기에는 아무래도 설득력이 부족하다. 1997년에 송인기(벽조) 재판 기록 원본을 발굴하여 유족 이름으로 독립유공자 신청을 하였으나, 보훈처에서는 검증이 충분치 못하다는 이유로 받아들이지 않았다고 한다. 차라리 시각視角을 바꾸어, 불경도 아닌데 억울한 옥살이를 시킨 과잉 처벌, 조선인 탄압 사례로 접근한다면 오히려 설득력이 있지 않을까.

김정용은 후대의 회고담들이 이 사건을 두고 「현실을 모르는 선비나 도학자의 무감각한 소치로 평가절하함」에 이의를 제기하고, 송인기를 「가치 주관에 따라 할 소리를 했던 가장 용기 있는 당대의 지식인 중의 한 사람」으로, 사건을 「매우 용기 있는 전형적인 선비정신의 발현」 등으로 미화했는데 이것이 과연 타당할까?

투쟁론 대 준비론 프레임으로 본다면[125)] 소태산은 무저항-준비주의 쪽이다. 저항-투쟁주의 입장에서 본다면 나약해 보일지 모르

---

124) 천황은 그렇더라도 총독에게 물러나라고 했을까? 전문이 없으니 알 수 없다. 다만 총독을 물러나라고 했더라도 이 사건을 '불경죄'로 기소한 터에 불경죄의 대상이 아닌 총독 건은 굳이 언급할 필요가 없었을 것이다.

125) 『소태산 평전』 310~312쪽 참조.

나, 실은 보다 고차원의 독립운동이다. 사냥하는 사자는 절대로 으르렁거리거나 이빨과 발톱을 내보이지 않는 대신 몸을 감추고 숨죽인 채 살금살금 소리 안 나게 다가가야 성공하는 법이다. 포식자와 피식자의 관계도 그렇거늘 하물며 일본이라는 강자를 상대하여 약자인 조선이 이빨을 드러내고 으르렁거린들 그게 먹힐 턱이 있겠는가. 소태산은 어리석은 정면 승부가 아니라 지혜로운 우회 작전을 쓴 것이다.

박정립(대완), 유상은(허일), 조공진(송광), 오기열(해석) 등 저항-투쟁주의 독립운동가들이 소태산에 귀의할 때는 바로 저항-투쟁주의를 포기하고 무저항-준비주의를 받아들인 것이다. 그러므로 입교 전 무종교 상태나 타종교인으로 전개한 독립운동 전력을 짐짓 원불교의 독립투쟁으로 끌어들이는 것은 온당치 못하다. 저항-투쟁주의적 독립운동의 실적이 거의 없는 원불교사에서 궁여지책으로 입교 전 활동에 근거하여 이들을 원불교 독립운동가로 호도하는 것은 온당치도 않은 행위일 뿐 아니라, 한편으로 보면 무저항-준비주의 소태산의 독립운동 방식을 부정하는 결과를 초래할 수도 있다.

송인기는 입교 전에도 참여적·투쟁적인 강경 노선에 발을 담그지 않았다. 성주의 유림들이 상당수 참여한 유림독립운동에 그의 이름은 안 보인다. 〈파리장서〉만 하더라도 백세각[126]에서 논의했다는 이유로 흔히 송씨들이 중심이 되어 추진했던 것처럼 말하기도 하는데, 야성송씨는 주류가 아니고 정작 주도한 인물은 김창숙(경북 성주), 곽종석(경남 산청), 김복한(충남 공주) 같은 각성바지들이다. 〈파리장서〉 서명자 137인 가운데 성주는 단일 지역에서 가장 많은 16명이 서명에 참여했다지만, 야성송씨는 송준필과 송홍래 두 사람이 있을 뿐이다. 4월 2일 성주 장날, 유림과 기독교가 합세한 3천 명이 대규모로 만세를 불렀고, 여기서 수십 명이 죽고 다치고 투옥되었지만,[127] 송인기는 참여한 흔적이 없다. 44세의 나이(1919)에도 투쟁적 독립운동과 거리를 두었던 그가, 비록 무기명이라 해도 64세 나이(1939)에 감히 천황을 '준열히 꾸짖는' 투서를 하리라고 기대할 수 있는가.

## 영광에서 정산은

정산 송규는 아우 송도성에 이어 1927년 경성지부 교무로 부임하더니 이듬해 외종형 이춘풍에게 자리를 물려주고 영광지부장으로 자리를 옮긴다. 영광지부장은 단지 교화(포교)를 하는 자리가 아니라 정관평 논과 과수원을 비롯하여 불법연구회의 핵심 재산 관리 및 재정 부담을 지는 막중한 자리였다. 그러나 소태산이 정

---

126) 百世閣, 경상북도 성주군 초전면 고산리에 있는 송희규가 건립한 누각으로 경상북도유형문화재 제163호이며, 1919년 〈파리장서〉 사건 모의 등에 이용된 장소.

127) 송인기와 같은 항렬이고 정산과 가까이 지냈던 송인집(창허, 1896~1961)은 시위운동을 주동한 후 피신하였으나 궐석재판으로 10개월 형을 받았다.

산을 총부에 두지 않고 영광으로 보내는 뜻은 따로 있었을 듯하다. 1927년 이래 소태산이 열반하고 2세 종법사로 취임하던 1943년까지 16년 동안에, 정산은 총부 총무 혹은 교정원장으로 있던 3년(1933~1936)과 소태산 열반 전 총부 교감으로 있던 1년여를 뺀 12년을 영광에 책임자로 머물렀다. 영광을 떠났던 그 3년과 1년조차 친아우 주산 송도성이 형과 교대하여 영광지부장으로 가서 형이 떠나 있던 시간의 공백을 메웠다. 뿐만 아니라 아버지 구산 송벽조 역시 출가 후 1924년 첫 임지가 영광지부이니 천황불경사건을 일으킨 마령지부로 전임하던 1935년까지 무려 11년간을 영광에서 교무 등으로 근무했다. 소태산은 어찌하여 영광지부의 간부직을 정산 삼부자에게 독점시키다시피 하였을까? 회원에게 권장되는 필수적 훈련, 한 차례에 3개월이 걸리는 정기훈련(동선과 하선)조차 정식으로 참가하지 못할 만큼 정산은 영광을 비우지 않았다.

> 보라! 제군이 다 아는 바와 같이 영광지부에서 노력하고 있는 송규宋奎로 말하면, 입회한 지가 우금 20여 년이로되 회중 형편에 따라 혹은 본관 혹은 각 지방에서 임무에 노력하는 중 정식으로는 단 3개월도 입선 공부를 하지 못하였으나, 현재 송규의 실력을 조사하여 본다면, 정신의 수양력으로 말하더라도 애착 탐착이 거의 떨어져서 희로애락과 원근친소에 끌리는 바가 드물고, 사리의 연구력으로도 일에 대한 시비 이해와 이치에 대한 대소유무를 대체적으로 다 분석하고, 작업에 대한 취사력도 불의와 정의를 능히 분석하여 정의에 대한 실행이 십중팔

구는 될 것이다. 방금에도 영광에서 사무에 분망한 것은 목도한 바와 다름이 없거늘 그러한 중에도 어느 틈에 하였는지 원고를 써 보내는 것을 보면 진리도 심장深長하려니와 통속적으로 일반이 알기 쉽게 된 어법이며 조리강령이 분명하여 수정할 곳이 별로 없게 되었으니 송규는 얼마 아니하여 충분한 삼대력을 얻어 어디로 가든지 중인을 이롭게 하는 귀중한 인물이 될 것이다.(《회보》, 1938년, 신년호)

『대종경』 수행품 9장의 근거가 된 이 법설의 시대 배경은 정산이 정읍 화해리에서 소태산을 만난 지 만 20년이 되는 1938년이다. 추측컨대 소태산은 정산의 공부와 실력을 이토록 믿고 있었기에 그를 굳이 옆에 두고 가르치지 않아도 되었으리라. 대신 소태산은 정산 일가를 영광 사람으로 만들고 싶어 했던 것 같다. 어쩌면 정산 쪽에서 먼저 그것을 원했을 수도 있다. 근원 성지인 영광에서 살고(송벽조 일가), 영광에서 자녀 낳고(정산 송규), 영광 사람과 혼인하고(주산 송도성), 혹은 영광에서 죽으며(정산 조부 송성흠) 영광 풍토 및 인물들과 하나 되기를 원했던 것으로 보인다. 그것은 정산을 명실상부한 후계자로 키워 종법사로 승계시키기 위한 전략도 될 것이기에 더욱 그랬을 것이다. 뒤에 다시 언급하겠지만 그것은 교단의 분열을 막고 순조로운 승계를 위하여 성주 출신 아닌 영광 출신으로의 신분 세탁이 필요했던 것이다. 필자가 송인기(벽조)의 공판 기록을 보다가 놀란 것은 송인기의 본적이 경상북도 성주군 초전면 고산동이 아닌 '전라남도 영광군 백수면 길룡리 132번지'로 돼 있기 때문이었다. '길룡리 132번지'라면 당시 백수면 민적부에 기록된 박중빈(소태산)의 본적과 일치한다.

소태산이 정산을 되도록 영광에 두려 한 또 하나의 이유는 정산을 감추어두고 보호하려는 의도가 컸다고 본다. 소태산은 1918년 정산을 화해리에서 데려왔을 때에도, 다른 제자들이 방언공사에 바쁠 시간에 정산은 토굴 속에 가두고 낮 시간에는 밖에 얼씬하지 못하게 하여 일경으로부터 보호했다. 1919년 산상기도로 부득이 노출되어 세인들의 입방아에 박천자 세상이 오면 영의정 자리가 '경상도에서 온 송모 차지'란 소문이 돌자, 소태산은 서둘러 그를 변산 월명암에다 감추었다. 1924년 총부 건설 이후에도 소태산은 정산을 일경의 감시망에서 상대적으로 자유로운 영광 외진 곳에 은둔하게 하였다. 그런 것이 소태산의 심모원려深謀遠慮(깊은 꾀와 먼 장래를 내다보는 생각)일진대, 송인기(벽조)의 천황불경사건으로 정산이 영광경찰서 연행을 거쳐 광주경찰국에 20여 일 구류를 살아 그의 존재가 노출 부각되고 저들의 블랙리스트에 오르게 된 것은 소태산이나 정산에게는 참으로 아쉬운 대목이었을 것이다.

정산은 되도록 노출을 꺼렸기에 남들 눈에 잘 안 띄었을망정 그 나름으로 소리 없이 소태산을 보필하고 법력을 증진해갔다. 각종 고시법(1925)과 〈신정의례〉(1926)의 기안이나 〈신분검사법〉(1927)의 기안 같은 중요한 일에서부터 〈생지황 재배안〉(1928)이나 〈성수誠樹 재배안〉(1929) 같은 어쭙잖은 것에 이르기까지 크고 작은 창의적 제안을 쉬지 않았다. 또한 〈불법연구회 통치조단규약〉(1931)과 『보경 육대요령』(1932)을 편집했고, 〈창립 12주년 약사〉(1928)와 〈불법연구회 창건사〉를 저술(1937)했으며, 〈단결의 위력〉(1932), 〈중도를 잡으라〉(1933), 〈일원상에 대하여〉(1937), 〈유념과 무념〉(1938) 등 법설을 발표했다. 뿐만 아니라 〈불설멸의경〉(1935), 〈팔대인각경〉(1936), 〈금강경〉(1936), 〈휴휴암좌선문〉 등 고경의 번역과 해설도 집필했다.

이들 성과는 스승 소태산과 제자 정산이 한 몸처럼 뜻이 맞았기에 가능했다. 문정규가 송규, 송도성, 서대원 등 세 사람의 우열을 질문했을 때, 소태산은 「내가 송규 형제를 만난 후 그들로 인하여 크게 걱정하여 본 일이 없었고, 무슨 일이나 내가 시켜서 아니 한 일과 두 번 시켜 본 일이 없었노라. 그러므로 나의 마음이 그들의 마음이 되고 그들의 마음이 곧 나의 마음이 되었나니라.」(『대종경』, 신성품18) 하고 형제에 대해 무한 신뢰를 표하면서도, 「송규는 정규의 지량으로 능히 측량할 사람이 아니로다.」로 한 자락 깔았던 데서 알 수 있듯, 상대적으로 정산과 주산의 격차를 밝힌 바 있다. 그가 소태산의 교법 제정과 경륜 실현에 깊이 관여한 것은 소태산의 절대적 복심이 있기에 가능했을 것이다.

열 달 동안 머물렀던 영산은 한 폭의 산수화를 본 것처럼 내 마음속에 강하게 남아 있다. 희뿌연 물안개 사이로 통통배가 연기를 뿜고, 크고 작은 산봉우리가 조화를 이룬 천연의 풍경들, 이런 아름다운 자연환경에 나는 흠뻑 취해 살았다. 또한 정산 종사님께서 하얀 법복을 입으시고 도량을 거니시는 모습과 함께 어우러진 영산은, 신선들이 머무는

곳이 바로 여기로구나 하는 생각을 가지게 했다.(『우리 회상의 법모』, 21쪽, 김서오 증언)

얼핏 들으면 낙원 같지만, 들여다보면 속은 그렇지만도 않았다.

우여곡절 끝에 숙소에 도착하니, 귀한 손님이 오셨다고 팥떡과 함께 설탕을 내놓았는데 설탕이 몇 년은 지난 것 같았다. 빛깔이 시커멓게 변한 것은 말할 것도 없고, 방금 만든 따뜻한 떡임에도 불구하고 설탕이 묻지 않았으니 얼마나 오래된 설탕인가 싶었다. 첫날은 팥떡을, 다음 날은 무떡을 내놓는데 무떡에서 탄 냄새가 났다. 곤궁한 살림살이에 정성이 고마워서 조금 먹고 부엌을 보니 살림이라고는 깨진 병 두 개밖에 없었다. (…) 내가 그 곳에서 직접 본 것들은 오래된 설탕과 깨진 병 두 개뿐인 곤궁한 살림 (…) 그 후 나는 교단에 처음 공양한 것이 영산에 그릇을 사 보낸 일이었다.(앞의 책, 293~295쪽)

1939년, 35세의 서울 이화장 안주인 황온순(정신행)이 영광에 가서 영산지부장 정산을 처음 만나던 때의 모습이다. 소태산은 이화여전 출신 야소교 신자 황온순에게 이렇게 구질구질하게 사는 정산을 마냥 추었다. "송규는 무서운 사람이다. 잘 모시고 받들어야 한다. 송규는 예수님보다 더 능하게 이적을 보일 수 있는 사람이다." 또 송규(정산)는 송규대로 소태산을 이렇게 추켜세웠다. "큰 선생님(소태산) 말씀을 항상 가슴에 담고 살아야 합니다. 큰 선생님을 가까이에서 모시고 생활하면 앞으로 희귀한 일을 많이 보게 될 것입니다." 그러나 영광의 궁핍한 삶이 상대적으로 서울 부자 마님한테만 찌들어 보인 것은 아니다.

영산에 있을 때나 총부에 와서 살 때나 배고픔은 견디기 힘든 고난이었다. 영산에서 일하다가 너무 배가 고파서 두 번인가 울어버린 기억이 난다. 그런 우리에게 정산 종사님께서는 "배가 고파서 살겠느냐? 복숭아나 하나씩 따 먹어라." 하시며 손수 따 주시곤 하셨고, 그러면 우리는 맛있게 받아먹곤 했었다.(앞의 책, 176~177쪽, 이순석 증언)

그 궁핍 속에서도 정산 지부장은 영산 일대에 누가 어린애를 낳았다 하면 불법연구회 회원이든 아니든 가리지 않고 항상 미역과 쌀을 보내주었다. 그리고 한 달에 세 차례 법회를 보는 예회는 빠짐없이 열었고, 상설 영산학원(선원)에서는 『육대요령』 외에도 『철자집』(삼산 김기천 지음), 『자경문』, 『수심결』, 『금강경』 등을 가르쳤다. 정산은 주석에 의하지 않고, 도를 깨친 경지에서 원문 그대로 해설하였는데, 학문이 모자라는 사람조차 알아듣기 쉽게 설명해서 인기가 있었다. 그러면서도 정작 자기는 항상 불법연구회 소의경전이나 다름없던 『육대요령』만을 책상머리에 두고, 읽고 또 읽으며 연마했다.

정산이 영광에서 도광양회韜光養晦(자신을 드러내지 않고 때를 기다리며 실력을 기름)로 유소작위有所作爲(꼭 해야만 하는 일은 함)하며[128] 조용히 지내던 당시, 가장 큰 시련은 부친 송인기(벽조)의 천황불경

사건 불똥이 튀어 광주경찰국에 구류당했던 경험일 것이다. 그러나 고산 이운권(1914~1990)이 21일 만에 풀려나 영산으로 돌아오는 정산의 모습을 보니, 텁수룩한 수염에 조금도 원망의 기색은 없고 오히려 표정이 마냥 기뻐 보여서 놀랐다고 한다. 정산은 "그 전에 대종사께서 김제경찰서에 17일간[129] 계시다가 나오시어 여러 가지 말씀을 하실 때에, 말씀만 듣는 것보다 나도 실지 체험을 해보았으면 하는 생각이 들었는데 이번에 직접 체험을 해보았다."라고 하더란다. 진정한 사랑은 상대의 약점과 고통조차도 사랑한다고 하더니, 정산은 괴로운 일이든 즐거운 일이든 가리지 않고, 심지어 스승 소태산이 겪은 철창생활까지도 똑같이 겪어보고 싶어 했으니 그 신심은 가히 헤아리기조차 어렵다.[130] 이러하니 소태산 역시 이 기특한 제자를 "세세생생 내 꼴마리(허리춤)에 차고 다닐란다." 할 정도로 아끼지 않을 수 없었을 것이다.

일반적으로 종교적 선각자는 고향을 떠나 방황과 유력을 하며 위대한 인격을 이룬 다음에 다시 고향으로 귀환한다고 한다. '후퇴와 귀환의 법칙'이 여기에도 해당한다. 정산은 고향 성주를 떠나 방

128) 1990년대 중국 덩샤오핑(등소평)이 중국의 외교 방향을 제시한 소위 '28자 방침'의 글귀로, 「(…) 능력을 드러내지 않고 숨어서 실력을 기르면서(韜光養晦, 도광양회), 약점을 감추는 데 능숙해야 하고(善于藏拙, 선우장졸), 절대로 앞에 나서서 우두머리가 되려 하지 말되(決不當頭, 결부당두), 꼭 해야만 할 일은 한다(有所作爲, 유소작위)는 것」이다.

129) 소태산이 금산사에서 일경에 연행되어 김제경찰서에서 지낸 일을 말하는 듯한데, 7일설이 일반적이나 여기서는 17일설을 주장하고 있다.

130) 『정산종사전』, 279쪽.

황하고 유력한 것까지는 맞지만, 위대한 인격(원각)을 이룬 이후 성주로 귀환하지 않았다. 그의 일가족으로 부친 송벽조, 아우 송도성, 외종형 이춘풍 등은 고향을 드나들었지만, 정산은 귀환은커녕 나들이로라도 고향을 찾지 않았다. 여기에 어떤 의미가 있을까? "대종사님 잘 잡수시는 것으로 나는 식성을 다 바꾸어 버리었다." 했듯이, 그는 철저히 스승을 닮으려고 애썼다. 동안과 여성스런 얼굴에는 어울리지 않았음에도 삭발에 소태산 닮은 콧수염[131]을 길렀던 것부터 그렇듯이, 그는 자기 고향도 버리고 소태산의 고향을 고향 삼았다. 그렇다고 고향 방문조차 못 할 이유는 없지 않은가 싶지만, 그와 소태산에겐 복안과 원려가 있었던 것으로 보인다. 굴러 들어온 돌로 2인자가 되고, 또 대권을 승계하기 위하여 그는 철저히 영광 사람, 호남 사람이 되지 않으면 호남의 텃세, 호남 세력의 거부감을 무화시킬 수가 없으리라는 것을 잘 알고 있었던 것이다.

## 소태산의 황혼

중일전쟁(1937)에 이은 태평양전쟁(1941) 발발을 배경으로 일제

131) 당시 제자들 중엔 스승 소태산처럼 삭발에 구레나룻과 턱수염은 밀고 콧수염만 짧게 기르는 스타일을 따라 한 남자들이 제법 많았던 듯하다. 이재철, 김기천, 오창건, 김광선, 송벽조, 송도성, 유허일, 이완철, 이동안, 송혜환, 박대완, 박제봉 등등.

의 마지막 발버둥은 도를 더해가고, 조선인과 조선 종교에 대한 탄압도 강도를 더해갔다. 한창 잘나가던 차경석의 보천교와 조철제의 무극대도는 해체당하고 불법연구회 역시 시시각각 해체 위기에서 전전긍긍하게 되었다. 국방헌금을 강요하고 종교의식에 간섭하고 소태산에게 천황 알현을 강요했다. 창씨개명을 받아들이고, 법회에선 '황국신민서사'를 외우고, 기관지 《회보》는 자진 폐간했다. 초기 제자 삼산 김기천, 팔산 김광선에 도산 이동안 같은 애제자들이 떠나고, 차자 광령이 18세 나이에 폐결핵으로 죽는 슬픔 속에서 소태산은 자신도 죽음을 준비하기 시작한다. 〈게송〉을 발표하고, '천도법문'과 더불어 '천도 의식문'을 잇달아 내놓고, 마지막으로 혼신의 힘을 기울여 『정전』 발간을 준비한다.

와중에도 전무출신은 80여 명에 이르고 회원 수도 6천 명으로 불어났다. 대마, 용신, 개성, 남원, 화해, 이리, 대덕, 호곡, 운봉, 진주, 신태인 교당 등이 잇달아 문을 열었다.

### 불법연구회 회원 수

불법연구회(원불교)의 회원 수는 어떻게 늘어갔는가, 때로 궁금증이 난다. 같은 시대를 겪은 보천교의 경우 신도가 6백만이니 7백만이니 했는데 이 숫자가 얼마나 허구일지 상상해보라. 당시 조선 인구가 2천만에 못 미쳤으니 자그마치 3분의 1이다. 대가족주의 시대에 어른 한 사람이 입교하면 전가족의 명단을 제출하고 복을 빌다 보니 그랬겠다 싶지만, 어쨌건 거품이 아주 많을 것이다.

〈불법연구회창건사〉에 따르면 1924년 창립총회 당시 회원은 130명이었다. 1927년 말 통계는 입회자 438명 가운데 죽은 이 10명, 탈회자 55명을 제외하고 373명이 진성 회원이다. 당시 신문을 보면 《동아일보》 1928년 11월 기사에는 4백 명이라 했다.[132] 1934년 5월 《대판조일신문》 기사엔 5백 명으로 나온다. 5년 반 만에 1백 명이 늘었다 볼 수 있다. 그런데 1935년 5월《매일신보》 기사엔 무려 8천 명으로 나온다.《대판조일신문》 통계로부터 딱 1년 만에 16배나 늘었으니 가히 폭발적이다. 그런데 같은 해에 총독부가 간행한 『조선의 유사종교』에는 824명으로 나온다. 전년도 5백 명에서 60퍼센트 늘었다면 이쯤은 수긍할 만하다. 다시 1937년 9월《중앙일보》엔 4천 명으로 나온다.《매일신보》 통계에 비하면 2년 만에 회원 수가 절반으로 준 것이라 이상하지만, 『조선의 유사종교』에 비하면 오히려 5배 가까이 는 것이다. 신흥종교이니 그럴 수도 있겠다 싶지만, 불연의 회원 관리 체제로 보아 이 역시 별로 미더운 통계는 아니다.

그런데 여기에 반전이 준비돼 있다. 제8회 평의원회 회록(1930.3.15.)에 보면 소태산 총재가 "작년 금년 양년의 흉작으로 인한 농촌의 생활 상태가 극도로 곤란한 가운데 빠져들어 그런 것"이라면서, 의

---

132) 같은 기사에 앞에는 4백 명이라 했다가 뒤에는 5백 명으로 나와서 헷갈리긴 한다.

무 불이행자를 곧장 제명하지 말고 신도명부에 기재하고 기다렸다가 회비 납부 등 의무를 이행하면 회원으로 회복시키도록 하는 방법을 제시한 것이다. 여기서부터 진성 회원 통계와 신도를 포함한 통계라는 이원적 시스템이 생겨난다. 이것은 『원불교교사』에 나오는 1940년 통계 「특별회원 871명, 통상회원 5,083명, 합계 5,954명」을 보면 쉽게 이해된다. 그러니까 진성 회원(의무이행자)을 특별회원으로, 신도 명부 기재자를 통상회원으로 분류한 것이다. 대외적으로 이 통계를 제공해도 인용자는 거추장스러운 설명을 생략하고 특별회원 수를 기준으로 반올림하여 9백 명이라 할 수도 있고, 통상회원을 포함한 숫자로 6천 명이라 할 수도 있다는 점이다.

제1대 마감인 원기 36년(1951) 교세를 보면, 의무교도 32,244명, 일반신도 290,196명, 합계 322,440명이다. 의무교도(특별회원)가 진성교도이고, 일반신도(통상회원)는 의무 불이행자이다. 일반신도는 의무교도 숫자에 비해 무려 9배나 된다.

열반을 준비하면서 소태산은 1942년 4월, 영광에 머물던 정산을 총부로 불러들이고 대신 주산 송도성을 영광으로 내려보내어 형의 일을 맡도록 했다. 소태산이 정산을 후계자로 점찍어두고 있음을 눈치챈 박장식은 정산에게 2인자에 걸맞은 직책을 맡길 것으로 짐작했다. 일제의 강압에 의하여 그동안 잘 유지해왔던 이원십부제二院十部制 회규를 직전(1942년 4월)에 개정하여 종법사와 회무총장

휘하에 총무부장을 수석으로 하는 오부제五部制 체제로 축소해놓았었다. 종법사 소태산이 회무총장을 겸임하였고, 총무부장은 박장식이 맡고 있었다. 박장식은 종법사가 겸임하던 회무총장 자리가 정산에게 가거나, 회무총장 겸임 상태를 당분간 유지하기로 하면 정산이 총무부장을 맡을 것으로 예상했다. 출가 경력이 짧은 박장식으로선 총무부장직을 언제라도 내놓을 각오가 돼 있었다. 그러나 어찌 된 일인지 소태산은 정산에게 고위직을 맡기지 않고 직위도 직무도 애매한 교감敎監(교무의 상위 직급)으로만 임명하였다. 그러면서도 소태산은 정산을 불러 당부한다. "그대는 나를 만난 후로 오늘에 이르기까지 모든 일을 오직 내가 시키는 대로 할 따름이요 따로 그대의 의견을 세우는 일이 없었으니, 이는 다 나를 신봉하는 마음이 지극한 연고인 줄로 알거니와, 내가 졸지에 오래 그대들을 떠나게 되면 그 때에는 어찌 하려는가. 앞으로는 모든 일에 의견을 세워도 보며 자력으로 대중을 거느려도 보라."(『대종경』, 부촉품5)

정산은 생애 마무리를 서두르는 스승 소태산의 뜻을 받들어 교정 전반을 통찰하고 보필한다. 그중에는 『정전』의 편찬이 가장 심혈을 기울인 업무였을 것이다. 소태산은 이미 1940년에 신앙과 수행의 표준이 되는 교과서로서 『정전正典』의 편찬을 서두르며 이공주, 송도성, 서대원 등 세 사람에게 책임을 맡겼었다. 서대원이 갑자기 병고가 심하여 쉬게 되자 소태산은 기다렸다는 듯이 정산을 영광에서 불러들인 것이다. 1942년, 새로 총무부장을 맡게 된 상산 박장식은 출판 허가 등 편수 사무를 맡았는데, 그가 전하는 바 정산의 편찬 역할은 상당했던 것으로 보인다. 애초 『정전』의 구성이 제1편에 『육대요령』 등을 싣고, 제2편은 불전 몇 가지를 모아놓은 것이었는데, 정산이 오면서 편성을 대폭 수정하였다. 불경 등을 추가하여 3권으로 하고, 제1권에는 불법연구회 독창적 교리, 제2권에는 『금강경』, 『반야심경』 등 기존 불경에서 뽑은 것, 제3권에는 『수심결』, 『휴휴암좌선문』 등 고승 석덕의 법어 모음 등으로 재편하였다.

한편 제1권의 편차는 ①제1편 개선론, ②제2편 교의, ③제3편 수행 등으로 되어 있었는데 정산이 여기에 이의를 달고 제1편과 제2편의 순서를 바꾸려고 하였다. 그러자 소태산은 일리가 있다고 수긍하면서도 "지금으로서는 개선론(불교혁신론)이 먼저 나오는 것이 순서일 것 같다."고 하여 순서를 바꾸지는 못했다. 당시로서는 불법연구회가 불법을 개선(혁신)은 하였지만 어디까지나 본적은 불교임을 내세우기 위하여 그렇게 한 것으로 보인다.[133] 또 중요한 것이 제1권 교의편의 '일원상' 장章 집필이다.[134] ①일원상의 진리, ②일원상의 신앙, ③일원상의 수행 등 3개 항을 정산이 집필한 것이다. 정산은 1937년 《회보》 38호에 〈일원상에 대하여〉란 논문을 발표한 바 있지만, 여기에 이미 「일원상의 진리, 일원상의 신앙, 일원상 체받는 법, 일원상

133) 해방 후 『원불교교전』을 편찬할 때는 개선론을 『정전』에서 제외하는 대신 그 내용을 『대종경』 서품 및 교의품으로 돌렸다.

134) 교의편 〈염불법〉도 정산이 집필했다는 설이 있다.(박용덕, 『천하농판』(원불교출판사, 2003), 169쪽) 〈사십이장경〉도 정산이 소태산에게 제의하여 넣었다는 설(『정산종사전』, 291쪽)이 있으나, 이는 소태산의 직접 지시로 나온 곳(박장식, 『평화의 염원』(원불교출판사, 2005), 346쪽)도 있다.

이용하는 법」 등을 정리했었다. 박장식은 「일원상 진리·신앙·수행은 정산 종사 집필하여 대종사의 친감을 받으시다.」[135]라고 기록했다. 이 말을 보건대 정산은 전과 달리 『정전』 편찬에 깊숙이 관여한 것으로 보인다. 소태산과 정산의 대화는 이렇다. "일원상 장 앞부분에 이것을 넣는 것이 좋겠습니다." "〈일원상서원문〉이나 〈(일원상)법어〉에 그 의미가 다 들어 있지 않으냐." "그래도 넣어두는 것이 무방한 것 같습니다." "그러면 좋을 대로 해라." 소태산은 마음이 썩 내키지는 않았던 모양인데, 정산의 주장을 물리치지 않고 이번엔 양보했다. 그런데 정산이 이렇게 스승에게 맞서도 되는 관계인가, 참 궁금하다. 이전 같으면 감히 이럴 수가 없고 오직 순종만 하지 않았던가. 다음은 팔타원 황정신행의 회고다.

> 정산 종사께서는 대종사님을 뵈올 때는 언제나 문안 인사를 올린 후 무릎을 꿇고 말씀을 받들었다. 상산 법사(박장식 교무)는 그 곁에서 두 어른의 말씀이 끝날 때까지 언제까지나 서서 듣고 계셨다. 대종사님의 말씀이 끝나면 다시 인사를 올리고 언제나 뒷걸음으로 나가시는데 그 같은 정산 종사의 모습이야말로 천하에 어떤 새댁도 그처럼 공손할 수 있을지, 매일 대종사님을 뵙고 인사를 올려도 한 번도 흐트러짐이 없으셨던 어른이셨다. 어쩌면 그토록 자신을 낮출 수 있는지 대종사님의 말씀에 '예, 예'만 했지 한 번도 이유를 대거나 '아니오'라는 말씀을 하

135) 박장식, 『평화의 염원』, 347쪽.

신 것을 들은 적이 없다.(『우리 회상의 법모』, 295쪽)

그러나 정산이 소태산의 뜻에 이의를 단 것은, 소태산이 정산에게 "모든 일에 의견을 세워도 보며 자력으로 대중을 거느려도 보라." 고 한 뜻에 부합하는 것이다. 소태산도 정산도 이제는 순종적 보필이 아니라 주도적 통솔이 요구되는 때임을 알고 있었던 것이다. 정산은 짐짓 자기주장을 내세워보았고, 소태산은 그것을 선별하여 때로는 거부하여 진정시키고 때로는 수용하여 격려한 것이리라.

그럭저럭 편찬 준비를 마친 『정전』은 관할 기관인 전라북도 학무국에 제출됐으나 출판 허가가 나지 않았다. 원고는 이곳저곳에 빨간 줄을 쳐서 반송하고, 고쳐 내면 다시 반송하였다. 가장 큰 이유는 황도정신이 부족하다는 것이었다. 이 관문은 용케도 김태흡이란 친일 승려의 도움을 받아 해결되어 『불교정전』이라 개명하고 은밀히 출판을 준비하게 되었다. 이 무렵, 출판 사무를 맡았던 수석부장 박장식은 총무부장직을 사임한다. 소태산은 또 기다렸다는 듯이 정산을 총무부장에 임명한다. 가장 아끼는 비장의 카드는 맨 나중에 쓰는 법이다. 소태산은 자신의 열반 한 달 반 정도를 앞두고 마침내 제도적으로 2인자의 위치인 총무부장에 정산을 앉힌 것이다. 이제 정산을 감춰둘 만큼 감춰두었고 보호할 만큼 보호했다. 한 달 반이라면 더 이상 미룰 수 없는 시한이다.

일제강점기 말기로 갈수록 일제는 그들의 황민화 정책에 방해가 되거나 거추장스러운 조선의 사회단체와 종교단체 들을 해산(해체)하는 데 속도를 낸다. 조선사상범 예비검거령(1941)을 내리고, 조선어학회를 강제해산(1942)하고 대종교의 교주와 간부를 무더기로 검거(1942)하는가 하면,[136] 성결교(1941), 성공회(1942), 안식교(1943) 등 공인종교의 종단들도 해체하였다. 천주교, 장로교, 감리교, 불교 같은 종교들은 일제에게 잘 보이려고 전투기헌납운동까지 벌이며 충성 경쟁을 했다. 대형 기성종교들도 생존을 위해 이러는 판국인데 하물며 '유사종교'인 불법연구회의 운명을 누가 보장할 것인가. 상황은 더욱 절박하여 교단 자체의 창립 연호인 '시창始創' 대신 저들의 연호 '쇼와昭和'만을 써야 했고, 관제 이리불교연맹에 가입하여 '전승기원법요'며 '전몰장병위령법요' 등에 동참하고 국방헌금에도 협조하였지만, 실은 하루하루가 전전긍긍이요 풍전등화였다.

일경은 불법연구회를 공인 불교의 종파나 부속 단체가 아니라 불교계 유사종교로 분류하고, 유사종교해산령의 대상이라고 보았다. 다만 유사종교로 확인하는 절차가 필요했고, 유사종교라 할지라도 해산할 만한 약점을 잡아내는 것이 필요했다. 불법연구회는 우리도 불교의 일파이니 유사종교 아닌 공인종교로 보아달라는 주장을 지속적으로 해왔으나 그게 설득이 잘 안 되었던 것이다. 불법연구회의 해산을 막으려면 불법연구회를 불교로 대우하고 품어줄 불교계 거물, 그중에서도 총독부에 영향력을 행사할 만한 실세가 절

136) 만주에 본부를 둔 대종교는 억지로 조선어학회 사건에 엮여 교주 윤세복을 비롯한 간부 20여 명이 검거되고 이 가운데 10명은 옥사하였다. 이 사건을 대종교에서는 임오교변(壬午教變)이라 한다.

실히 필요했다.[137] 불연은 다시 한번 김태흡의 도움을 받아 조선에 진출한 일본불교 조동종의 최고 실세이자 총독부 고문이기도 한 우에노 슌에이上野舜穎(1869~1947) 히로부미지博文寺(박문사) 주지를 포섭하는 데 성공한다. 선택의 여지야 별로 없었겠지만, 염불만을 강조하는 정토종보다는 선종이 나았을 것이고, 같은 선종 가운데서도 간화선을 추종하는 임제종보다는 묵조선을 주장하는 조동종이 단전주선(묵조선)을 주장하는 불연과 가까웠을 것이다. 곡절이야 있었지만, 우에노 스님 덕분에 불법연구회는 당면한 해체 위협에서 유예를 받았고 그 영향은 소태산 사후까지 지속되었던 것 같다.

온갖 노력과 방편에도 불구하고 시국은 바야흐로 불연의 숨통을 죄어 오는 형국이었다. 유사종교해산령의 적용 대상이 아닌 공인종교(불교)로 인정받으려 했더니 이번엔 일본불교, 소위 황도불교가 되라는 것이다. 유사종교 불법연구회로 해산을 감수하느냐 공인종교인 황도불교(일본불교)가 되어 생존하느냐, 이제 사생결단의 순간이 다가오고 있다. 그 순간은 해산도 생존도 선택할 수 없는 절체절명의 시간이다. 소태산은 황도불교화로 살면 미래가 없기에 해산을 택하고 미래를 도모할까 고민했음 직하다. 그럴까? 소태산은 교단의 강제해산이란 최악의 경우를 걱정하는 제자들에게 이런 식으로 당부했다. 『정전』 초안이 다 되었으니 그걸 들고 산속으로 들어가서 이 고비만 참아 넘기라든가, 심

137) 이 단락은 『소태산 평전』 460~461쪽에서 발췌, 수정했다.

지어 난리가 나서 다 없어지더라도 〈일원상서원문〉 하나만 남겨두면 다시 법을 펼 수 있으리라든가. 그러나 말이 그렇지, 불법연구회가 여기서 해산된다면 그동안 천신만고 겪으며 가꾸어온 꿈은 무산될지도 모른다.(『소태산 평전』, 463쪽)

소태산의 열반은 교단의 해산 내지 황도불교화의 압박을 다시 유예할 불가피한 선택으로 보인다. 그가 최후로 심혈을 기울였던 『정전』 편찬은 어찌 되었는가. 여러 차례의 교정을 거친 가제본을 가져다가 소태산이 마지막 교정 작업을 마쳤고, 바야흐로 인쇄와 제본, 납품이라는 단계를 앞둔 상태다. 이제는 떠나도 된다. 시창 28년이 되는 1943년 5월 16일, 소태산으로서는 마지막이 되는 예회(정례법회)가 열렸다. 소태산은 최후의 법설임을 자각하고 대중에게 간절히 당부한다.

아이가 커서 어른이 되고 범부가 깨쳐 부처가 되며, 제자가 배워 스승이 되는 것이니, 그대들도 어서어서 참다운 실력을 얻어 그대들 후진의 스승이 되며, 제생의세의 큰 사업에 각기 큰 선도자들이 되라. 음부경陰符經에 이르기를 "생生은 사死의 근본이 되고 사는 생의 근본이라." 하였나니, 생사라 하는 것은 마치 사시가 순환하는 것과도 같고 주야가 반복되는 것과도 같아서, 이것이 곧 우주 만물을 운행하는 법칙이요 천지를 순환하게 하는 진리라. 불보살들은 그 거래에 매하지 아니하고 자유하시며, 범부중생은 그 거래에 매하고 부자유한 것이 다를 뿐이요, 육신의 생사는 불보살이나 범부중생이 다 같은 것이니, 그대들은 또한 사람만 믿지 말고 그 법을 믿으며, 각자 자신이 생사 거래에 매하지 아니하고 그에 자유할 실력을 얻기에 노력하라.(『대종경』, 부촉품14 부분)

소태산은 오전 예회에서 법설도 잘 하고 점심에 상추쌈도 맛있게 들었는데 오후 들어 갑자기 이상이 생겼다. 심장이 있는 왼쪽 가슴 위가 결린다 하고 안색이 창백했다. 평소 불연과 가까이 지내던 이리 삼산병원장 김병수를 부르자, 그는 뇌빈혈로 진단했다. 뇌빈혈은 뇌의 혈액순환이 일시적으로 나빠져서 뇌 조직에 산소와 영양분이 충분히 공급되지 못하는 상태라 한다. 의사는 심장 기능을 회복시키는 효과가 있는 강심제를 주사했다. 그러나 소태산의 병세는 날로 위중해졌다. 제자들은 내로라하는 의사들을 다투어 불러댔다. 때로는 한꺼번에 두세 사람이 겹쳐 오기도 했는데 소태산은 이를 꾸짖고 의사들을 동원하지 말라고 지시했다. 제자들이 이리 시내 병원에 입원시킬 의논을 하자 소태산은 이를 거부했다. 그래도 병세가 위중해지니 제자들은 다수결 방식으로 입원을 밀어붙였다.

소태산은 결국 발병 열하루째 되는 5월 27일 오후 8시 반경 자동차에 실려 이리 시내에 있는 이리병원에 도착, 입원한다. 이로부터 5일간 병세는 날로 악화하였다. 그러나 소태산은 최후까지 교단의 일을 당부하였고, 제자들이 받을 충격을 위로하며 간호인들의 불편을 보살필 만큼 자상했다.

6월 1일 오후 2시 반경, 병실에는 소태산이 안락의자에 앉아 있었고, 그 앞에 놓인 탁자에다가 장남 박광전이 탕약을 가져다 놓았다. "아버님, 이 탕약을 자시면 차도가 있다고 합니다." 소태산은 "글쎄, 그것 먹고 나을까?" 하며 옆에 있던 조전권을 쳐다보았다. 조전권이 보기엔 '상기된 얼굴로 평상시 그대로의 모습'이었다. 그러나 잠시 후 소태산은 탁자로 몸을 스르르 기대며 쓰러졌다. 송규가 스승을 뒤에서 안았고 송도성이 손가락을 깨물어 피를 내고 소태산의 입속에 흘려 넣었다. 이렇다 할 효과가 없다. 송도성은 이번엔 스승의 코를 빨았다. 그것은 소박한 발상에서 인공호흡을 시도한 것이다. 코에서 피가 조금 흐를 뿐 숨을 되살리지는 못했다. 세수 53세, 법랍 28년. 보다 정확히는 탄생 후 52년 1개월, 대각 후 27년 1개월, 발병 후 16일이다.

소태산의 시신은 구급차에 실려 총부로 옮겨졌다. 제자들의 충격과 슬픔을 굳이 상술할 필요까지는 없다. 제자들 중엔 소태산의 죽음을 현실로 받아들이지 못하는 이들도 많았다. 당대 일급 지성인 축에 드는 박장식조차 "청천벽력이란 말을 빌려서 표현해 보아도 일만 분의 일도 안 되는 그때의 막막함과 서러움, 하늘은 빛을 잃었고 산천초목이 모두 통곡하였다. 나는 일생을 통해 대종사님의 열반 때처럼 큰 충격을 받은 일이 없다. 돌아가신다는 것은 꿈에도 생각 못 했던 일이었다."(『평화의 염원』, 105쪽)라고 회고할 정도였다.

일경은 속히 장례를 치르도록 지시하였다. 9일장을 신청했으나

6일장으로 타협을 보았고, 매장은 허가하지 않고 화장을 요구했다. 그러잖아도 잔뜩 흐리던 하늘에선 비가 내리기 시작한다. 비는 이튿날도 그다음 날도 사흘간 주룩주룩 내렸다. 6일 10시에 발인식이 있었다. 불교시보사 김태흡의 주례와 유허일의 사회로 진행되었다. 전라북도 경찰부 고등형사나 이리경찰서 형사들 5~6명이 주재하며, 장의 절차와 참여 인원 제한 등 감시와 지시는 상당히 각박했다. 8~9백 명의 조객들이 모였으나 장의 행렬 참여를 230명으로 제한한 것은 소요의 가능성을 염두에 둔 대비였고, 절차의 간소화와 신속화 역시 돌발적 사태의 위험성을 차단하기 위한 조치였다. 남녀 제자들은 마지막 총회 때 스승이 전수한 검은 법복에 법락法絡을 두른 모습으로 말없이 상여 뒤를 따라 걸었다. 총부를 출발한 장의 행렬은 시오리쯤 떨어진 같은 면 금강리까지 이동하였고, 유체는 이리읍 지정 공동화장장이 있는 수도산까지 운구되었다. 오후 4시, 화구에 점화하고 불길이 시신을 태우면서 화장막 굴뚝으로는 연기가 솟아올랐다.

송도성, 김형오, 정광훈, 서대원, 정세월 등이 화장장에서 밤을 새우고 나서 7일 새벽, 식은 재를 헤치고 습골을 했다. 유골을 함에 담아 총부로 오자 정산 송규가 함을 받들어 열어보고 소태산이 생전 머물던 조실 금강원으로 옮겨 모셨다. 오전 7시, 발인식 때처럼 김태흡이 주례를 맡아 성해 봉안식을 치르고 기념 촬영을 했다. 열반 후 이레가 되는 날이기에 저녁에 초재를 모셨다. 7월 19일, 대각전에서 소태산의 열반 49일, 종재식이 거행되었다. 송도성이 고유문을 올리는데 그 손이 떨리고 목소리도 떨렸다. 제자들은 입술을 깨물고 스승님의 유업을 계승하겠다는 결연한 다짐을 했다.

# Ⅶ

# 대명代明 시대

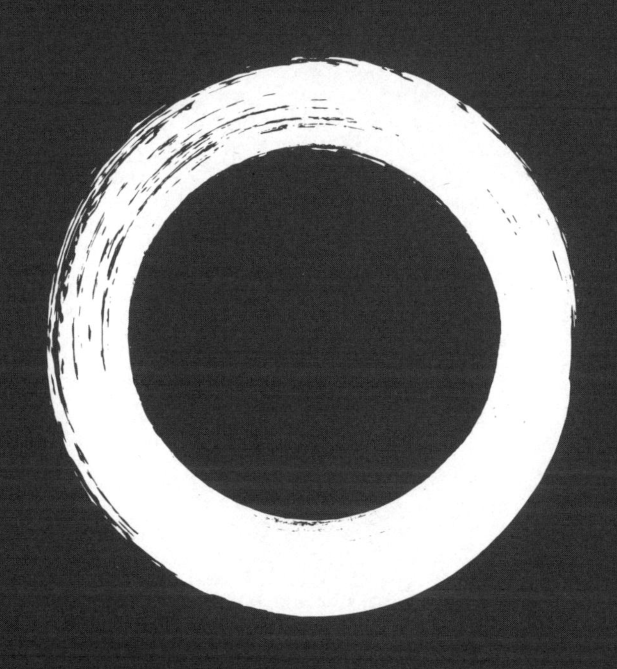

## 후계자[138]

소태산 사후 불법연구회의 운명은 몇 단계의 굴곡이 있다. 열반을 앞두고 소태산은 교단에 대해 어떤 점에는 안심하고 어떤 점에는 염려하였으며 무엇을 당부하고 싶었는가 알아보자. 다음은 묵타원 권우연(1918~2010)이 받아쓴 법문인데 여기에 몇 가지 시사점이 보인다.

> 오늘도 법설하시면서 "내가 매양 오래 있을 수 없으니, 믿지는 말아라. 수명이 감한 것 같구나." 하시고, "교단은 이만하면 기초가 서졌고 경전도 다 짜졌으니, 경전만 가지고도 공부한다면 부처가 다 될 것이다. 그러나 못 잊는 것은 아직 자력이 서지 못한 저 어린 것들이 못 잊히고 걸린다. 더 키워주지 못하고 나는 수양을 가야 하니까 마음에 걸릴 뿐

138) 이 장에 있는 글의 태반은 『소태산 평전』 480~487쪽에서 발췌, 수정했다.

이다. 그러나 내가 없더라도 정산이 있으니까 정산을 나와 똑같이 알고 믿고 의지하며 공부해야 한다." 하시고, "정산도 나와 똑같은 사람으로 알아야 한다." 하시고, "정산의 영단은 우주에 꽉 차서 있다." 하시었습니다.(『소태산대종사수필법문집』, 362쪽)

첫째, 곧 열반에 들 것을 밝히고 있다. 그런데 그것이 애초에 예정된 것보다 당겨진 것이라는 점이 주목된다. 소태산 열반 후 이공주는 비망록에 세 가지 의문을 적어놓았는데 그중 첫째가 "대종사께서 3회 36년을 정해놓으시고 왜 28년에 가셨나?" 그러니까 창립한도 36년 스케줄에 맞추면 8년을 당겨 떠난 것이다. 소태산은 창립 스케줄을 접고, 망가진 건강 상태와 일제의 절박한 위협(교단 해산 내지 교주 살해)으로 인해 열반에 들었으니, 이는 불가피한 선택이었음을 말하고 있는 듯하다.

둘째, 교단의 기초가 섰고 『경전』 편수가 끝났기에 안심하고 떠난다는 뜻이다. 사실 창립 스케줄에서 제1회 12년, 제2회 12년은 창립의 기초를 세우는 준비 기간이다. 제3회 12년은 이미 만들어진 기초 위에 포교의 성과를 확산하는 기간이다. 2회 24년이면 크게 아쉬울 게 없지만 그간 남은 아쉬움이라면 2회 말(24년)까지 끝내기로 작정했던 『경전』의 미완성이다. 일제의 방해로 미루어지던 것이, 비록 「때가 급하여 이제 만전을 다하지는 못하였으나」(『대종경』, 부촉품3)[139] 김태흡 등의 도움으로 출간을 앞두고 있으니 흘가분하다는 뜻이다. 출간은 못 보았지만 가제본까지는 보았으니 그러면 안심할 만하다.

셋째, 자력이 서지 않은 제자들 두고 가는 염려다.[140] 그러면서 여러 차례 정산을 믿고 따르라고 했다. 이 말 속 어딘지에 숨은 뜻이 있음 직하다. 그것은 '자력이 서지 못한 어린 것' 중에 정산도 포함된다는 느낌이다. 정산을 믿고 따르라는 말이 정산을 잘 부탁한다는 당부가 아닐까 싶은 거다. 너무 넘겨짚은 것인가, 억측인가. 아니다. 소태산이 열반을 며칠 앞두고 대산 김대거와 의산 조갑종에게 한 유촉 가운데 "정산이 좀 약하다. 그러니 너희들이 받들어야 된다."라고 한 말이 있지 않았던가. 정산이 왜 약할까? 법력 부족이 아니라 리더십 문제다. 그는 성격상으로도 대중을 압도하거나 좌지우지하는 카리스마가 없다. 교단에 참여할 당시부터 그는 나이가 가장 어렸고, 호남 인맥에 포위된 소수자로서 경상도 출신이었다. 초창부터 소태산의 보호막 안에서 컸다. 소태산은 애초부터 일관되게 정산을 수위단 중앙으로 하여 후계 구도를 짰고, 부자지의를 맺어서 품었고, 다른 제자들이 방언공사 등 험한 일을 할 때도 토굴에 가두어 보살폈고, 친녀 길선을 정략혼으로 그의 제수가 되게 하여 외풍을 막았다. 그럼에도 걱정되어서 열반을 앞두고 이 제자 저 제

---

139) 이는 편찬 자체의 불완전성을 말한다기보다 시국 때문에 본의가 굴절되고 왜곡된 점을 말한 것으로 보인다. 해방 후에 '대종사의 본의대로' 수정되고 개편되었다.

140) 이은석은 6월 1일자 일기에서 스승의 심정을 잘 읽고 있다. "11시경에 병원에 가서 병실로 갔다. 병세 침중하시고 계시다. 어쩐지 종부주께옵서도 슬픈 기색이시고 나를 보실 때 애처로워 보이셨는지 보고 웃으시고 보고 웃으신다. 그중에는 차마 못 보는 슬픔이 계신 것 같다."

자에게 누누이 당부한다.

정산은 성격으로 보더라도 교단의 분열을 막고 회원의 단합을 이끌 장악력이 부족했다. 김대근은 「대종사님은 위엄이 있으셔서 바로 쳐다볼 수 없는 어른이셨다면 정산 종사님은 자비의 성안을 가진 어머님 같은 인상을 깊이 느꼈다. (…) 대종사님이 엄부이시라면 정산 종사님은 자모이셨다.」(『우리 회상의 법모』, 17~18쪽) 했다. 소태산은 엄한 아버지 같아서 어렵게 보이고, 정산은 순한 엄마 같아서 편하게 보여 그런 것일까 싶은데, 리더십 측면에선 어머니 쪽이 불리한 건 맞다. 흔히 소태산과 정산을 해와 달(태양과 명월)로도 비유하지만, 김정용은 이 둘의 인상을 이렇게 대조한 바가 있다. 「정산 종사님의 미소는 달님같이 인자하셨다. 대종사님께서는 누구에게나 출중하고 위대하게 보이셨고, 저절로 굉장한 분임을 알 수 있었다. 둥글둥글한 해님 같은 모습에 자비훈풍이 감돌아, 정산 종사님과는 대조적이었다. 정산 종사님께는 눈이 마주치면 그대로 안겨지는데 대종사님께 마주치면 저절로 툭 떨어지고 만다. (…) 대종사님의 안광은 우리 중생들이 저절로 압도되어버리는 것을 알았다.」(『생불님의 함박웃음』, 289쪽) 해는 바라볼 수 없지만, 달은 바라보기 편하다. 해에게는 압도당하지만 달은 자칫 만만하게 보일 수 있다.

> 당시 총부에는 유명한 인사들이 많이 계시었으니 류허일 선생, 이공주 선생, 조송광 선생, 박제봉 선생, 박대완 선생, 이외에도 사회적으로 유명한 분들이 많이 계시었다. 그러한 이분들 역시 대종사주 앞에만 가

면 그야말로 전전긍긍 몸 둘 바를 모르고 움츠리고 있는 광경이 참으로 이해할 수 없이 나는 이상하고 우습게 생각되었다.(황이천, 〈내가 내사한 불법연구회〉, 《원불교신문》, 1973.8.25.)

조선인 순사 황가봉(이천)이 처음 불법연구회를 감시하러 들어왔을 때 그의 눈에 띈 인물은 유허일, 이공주, 조송광, 박제봉, 박대완 등이었고 송규는 없다. 이때 송규는 영산지부장으로 가 있었으니 그래서 눈에 안 띄었다 치자. 그러나 소태산 열반 직후 이리경찰서에서 일경들이 한 상황 판단은 초기 황가봉과 별 차이가 없어 보인다.

서장은 전 간부를 불러놓고 대책을 논의하는 것이었다.

**서장** 종법사가 사망하였으니, 그 후계가 어떻게 될 것인가.

**이천** 전남 영광지부장으로 있는 송규가 후계할 것입니다.

**고등주임** 그렇지 않다. 군이 뭘 보고 그렇게 생각하느냐. 후계자는 서로 종법사 감투를 놓고 치열한 투쟁이 벌어질 것이다. 유허일, 이공주, 전세권(음광), 오창건 등이 있지 않은가. 그래서 파벌이 생기곤 하여 자멸할 것이 분명하다. 두고 보아라.

그리하여 도에 보고하는 데는 내 말도 참작하고 하여 「전남지부장[141]

141) 전남지부장은 영광지부장의 잘못이다. 송규는 소태산 열반 1년여 전(1942년 4월) 친제 송도성에게 영광지부장을 맡기고 이미 총부에 와서 소태산을 보필하고 있었다. 아마도 황가봉의 기억에 착오가 있어 보인다.

송규가 유력하나 결국은 파당싸움이 벌어져 자멸할 것이 분명하다.」고 하였다.(앞의 글, 《원불교신문》, 1974.4.25.)

서장은 이리경찰서장이고 이천은 황가봉을 가리킨다. 『대종경선외록』(교단수난장22)에는 일경이 「정산이 종법사에 올라도 파벌로 자멸하게 되리라.」고 예측하고 전북도경에 '도토리 키 재기'란 보고를 했다는 말이 나온다. 이는 판을 평정할 만큼 강력한 인물이 없이 모두 고만고만하기 때문에 나온 말이다. 그들이 불법연구회의 미래를 그렇게 예측한 것은 압박을 늦추리라는 예상이 되어 다행스럽지만, 정산이 명분으론 종법사가 될지 몰라도 실세가 못 된다는 평가이기도 하다. 불연을 샅샅이 감시하던 그들의 이런 평가에는 상당한 근거가 있다고 본다. 이를 누구보다도 민감하게 인지한 사람이 전임 총무부장 박장식이었다.

일제는 대종사 열반하시면 후계자 문제로 인해 내분이 일어나 반드시 자멸하고 말 것이라고 생각하고 있었다. 제일 염려되는 문제였다. 그리하여 주산主山(송도성), 대산大山,(김대거), 숭산崇山(박광전) 님을 비롯한 교단 중진님들과 후계에 대한 논의를 하게 되었다. 평소 대종사님과 정산 종사의 관계, 정산 종사에 대한 깊은 신망, 1942년(원기 27) 동선 때 대종사님께서 정산 종사께 법상法床을 만들어 오게 하며 앉아 설법하시게 하신 것, 모든 것을 자력으로 지도해 봐라 하신 것, 이 모든 것이 모두 후계에 대한 암시와 같았다. 다른 후보를 세워 투표를 하니 어쩌니 하게 되면 반드시 일인들의 간교한 수단에 넘어가게 될지 모르니, 후계 종법사는 일찍이 정산 종사로 유언이 계셨다고 발표하는 것을 제의했다.(『평화의 염원』, 106쪽)

박장식이 후계 논의를 주산, 대산, 숭산과 했다는 것은 의미가 각별하다고 본다. 주산은 정산의 뒤를 이은 영광지부장으로 영광 및 전남 세를 대표하고, 대산은 진안 출신으로 남원 출신 박장식과 함께 전북 세를 대표하고, 숭산은 소태산의 장남으로서 혈육 몫의 지분을 가지고 있었던 셈이다. 요컨대 박장식으로선 정치적 지분의 계산을 하고 추진한 것이었다. 여기서 주목할 것이 하나 더 있다. 일경이 차기 종법사 후보로 지목한 이들 중 유허일과 오창건은 영광 사람이니 주산 몫에 포함된다 하더라도 남은 두 사람 즉 이공주와 전음광이 거명되지 않은 점이다. 이공주는 서울 인맥의 정상이고, 전북 인맥의 근거지인 진안의 실세는 경력으로 보나 나이로 보나 김대거가 아니라 전음광이다. '(…) 님을 비롯한 교단 중진님'과도 논의를 했다고 하지만 이공주와 전음광은 그렇게 도매금에 넘어갈 인물이 아니다. 추측컨대 박장식은 의도적으로 이공주와 전음광을 제외한 것으로 보인다. 두 사람이 정산 추대에 흔쾌히 동의하지 않으리란 감을 잡았기 때문이 아닐까 싶은데, 단정할 수는 없지만 근거가 없지도 않다. 뒤에 다시 언급할 것이다.

이 밖에 강력한 인물로 박대완을 언급하는 이들도 있는데 그가 대중적 인기와 리더십이 있던 것은 맞지만, 목포 출신으로 전남에서도 영광 출신에 비하면 소수자에 불과했고, 명분에서도 정산의 라이벌이 되기에는 역부족이다. 더구나 독립운동을 한 전력(3년 징역)이 있는 요시찰인이기에 일제가 용납하지 않았을 것이다.

소태산의 장례(6일장)를 치르고 나자 바로 후임 종법사 추대 절차에 돌입했다. 토의가 궤도에 오르기도 전에 박장식이 선수를 쳤다. "일제는 대종사께서 열반하시면 서로 종권 다툼이 일어나서 우리 회상이 자멸되리라 생각하고 있을 것입니다. 이런 때일수록 우리가 더욱 단결하여 이 회상을 잘 운영해 나아가야 하겠습니다. 그러니 후계 종법사 선정을 선거로 하는 것보다 평상시 대종사께서 하신 일과 말씀을 유언으로 알고 수위단 중앙 단원인 정산 선생을 종법사로 모심이 당연한 줄로 생각합니다." 이렇게 되자 혹시 이의가 있는 자라도 감히 나설 분위기가 아니었다. 참석자 전원이 이의 없이 찬동하여 가결했더란다.(『정산종사전』, 301쪽) 회규에 따른 선출 절차를 생략하고 중진 간부회의에서 전격적으로 정산 송규를 후계 종법사로 정한 것이 6월 7일이다. 6일에 발인하여 화장을 하고, 7일 아침에 유골을 갖다가 성해봉안식을 치렀는데 당장 그날로 후계 종법사 선출을 한 것이고, 또 이튿날 바로 새 종법사 취임식을 치렀다. 권력이 이동하는 시점은 가장 위험한 순간일 수 있다. 이렇게 서두른 것은 일차적으로 일제의 방해 공작을 우려한 것이라 하지만, 달리 보면 교단의 분열을 차단하기 위한 비상 조처이기도 했다.

실제로 선거권자를 소집하여 선거를 치르는 절차[142]를 무시한 종법사 추대로 뒷감당이 쉽지 않았던 모양이다. 회의에 참석하지 못한 이들이 "어찌 그것(종법사 선출)을 유언으로 할 수 있느냐?" 하며 이의를 제기하고 나와 복잡한 상황이 벌어졌다. 소태산 열반의 충격도 있겠지만, 정산 취임 이후 교단을 떠나는 회원들, 전무출신을 자퇴한 제자들도 나왔다. 정산의 종법사 취임에 격한 반발을 보인 간부가 있었다는 일화도 전한다. 결국 대중을 공회당에 소집하고 새 종법사 정산이 "내가 만일 사심이 있어서 이 자리에 앉았다면 천벌을 받을 것이다."라고 과격한 언사까지 써가며 설득을 하고야 겨우 잠잠해졌다. 하지만 규약에 나온 선거 절차를 건너뜀으로써 정산 승계의 법적 정통성에 흠집을 낸 점은 두고두고 비판 세력이 불복할 명분을 준 것이 분명하다. 박장식도 정산 종법사의 만류가 없었더라면, '선거 없이 정산을 추대하자.'고 맨 먼저 제안한 사람으로서 대중에게 사죄하려 했다고 고백했다. 박장식은 당시 심경을 다음과 같이 밝히고 있는데 방점은 '교단의 분열을 막겠다는 생각'에 찍혀 있다.

> 법의 훈련을 받은 우리이기에 그렇게 잘 되었던 것이지 그렇지 않았다면 다른 유사종교의 전철을 밟지 않았으리라 보장할 수 없는 노릇이었다. 이 문제를 수습하며 교단의 분열을 막겠다는 생각으로 제안해 본

142) 『불법연구회규약』(소화9년 개정판) 제8조에 '(종법사는) 총대회(總代會)에서 선정'으로 되어 있다. 제13조에 따르면, 총대는 지방회원들이 선거로 뽑은 지역대표를 뜻한다. 아울러 제18, 19조에는 총대회의 의결이 반수 이상 출석에 반수 이상 동의를 조건으로 하고 있다.

것이 너무 성급했나 하는 자책도 하게 되었다.(『평화의 염원』, 107쪽)

이건 다른 이야기지만, 필자는 후계자 정산 송규가 소태산의 발병, 임종, 장의에서 보여준 행태에 주목하고 싶다. 소태산이 자기 들라고 가져온 탕약을 보내오자 사양하지 않고 스승의 약을 넙죽넙죽 받아먹는 데서부터 예사롭지 않았다. 영산에 오래 머무르던 정산은 소태산의 열반 1년여를 앞두고 익산총부로 올라와 있었는데, 시자가 소태산에게 정성껏 보약을 달여 가면 그는 자기가 먹지 않고 정산에게 보냈고, 정산은 스승이 보냈다 하면 더 묻지 않고 받아 마셨다. 소태산은 약 달인 사람(정양진)이 섭섭하게 생각할까 봐 "정산이 영산서 너무 애를 써서 몸이 약해져서 그러니 그리 알고 내가 먹은 것처럼 알아라." 하고 다독거렸다. 임종 때에도 주산 송도성이 손가락을 깨물어 피를 내서 스승의 입에 흘려 넣거나 코를 빨아 호흡을 불러오고자 애쓸 때, 정산은 소태산 몸을 부축하고 있었을 뿐 스승의 운명殞命을 당연하게(?) 받아들인 듯하다. 후에 종법사 취임식 고백문에서 정산은 '읍혈근고(피눈물을 흘리며 삼가 고함)', '천붕지통(하늘이 무너지는 아픔)', '창황망조(너무 급하여 어찌할 바를 모름)' 등을 나열했지만, 여타 제자들이 땅을 치고 울고불고 몸부림치며 대굴대굴 바닥에 구르기도 하고 심지어 졸도까지 할 때도 정작 정산은 침착했다. 화장막에서 한 줌 유골로 돌아오는 스승을 대할 때도 정산은 곡을 하거나 격한 감정을 드러내지 않고, 유골함을 한 번 펴서 본 후 조실로 옮겨놓았을 뿐이다.

소태산의 시신을 병원에서 총부로 옮겨놓고 "정산이 어떻게나 울어 쌓는지, 오히려 정녀더러 못 울게 하였다."는 부산 남부민지부 교무 박영권의 진술[143]로 보더라도 그의 처절한 아픔을 의심할 수는 없다. 그래도 정산은 이미 소태산의 열반을 기정 사실로 받아들이고 있었고, 소태산과 미리부터 둘만의 내통이나 확약이 있었다고 볼 만하다. "종사님의 돌아가심은 아주 적절한 시기였다고 생각하였다."(황이천), "종사님의 열반은 교운을 부지해주시기 위한 불가피한 방편이라 생각하였다."(김형오) 이렇게 판단한 제자들도 있는데 정산이 그들보다 어두울 순 없다. 인정상 슬픔은 그것대로 무시할 수 없더라도, 이미 짜인 각본대로 연출되는 소태산의 죽음 앞에 다 알고 다 내다보고 달관한 그이였기에 의연했으리란 것이다. 오히려 조만간 닥쳐오는 버거운 책임을 어떻게 온몸으로 받아낼 것인가, 그것을 고뇌했으리라. 그런데 정말 이해할 수 없는 것이 하나 있다.

"내가 오늘까지 이 자리에 오르리라는 것은 꿈에도 생각해 본 바가 없었다."(『한 울안 한 이치에』, 87쪽)

종법사 취임사의 첫머리였단다. 처음부터 수위단 중앙으로 9인 제자 중 으뜸이었는데, 스승이 가지가지 방법으로 후계자임을 밝혔는데, 남들은 다 그렇게 알고 있었는데, 본인만 몰랐다고 하니 말이

143) 박용덕 『초기교단사』 5, 426쪽 참조.

되는가.

절차에 반발하는 회원들에게 정산이 "내가 만일 사심이 있어서 이 자리에 앉았다면 천벌을 받을 것"이라고 한 말의 진정성은 추호도 의심하지 않는다. 그러나 후계 구도를 몰랐다는 것, 이건 아니다. 명예욕 같은 건 이미 초탈한 그이거니와 꿈에도 종법사 자리를 탐내지 않았다는 것이라면 맞는다. 실제로도 그 자리가 얼마나 형극의 자리였던가, 알 만한 사람은 다 안다. 그럼에도 납득이 안 된다. 좀 더 오래도록 소태산을 모시고 살리라 믿었는데, 자신이 후임으로 이렇게 일찍 나서게 되리라곤 미처 예상하지 못했다, 그런 취지가 문장으로 옮겨지는 과정에서 변질됐던 것이 아닐까? 혹은 공식적 문서 취임사가 아니다 보니 누군가 의례적 겸사로서 삽입한 것이 아닐까? 여러모로 의심이 가는 대목이다.

요컨대 소태산과 정산은 하나가 되어 경륜을 승계하기로 굳은 약속이 되어 있었고, 그 약속은 3세 종법사 대산 김대거에게까지 이어진다고 본다.

### 정산의 외로움

소태산 열반 후 정산은 얼마나 외로웠을까. 그가 스승의 영전에 '마치 어린 양이 목자를 잃은 것 같다.'고 고백했지만, 그건 인사로 해본 소리가 아니었을 것이다. 천애고아란 말처럼, 하늘 끝에 홀로 선 듯 막막한 느낌에서 벗어나기 힘들었을 것이다. 여자 재가교도로서 신망이 가장 두터웠던 팔타원 황정신행(온순)조차 소태산 열반의 충격으로 오죽하면, 예수교에서 불법연구회로 개종한 것을 후회할 정도였다고 고백했다. 임원부터 말단까지 구심력을 잃은 대중들이 각자 도생하듯 흩어지는 모습을 보며, 정산은 자신의 부족을 탄식하고 「동지들의 협력과 종부주宗父主 성령의 감호鑑護(살피어 보호함)를 지심 복망」하였다. 그런데 일부 간부급의 이탈과 견제는 어느 정도 예상했으니 견딜 만하지만, 출가 한두 해밖에 안 된 정녀들조차 이탈을 꿈꾸는 상황은 오히려 견디기 힘들었을 법하다. 정성숙(1922~1999) 교무의 회고다.

「1943년 12월 어느 날 불현 듯 충청도 정혜사에 계신 만공 스님이 뵙고 싶어 박은섭 교무와 함께 아무도 몰래 난생처음 장항선을 타고 갔다. 5일 머물다가 떠나올 때 만공 스님은 우리들을 멀리까지 배웅해 주셨다. 특히 잊을 수 없었던 것은 눈이 무릎까지 쌓인 그 길을 걸으며 신으라고 짚신을 삼아 주신 것이다. 그런데 이듬해 봄 갑자기 정산 종사님께서 나를 총부로 오라고 하신다는 전갈을 받게 되었다.」

만공 스님이 보낸 편지가 기다리고 있었다. '함께 살 수 없는 형편을 널리 이해하라.'는 것이었다. 요컨대 출가를 여기선 받아줄 형편이 못 된다, 그 뜻이렷다.

정산은 "이게 뭣이냐? 이 대도회상을 놓고 입산해보아라 (…)" 하고 탄식 겸 꾸중을 했다. 정성숙은 스물둘에 출가 2년차, 박은섭은 스물에 출가 1년차였다. 그들은 소태산 생전이라면 엄두도 못 낼 일탈을 범하고 들킨 것이다. 자신이 만공에 비교되는 것도 그렇거니와, 불교혁신을 표방한 불법연구회를 버리고 혁신의 대상인 구불교를 기웃거리는 제자들을 바라보는 정산의 심정은 얼마나 씁쓸했을까.

## 구름이 걷히다

탄압이 가중되던 1942년 일제 말기, 정산이 소태산에게 "저 사람들의 극성이 얼마나 가오리까?" 물으면, 소태산은 "먹구름이 두텁게 낀다고 해서 떠오르는 해를 어찌할 것이냐." 했다 한다. 그러나 정산이 종법사에 취임한 이후의 시국은 한층 암울했다. 도대체 구름이 언제 걷힐지 가늠이 안 되는 판이 지속되었다. 조선 백성들의 처지에선 생계부터가 심각한 문제였을 것이고, 그것은 불연 총부를 비롯한 교단 내의 모든 대중들이 함께 겪는 고통이었다. 당시의 어려운 사정을 권우연 교무는 다음과 같이 전하고 있다.

농촌에는 농부들이 농사지은 곡식은 한 톨도 없이 공출로 다 뺏기고, 먹을 것이 없어 들의 풀도 캐다 캐다 나중에는 그마저 없을 지경으로 연명만 하니, 죽지 못해 사는 비참한 시국이었습니다. 도시에는 생산하는 공장 한 개 없으니 전방廛房 상점도 하나 없고 물건도 없어서 돈 갖고도 비누, 신발, 옷감 하나 살 수 없는 쓸쓸한 도시 거리였고, 식량 생활은 배급이 부족하다 보니 논에 거름하는 대두박(콩깻묵) 밥과 죽으로 연명을 하였으며, 돈 있는 개인가정은 야미(암거래) 쌀, 야미 물건도 사서 쓰고 했습니다. 우리 총부는 가난한 데다가 영광서 쌀이 오던 것도 공출로 다 뺏겨서 쌀, 보리, 콩은 점점 구경도 못 하고 거름 하는 콩깻묵 배급이 식량의 전부라, 처음엔 밥으로 해 먹다가 그도 부족하여 나중에는 죽을 쑤어서, 한참 잘 먹을 청년들이 그걸로 연명하며 논으로 밭으로 가서 일하고 업무 보며 사니, 영양부족으로 쓰러지고 코피 나고 하였습니다.(수기 〈대종사추모담〉 중에서. 문장은 독자의 이해를 돕기 위해 약간 손질함.)

이것은 소태산 만년의 상황이니 정산 승계 후는 더 비참했을 것이다. 그런데 권우연은 덧붙이기를 "그런 비참함 속에서도 정신생활은 항상 낙도樂道였습니다. 즐겁고 새롭고 질서와 규율이 엄연하였으며, 사무여한의 일심 단결로 뭉쳐서 조금도 허점이 없던 대중이었습니다."라고 하였고, 김윤중도 "대중들은 무밥, 콩깻묵 밥 등으로 연명했었지만 마음 가운데는 언제나 회상에 대한 희열로 기쁘고 즐거운 기억들이 많다."고 확인하였다. 정산으로선 어렵사리 종법사의 위에 올랐지만, 안으로 스승이 이룩한 '정신생활의 낙도'와 '사무여한의 일심 단결'이 무너지지 않게 지키는 것만도 버거운 짐이었다. 그러나 더욱 급한 불은 밖으로부터 시시각각 다가오는 일제의 탄압을 방어하는 일이었다.

소태산 열반 두 달 후인 8월 5일, 신간 초판 『불교정전』 1천 권이 익산총부에 도착했다.[144] 스승이 생전에 그리 심혈을 기울이던 『정전』의 출판을 맞이한 제자들의 감회는 얼마나 각별했겠는가. 뒤통수를 맞은 전북도경은 깜짝 놀라 경기도경에 항의하고 발행인 김태흡을 소환하는 등 호들갑을 떨었지만 이미 끝난 일이었다.

교조 열반 후, 자멸하리란 예상을 넘어 빠르게 자리 잡아가는 정산 종법사 체제하의 불법연구회를 보면서 일제는 꽤 난감하였다. 그렇다고 달리 해체의 명분을 찾을 수가 없으니 차선책으로 염두에 두었던 황도불교화를 서두르는 것이 모범 답안이라 생각했던가 싶다.

> 정산종법사 대위에 오르시고 일인들의 황도불교에 대한 강요가 본격적으로 시작되었다. 어느 날 일본 불교의 유지였던 중촌中村과 육군소장인 목牧 소장이 정산 종사님을 초청하였다. 이리 청목당青木堂에서 시내 유지급 인사 수십 명과 함께 참석한 자리에 나는 정산 종사님을 모시고 참석하게 되었다. "귀 교단은 건실한 단체입니다. 앞으로 긴밀한 연락을 갖고 국가와 사회에 공헌하도록 잘 이끌어 주십시오." 그들은 그 뒤로 찾아와서 황도불교에 대한 구체적인 방안으로 교과서를 만들고 실천하라고 강요하였다. 군산에 웅본熊本 농장을 경영하는 주인을 데리고 와서 총부를 시찰하고는 뒷받침해 주라는 것이다.(『평화의 염원』, 110쪽)

---

144) 『불교정전』 판권을 보면 발행일이 '소화 18년 3월 20일'로 돼 있다. 소화 18년은 1943년에 해당하지만, '3월 20일'이란 날짜는 무슨 이유로 그리된 것인지 알 수 없다.

정산은 이로부터 '초중대한 시국'에 스승의 뜻을 받들고 회체를 지키기 위한 아슬아슬한 세월을 보낸다. 취임사에서 '전긍리박戰兢履薄의 태도'를 말한 바 있지만, 그야말로 전전긍긍하며 여리박빙(살얼음을 밟듯이)으로 지냈다. 1944년 12월, 전라북도 병사부사령관인 마키 소장이 불법연구회를 친일 단체로 만들기 위한 구체적 계획을 가지고 박장식 총무부장과 박광전 교무부장을 불러다가 황도불교화에 앞장설 것을 요구하였다. 이어서 일본측 승려 5~6인을 앞세워 총무부장 박장식을 상대로 밀어붙였다.

1945년 2월경, 총독부와 마키 소장의 긴밀한 연락하에 불법연구회의 황도불교화 공작이 일방적으로 진행되어 문서 작성 단계까지 끝났다는 정보가 정산에게 접수되었다. 정산은 교정의 2인자인 총무부장 박장식을 전격 해임하고 영광지부장으로 있던 친아우 송도성을 불러올려 후임으로 임명했다. 친정체제를 강화한다는 의미도 있겠지만, 저들의 황도불교화 작업에 있어 불법연구회 측 파트너였던 박장식을 뒤로 물림으로써 업무 지연의 변명거리로 삼고 시간을 버는 실리를 챙겼던 것으로 보인다. 때마침 연합군의 폭격기가 부산 앞바다를 폭격하자, 미군 잠수함 출격설, 전함의 부산 포격설 등으로 민심이 흉흉해지고 있었다. 이를 핑계 삼아 신임 총무부장에게 업무를 일임한 정산 종법사는 지방 시찰이란 명목으로 부산에 내려갔다.[145] 스승 소태산이 총독부의 천황 알현 요구를 수용하

145) 위의 다섯 개 문단은 『소태산 평전』 497~499쪽에서 발췌, 수정했다.

면서, 그 위기를 슬기롭게 넘기기 위하여 부산에 내려와 안질을 핑계로 시간을 끌었던 전례를 생각하고, 정산도 부산으로 달려간 것이었으리라.

정산은 소태산이 만년에 찾아가 『조선불교혁신론』으로 일주일 동안이나 교리 강습을 했던 초량교당에 가서 몸을 웅크렸다. "우리나라는 정신의 지도국이요 종교의 부모국이라, 우리나라를 침해하는 나라는 복을 받지 못할 것이다." 이것은 소태산이 진즉에 한 법설을 정리한 것인데, 정산은 회원(교도)들에게 희망을 불어넣어주면서, 바닥을 치고 있는 조선의 국운을 두고는 양양한 미래를 예언했다. "일본 사람이 우리나라에 와서 일하는데 그것은 꼴머슴이다. 후에는 큰 머슴이 들어온다. 큰 머슴이 들어와야 우리나라가 좋아진다." 일본이 조선의 근대화에 일정 부분 기여했다는 것이지만,[146] 그것은 조선 근대화를 위한 일꾼으로 치면 겨우 꼴(소나 말에게 먹이는 풀)이나 베어 오는 어린 머슴과 마찬가지이고, 조선을 근대화로 이끌 진짜 큰 머슴이 곧 들어올 것이니 그때가 되면 조선은 많이 좋아질 것이란 메시지다. 큰 머슴은 미국을 가리키는 것으로 보인다.

"가위 바위 보 하는데, 가위처럼 자르고 바위처럼 누르는 시대

---

146) 이는 한국사학계의 대립되는 이론인 내재적발전론(내재적으로 발전하고 있던 조선사회가 일제에 의해 수탈당함으로써 발전을 방해받았다는 주장)이나 식민지근대화론(일제에 의해 조선의 경제가 성장하고 근대화의 토대가 마련되었다는 주장) 가운데 어느 편을 드는 것이 아니다. 그냥 긍정적인 측면만 놓고 본 의견이다. 당연한 말이지만, 부정적인 측면(수탈론)에서 언급한 것이 훨씬 많다.

는 지났다. 앞으로는 보자기처럼 다습게 포용하여 하나가 되어야 두루 잘 살 수 있으리라." 이것은 일본 제국주의뿐 아니라 해방 후에 올 분열의 시대, 독재의 시대를 예견하며 일깨운 가르침일지도 모른다. 「매일같이 경계경보와 공습경보를 알리는 사이렌 소리가 요란하게 울렸다. 공습경보가 울리는 날이면, 법당 바닥 다다미를 걷어내고 공타원(조전권) 종사님과 함께 무척 고생하면서 파놓은 방공호 속에 들어가 숨을 죽이곤 했다.」(김지현)던 타이밍에, 정산은 법당에 '사은상생지 삼보정위소四恩相生地 三寶定位所'라 써 붙이고 날마다 시국의 안정을 위한 기도를 올렸다.

한편, 총독부 경무국 고등계에서는 조선인 출신 임제종 승려 하나야마 소다츠華山宗達를 파견하였다. 그는 불법연구회 전주지부(현 교동교당)에 사무소를 차려놓고, 전북도경과 익산총부를 오가며 서류 수속을 밟아 나아갔다. 불연이 온건하게 순종하는 태도를 보이면서도 결정적 조처(절차)를 미루자, 7월 25일 무렵에는 이른바 호선군護鮮軍이라 하여 전북지구 전투사령부를 총부에 진입시켜 대각전 등을 장악하고 정문에 달 간판까지 준비하였다. 불법연구회 식구들은 새벽마다 군모를 눌러쓴 일본군들이 총과 대검으로 무장한 채 힘차게 군가를 부르면서 행진하는 모습을 망연자실 지켜보아야 했다. 그들은 종법사의 인준만 남겨놓은 상태에서 정산의 총부 귀관을 독촉하였다. 종법사 정산은 부산 민심이 예사롭지 않으니 수습하는 대로 귀관하겠다고 한껏 미루었다.

드디어 8월 15일, 정산은 초량교당을 떠나 부산역에서 기차를 타고 이리역을 향해 달렸다. 도중 대전역에 이르렀을 때 일본왕의 무조건 항복에 따른 해방 소식을 듣게 된다. 8·15라는 귀관 타이밍, 정산도 그 정도의 예지력은 확보하고 있었다.[147)]

## 해방과 현실 참여

해방이 되자 35년이란 기나긴 세월 동안 온갖 압박을 받으며 살아온 동포들은 거리거리 쏟아져 나와 만세를 부르고 기뻐하였다. 태극기를 휘두르고 애국가를 부르며 광복의 감격을 나누었다. 나라 안에서는 새로운 나라를 세울 희망에 준비가 바빴고, 해외에 망명했던 동포들은 중국에서, 시베리아에서 혹은 일본에서 돌아오기 시작했다. 그들은 굶주렸고 헐벗었고 병든 이들도 많았다. 부모 잃은 고아들도 많이 생겨났다. 그 시점에서 전재동포구호사업이 광범위하게 전개되었다. 불법연구회에서는 총무부장 송도성이 〈전재동포원호회설립취지서〉를 작성하여 기관과 지부에 돌렸다. 「우리 조선에도 자유해방의 날이 왔다. 조선 독립의 커다란 외침이 한 번 전하게 되자 근역槿域 삼천리 방방곡곡에 넘쳐흐르는 환희의 물결은 사뭇 그칠 줄 모르고 뛰놀고 있다.」로 시작한 문장은 광복의 감격과 건국의 사명을 웅변조로 펼치고 나서 「목하 유일의 최급무로는 전

---

147) 『소태산 평전』 499~500쪽에서 발췌했다.

재동포 원호 문제이니, 남에서 일본, 북에서 만주 중국 등지로부터 조수 밀리듯 하는 전재 동포가 남부여대하고 피곤함과 굶주림을 견디지 못하여 노지에 즐비하게 쓰러져 있는 참혹한 현상을 볼 때에 목석이 아닌 사람으로서야 어찌 눈물이 없고 감동이 없을 바이랴!」 하고 참상을 보고한 뒤, 열렬한 협조를 호소하였다. 발기인을 보면 유허일, 송도성, 박제봉, 박창기 같은 출가인과 황정신행, 최병제, 성의철, 성성원 같은 재가인이 나란히 서명하고 있다. 9월 4일 이리(익산) 역전, 9월 10일 경성(서울) 역전을 시작으로 전주, 부산 등지에서도 본격적인 구호활동이 전개되었다.

그중 경성구호소의 예를 보자. 유허일을 소장, 송도성을 부소장으로 하여 1945년 9월부터 이듬해 3월까지 약 7개월 동안 구호활동을 펼쳤다. 유허일이 64세로, 39세 송도성에게는 아버지뻘이나 되니 상사로 모신 것이지 실제는 총무부장 송도성이 전국 구호사업을 지휘하는 처지였고, 구호단체 연합인 조선원호회단체대회 구성에도 불법연구회 대표로 송도성이 등록되어 있었다. 남대문통 5정목 70번지 3층 적산가옥(현 세브란스병원 앞)에 '불법연구회 귀환동포구호소'란 현수막을 내걸고, 미 군정청의 협조를 받으며 구호사업에 들어갔다. 총부의 인력 지원과 더불어 경성지부와 개성지부의 참여가 원동력이었다. 구호 성과를 보면, 급식 42만 명, 숙박 11만 명, 의류 수급 3천 건, 일용품 수급 2만 8천 건 등이었고, 이 밖에도 사망자 치상 78건, 출산 보조 12건, 응급치료 4백 명, 입원 치료 1백 명 등이 있었다. 급식에 소요된 양곡[148]만 하더라도 백미 420가마에

잡곡 240가마라는 어마어마한 양이었다. 구호활동에 동원된 연인원은 4,875명에 이르렀다.

《매일신보》(1945.10.2.) 기사 〈13개 원호단체, 조선원호회단체대회 구성〉에 따르면, 경성에 있는 원호단체들이 연합 활동을 위하여 9월 30일에 조선원호회단체대회를 조직하였는데, 여기에 총 13개 단체가 참여하고 있었다. 이 중에 불법연구회 구호부가 들어 있으니, 종교단체로서는 불교단 구호부와 더불어 단 두 개 단체가 이름을 올리고 있을 뿐이다. 그로부터 2개월여가 지난 후《동아일보》(1945.12.12.)에 〈조선인민원호회 등 13개 단체 동포구호사업〉이란 기사가 다시 나오는데, 13개 단체 수에는 변동이 없으나 참여한 종교단체가 불법연구회와 조선불교단 외에 새로 조선기독청년단과 조선기독청년단 안식교회가 추가된 것을 볼 수 있다. 이것은 무엇을 뜻하느냐 하면, 창립된 지 20년밖에 안 된 데다 시골(익산 북일면)에 본부를 둔 신생 종단으로서 놀라운 현실 참여 실적이라는 것이다. 더구나 기독교와 같은 거대 조직조차 뒤늦게 참여하고 천주교는 이름도 못 올렸는데, 불법연구회가 그들보다도 한 발 먼저 참여했음은 다시 놀랄 일이다.[149] 정산 종법사가 정양선에게 보낸 사신(1945.12.11.)에 「우리의 신용을 믿고 경성부에서 전재동포 고아원을

148) 백미 100가마를 총부에서 보내고 경성지부에서 콩 10가마로 메주를 쑤어댔다고 하지만, 양곡의 태반은 군정 당국으로부터 수급을 받아 썼다.

149) 박윤철 〈해방정국기(1945~1948) 건국사업 참여와 정산 종사〉(《원광》, 548호(2020.4.)) 참조.

경영해 달라고(비용은 부府에서 담당하고) 간청하여서 떼지 못하고 있다.」 한 것을 보면, 고아원 위탁 운영까지 경성부(서울시)가 요구할 만큼 불법연구회가 신뢰를 얻고 있음을 알 수 있다. '떼지 못한다'는 것은 차마 거절을 못 한다는 뜻이다.

송도성은 전재 동포의 식사와 의복, 의료 등으로 구호함에 그치지 않았다. 그는 불법연구회 부인동맹의 이름으로 작성한 〈말씀의 선물〉이란 전단지와, 불법연구회 청년동맹의 이름으로 작성한 〈새 조선에 새 생활 건설〉이란 전단지를 수십만 장 인쇄하여 전재동포와 시민 들에게 배포하였다. 또 경성지부장 최병제(명부)의 주선으로 매월 네 번째 수요일마다 경성방송국에 나가 방송 설교를 하였다. 이 무렵 귀환 학병들이 학병연맹을 조직하고 부민관府民館(시민회관)에서 '명사사상강연회'를 주최하자 송도성은 종교인 대표로 나가 강연을 하였다. 송도성은 또 해외에서 독립운동을 하다가 귀국한 임정요인 등과 활발한 교섭을 하였는데 김구, 김규식, 신익희, 조소앙, 엄항섭 등이 그들이다. 국내 요인으로 송진우, 여운형 등과도 왕래하며 불법연구회의 교리와 활동상을 홍보하였고, 그들에게 정산이 지은 책자 『건국론』을 나누어주었다. 구호사업과 대외활동의 결실로, 일제가 두고 간 적산[150] 처리 과정에서 한남동 정각사(서울수도

150) 일제강점기 일본인들이 한국 내에 두고 간 부동산과 동산을 원수의 재산이란 뜻에서 적산이라 일컬음. 미군정법령으로 1945년 9월부터 몰수하여 미군정과 이승만 정부가 1947년부터 한국 내의 기업 또는 개인에게 불하했다. 『건국론』에서 정산은 적산이라 하지 않고 일산이라 불렀다.

원), 용산 용광사(서울지부), 이리 신사(동산수도원), 부산 신사(경남교당) 등이 원불교로 귀속된 것도, 불하 과정에서 따로 수고를 한 공로자들이 있긴 하지만, 그 배경에는 이러한 구호사업과 대외활동이 국가적·사회적 인정을 얻은 덕이 컸다. 그러나 정산은 구호사업의 보상으로 물질적 이득을 취하려는 태도를 나무랐다. 유허일이 장충동 히로부미지를 탐낼 때에도, 송도성이 경성구호소가 입주한 적산가옥을 탐낼 때에도 이를 단호히 금지시켰다.

정산의 현실 참여는 자선 사업에 그치지 않는다.

> (1945년 12월) 3일과 4일 죽첨동(종로구 평동) 숙사로 김구 주석 이하 요인을 왕방한 단체는 다음과 같다. 3.1동지회, 불법연구회, 대한민국임시정부환도환영경남위원회, 국민당 안재홍 씨 외 12명 (…)(《자유신문》, 1945.12.5.)

> 작일(1945.12.4.) (…) 전북 익산군에 본부를 둔 불법연구회 대표 송규 씨가 심방하여 환영사를 드리고 임정 지지를 맹서하였다.(《민중일보》, 1945.12.5.)[151]

두 기사는 동일한 사안을 두고 작성한 내용인데, 요지는 정산이

151) 박윤철의 〈원불교의 독립운동 시리즈를 마감하며〉(《원광》, 544호(2019.12.)) 76~79쪽에서 재인용했다.

불법연구회 대표라는 이름을 걸고 백범 김구를 찾아가 '환영사를 드리고 임정 지지를 맹서'하였다는 것이다. 때는 해방 후 미군정 기간으로 정치적 혼란기였다. 8월 15일에 해방이 되었음에도 중국에 있던 김구는 11월 23일에야 뒤늦은 환국을 했는데, 그것은 임정(대한민국 임시정부)과 미군정(미국육군사령부 군정청) 간의 갈등 때문이었다. 가까스로 경교장(죽첨동 숙사)에 자리를 잡은 직후인 12월 4일 김구를 찾아갔다는 것은 발 빠른 행보다. 당시 정치 지형이 군웅할거식이어서 대단히 위험하기도 했지만, 어차피 김구도 정파적 갈등의 소용돌이 속에 있는데 정산은 왜 여기에 줄을 댔을까? 대산 김대거의 증언에 의하면, 정산은 백범을 두고 '남북통일이 되어도 대통령감'이라고 치하를 많이 했다고 한다. 소태산과 인연이 있는 안창호가 없다 보니 차선책으로 김구를 택한 것일까?

근자에 발견된 자료에 보면, 소태산의 장남이자 원광대학 총장을 지낸 박길진(광전)이 1946년에 민주주의민족전선(약칭 민전) 익산군위원회 부위원장으로 활동한 것이 확인된다.[152] 난감한 것은 민전이 남한의 모든 좌익 정당 및 사회단체를 총집결하여 결성한 좌파 정치단체라는 것이고, 이와 대응하는 우파 단체로는 김구 중심의 비상국민회의와 이승만 중심의 대한국민민주의원이 있었다는 점이다. 난감하다고 한 것은 김대거는 김구, 이승만 등 우파와 밀착하고, 박광전은 좌파(여운형, 박헌영, 허헌, 김원봉 등)와 손을 잡는 형국이 전개

152) 박윤철, 〈해방정국과 숭산 박길진 종사의 건국사업 참여〉, 《원광》, 558호(2021.2.).

되었기에 하는 말이다. 이 밖에도 정치권을 기웃거린 간부가 몇 사람 더 있었다. 결국 모두 정파적 정치에서는 손을 떼는 것으로 정리된 것 같지만, 어쨌건 정교동심政教同心을 경륜으로 내세운 종법사를 비롯하여 상당수 전무출신 간부들이 건국 사업이란 명분으로 정치에 발을 담갔는데, 이에 대한 평가는 별도의 연구가 필요하다고 본다.

한편 서울 한남동에 있는 정토종 소속의 일인사찰 약초관음사(→ 정각사)를 인수하여 불법연구회 서울출장소를 개설하고, 대산 김대거를 소장으로 임명하여 대외 교섭 창구로 활용하였다. 정산의 영향인지 모르나 김대거(차기 종법사)는 출장소 일을 볼 때 30여 명의 정치인들과 활발한 교류를 했다. 이승만 내외가 한남동을 찾아오고, 훗날(1946.6.5.) 익산총부에도 들러 정산 종법사와 대담을 한 뒤 '敬天愛人(경천애인)'[153]이란 기념 휘호도 남겼고, 대산(김대거)과 상산(박장식)이 이화장을 찾아가기도 했다. 더구나 김구를 처음 소개해준 것도 이승만이었고, 김구로부터 『백범일지』를 기증받은 곳도 이화장이었다. 그러나 대산은 고상한 이승만보다는 소탈한 김구와 친밀하게 지냈던 모양이다. 특히 이화장을 이승만에게 양도한 팔타원 황정신행의 남편 강익하가 김구의 제자였는데, 그가 원불교(불법연구회)를 좋게 말해주었다고 한다.[154] 김구는 한남동을 자주 찾아와서 숙식도 하고, 병약한 큰며느리를 데리고 와서 요양을 부탁

---

153) 김대거는 『구도역정기』(원불교출판사, 1988) 53쪽에서는 '敬天愛人'이라 하고, 1989년 4월 17일 다른 자리에선 '誠敬信(성경신)'이라(『정산종사전』, 333쪽) 했다. 이승만은 평소 '경천애인'을 즐겨 썼으니 전자가 맞을 듯하다.

하기도 하는 등 대산에게 심리적으로 많이 의지하였다. 정각사에 있던 하선夏禪 기념 단체사진에는 강익하와 더불어 김구와 그의 큰 며느리가 함께 찍혀 있다.[155] 그러던 백범이 1949년 6월에 경교장에서 안두희의 총격을 받고 목숨을 잃는다. 대산은 「義雨洽足三千萬同胞(의우흡족삼천만동포, 의로운 비는 3천만 동포를 흡족히 적시고) 德雲薰蒙三千里疆土(덕운훈몽삼천리강토, 덕스러운 구름은 3천 리 강토를 훈훈히 감싸도다.) (…)」 하는 만사를 써 보내며 슬퍼했다. 정산은 "오늘날 우리가 애도하는 김구 선생은 일생을 사는 가운데 어떠한 환경에도 지배를 받지 아니하고 솔과 같은 굳은 절개를 지켰으므로 우리가 존모하고 슬퍼하는 것이다."(『한 울안 한 이치에』, 90쪽)라고 말했다.

소태산은 정치를 엄부로 종교를 자모로 비유하여 이 둘의 협력이 사회 구원의 필수임을 말했지만, 정산은 이를 클로즈업시켜 사대경륜 안에 정교동심을 넣었다. 정치와 종교의 일치나 야합도 안 되지만 맹목적 정교분리도 무의미하다. 정치와 종교가 한 마음으로 협력하여 세계평화와 인민 구제에 뜻을 모아야 한다. 그래서일

---

**154)** 김대거는 『구도역정기』 54쪽에서 다음과 같이 전한다. 「전북 이리에 총본부를 두고 있는 불법연구회에는 종사님이라고 하는 큰 도인이 계시답니다. 거기에 다니는 신도들은 모두 방짜입니다. 제 안사람도 거기에 다닙니다. 그곳 사람들은 속세인들과는 다릅니다. 시기, 질투, 모략, 중상이 없고 과욕도 부리지 않는데, 그 위대한 스승의 상수제자가 서울에 와 있답니다. 언제 한번 만나보시지요.」

**155)** 1946년경에 찍은 것으로 보이는 이 사진에는 '불법연구회 총부출장소 제1회 하선 기념'이라는 글씨가 박혀 있는데 결제(오월) 기념인지 해제(팔월) 기념인지 혹은 촬영 날짜가 언제인지는 나와 있지 않다.

까, 소태산 시대는 일제강점기이다 보니 정치적 탄압에 종교적 협력이 가당치 않았지만, 해방 이후 정산 종법사 아래서는 정치와의 관계 설정이 새로워질 수밖에 없었을 것이다. 대산의 증언을 보면 유난히 정치적 인물과의 교류가 눈에 들어온다. 이승만이나 김구 외에도 장덕수, 조병옥, 김병로, 조봉암, 여운형, 박헌영, 조소앙, 김성수, 이시영, 김창숙, 장택상, 이기붕에, 군정장관 하지의 정치 고문 굿펠로까지 내로라하는 정계 인물들과, 당당히 원불교 이름을 걸고 만나고 오갔으니 참 희한한 일이다. 이런 배경과 관련이 있는 것이 정산의 『건국론』이다. 1945년 10월에 등사본으로 나온 이 책자는 교세가 미약한, 지방에 본부를 둔 불법연구회(원불교)의 정치적 발언으로 누가 눈 하나 깜짝하랴 싶지만, 앞에서 말한 정치적 교류를 위한 준비일 수 있고 정산의 경륜이 새삼 평가받을 기회가 되었을 것이다.

『건국론』의 구성인즉, 서언緖言과 결론을 제외하면 정신, 정치, 교육, 국방, 건설과 경제, 진화의 도 등 6장으로 되어 있다. 정신이나 진화의 도 같은 장의 설정은 역시 종교가다운 발상이지만, 정치, 경제, 교육, 국방 등 비종교적 구상 역시 내용이 충실하다. 정산은 서언 장에서 『건국론』의 요지를 「정신으로써 근본을 삼고, 정치와 교육으로써 줄기를 삼고, 국방·건설·경제로써 가지와 잎을 삼고, 진화의 도로써 그 결과를 얻어서 영원한 세상에 뿌리 깊은 국력을 잘 배양하자는 것」이라고 정리했다. 그런데 정신이나 도덕 방면이야 예상한 내용대로이지만, 그 밖의 방면에서 의외로 구체적이고 전문적인 내용을 담고 있음에 놀라게 된다. 예컨대 경제 건설 방면에서만 보더라도, 에너지 산업, 자원 개발, 물류 교통, 토지 이용, 보건 위생, 기업 경영, 노동과 임금 문제뿐 아니라 각종 문화 산업과 복지 제도에 이르기까지 꼼꼼하게 챙기고 있다.

## 정산과 주산 형제

이쯤에서 정산의 가족과 혈연에 관계된 일을 한번 정리하고 가기로 한다.

1919년(시창 4) 고향 성주를 떠나 영광으로 이주할 때에 식구들은 조부 송훈동(성흠), 부모 송벽조(인기)와 이운외(말례), 아내 여청운(선이), 아우 송도성(도열)에 본인까지 여섯 명이었다. 여기서 처음 나타난 변화는 1923년 송도성이 출가하여 소태산과 형 정산이 머무는 변산으로 들어간 것이었다. 다음은 조부가 노환으로 1924년 7월에 사망한 것이다. 조부 사망으로 운신 폭이 커진 부친 송벽조가 그 해 출가하였다.

1927년, 소태산은 익산 총부에 있는 정산에게 부인을 멀리하는 것은 부부의 도리가 아니라고 나무라며 영광에 있는 부인에게 떠밀듯 내려보낸다. 13세에 한 결혼이니 당시는 어려서 부부의 재미를 몰랐고, 18세부터는 호남 유력으로 시작하여 영광으로, 다시 부인이 영광으로 이사한 이후로는 변산 혹은 익산으로 다니다 보니, '하늘을 봐야 별을 따고, 잠을 자야 꿈을 꾼다.'고 언제 임신을 할 수 있었으랴. 그해 12월 3일, 정산은 경성지부에서 아내가 첫아이를 생산했다는 소식을 듣는다. 1912년 정월에 한 결혼이니 거의 16년 만의 일이다. 이 소식을 접한 소태산은 첫 손주를 본 할아버지처럼 몹시 기뻐하면서 "영산에서 봉황을 얻었으니 영봉靈鳳이라 하자." 하고 이름을 지어준다. 이듬해부터는 정산을 영광지부장 겸 교감으로 발령내어 부인과 함께 있게 하지만 좀체 둘째 임신 소식은 들려오지 않는다.

### 여래의 성생활

석가불도 출가 이전엔 궁궐에서 처첩들과 성생활을 했다. 출가 후, 더구나 성도 후엔 금욕이다. 비구들에게 "차라리 칼로 남근을 베어 버리거나 독사의 입에 집어넣을지언정…"이라고 말할 정도로 성은 극단적 금기이다. 승려의 자격을 박탈하는 바라이죄의 제1항이 성관계(음행)인데, 더구나 부처가 성생활을 어찌할 수 있나.

그렇다면 소태산은 어떠한가? 그는 15세에 결혼했고, 26세 대각 이전에 남매를 낳았다. 문제는 1916년 깨달음을 얻은 이후이다. 1924년에 차남 길주(광령)를 낳고 1926년에 삼남 길연(광진)을 낳는다. 적어도 대각 후엔 석가불과 같이 성생활을 졸업해야 할 듯한데 자식을 둘이나 낳았다. 소태산이 여전히 부인과 성관계를 가졌다는 확실한 증거다. 이것은 그가 대각 후에도 아직 색욕을 끊지 못했다는 뜻인가.

소태산은 제자들에게 독신 금욕을 강요하지 않았다. 소태산의 결혼관은 불교 쪽보다는 오히려 유교 쪽에 가깝다. 그는 성생활을 부부의 필수 가치로 긍정했고, 정산도 지나침(濫色)만 경계했다. 그렇다면 색욕을 초월한 여래로서의 성생활은 가능한가, 의문이 생긴다.

한 제자가 "진묵 대사도 주색에 끌린 바가 있는 듯하오니 그러하오니까?" 물었을 때 그는 "어찌 그 마음에 술이 있었으며 여색이 있었겠는가. 그런 어른은 술 경계에 술이 없었고 색 경계에 색이 없으신 여래시니라."(『대종경』, 불지품7) 했다. 답은 나왔다. 소태산이 성생활은 했지만, 색 경계에 색이 없었던 것이다.

범부든 부처든 성생활을 말하는 것이 금기일 수 없다. 소태산의 성생활도 예외가 아니다. 만약 소태산이 대각 후 부부관계를 끊었다면 당대는 물론 후래 제자들에게도 나쁜 메시지를 줄 수 있다. 신심 깊은 제자들은 스승을 따라 하느라고 이혼하거나 혹은 이혼당하거나 하는 경우가 많(았)을 것이다. 그는 어쩌면 일부러라도 도인의, 여래의 부부 생활을 몸소 시범할 필요에 몰렸을지도 모른다. 만약 자녀 출산이 없었더라면, 소태산이 부인과 동숙하더라도 성관계는 하지 않았을 것이라는 오해를 일으킬 수도 있었다.

소태산에 비하여 정산은 성을 멀리 한 것 같다. 결혼 16년 만에 겨우 첫 애를 얻은 것도 그래서였겠다. 정산이 색에 무심이라 한다면 소태산은 색에 능심이라 할까. 그러나 총부에서 공동생활을 할 때는 정남, 정녀 들이 있는데 사가에 들락거리는 것이 조심스럽기도

했을 것이다. 이현권(이춘풍 며느리)은 정산의 사가에서 정산 부인 여청운을 7년간 모시고 생활했는데, 그 사이 사가에서 정산을 만난 것은 고작 두세 번뿐이었다고 증언했다.[156] 여교무 권우연이 지켜본 소태산의 사생활도 그랬다. 부인 양하운이 사는 사가가 총부 구내임에도 소태산이 사가에 들르는 것을 한 번도 보지 못했는데, 둘째 아들이 폐병으로 죽으니까 그때서야 사가를 찾더라고 했다.

그 사이 1929년 가을에 아우 주산 송도성이 소태산의 외동딸 박길선과 혼례를 치른다. 길선이 비록 얼굴은 얽었지만 영광서부터 정이 든 데다가 스승의 딸이니 감사한 마음으로 얻은 신부였다. 부부 금슬도 매우 좋았다고 한다. 1932년 7월에 주산이 먼저 첫아들 전은典恩을 낳았다. 정산은 이듬해 1933년 8월, 그러니까 첫딸 영봉을 낳은 후 거의 6년 만에 둘째딸을 얻으니 그가 순봉順鳳이다. 정산은 가계를 이을 아들을 원했을 듯한데 또 딸이다. 부인 나이가 벌써 38세이니 집안에선 적잖이 실망스러웠을 것이다. 1935년에 주산이 또 아들을 낳으니 천은天恩이다. 이듬해 정산은 다시 익산 총부로 임지를 옮기고 교정원장으로 3년 가까이 부인과 떨어져 지내다가

156) 1943년 12월 31일, 총부 임원회에서는 종법사 정산의 '규율 준수' 법문을 받들어 네 가지 사항을 결의하는데, 다소 엉뚱한 것으로 「임원의 사가 왕래는 연 1회를 원칙으로 하되, 대처자는 연 2회 정도로 한다.」가 들어 있다. 기혼 남자에게 아내와 1년에 두 번만 만나라는 것이니, 당시 총부의 분위기를 짐작할 수 있다.

1936년에 다시 영광지부장으로 오더니 부인이 드디어 세 번째 임신을 했다. 그러나 이듬해 봄, 기다리던 아들을 얻지 못하고 부인이 유산을 한다. 고추를 달고 있었다니 애석하기 그지없다. 어느새 42세가 됐으니 다시 임신할 가능성조차 희박하다 생각하니 본인부터 실망이 컸을 것이다.

시동생 송도성이 형수를 위로코자 1937년 6월 28일자로 '형수씨 전 상서'를 보낸 것이 남아 있다. 「형수씨 금번에 유산하신 후로 여름이 좋지 못하시다 하와 듣기 매우 민망하옵더니 지금은 쾌하신지요? (…) 형수씨께서는 슬하에 아들자식 없는 것을 조금도 걱정하지 마옵소서. 잘하나 못하나 전은典恩이 형제 놈이 있고, 또 내월이 산월이니 무엇이 될는지 모르오나 이것이 모두 형님의 자손이 아니옵니까. 형제 일신이오니 무슨 차별이 있겠습니까.」(『주산법문집』, 352쪽) 형수 여청운이 시집왔을 때는 송도성이 만 네 살에 불과했던지라 시동생을 업어 키우다시피 했다. 엄마처럼 따르던 형수이다 보니 형수 처지에서도 각별한 정이 느껴지는 시동생이다. 이 시동생이 1937년에 삼남 수은修恩을 또 낳는다. 여청운은 아들 셋을 내리 낳은 동서가 많이 부러웠을 것이다.

1939년 7월에 송벽조의 천황불경사건이 터진다. 일경에 연행되어 이듬해 불경죄로 기소당하고 3월에 징역 1년 선고를 받아 옥살이를 하자니 65세 노인이 얼마나 고생이 많았으랴. 장남 정산도 21일 구류를 살았는데 정작 감방 근처에도 가보지 않은 차남 주산은 교정원장으로 있으면서, 부친 일을 걱정하는 동지에게 "이 어른은 더욱이 『금강경』의 진리를 체득한 분이니 염려할 것 없겠지요."라고 한 말을 보면 어이가 없다. 송벽조는 감옥에서 나오고도 요시찰인으로 일경이 따라붙으면서 교무 활동을 할 수 없으니, 고향 성주로 낙향하여 실의의 나날을 보낸다. 소태산이 죽은 후 아들 정산이 종법사 위에 오르고 나서야 겨우 복직이 되어 삼례과원 교무로 갔다. 그 사이 주산은 딸 하나와 아들 둘을 더 낳으니 관은官恩, 경은京恩, 용은龍恩이라 하였다. 5남 1녀에, 약속대로 장남 전은이 정산에게 양자로 보내졌다.

일찍이 소태산이 "나의 마음이 그들의 마음이 되고 그들의 마음이 곧 나의 마음이 되었나니라." 했고, 황정신행도 "대종사님과 정산, 주산 종사는 심신 간에 삼위일체이셨다."고 말했지만(『우리 회상의 법모』, 295쪽), 대산 김대거는 "석가모니부처님의 좌우보처불은 문수, 보현보살이시다. 우리 소태산 대종사 부처님의 좌우보처불은 정산 종사와 주산 종사이시다."(〈교사이야기〉, 34) 했더란다. '대지大智 문수보살, 대행大行 보현보살'이라 하듯이 문수는 지혜로, 보현은 실행으로 중생제도를 돕는 역할이니, 정산이 문수에 상응하고 주산이 보현에 상응한다는 것인데, 이것은 정산과 주산의 성격과 능력의 차별성을 잘 지적한 말이기도 하다. 어린 시절에 동네 사람들이 정산은 선동仙童(신선 세계 산다는 아이)으로 주산은 장수將帥로 부르기도 했다 하는 말이나, 사람들이 형을 외유내강에 춘풍화기春風和氣(봄날의 따뜻한 바람과 화창한 기운)로, 아우를 외강내유에 추상열일秋霜烈日

(늦가을의 된서리와 한여름의 불볕)로 평하였다는 말이 근사한 지적이라 할 만하다.

이공전은 「옛사람이 유교의 3대성인을 다음과 같이 논평하였다. "仲尼(중니)는 天地也(천지야)요 顔子(안자)는 和風慶雲也(화풍경운야)요 孟子(맹자)는 泰山巖巖之氣像也(태산엄엄지기상야)라. 공자는 천지 같아 폭을 잡기가 어렵고, 안자는 화한 바람 경사로운 구름 같아 수월스럽고, 맹자는 태산이 엄엄한 것 같아 엄숙한 기상이다."라고 하였다. 우리는 이 말씀을 인거하여, 대종사는 천지같이 호대하시고, 정산종사는 화풍경운같이 자비하시고, 주산 종사는 태산엄엄같이 엄정하시다 하여 주산 종사를 매양 맹자에 견주어 말씀해 왔다.」(『범범록』, 189쪽)라고 했다. 또 흔히들 송씨 형제의 대비로 송나라 도학자 정호程顥(명도, 1032~1085) 정이程頤(이천, 1033~1107) 형제를 동원하기도 한다. 형 정명도의 성격이 온후 관대하다면 동생 정이천은 논리적이며 준엄하여 송씨 형제와 비슷하다고 본 것이다.

정산이 영산지부장으로 있을 때 신용 없는 사람이 상조부에 대부를 받으러 오니 정산이 대부를 해주고 못 받게 되었다.

"아이, 형님도! 바룰(바로잡을) 때는 분명히 바루고 추슬러야죠. 형님! 그렇게 물러서 어떻게 공사를 봅니까?"

"세상을 살려면 때로는 알고도 속는 일이 있는 것이다."

(…)

회의 때였다. 정산 종법사의 무능함에 주산 총무부장이 항의하였다.

"형님은 어째 맺고 자르는 게 없습니까?"

"나는 맺고 자를 줄 몰라서 못 하는 줄 아느냐. 저 사람들은 다 대종사님께서 키워놓은 제잔데 내가 어떻게 맺고 자르느냐. 나는 향을 사루어 향내 풍기듯 덕으로 다스릴란다."(『대장부』, 178쪽)

정산은 "이 세상에서 제일 강한 것이 무엇인 줄 아느냐? 부드러운 것이 가장 강한 것이다. 만물 가운데 물이 부드럽기 때문에 물처럼 강한 것이 없다. 그러나 물보다 공기가 부드럽고, 공기보다 도덕이 더 부드럽다. 그러므로 도덕이 천하에서 제일 강한 것이다. 부드러운 것이 강한 것을 항복받는 이것이 곧 진리이다."(『한 울안 한 이치에』, 25쪽)라고 말했지만, 정산의 성격이나 리더십을 잘 나타내는 것으로 다음 말만 한 본보기도 없어 보인다.

"대종사 같으시면 종기를 치료하는 데 아프다 하더라도 칼로 째고 고름을 짜내는 방법을 취하시겠으나 나는 수은을 피워서 그 기운으로 근(부스럼 속에서 곪아 단단하여진 망울)이 녹아 자연히 낫도록 하는 방법을 쓰고 있다."(『한 울안 한 이치에』, 147쪽)

말하자면 소태산이 물리적 방법으로 치료한다면 정산은 화학적 방법으로 치료한다는 것인데, 이 이야기는 정산의 치질 치료 경험이 적용된 듯하다. 김윤중 교무의 증언(『우리 회상의 법모』, 32쪽)에 보면, 「정산 종사께서는 오랜 토굴 생활을 하셨던 관계로 치질이 심하셨다. 한때 수은을 녹여 그 증기를 쬐어 드리는 시중을 내가 들게 되었다. 생살이 녹아내리는 그 독한 치료를 받으시면서도 정산 종사께서는 성안에 찡그리시는 법이 없으셨다.」[157] 하였다.

요컨대 소태산이 강剛(강직함)을 선호하는 것과는 달리 정산은 유柔(유연함)를 선호한다는 것이라면, 정산보다 주산(송도성)이 소태산과 더 잘 통한다는 해석도 가능한데, 필자가 보기엔 이렇다. 주산이 강, 정산이 유라면, 소태산은 강과 유를 대상이나 상황에 따라 병용竝用하는[158] 것으로 정리하면 될 듯하다. 강보다 유가 한 수 위라면 강유를 병용하는 것은 유보다 또 한 수 위로 보인다. 말을 부림에도 채찍이 필요할 때가 있고 당근이 유용할 때가 있지, 늘 당근만 주거나 늘 채찍만 휘두른다면 무슨 효과가 있을까 싶어서다. 그러나 이런 분별은 두 분을 굳이 대조하여 구별하려니까 하는 말일 뿐이다. 정산의 강剛한 일면[159] 혹은 주산의 유柔한 일면[160]도 종종 회자

157) 전통 한의학 혹은 민간요법에서 약초 등을 달이거나 태워서 김이나 연기를 환부에 쐬는 좌훈요법(坐燻療法)이 있는데, 여기서는 치질을 치료하기 위해 환부에 수은 증기를 쐬는 것이다. 수은 증기를 너무 오래 쐬었다가 항문 괄약근이 녹아버리는 부작용이 일어난 사례도 있다 할 만큼 상당히 위험한 치료법이었다고 한다.

158) 『대종경』 실시품 47장에 보면, 팔산 김광선이 소태산에게 배우고 싶은 것으로 '청탁병용(清濁竝用)'을 들었는데 '강유병용'으로 바꾸어도 얼추 맞을 듯하다.

159) 「정산 종사님에 대해 느낀 바는 '본래 剛(강)하신 어른인데 柔(유)를 바탕으로 어머님같이 다독거려 주심'을 알았다.(『우리 회상의 법모』, 60쪽, 김치국 편)

160) 「이와 같이 剛(강)과 柔(유)를 겸전하신 주산 종사는 거기에 금상첨화로 인간으로서의 모든 멋을 고루 갖추신 대도인이시었다.」(이공전, 〈주산종사의 인간상〉, 《원광》, 102호(1980.4.))

되는 것을 보면 두 분 다 강유를 겸전했는데 상대적으로 정산은 유 쪽의 주산은 강 쪽의 비중이 더 클 뿐이라고 보는 게 정답일 것이다.

어쨌건 정산과 주산은 장단이 다른 성격에 서로를 보족補足(모자라는 것을 보태어 넉넉하게 함)하는 대대對待 관계였다고 할 만한데, 리더십이 불안했던 정산 종법사의 처지에선 혈연인 주산을 총무부장에 놓고 얼마나 든든했을까. 더구나 혈연이자 경북 지연으로 믿을 만한 사람이라면 부친 송벽조와 외종형 이춘풍이 있었지만, 이춘풍은 일찌감치 1930년에 55세로 죽었고, 송벽조는 천황불경사건으로 복역한 후 주눅이 들어 아무 도움이 못 됐으니 말이다. 소태산 열반 후 회중이 파장 분위기여서 신임 종법사 정산 중심으로 인심이 모이질 않고, 징용이나 징병을 피해 총부 구내 대중들도 각지로 뿔뿔이 흩어져 회중 사무가 거의 중단되다시피 할 때도 있었고, 해방되던 해엔 헛된 꿈에 들뜬 청년들이 건국이다 진학이다 하며 서울로 떠나버리고 총부가 텅 비다시피 할 때도 있었다. 그때마다 주산이 쓴소리 마다 않고 힘이 되어 사태를 추슬러주지 않았던가.

그 어느 때보다도 아우의 힘이 아쉬울 무렵인 1946년 3월, 주산이 그만 40세 나이로 열반에 들었다. 40세라곤 해도 만 나이로는 겨우 38년 4개월인데, 경성구호소에서 유행하던 발진티푸스 환자를 간호하다가 감염되었던 것이다.[161] 변산 봉래정사로 소태산을 찾

161) 불연의 전재동포구호활동 중에 발진티푸스로 사망한 사람이 78명이었고, 불연 임원 중에서도 교무 박제봉, 교도 정성집 등 상당수가 이 병에 감염되었었다고 한다.

아가 출가 시를 바친 지 22년 3개월 만이다.

원기 28년(1943) 5월, 대종사님께서 마지막 법회(5월 16일)를 보신 후 일이었다. 나는 사무실에서 사무를 보다가 산업부에 볼일이 있어 가는 도중 조실 앞을 지나게 되었다. 마침 조실 앞뜰에서 행보를 하고 계시던 대종사님께서 모르고 지나치는 나를 부르셨다.

"거기 이정이 아니냐?"

"네 접니다."

"너 이리 오너라."

현재 대종사님 영정이 모셔져 있는 구舊 조실 방으로 나를 오라고 하셨다.

"거기 앉아라. 네 마음 가운데 나 이외에 사표로 모시는 스승이 누구냐?"

"정산, 주산 두 분입니다."

"그러냐? 네 생각이 옳다. 그리고 대거(대산 종법사)도 공부 길을 잡았느니라. 그러니 앞으로 정산과 대거를 사표로 삼아라."

나는 그 말씀을 받들면서 의심이 났다. 왜 세 분 중에 주산 종사는 빼놓고 말씀하시는가, 그 진의를 몰라 무척 궁금하고 의심스러웠다.

"그러면 주산님은 어쩝니까?"

"주산도 사표로 삼지마는 정산과 대거로 하여라."

석연치가 않았다. 주산 종사는 사표가 안 된다는 말씀일까. 그러나 다시 여쭈어 볼 수도 없었고, 대종사님께서 "너만 알아두어라." 하셨기 때문에 아무에게도 말하지 않았다. 이때의 의심은 후일 주산 종사 열반으로 모든 것이 해결되었다. 나는 왜 대종사님께서 사표가 될 스승을 말씀하셨는지 그 의미도 곧 알게 되었다. 원기 28년 6월 1일 대종사님께서 열반에 드시게 되었을 때 비로소 해답을 얻었다.(《원불교신문》, 1989.8.18.)

향산 안이정安理正(1919~2005)의 회고담에 나오는 이야기다. 소태산은 이미 후계자 정산에 이어 대산 김대거가 3세 종법사가 될 것을 알고 있었고,[162] 지금 아무리 잘나가지만 주산은 정산의 후임이 되기 전에 죽으리란 것도 알고 있었다는 얘기다. 혈연으로서나 법동지로서나 가장 타격이 큰 사람이 정산일 텐데 어쩌면 그도 이미 각오하고 있던 일을 당한 듯한 뉘앙스로 말한다. "큰 공사판의 도감독들은 처음부터 끝까지 한 공사판에만 매어 있는 것이 아니라 다른 데에도 볼일이 있으면 이쪽 일 끝나기 전에 저쪽에 가보기도 하고, 미리 준비할 것이 있으면 준비를 해 오기도 하며, 또 쉴 때면 잠시 쉬기도 하듯이, 한 회상의 큰 주인들도 혹은 동, 혹은 서에 바쁘게 준비할 일이 있기도 하고, 또 잠시 쉴 일이 있기도 하나, 큰 눈으로 볼 때에는 결국 다 한 판 한 일이라." 그러니까 잠시 쉬거나 다른

162) 얼마나 신빙할 이야기인지는 모르나 박은섭 교무 전언인즉, 외조모인 김정각이 자신에게 "걱정 마라. 종사님(소태산)께서 '내 대에는 정산이 받고 정산 뒤에는 큰 대(大) 자, 들 거(擧) 자가 받을 것이다' 그러셨다."고 말했다.(『천하농판』, 428쪽)

데 급한 볼일이 있어 먼저 떠난 것이라 함이다.

### 주산 송도성 프로필

이공전은 주산의 용모를 이렇게 묘사했다. 「그 어른의 얼굴은 사방이 두루 방고르시고 키가 좀 작으신 것 외에는 이목구비 체상이 원만 무결하시었다. 특히 그 짙으신 긴 세모형 눈썹, 사람의 속을 꿰뚫어 보시는 듯한 형형한 안광, 오뚝하신 코, 짙게 두신 가지런한 윗수염, 그 밑에 두툼하게 다무신 입술, 누가 뵈어도 헌헌대장부시었다.」(《원광》, 102호)

언제부턴가 춘원 이광수가 송도성, 전음광, 서대원을 묶어 '불법연구회의 3천재'라 하였다는 말이 전해오는데, 이는 대산 김대거의 입에서 처음 나온 것 같다. 춘원이 전음광, 서대원을 만난 적이 있는지는 알 수 없으나, 송도성을 만나보고는 남들에게 그를 일러 불법연구회 천재라고 말했다 함은 신빙성이 있다. 4세에 조부에게 천자문을 배우며 일찍이 신동으로 불렸다는 그는 교화, 교육, 자선, 문화 등 활동상은 물론이고 젊은 나이에 유불선을 섭렵하고 신구학문을 두루 이해했으니 지적 능력으로도 천재에 속한다.

주산 송도성은 어린이와 청소년을 각별히 사랑하고 교육에 정성을 기울였거니와 총부 청년들에게 그는 우상이었다. 그가 열반한 지 1주일 안에, 주산의 유지를 받들자며 총부 선원에서 금강단 창립총회를 가지니 이들은 모두 '주산 키즈'라 할 만한 전무출신 청년들이었다. 그들이 낸 회지《금강》창간호 권두엔 주산이 열반 전 최후로 한 법어「진리는 고금을 통하여 변함이 없고, 시방을 두루 해도 다름이 없으니 우리는 이 진리를 체받아서 진리적 생활을 하자.」가 실렸다.

필자가 어느 해 백수를 바라보는 황정신행을 찾아보았을 때, 그는 벽에 걸린 주산의 반야심경 족자를 가리키면서 "내가 서예에 대해서는 나름으로 눈이 높아 아무거나 받자를 안 하는데 주산 글씨 하나만은 고이 간직하고 있노라." 했다. 아닌 게 아니라 주산은 명필이다. 불법연구회에서 그만큼 서화에 능했던 이도 없을 것이다.

2012년, 필자는 초기 원불교 문학인들의 작품을 연구한 결과물로 『원불교의 문학세계』를 냈다. 그중에서 가장 평가하고 싶은 작품을 누가 물으면, 주산의 시 〈심촉〉의 제4절「끄고 켜기 그 수 몇 번이었나/ 바람 자고 비 개인 맑은 하늘에/ 나의 마음 한 낱의 밝은 촛불만/ 우주 간에 호올로 휘황하더라.」를 추천하곤 했다. 이 다재다능하고 도덕 높은 인물을 이리 일찍 떠나보낸 것은 원불교만의 손실이 아니다.

19세에 수위단원 대리가 되고 23세에 정식 수위단원에 오를 만큼 법력과 실력을 인정받았던 그이였기에, 원기 76년(1991) 소태산 탄생 백 주년에 즈음하여 교단에선 주산을 최고 법위인 정식 대각여래위에 추존하였다.

## 유업을 계승하고자

해방을 맞이했을 때 정산의 머릿속에는 당장은 힘이 부치지만 스승의 경륜을 실현해야 할 계획이 넘쳐 났을 것이다. 스승이 열반한 지 한 달 만인 시창 28년 7월 3일에 정산이 양도신梁道信(1918~2005)에게 보낸 서신을 보면, 그가 얼마나 스승의 유업을 계승하려는 의지와 의욕에 불타고 있는지를 알 수 있다.

> 우리는 종부주(소태산)께옵서 일생에 심혈을 경주하사 전해 주신 이 대도정법을 천하 만고에 광포할 사자임을 더욱 알아야 되네. 이 대도정법, 즉 불조 정전의 심인을 광포하기 위하여는 우리 몸이 괴롭고 괴롭고 또 괴롭고, 죽고 죽고 또 죽어, 천 번 만 번 억만 번 무량세계 무량겁을 지낼지라도 기어이 계속 성취하옵기로 법신불 전에 맹세하고 다시 맹세하세.

정산은 사업의 줄기를 교화, 교육, 자선 세 방면에서 이루어야 한다고 한 스승의 뜻을 마음에 새겼다. 정산이 종법사가 되고서 내세운 네 가지 방침, 이른바 사대경륜이 있으니 그것이 교재 정비, 기관 확립, 정교동심, 달본명근達本明根[163]이다. 이 중 첫째는 각종 교

---

163) 본래 취지에 도달하면서도 근본을 밝히자는 뜻이니, 교화·교육·자선 사업에 힘쓰면서도 개인 수행(법위 향상)에 정진하자는 것이다.

서를 편찬하겠다는 것이고, 둘째는 교화·교육·자선 기관과 조직을 세우고 다지겠다는 것이고, 셋째, 넷째는 상대적으로 중요도가 떨어지는 것들이다.

여기서 돌아볼 건 1928년 3월 26일 정기총회이다. 제1대 1회, 즉 소태산 대각 이후 12년을 결산하는 기념총회이다. 말이야 그럴싸하지만 갑자년 창립총회 후 4년 미만이고, 총부 건설 이후 3년 반에 못 미치니 회상이 이제 겨우 걸음마 단계인데, 2회에 해당하는 다음 12년 계획을 보면 가관이다. 당장 식생활도 해결 못 하는 처지이건만, 이 회의에서 통과된 사업진행계획에는 병원 설립의 건, 양로원 설립의 건, 인재양성소(학교) 설립의 건 등이 있다. 이 계획은 한계년도인 1940년까지, 아니 소태산 열반년도인 1943년까지 한 가지도 성취하지 못했다. 그러나 소태산 생전에 불교전수학원(유일학림) 설립 혹은 탁아소 겸 보육원(자육원) 설립 등을 일정 당국에 신청한다든가 하는 식으로 제스처를 보여주었다. 이것은 결국 정산이 종법사 위를 계승하고 해방이 된 뒤에야 성공하지만, 스승의 유업을 계승한다는 정산의 원력은 확고했던 것이다.

1946년 2월,[164] 한남동 약초관음사(정각사)에 보화원普和園을 개원하고 황정신행이 중심이 되어 운영에 들어갔다. 이는 소태산의 자

164) 황정신행은 1945년부터 보육사업에 착수하였다고 회고하고 있어서(『구도역정기』, 498쪽) 헷갈린다. 자료로 보건대 그녀가 경영하던 동대문병원에서 1945년 12월에 18명의 고아를 수용하여 보육하다가 이듬해 2월에 한남동으로 옮겨 정식 개원한 것으로 보인다.

육원 설계를 계승한 것이니, 이후 익산보화원, 이리보육원, 신룡양로원, 전주양로원 등으로 확대되어갔다. 금산요양원(→ 중앙요양원) 등 병약한 이들을 위한 시설도 갖추었다.

1946년 5월 1일, 전문 교역자 양성기관으로서 유일학림唯一學林이 총부 구내에 개설되었다. 학제는 중등부와 전문부로 나누고 1기를 3년 과정으로 하였다. 중등부 46명, 전문부 34명으로 제1기 입학생을 받았다. 개학식에서 정산 종법사는 훈시하기를 "유일학림은 대종사(소태산)께서 재세 당시에 직접 뜻을 두시고 유일이라는 교명까지 정하셨으나, 시국 관계로 그 뜻을 다 펴지 못하셨던 바를, 해방을 맞아 이제 개학하게 된 것이니, 그대들은 먼저 유일의 참뜻을 알아 유일한 목적과 유일한 행동과 유일한 성과를 얻으라. 유일한 목적은 곧 제생의세요, 유일한 행동이란 곧 무아봉공이요, 유일한 성과란 곧 일원세계 건설이니 (…)"라고 하며 감격스러워하였다. 소태산 재세 시부터 총부와 영산에 학원(선원)을 운영해왔지만, 이제 한층 체계 잡히고 규모 있는 교육기관이 되다 보니 경제적 어려움이 가중되었다. 어려울 때마다 존폐 문제가 논란에 휩싸였음에도 정산은 스승의 유지를 생각하며 꿋꿋이 버텼다.

한편으로 정산은 교단의 정통성을 확립하기 위하여 교헌을 준비하고 교명을 고쳤다. '-연구회'란 이름을 '-교教'로 고치는 것은 소태산의 유명遺命(죽기 전에 남긴 명령)이었다 하는데, 어떤 이름을 붙일 것인가는 논의 과정이 만만치 않았던 모양이다. 정산의 뜻에 따라 원불교로 하고도 이번엔 불교 측의 반발이 또 만만치 않았다고 한다. 곡절 끝에 1947년 4월에 교명을 확정하였고, 이듬해 1월에 '재단법인 원불교'로 등록을 마쳤다. 한편 교헌 기초안을 마련하여 1년 정도 시험을 거친 후 1948년에 '교명을 원불교, 본존을 일원상, 본경을 『정전』으로 하는 〈원불교교헌〉을 정식으로 반포한다. 이제는 종교로서 제대로 된 옷을 갖춰 입은 셈이다.

### 원불교와 불교

원불교가 불교의 종파가 아닌 불교와 대등한 독립 종교로 존재하기 위해서는 여러 장애를 넘어야 했다. 일제강점기에는 불법연구회가 기존 불교에 속한 것이라고 주장하는 것이 유사종교로 탄압받는 가혹한 현실을 벗어나기 위한 방편이었다. 해방이 되자 이번엔 불교의 종파가 아니라 독립 종교 원불교라 칭하며 감히 불교와 맞서려고 하다니 저쪽에서 보기에는 괘씸했을 것이다. 달면 삼키고 쓰면 뱉는다고 비아냥할 수도 있겠지만, 반대로 보면 불법연구회가 아쉬워서 SOS를 보낼 때는 못 본 체하다가 불교의 방패가 불필요해진 해방 후엔 오히려 불법연구회가 불교의 종파라고 우기는 저쪽도 염치없기는 마찬가지이다.

원불교가 독립 종교로 등록하려 하자 「불교 일부에서 자기를 상대하여 나온 것이라고 하면서 적극 반대하고 나섰다.」.(『구도역정기』, 56쪽) 김대거는 불교 쪽 고위직 인물을 찾아다니며 양해를 구하고 무마하느라고 애썼다고 한다.

정산은 원불교를 불교의 종파로 보는 시각을 거부하면서, 불교는 바라문의 교리를 인순因循(낡은 인습을 버리지 아니하고 지킴)하고, 기독교는 유대교의 구약을 연원淵源(근거로 하여 생김)하였지만, 불교나 기독교가 종파가 아니듯이, 원불교가 불교에 뿌리를 두었다고 해서 불교의 종파라 할 수는 없다는 논리를 폈다. 더구나 통합과 겸전을 교리적 특징으로 할진대 적어도 천주교와 개신교 차이 이상의 차별화는 되어 있다 할 것이다. 불교의 교법과 원불교의 교법의 관계를 묻는 질문에도 「주로 창조하시고, 혹 혁신, 혹 인용因用(좇아 씀)하셨나니라.」 했다. '인용'은 그대로 갖다 쓴 것이요, 혁신은 고쳐 쓴 것이요, 창조는 아마 소프트웨어를 두고 한 것으로 보인다. 창조는 무에서 유를 만들어내는 마법이 아니라 기존의 사물을 새롭게 조합하거나, 기존의 사물에 새로운 가치를 부여하는 법고창신法古創新의 지혜이다.

정산은 『정전』과 『교헌』의 수정을 통하여, 소태산이 일개 종파의 조사가 아니라 독립 종교의 여래로서, 선천의 석가불과 대등한 후천의 주세불主世佛(한 시대를 책임지고 일체중생을 교화하는 부처)임을 드러냈다. 아울러 원불교 회상은 주세교단으로서 세계를 책임지고 교화할 사명을 가졌음을 선언하였다.

1949년 4월 25일, 총부 구내에 소태산 성탑이 세워졌다. 1943년 6월 6일 다비를 마친 소태산의 유해는 일경의 지시대로 북일면 장

자산 공동묘지에 안장되었는데 6년 만에 총부 내 동산에 세워진 성탑 안으로 옮겨 모신 것이다. 연꽃을 양각한 기단 위에 연화대석을 앉히고, 그 안에 성해를 봉안한 원석(구형 몸돌)을 올린 후 5층의 탑신과 옥개석을 쌓은 화강암 성탑은 본격적인 소태산 성업봉찬사업의 첫 결실이었다.

그러나 스승 소태산을 추모하고 유업을 계승하는 일은 하루 이틀에 서둘러 될 일도 아니려니와 눈에 보이는 시설이나 건조물에 치중할 일도 아니다. 성탑은 전국 교도들의 성금으로 어렵사리 체면을 살렸지만, 마땅히 함께했어야 할 성비 건립조차 뒤로 미루어야 할 만큼 원불교(불법연구회)의 자금 사정은 궁핍했다. 사회적 불안에다 경제적 불황은 일제 말보다 더욱 심한 가난을 안겨주었다. 생신날 주변에 부담을 주지 않으려고 한남동(정각사)을 찾은 김구에게 김대거는 찐 콩잎에 된장 반찬으로 생신상을 대신하고, 총부를 찾아온 이승만 내외에게 이공주는 겨우 밀가루 빵을 쪄서 대접할 만큼 말이다.

> 총부 임원들은 먹을 것이 없어 죽으로 끼니를 이어갈 수밖에 없었다. 그나마 죽이라도 맘껏 먹을 수가 없었고 7, 8월이면 고구마를 채 썰어 넣고 거기에 밀가루를 풀어 죽을 끓인다. 이 죽을 먹게 되면 소화 기능이 약한 사람들은 속이 쓰려서 어려움을 겪었고, 한창 일할 청년들은 배고픔을 견디기가 대단히 힘들었다. 여기에다 땔감도 귀해 겨울이면 또한 추위를 견디기가 못내 어려웠다. 북일면에서 캐낸 토탄으로 겨

우 땔감 해결을 해나갔다. (…) 어느 때인가 지금의 상주선원 교무방 부엌에서 토탄 불을 피우다가 폭발하여 방돌(구들장)이 위로 치솟았다가 내려앉은 사건이 일어나기도 했다. (…) 그리고 교단적으로도 사업을 넓혀가는 과정이라서 경제적 짜임새가 여유가 없었다. 시내에 설립된 중고등학교와 대학, 고아원 등 개교이념을 실현하기 위한 기관을 벌이느라 허리띠를 졸라매고 죽을 고생을 다했던 것이다.(『구도역정기』, 248쪽, 성산 성정철 편)

# VIII

# 전란과 병고

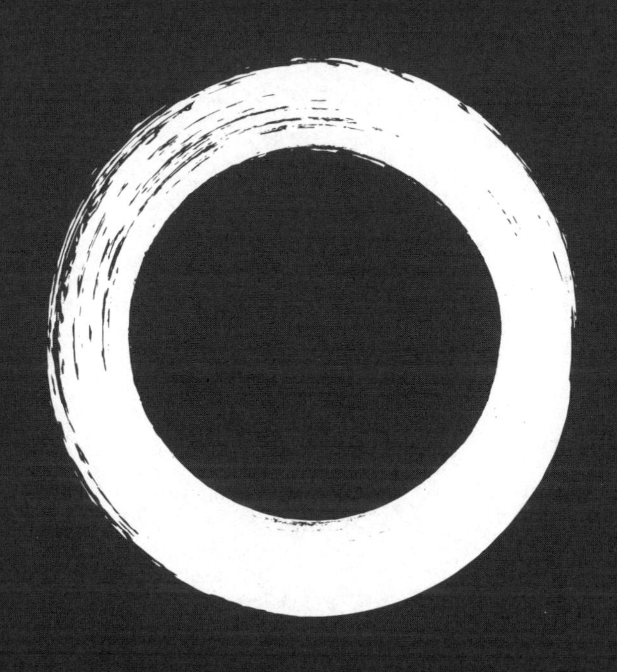

## 전쟁의 소용돌이

1950년, 해방 5년 동안 그리도 불안불안하더니 결국 6·25전쟁으로 불이 붙었다. 일찍이 소태산이 예언했던 바 환장 세계가 펼쳐졌다. 정산은 전쟁의 의미를 "과거 반상 시대에 맺혔던 원진怨嗔이 터진 것"이라고 설명했다. 양반으로 대표되는 정치적·경제적 지배세력과 상인常人으로 대표되는 피지배세력 간의 대결로 본 것이다. 남북문제 해결의 단초를 "조선조 5백 년 동안 업연으로 막힌 것이니 그 업이 다 사라지고 모든 사람들의 마음에 미운 사람이 없어져야 될 것이며, 마음에 척이 쌓여서는 아니 될 것이다."라고 함으로써 전쟁의 본질이 남과 북, 좌와 우의 일시적 충돌이 아니라 뿌리 깊은 계층 갈등의 인과관계로 설명하기도 했다.

7월 11일 오후 2시경, 이리역 상공에 미국극동공군 소속 B-29 중폭격기 두 대가 나타났다. 당시 이리 지역은 전선이 아니었음에도 B-29가 이리역과 평화동 변전소 등에 폭탄을 퍼붓는 돌발 사태가 발생했고, 이로 인해 주민 수백 명이 죽는 대참사가 벌어졌다. 그동안 쉬쉬하던 이 사건을, 60년 만인 2010년에 '진실과화해를위한과거사정리위원회'가 「한국전쟁 발발 보름 후인 1950년 7월 11일 오후 2시부터 2시 30분 사이, 당시 전북 이리시 철인동에 위치한 이리역과 평화동 변전소 인근, 만경강 철교 등에 미 극동공군 소속 B-29 중폭격기 2대가 폭탄을 투하해, 철도 근무자와 승객, 인근 거주민 등 수백 명이 집단 희생된 사실이 규명됐다.」고 밝혔다.[165] 기차도 다섯 대가 파괴되었다고 한다.

이 난리 속에 총부 대중은 거의가 피난을 가게 되었지만 정산 종법사는 피난을 가지 않고, "대종사님께서 자리 잡은 이곳을 내가 어떻게 놓고 다른 곳으로 갈 것이냐? 피난은 안 갈란다." 하며 총부를 떠나지 않았다. 7월 19일, 인민군이 황등까지 왔고 곧 이리 쪽으로 밀고 들어올 것이란 소문을 듣고, 20여 명의 총부 임원들이 종법사를 모시고 종법실 지하와 선방 지하실에 나뉘어 피신하였다. 밀고가 있었는지 인민군이 총을 들이대고 나오라 소리치니 은신해 있던 종법사는 별수 없이 밖으로 나왔다. 모시 적삼에 바지를 입고 손을 든 채 지하에서 나오던 종법사를 본 제자들은 얼마나 두렵고 민망하였던지, 여자들은 더러 울음을 터뜨렸다.

---

165) 이 사건의 희생자는 최소 91명이라 하나 유족회 측에서는 5백 명 이상이라 주장한다. 6·25전쟁 중 미 공군이 저지른 이와 유사한 사건(폭격과 기총소사)으로 희생된 한국인의 수가 5천 명에 이를 것으로 추산하는데, 이들 사건이 단순한 오폭인지 의도적 작전인지에는 이견이 있다.

처음엔 인민군 소대 병력이 드나들던 원불교 익산 총부는, 8월 3일에 이르러 인민군 호남지구 철도경비사령부가 차지하고 보병부대와 기마병들이 구내에 깔렸다. 총부 건물과 시설 거의가 인민군에게 접수되었고, 종법사를 모시고 남아 있던 인원은 송대[166] 건물 혹은 대각전과, 총부 가까이 있던 유일정미소[167]에 분산되어 지냈다. 정산 종법사는 한 자리에 머물지 못하고 이리저리 옮겨 다닌 듯, 제자들이 기억하는 장소로도 종법실 지하 외에 공회당 지하실, 대각전 불단 뒷방, 정미소 옆집, 송대, 송대 옆 방공호 등이 나온다. 정산은 오랫동안 맺히고 쌓인 원한의 기운을 해원하려고 그러는가, 대중에게 조석으로 사심 없이 정성스럽게 기도하라고 당부하고, 자신도 주문[168]이랑 반야심경 등을 하루에도 몇 십 번씩 외우며 심공心功을 들였다. 소태산은 구도 과정에선 주문을 외었지만 대각 후엔 주문을 쓰지 않았는데 정산은 영주, 청정주에 성주까지 공식 주문 외에도 상황에 따른 주문을 지어 외었다. 특히 위기에 직면하여 정

---

166) 총부 솔숲 동산에 있는 건물. 1940년 소태산이 직접 감역하여 지은 세 칸짜리 기와집으로 외빈 응접실 혹은 남자 요양실 등으로 사용되었다.

167) 唯一精米所, 원불교 총부 재무부에서 설립한 수익 기관으로, 1946년 신룡동 344-2번지에 건립하여 1960년대까지 운영되면서 교단 경제에 도움을 주었다.

168) 그때 쓰인 주문은 「天用雨露之薄則(천용우로지박칙) 必有萬方之怨(필유만방지원)이요, 地用水土之薄則(지용수토지박칙) 必有萬物之怨(필유만물지원)이요, 人用德和之薄(인용덕화지박) 즉 必有萬事之怨(필유만사지원)이니 天用地用人用(천용지용인용)이 統在於心(통재어심)이라 (…)」이니, 천·지·인 중 어느 것이나 박한즉 원한이 생긴다는 것과, 사람은 덕화를 넉넉히 베풀어야 한다는 것과, 모든 게 마음에 달렸다는 것 등을 뜻하고 있다.

산은 주문으로 정성을 들였고 그 효과를 본 것 같다. 그 덕분인가, 더러는 미군 전투기가 총부를 향해 기총 사격도 했었지만 다행히 폭격은 면했는데, 인민군 사령부가 주둔해 있는 곳임에도 폭격이 없었다는 것은 기적 같은 일이다. 이를 두고 전해오는 신비한 이야기가 있다.

> 익산 총부에 북한군 부대 사령부가 주둔해 있을 때, 유엔군 폭격기가 익산, 전주, 군산에 여러 번 폭격하였다. 총부 주변 하늘에도 폭격기가 여러 차례 맴돌다가 돌아간 일이 있었다. 북한군이 철수하고 난 얼마 뒤 미군 비행사 한 사람이 총부를 방문하여[169] 정산 종사께 인사를 올렸다.
>
> "이상한 일이 있었기에 찾아왔습니다. 원불교 총부에 북한군 부대 사령부가 주둔하고 있다는 정보를 가지고 이곳을 폭격하기 위해 몇 차례 여기 상공을 맴돌았습니다. 그때마다 이상한 서기가 어리어 있어 폭격해서는 안 되겠다는 생각이 들어 목천포에 폭탄을 떨어뜨렸습니다."
>
> (박용덕, 『신룡벌 도덕공동체 터전의 확립』, 445쪽)

정산은 "폭격을 받지 않고 무사히 경과한 것은 수선修禪 대중이 일심으로 기원하고 정진하여 청정한 기운이 허공에 어려 있어서, 설

169) 김대거가 『구도역정기』 65쪽에서 전하는 말로는 「6·25전란이 종식된 어느 날 한 비행사가 총부를 방문했다.」로 되어 있다. 방문 시기에 차이가 있고, 미군 비행사란 말도 없다.

령 폭격을 하러 왔다가도 은연중 그 마음이 달라지는 수가 있으므로 그렇게 무사히 지나갔으리라 생각한다."고 설명했다.

정산은 제자들에게 9월이 지나면 사태가 수습되리란 예언을 하더니, 과연 9월 27일에 점령군이 총부에서 물러가고 29일에는 유엔군이 익산 지구를 수복하였다. 총부는 10월 3일부터 정상 업무를 보며 지방 교당과 교도들의 안부를 확인하였다. 건물과 시설의 파괴가 없지 않았으나 그다지 심하지는 않고, 인명 피해를 점검하니 전무출신 세 명, 재가요인[170] 다섯 명 등이 목숨을 잃은 것으로 파악되었다. 위 통계엔 들어가지 않았지만, 이때 사망자 중엔 소태산의 친아우이자 초기 9인 제자 중 한 사람인 육산 박동국과 그의 가족들도 있었다. 사망자의 추도식과 합동 위령재 등을 지내고 지방 교당과 교도를 수습하니, 다만 개성지부가 휴전선 이북에 넘어감으로써 교당 하나가 사라졌다. 이를 예상하고 진작부터 소태산은 이북 땅에 교화의 손길을 뻗치지 않았던 것으로 보인다.

소태산은 사타원 이원화의 음식 솜씨를 두고 "원화가 음식을 주물럭주물럭 만들어주면 구수하네라." 하였는데, 스승 따라 식성까지 바꾸었다는 정산도 "나는 촌사람이라 얌전내고 하는 것보다 쭈물쭈물 무치고 된장국 삼삼하게 끓이면 좋더라." 할 만큼 소탈했다. 청국장을 좋아하고 비빔밥을 즐기는 것도 스승을 닮았거니와 고작해야 제자들이 챙겨주는 바나나, 홍시, 귤 같은 과일에 식혜

170) 在家要人. 각 교당에서 중요한 책임을 맡은 재가교도.

정도를 호강으로 알았다. 그럼에도 조선인 태반이 그랬듯이 불법연구회(원불교)도 일제 말부터 식량 부족으로 혹독한 고생을 하였는데, 6·25전쟁 이후로는 더 심해서 끼니를 거를 정도였다. 종법사라고 특별 대우를 받지 않던 정산도 대중이 죽 먹으면 같이 죽 먹고 대중이 굶으면 같이 굶었다. 아무리 「포난사음욕飽煖思淫慾이요 기한발도심飢寒發道心이라」[171] 하지만, 전쟁 전부터 「아침은 꽁보리밥에, 점심 저녁에는 밀기울에다가 고구마를 넣고 죽을 끓여 먹」(『새 회상의 법모』, 246쪽, 전광순 편)다가, 전시 3년은 더 할 말이 없고, 휴전 이후 5년 차가 되던 1958년까지도 「아침은 겉보리 삶은 것을 먹었고 저녁은 콩죽을 먹」(『새 회상의 법모』, 85쪽, 박지홍 편)으면서 공부하고 일했다 한다.

### 원불교의 내핍

소태산 사후 정산 송규 종법사 시절 이야기지만 원불교의 내핍 생활, 원불교의 인재 훈련법이 어떠했는지 참고할 만한 자료가 있다. 한때 원불교에 와서 출가 생활을 한 고은高銀 시인의 회고이다. 당시(1956) 그는 통영 미륵사에서 효봉 스님의 시자로 의식주 걱정 없이

---

171) 『명심보감』 성심편에 나오는 말로, 배부르고 등 따스우면 음욕이 생각나고, 배고프고 추우면 도 닦을 마음이 우러난다는 뜻.

지내다가 '묵조선'에 마음 끌려서 익산 원불교로 온 처지였는데, 정산 종법사는 그에게 옷 한 벌을 하사하는 특혜(?)를 베풀어주더니 완주군 삼례에 있는 수계농원으로 보냈다. 수계농원에는 지해원池海元(1912~1986) 원장 이하 10여 명이 단체 생활을 하고 있었다.

한마디로 원불교 40년의 역사는 개척의 역사이고 바야흐로 그 개척정신이 철저한 상태에서 모든 것이 펄펄 살아있는 것 같았다. 나는 당장 삼례의 미륵산 남쪽 기슭의 황무지에 있는 농원으로 갔다. 그곳은 말하자면 원불교 정예를 양성하는 훈련장이었다. 야산의 거칠기 짝이 없는 박토 자갈밭을 일구는 노동이 하루의 일과이고 아침저녁의 묵조선이 그 일과를 열고 닫는 것이었다. 밥은 쌀밥이나 보리밥은 고사하고 아예 고구마를 찐 것으로 세 끼를 때우고 있었다. 그래서 대변이 늘 묽은 죽과 같았고 구린내도 싱겁기 짝이 없었다.

더구나 그곳의 원장 지 씨는 일가가 다 교단에 귀의한 집안의 가장이었고, 그의 성정은 매우 고행주의에 알맞은 것이었다. 나는 문득 고대 인도 석가모니 부처님의 동시대에 불교와 거의 같은 시기에 일어난 자이나교의 고행주의를 떠올렸다. 잠도 겨우 서너 시간만 자고 신새벽의 어둠으로부터 하루가 시작되어 어둠으로 하루가 마감되는 것이었다. 밤에도 석유와 초를 아끼느라고 웬만하면 불을 켜지 않았다. 이런 생활은 내 의지에는 합당하지만 내 체력이 따라가지 못하는 것을 하루하루를 보내는 동안 여실하게 알 수 있었다. 어둠 속에서 뒷간에 가 발을 잘못 디디어 똥통에 빠진 일도 있고, 용변 뒤처리도 마른 풀이나 짚을 구겨서 써야 했다.

여름에는 모기에게 피를 빨리고 겨울은 젊은 몸이 아니라면 도저히 견딜 수 없는 추위로 골병들기에 안성맞춤이었다. 밤바람 소리에 우는 사람도 있었다. 겨울의 언 땅을 괭이로 40센티 정도의 깊이로 파는 작업으로 오랜 황무지는 밭이 되어가고 있었다. 언젠가 나는 고향의 선배에게 장차 시베리아의 유형수들처럼 고통을 당하고 싶다고 말한 적이 있었는데 바로 그 말이 씨가 되어 이곳 삼례농원의 고행에 속하고 만 것이다.

이곳에서의 몇 개월 동안은 내 몸이 극도로 약해진 상태였다. 얼굴은 누렇게 떠 있었고 미륵산의 험한 모습조차 이따금 어릿어릿하게 잘 보이지 않기도 했다. 하지만 새벽과 밤의 입선入禪이나 작업 자체의 무심이 바로 선의 상태로 되는 일은 거의 필사적으로 이어갔다.(자전소설 『나, 고은』)

이공전의 일기 중 「낮공양은 죽으로, 얼마동안 점심은 죽으로 때운다 한다. 300년 죽면(죽을 면함)을 못한 대원사는 진묵 스님 홀대한 벌이라는데, 우리의 15년 죽은 무슨 허물로 받는 벌인가?」(『범범록』, 542쪽, 2월 16일자 일기) 했는데, 이걸 보면 웃어야 할지 울어야 할지 모르겠다.

그런 궁핍 속에서도 정산은 전란과 경제적 어려움을 견디며 할 일은 흔들림 없이 해나갔다. 1951년에 유일학림 중등부가 원광중학교, 전문부는 원광초급대학으로 각각 설립 인가를 받았다. 이들은 잇달아 원광고등학교 등 원광이란 이름이 붙는 남녀 중등 교육기관으로 발전하고, 초급대학은 원광대학교로 성장하였다.

## 산 넘고 물 건너 ①

소태산이 있는 한 정산은 조연이었다. 스승이 보다 적극적인 역할을 주문할 때조차 스스로 조연의 선을 넘지 않도록 근신했다. 그러다 스승이 죽고, 더구나 해방이 되어 종법사로서 인제 맘 놓고 경륜을 펼치며 주연을 하려 하자 온갖 장애가 몰려온다.

언제라고 안 그랬겠느냐마는 1950년대에 들어선 정산은 생애 중 유난히 힘겨운 시절을 보내게 된다. 나라와 사회는 6·25전쟁과 휴전 이후에도 이어지는 전쟁 후유증으로 비참했고, 교단적으로는 창립한도 제1대 36년을 마감하는 해가 1951년이라서 여기에 따르는 기념사업과 과제가 줄줄이 기다리고 있었다. 게다가 개인적으로도 부친상과 양자의 돌연사를 겪었고, 본인 건강에마저 치명적 타격이 왔다.

전쟁 중인 1951년 10월 11일, 구산 송벽조 교무가 76세로 작은 아들 송도성의 집에서 열반에 들었다. 천황불경죄로 복역을 마친 후

휴무하고 고향 성주에 가서 울적한 세월을 보내다가 1944년에 복직하여 완주 삼례과원(→ 수계농원)에서 3년, 금산지부(원평교당)에서 3년 등 75세까지 만 23년 동안 교무직을 수행했다. 정산과 주산, 두 아들의 아버지로서, 또는 소태산의 제자이자 교무로서 파란 많은 생애를 살았던 그를 떠나보내며 종법사 정산은 "서원성불제중誓願成佛濟衆(부처 되어 중생 건지기 서원)하고 귀의청정일념歸依淸淨一念(맑고 깨끗한 한 생각에 귀의)하소서." 하고 당부를 드렸다.

1951년(원기 36)으로 소태산이 정한 창립한도 제1기를 마치고, 이에 대한 평가 작업과 기념행사 등을 준비하여 1953년 4월 26일에 제1대 기념총회 겸 성업봉찬대회를 치르기로 계획했다. 기념사업(성업봉찬 과제)은 편찬 분야에 ①『대종경』, ②『창건사』, ③『지부 및 지소 각기관 연혁』, ④『창립유공인 역사』, ⑤『기념문집』, ⑥『성가집』, ⑦『기념사진첩』 등이 있고, 건설 분야에 ①대종사 성탑, ②대종사 성비, ③영모전, ④기념비 등이 있었다. 그런데 행사를 열흘 앞두고 종법사 정산이 쓰러졌다. 오전 10시경 머리가 어지럽다며 조용히 누워 있고 싶다던 정산이 점심때쯤에는 증세가 악화하더니 갑자기 중태에 빠졌다. 만년 시자 이공전은 정산의 발병 원인을 「분고계일焚膏繼日(기름을 태워 밤을 낮 삼아 일함)의 비상한 정신과로를 계속하신 소치인 것은 두 말할 것도 없다.」(『범범록』, 75쪽)고 단정하였다. 또 다른 시자 박정훈의 판단도 같았다.

지체 없이 호남병원장 윤부병에게 내진을 청하였다. 의사의 진찰에 의

> 하여 뇌일혈을 일으킨 것으로 판명되었다. 기념총회를 앞두고 『대종경』 편술, 비문 찬술, 제1대 결산, 성적 사정 등 제반 격무에 연일 과로를 계속하신 때문이었다. 의사의 응급 사혈과 응급 주사가 행해졌는데도 열은 더하고 의식 상태가 점점 불분명해지셨으니 온 대중의 창황함은 이루 다 말할 수 없었다. 한잠을 못 이루시고 고열이 계속되기를 꼬박 사흘, 대중은 창황(어찌할 겨를이 없이 매우 급함)의 도를 넘어 실로 망지소조(너무 당황하거나 급하여 어찌할 바를 모르고 허둥지둥함)의 지경에 이르렀다.(『정산종사전』, 394쪽)

종법사는 19일에야 겨우 의식을 회복하였고, 다행히 기념행사는 예정대로 4월 26일에 원광대학 광장에서 열렸다. 출재가 교도가 내빈들을 모시고 격식과 정성을 다하였다. 다만 종법사가 맡을 봉고문奉告文 낭독과 치사致辭(치하 말씀) 순서는 임원의 대독으로 때웠다. 중앙교의회에서는 정산을 종법사로 다시 추대하고, 김대거를 교정원장에, 이공주를 감찰원장에 각각 선임하여 제2대 교단의 출발을 시작하였다. 또한 제1대 전체 교도의 공부와 사업의 성적을 사정하여 그 결과를 발표하였는데 생존자를 중심으로 본다면, 전무출신(출가) 준準 특등자는 이공주, 이동진화 두 사람, 거진출진(재가) 준특등자는 황정신행 한 사람이었다. 말하자면 이들이 원불교 역사 36년을 통틀어 생존자 중에서는 가장 성적이 출중한 교도로 평가받은 이들이다. 세 사람은 모두 서울 출신, 독신 여성, 소실 신분이라는 공통점이 있었는데 시대적 상황과 더불어 이들 신분과의 상관

관계는 연구할 가치가 있어 보인다.

이와 별도로 법위 사정에서는 정사(법강항마위 해당) 이상 승급자로 유일하게 재가교도인 이인의화가 선택되었으니 놀랍다. 그 역시 여자인 데다 재가교도라는 점에서 원불교의 사업 성적이나 공부 성적의 평가는 출재가에 차별이 없다는 증거가 되기 때문이다.

**대타원 이인의화**

정산 종법사는 제외한 것이지만, 제1대 36년을 결산하는 법위 사정에서 생존자 가운데 출재가를 통틀어 대타원大陀圓 이인의화李仁義華(1879~1963)가 최고의 평가를 받았다는 것은 생각할수록 희한하고 대단한 일이다. 그것도 재가에, 무학자에, 장애인에, 여자에 각종 핸디캡을 극복하고 얻은 성취이니 더욱 놀랍다.

그는 전주 태생으로 8세 때에 칼로 옷고름을 뜯다가 잘못하여 왼쪽 눈을 찔러 시력을 잃었다. 일찍 남편을 여의고 6남매를 키우느라 식당과 여관을 경영하면서 숱한 파란을 겪었다. 1935년(원기 20)에 소태산 대종사에게 귀의한 후, 스승에 대한 신성과 교단에 대한 공심이 특출하여 이리교당·동산선원(→ 동산수도원)·동이리 교당 등의 창립주가 되었다. 수행 정진에 재미를 붙여 『대종경』 교의품 27장에 나오듯이 소태산 대종사의 인증을 받았지만 대종사 모시고 공부한 건 7년이었고, 그 후 더욱 정진한 성과가 이렇게 우뚝했던 것이다.

대타원에 대해서는 몇 가지 신기한 이야기들이 전해진다. 예컨대 그가 영통을 해서 정산 종법사와 단둘이 있을 때엔 3천 년 전 사연부터 영계 소식을 속닥속닥 이야기한다더라, 혹은 그가 시해법尸解法을 터득해서 종종 육신으로부터 영혼만 빠져나와 미국 등 각국을 여행하다가 돌아오곤 한다더라, 이런 식이었다.

어쨌건 정산이 대타원을 각별히 존대한 것만은 사실인 듯하다. 정산이 대타원에게 보낸 사신(1945.12.15.)의 문체를 주목해보자. 「이 사이 일기 심랭甚冷(매우 차가움)하온데 기체후 일안하시고 도력이 더욱 증승增昇(더욱 오름)하시나이까? (…) 우리가 한 가지 대종사주법하에 만나게 된 것은 어찌 한갓 금생 인연에만 한한 것이리오. 이미 무수 겁 전에 만나고 또 만났었고 미래 무수 겁에도 또한 그러할 것을 진리로 알고 사실로 생각할 때에 어찌 반가운 마음 없사오며 (…)」 대타원이 한참 연상이긴 해도 종법사의 위치에서 제자뻘인 교도에게 '하시나이까/ 없사오며/ 그치나이다' 같은 극존칭을 쓰고, 말미에도 '송규 배상사拜上謝(절하고 사뢰어 올림)'라 한 것은 더할 수 없는 존경 표시다. 법위 앞에는 출가·재가 무차별뿐 아니라 종법사·교도 무차별이다. 원불교답다.

만년에 스스로 득도得道했음을 자부하고 후진들을 위한 〈오도가悟道歌〉를 남겼으니, 「(…) 이 공부법을 알고 보니/ 천진묘성이 보름달과 같고/ 미묘한 광명이 피어나니/ 밝기가 일월에 넘치도다.」

1991년, 대종사 탄생 백 주년 기념대회에서 대타원에게 종사(출가위) 법훈이 추서됐다.

종법사로서 행사를 주재해야 할 제1대 기념총회 겸 성업봉찬대회에 부득이 불참했지만, 정산의 병세는 다행히 호전되어갔다. 기념사업 중에는 이미 이룬 것, 준비가 끝난 것, 앞으로 해나갈 것 등 시차를 두고 실행할 일들이 산적해 있었다. 정산은 몸을 추스르자 우선 소태산 성비聖碑의 낙성을 서둘렀으니, 경제적 어려움 속에서도 성탑과 짝을 이루어 교단 만대에 길이 보존할 기념물이 되도록 정성을 기울였다. 성탑 가까운 지점에, 오석 비신에 대석(받침돌)과 개석(갓돌)은 화강암으로 하여, 비신에는 비문을 새기고, 대석과 개석은 가지가지로 상징성을 살린 장식을 했다. 전통적 비석처럼 거북대석(귀부)이나 용틀임 개석(이수)을 쓰지 않는 대신, 장방형 5단으로 된 기단에는 무궁화와 연꽃을 양각하고, 개석에는 3단 연꽃 위에 원월圓月을 올렸으니, 원월은 일원상이요 연화는 불교의 성화요 무궁화는 한국의 국화로서 이들의 조합은 나름으로 깊은 의미를 담고 있었다.

제막식은 6월 1일 소태산의 열반일에 맞추어 수백 명 대중이 참석하여 거룩하게 치러졌다. 명필 송성용의 글씨로 새긴 비문 〈원각성존 소태산대종사 비명병서〉는 정산이 손수 작성한 것이다.[172] 「대범 천지에는 사시가 순환하고 일월이 대명代明하므로 그 생성의 도

172) 이에 앞서 유허일과 이군일이 각각 비문을 작성하였으나 채택하지 않았다. 먼저 유허일이 성안한 것은, 내용은 충실하나 문장이 장황하여 정곡을 꿰지는 못한 것으로 보이고, 다시 이군일에게 명하여 새로 지은 글은 회상의 정체성과 소태산의 위상을 드러내기엔 미흡하고 내용의 충실도도 떨어지는 것으로 판단된다.

를 얻게 되고, 세상에는 불불佛佛이 계세繼世하고 성성聖聖이 상전相傳하므로 중생이 그 제도의 은恩을 입게 되나니, 이는 우주의 정칙이다.」 이렇게 시작하여 소태산 출세의 의의를 밝히고, 이어서 가계를 소개하고, 구도 과정과 대각 후의 행적을 기록하고, 마지막에 「백억화신의 여래시오 집군성이대성集群聖而大成[173]이시라.」 하여 그 공덕을 찬양함에 더 갈 데가 없었다. 의고체의 장중함과 유장함을 아우르는 명문이다. 산문〔序〕에 이어 4언시四言詩 형태의 운문〔銘〕으로 찬미하니 작자 자신이 밝힌바 핵심어는 「우로지택雨露之澤(은혜는 비와 이슬에 맞먹고) 일월지명日月之明(광명은 해와 달에 견주리라.)」이었다.

6월 13일, 종법사 정산은 두 달 만에 병석을 떨치고 일어나 총부를 떠나 요양 길에 나선다. 요양지로 가는 길에 이리보육원과 이리고등선원을 경유하기로 했다. 이리보육원은 창설한 지 20년 가까이 된 시설인데 처음엔 사립으로 시작하여 해방 후 시립으로 바뀌었으나 운영난으로 원불교에 넘긴 것이다. 새로 건축과 시설 보완을 하고 투자하여 원아 320명의 시범 고아원으로 발전하고 있던 만큼 종법사로서도 깊은 관심을 기울였다. 이리고등선원은 일제의 신사터인데 소태산의 점지를 받고 이인의화가 구입하여 기증한 땅(동산동)에 설립한 것으로 전문 인재 양성기관(→ 동산선원)으로 키우려고 개원한 지 얼마 되지 않았다. 정산은 여기서 20여 일을 머물다가 7월 6일에 남원 산동교당으로 자리를 옮긴다.

---

173) 소태산의 인격이 모든 성인의 그것을 집대성한 것이란 뜻.

산동교당은 불교도인 이자동행李自動行이 지리산 가까운 요천蓼川변 만행산 자락에 사재를 들여 세운 선방으로 백우암白牛庵이라 했는데, 그녀가 원불교 남원교당에서 입교하고 백우암을 원불교에 기증하였다. 백우암 현판은 아직도 철거하지 않고 있지만, 정산이 오기 바로 얼마 전에 원불교 산동지부 간판을 단 신설 교당이다. 야트막한 숲 언덕과 맑은 시내며 지리산의 전망까지 두루 갖춘 요양지라 정산은 매우 만족스러워했다. 이때 정산이 의미 깊은 글귀를 적고 한 말이 있으니 "요제潦霽는 임천任天하고 가장稼穡은 유인由人이라. 비가 오고 개는 것은 하늘에 맡겼나니, 나의 신병身病과 시국時局의 천시天時(하늘의 도움이 있는 시기)도 다 천사天事(하늘 뜻)에 맡기노라. 다만, 천사天事라 하여 내버려둔 즉 죽을 것이니 씨 뿌리고 거둬들이는 것은 사람의 일이라." 했다. 이쯤에서 생각나는 말이 있다. 언젠가 한 제자가 "선성의 말씀[174]에 「선천에는 모사는 재인이요 성사는 재천(謀事在人 成事在天)이라 하나 후천에는 모사는 재천이요 성사는 재인(謀事在天 成事在人)이라.」 하셨는데, 그 말씀이 옳습니까?" 물었을 때, 정산은 "어느 시대를 물론하고 「모사는 재인이요 성사는 재천이라」는 말씀은 바꿀 수 없는 판에 박은 말씀이라"고 잘라 말했다. 흔한 말로 진인사대천명盡人事待天命(사람으로서 할 바를 다하고 남은 것은 하늘에 맡긴다.)이다. 요컨대, 정산이 당시 고통받고 있는 것은 감당키 힘든 신병과 6·25전쟁이란 시국병인데, 이것들을 극복하기 위

174) 여기서 선성(先聖)이라 한 것은 증산 강일순을 가리킨다.

해 노력이야 하겠지만 결국 하늘 뜻에 맡기고 마음을 편히 가지자는 것이다.

산동교당에서 한 달쯤 지내고 남원교당으로 요양처를 옮기게 된다. 남원 읍내 의사로부터 진료를 받기에 산동교당이 당시 교통 사정으론 너무 불편했던 것이다. 정산은 아쉬운 맘을 감추지 못하고 "서너 달이라도 있을 생각이 나더니 겨우 한 달에 떠나야 하니 이렇게 기필 못할 것이 인생이로구나." 탄식했다. 당시 남원지부는 금암봉錦岩峰[175]이란 산봉 위에 세웠던 일제 신사 터를 접수하여 교당을 지은 것이었다. 일본 신사 터가 대개 명당자리이지만, 여기도 건너편에 교룡산성이 마주한 데다 남원 읍내가 다 내려다보이고 요천이 바로 아래로 흐르는 터인지라 전망이며 풍광이며 그렇게 좋을 수가 없는 위치였다. 다만 산동교당이 물(요천) 중심이라면 남원교당은 산(금암봉)이 중심이다. 정산은 산동교당에서처럼 좌선하고 염불하고 영주를 외면서 몸과 마음이 한결 평안을 누릴 수 있었다.

5년 전(1948), 남원교당이 금암봉에 새 법당을 짓고 봉불식을 한 기념으로 2주간 교리 강습을 할 무렵 종법사 정산도 임석했었다. 그때 정산은 모처럼 칠언율시 하나를 지었다. 이 시는 정산이 남긴 한시 중 압운과 평측 등 제대로 격식을 갖춘 거의 유일한 한시다. 「錦作殿堂龍作城(금작전당용작성, 금암봉에 전당 짓고 교룡산 울 삼으니) 太

175) 해발 98.3미터의 낮은 산이지만 요천 변 낮은 지대에 솟아 있고, 노송 우거진 숲에 금수정(錦水亭) 같은 유서 깊은 시설이 있는 명소다. 남원시에서 원불교 측에 양도를 요구하여 현재는 근린공원으로 개발되고 있다.

空浩浩不能名(태공호호불능명, 드넓은 허공을 이름할 바 모르겠네.) 鍾合江聲餘韻暢(종합강성여운창, 범종소리 강물소리 어울리어 화창하고) 龕收山影寂光明(감수산영적광명, 산 그림자 짙은 속에 대적광명 밝았구나.) (…)」 그 후 두 달 뒤에 남원을 찾은 아버지 송벽조는 아들 시를 차운하여 칠언율시 한 수를 또 지었다. 「天降蛟龍鎭此城(천강교룡진차성, 하늘에서 내린 교룡 이 고을에 눌러 있고) 一區禪院占新名(일구선원점신명, 단아한 선원은 새 이름을 떨치었네.) 蓼水風收魔氣靜(요수풍수마기정, 요천수 강바람은 마기를 잠재우고) 錦峰月帶慧光明(금봉월대혜광명, 금암봉 걸린 달은 지혜 달을 밝히었네.) (…)」[176] 아들을 끔찍이도 애호하던 그 부친도 이태 전에 열반했으니 정산의 감회가 새로웠으리라.

정산이 남원교당에 온 지 열흘 만인 8월 13일에, 아우인 송도성의 장남으로 정산이 입양한 전은典恩이 인사차 양부 정산을 찾아왔다. 그런데 여기서 그만 참담한 일이 벌어졌다. 23세의 창창한 전은이 급사한 것이다. 당시 상황을 송도성의 차남 송천은은 다음과 같이 전한다.

"형님이 아주 천재였어. 어려서부터 영어, 독일어, 일본어, 한문까지 능통했지. 공부뿐만 아니라 운동도 잘하고 음악도 잘하고 만능이었어. 서울대학교 경영학과에 들어갔다 재미가 없다고 의대로 옮겼는데 수석을 했어. 2등이랑 20점 넘게 차이가 났다고 해. (…) 정산 종사님이 건

176) 번역은 『정산종사전』 428~429쪽에 나온 것을 따랐다.

강이 안 좋으셔서 남원에 요양하러 가셨을 때, 형님이 인사 갔다가 덥다고 목욕을 한다고 강에 들어가서 그만 감기에 걸렸어. 그때는 의사도 잘 없던 시절이라 열이 안 내리고 거기서 그대로 열반하게 돼서 난리가 났었어."(〈선진의 법향〉, 《원불교신문》, 2020.3.20.)

「전은이가 남원에 온 그 이튿날에 급한 병으로 갑자기 23세의 젊은 나이로 열반하고 말았다.」(『개벽계성 정산 송규종사』, 254~255쪽) 「정산 종사께서 남원교당에 오신(8월 3일) 지 10일 후 양자 전은이 부산에서 와 뵈온 다음 날 병이 나서 자리에 눕더니, 8월 14일 오후에 돌연 악화되어 양방 한방의 약도 효험이 없이 일몰과 함께 열반하게 되었다.」(『정산종사전』, 429쪽) 이걸 보면 한 이틀 새에 세상을 뜬 것이다. 독감이었다는데, 무슨 이런 독감이 있단 말인가. 인간 정산의 처지에선 얼마나 당황스럽고 가슴 아픈 일이었을까. 태어나기도 전에 유산流産으로 사라진 친아들에 이어 양자로 들인 조카마저 이렇게 허망하게 떠나보내다니…. 천재였다느니 명문대 의대생이었다느니 하는 따위의 세속적 조건을 떠나 그야말로 날벼락 같은 노릇이다. 정산도 "인정으로써 생각을 일어내자면 기가 막힌다."고 솔직한 심정을 고백하였지만, 도인답게 마음을 잘 추스르고 영가를 타일렀다. "먼 길을 날 찾아와서 내 옆에서 갔으니 천도나 옳게 받아라. 생사라는 것이 육신에 있는 것이요 성품에는 없는 것이니, 청정일념으로 돌아가 높고 큰 서원으로 걸림 없는 새 생을 개척하여라."

## 산 넘고 물 건너 ②

남원교당에서 4개월을 요양하고 12월 9일 총부로 돌아왔으나 정산의 건강은 그리 쾌차를 볼 수 없어서 주변을 안타깝게 했다. 대중이 건강 회복을 비는 특별 기도를 하려고도 했으나 이를 안 정산이 만류하여 단념하기도 했다. 1954년 3월 30일, 단식 치료를 하자는 권유를 받아들여 18일간 단식을 하기도 했다. 이런 상황에서 정기총회 직후인 4월 29일, 여교무들이 감찰원(원장 이공주)을 중심으로 여선원에서 모임을 갖고 반란에 준하는 사태를 연출하였다. 여자들만으로 따로 기관 독립을 하기로 결의하고 성명까지 발표한 것이다.

사건이 촉발된 계기는 삼창공사三昌公社의 실패였다. 명분이야 교단 3대 사업인 교화·교육·자선을 창성케 하자고 작명조차 '삼창'이라 하고 거금을 투자하여 1951년에 세운 과정양조果精釀造를 주 종목으로 하는 기업체인데, 3년여의 경영이 실패로 돌아가 교단 경제에 큰 타격을 주었다. 실패 원인과 배경은 복합적이지만,[177] 여교무들은 경영을 맡은 남자들에게 탓을 돌리고 남자들과 함께하지 못하겠다는 여론이 비등한 것이다. 이른바 '여자회상' 독립[178]의 단초

---

177) 『원불교대사전』에서 양현수는 ①전쟁 후의 경제 불안, ②부적당한 기업 종목, ③운영 관리 경험 부족 등을 꼽았다.

178) 『소태산 평전』 492~493쪽 박스 기사 〈여자회상과 갑오파동〉 참조.

를 마련하려는 의도일까. 이틀 뒤에는 남자 청년들이 '반박 성토문'을 발표하고, 다시 여교무들이 비공개로 긴급회의를 하는 등 대립각을 세우다 보니, 자칫 교단 분열로 나아갈 위기에 직면했다. 종법사 정산은 단식 18일을 마치고 4월 16일부터 숭늉을 한 공기씩 들며 복식復食을 시작하여 28일에야 겨우 된죽을 먹기 시작했는데 이튿날 이 난리가 났으니 심신에 충격이 컸다. 시자 이공전은 일기(『범범록』, 552쪽, 4월 30일자 일기)에서 「여교무 일동(?)의 남녀 기관 분립 성명의 건을 보고報告 들으시고 대로大怒(크게 노함) 대질大叱(크게 꾸짖음)하시다.」라고 기록했다.

정산은 감찰원장 이공주 대신 이동진화와 이경순을 불러서 전후 사정을 들었다. 육타원 이동진화는 구타원 이공주와 함께 서울 인맥의 쌍두이고, 이경순은 훈산 이춘풍의 7녀이자 정산의 외당질녀다. 정산은 삼창공사 외에도 남자들이 주도한 사업의 실패가 그러지 않아도 어려운 교단 경제에 시련을 안겨주고 있음을 잘 알고 있었다. 그러나 책임 소재를 남녀 분별로 따지다니 이런 파당의식은 당치 않은 일이다. 더구나 여자들의 성명에서 도덕적 명분에 어긋난 치명적 허점을 발견했다.

"같은 전무출신 가운데에도 첩부의 도와 정부의 도가 있다. 첩부의 도는 의뢰 이기로 본을 삼아 주로 불만하고, 정부의 도는 활동 이타로 본을 삼아 주로 노력한다. 자기들의 노병지사老病之事(노후나 병들 때의 일)를 자기들이 다긋어(앞당겨) 걱정함은 비루한 일이다. 우리들의 선진 중에 누가 그런 이가 있었는가."

사태의 본질을 설명하면서 정부(정실)와 첩부(소실)로 대비하는 것은 민감한 비유다. 여교무의 대표 격인 이공주가 첩부 출신이기 때문이다. 여자들의 반란을 이기적 행태로 질타한 근거는 바로, 남자들에게 사업기관을 맡겨서 이렇게 교단 재산을 다 털어먹게 되면 자기들이 늙고 병들면 무슨 돈으로 생계를 해결하고 치료비를 감당하느냐 했기에 나온 꾸중이다. 비루鄙陋(행동이나 성질이 너절하고 더러움)라는 단어까지 쓰면서 매섭게 매도했다. 매양 유화주의, 인화제일주의를 내세워 못 볼 꼴을 보면서도 참고 또 참으며, 꾸짖기보다 달래기를 주장하던 정산으로선 놀라운 반응이다. 그러나 정산의 성격 이면을 들여다본 제자들도 있었다. 「본래 강剛하신 어른인데 유柔를 바탕으로 어머님같이 다독거려 주심을 알았다.」(『우리 회상의 법모』, 60쪽, 김치국 편) 「제자들이 잘못하여 꾸중하실 때는 안색을 무섭게만 가져도 몸 둘 바를 모르며 그 기운으로 다시는 잘못을 할 수 없도록 마음을 돌려 주셨다.」(『우리 회상의 법모』, 96쪽, 박진홍 편) 정산이 수양력으로 눌러두었던바 강경하고 엄격한 본색은 역시 경상도(성주) 사나이들의 울뚝밸 기질이 아니었을까 싶다. 다행히 여교무들이 바로 머리를 숙이고 들어왔다. 5월 2일 정산은 남녀 수위단원과 여교무 일동을 조실로 불러 특별 법문을 내린다.

"(…) 오직 그 일에 대한 시비만 표준할 것이요 자타나 원근을 차별하는 상을 표준하지 말라. 개인의 잘잘못은 어디까지 개인을 상대하여 권장하고 교정할 것이요, 몇몇의 잘못을 전체에 둘러씌워 시비하지 말라. 우리 남녀대중이 모든 일을 이와 같이 화합과 의리를 표준하여 진행한다면 이 회상은 분열 없이 꾸준히 발전하리라." 그리고 뼈 있는 말을 덧붙인다. "9인의 창립정신에는 자신이나 사가에 대한 걱정은 없었나니, 중생을 위하는 이는 자신의 노후나 병들 때 일 등을 스스로 생각할 겨를이 없으며, 남녀나 자타의 상에 끌려 대체를 그르치지 아니하나니라. 자기 일만 앞세워 걱정하면 사람이 옹졸하고 비루해지며, 이웃을 먼저 생각하고 동지를 먼저 근심해 주어야 참다운 동지요 불보살이니라."

5월 3일, 수위단회에서 그간의 일을 백지로 환원키로 하고, 양쪽의 일체 문건을 철회할 것을 의결하는 한편 남자 청년들은 여자 측에 사과문을 발송하였다. 5일간에 걸쳐 긴박하게 돌아가던 사태는 이렇게 마무리되는가 싶었지만, 과연 후유증 없이 '백지로 환원'되었을까. 적어도 정산에게 가해진 충격과 내상은 컸던 것으로 보인다. 그러잖아도 건강이 좋지 않은 데다가 울기鬱氣(답답한 기운)가 치민다고 시자에게 하소연할 정도로 상태가 안 좋았다. 점잖게 말해서 '울기가 치민다.'이지 속인 같으면 '울화통이 터진다.'쯤이다. 임명된 지 1년여밖에 안 된 감찰원장 이공주가 얼마 후 스스로 책임을 지고 물러나긴 했지만, 종법사의 리더십에는 큰 상처를 남겼다.

"갑오년 동학 난리가 해월 선생 의사와는 딴 방향으로 발전되어 민란화한 모양으로, 이번 갑오년 파동도 내 뜻과는 딴 방향으로 일어났다가 안정되었다."(『범범록』, 523쪽)

1894년 동학농민전쟁과 1954년 원불교의 여교무발 파동이 60년 차 갑오년이라는 것밖에는 사건의 배경, 성격, 규모, 영향 등 도무지 비교할 대상이 아닌 것 같은데 왜 정산은 이런 말을 했을까? 동학농민전쟁에 대해서는 시각에 따라 평가가 달리 나오지만, 어쨌건 '민란(전쟁)'으로 확대되는 것이 해월의 본의가 아님에도 전봉준 등 남접의 작전에 말려든 것 같다고 보고, 원불교 여교무들의 갑오 파동 역시 정산의 뜻과 다른 방향으로 전개되다가 가까스로 수습되었다고 보는 것 같다. 이때 받은 트라우마는 예상 외로 컸던 듯, 정산은 열반을 한 달여 앞둔 위독한 시점에 이르러서도 시자 이공전을 시켜 이미 7년 반이나 지난 일을 환기시킨다.「갑오년 여교무 파동 때의 법문을 정리해서 읽어 드리다.」(『범범록』, 581쪽, 12월 11일자 일기) 사후에 있을지도 모를 편 가르기나 분파적 행동을 경계하는 뜻이었을 것이다.

### 정산과 해월

해월海月(1827~1898)은 수운 최제우의 제자로 동학 제2세 교주였다. 최수운이 각도 후 4년 만에 사형당하자 최해월이 도망 다니면서 『동경대전』, 『용담유사』를 간행하는 등 34년간 포교를 하다 역시 사형당했다. 흔히, 동학을 창시한 이는 최수운이지만 동학을 완성한 이는 최해월이라 한다. 정산은 6·25전쟁 때와 갑오년 여교무 파동 등 충격적인 일을 당할 때면 해월의 말이나 일을 인용하였는데 어딘지 둘 사이에 각별한 인연이 있는 듯하다.

- “대종사께서 이 회상 여실 준비로 이 땅에 여러 번 나오셨나니, 나옹, 진묵, 영운조사[179]는 물론 드러나지 않게도 여러 번 나시어, 미리 인연을 이 땅에 심으셨느니라.” (『범범록』, 512쪽)
- “너희가 하나의 진리를 깨치고 보면 차차 수운 선생과 대종사가 두 분이 아닌 것을 알게 될 것이다.”(『한 울안 한 이치에』, 109쪽)

교단에는 일찍부터 소태산이 최수운의 후신이라는 소문이 전해온다. 수운의 후신이 소태산이라면 해월의 후신은 정산이 아닐까 하는 생각도 하게 만든다. 믿거나 말거나지만 흥미로운 추측이다. 소설에서 상상은 필수적 자유다. 수운묘에 참배 갔던 소태산이 “자기 무덤에 절하는 사람 보았는가?” 하자 수행하던 조송광이 정산을 만나서 궁금했던 것을 묻는다.

“정산 선생, 종사님(소태산)이 정말 수운 대신사의 후신이란 걸

---

179) 이공전이 『범범록』 512쪽에 영운조사라 쓰자 박정훈도 『정산종사전』에 영운조사라고 베꼈다. 비슷한 이름에 영은조사(靈隱祖師, 7세기 백제 승려)와 영원조사(靈源祖師, 9세기 신라 승려)가 있는데, 영원조사가 맞다. 정산은 ‘영원’을 ‘영운’으로 잘못 알았거나 혹은 잘못 발음하는 버릇이 있은 듯하다. 이는 1952년 9월 17일 야회에서 한 법설에서 확인된다. 이광정 〈정산종사의 미발표 법문 자료〉 『정산종사의 사상』(원불교출판사, 1992) 181쪽 참조.

믿어도 된다요?"

그러자 정산은 난감한 듯 망설이다가 마지못해 귀띔했다.

"맞아예. 종사님은 이 회상을 여실라꼬 진작부터 조선 땅에 인연을 닦으셨어예. 수운 이전에도 신라의 영원조사, 고려의 나옹화상, 조선의 진묵대사 말고도 이름 없는 도인으로 수월찮이 댕기갔심더."

송광은 정산의 설명을 듣자 오히려 의문이 증폭되었다.

"나더러 고걸 다 믿으라는 말여라?"

정산은 혀를 끌끌 차며 탄식하듯 덧붙였다.

"하루살이는 낼이 있는 것을 모르고 버마재비는 내년이 있는 걸 모르능 거같이, 범부들은 삼생을 모르능 기라예."

송광은 번개처럼 스치는 생각이 일어서 다급하게 물었다.

"글먼 정산 선생은 혹시 해월 최시형 신사神師의 후신이 아이다요?"(『소설 소태산』, 449~450쪽)

엎친 데 덮친 격이라거니 설상가상이라거니 하지만, 이 기간 정산은 감당하기 어려운 시련에 시달린다. 이런 시련이 창업의 기초를 놓는 데 필요한 것이어서 하늘이 마련한 담금질인지는 모르나 정산은 산 넘어 산이요 물 건너 물인 세월을 묵묵히 견디며 인욕 정진했다. 정금미옥으로 거듭나기 위한 과정일까.

## 온몸으로 경륜을

정산의 상호는 소태산과는 또 다른 매력이 있다. 한마디로 소태산의 매력이 부성적이고 정산은 매력은 모성적이다 하면 그럴 듯하지만, 어쨌건 간다라 미술 이래 불교가 왜 불보살의 조상彫像 혹은 탱화를 조성하는 데 그리 자금과 정력을 쏟았는가, 또 불제자들이 불상 앞에 왜 그리 지극한 경배를 드릴 수밖에 없었는가 알 만도 하다. 「凡所有相 皆是虛妄 若見諸相非相 卽見如來(범소유상 개시허망 약견제상비상 즉견여래, 무릇 형상 있는 바가 다 허망한 것이니, 만일 모든 형상이 형상 아님을 보면 곧 여래를 보리라.)」를 주야장천 외면서도 32상相 80종호種好[180]의 주술에서 빠져나올 수 없는 것이 신앙의 본질이요 인간 심리의 한계다.

정산의 젊은 날 사진을 보면, 미소년에 동안일 뿐 도인의 신성함이랄까 중후함이랄까 그런 것과는 거리가 있다. 덜 익은, 설익은 풋과일처럼 날내가 나고 촌스럽기까지 하다. 그러던 그가 나이가 들어가면서 향기가 물씬 풍기며 농익은 때깔을 보이기 시작한다. 정산이 도인 혹은 여래의 품격 있는 상호를 당당히 보여준 것은 언제쯤부터였을까? 시인 고은(1933~)이 「그의 미소는 우주와의 어떤 간극도 없는 조화의 극치였다. 자비, 평화 그리고 진정한 위의의 살아있는 표상이(었다.) 우리나라 산신도 가운데서 가장 아름다운 산신령

180) 부처님은 신체적으로 32가지 특징과 80가지 좋은 모양을 갖추었다는 것.

의 그림이(었다.)」라고 찬탄하며 커다란 감동을 받은 때는 1956년 그러니까 정산 57세 때요, 철학자 안병욱(1920~2013)이 「이 세상에서 가장 아름다운 얼굴, 화열과 인자가 넘치는 얼굴, 단아 무비한 얼굴, 품위와 예지와 성실의 빛이 흐르는 얼굴」이라며 황홀한 마음으로 바라보던 때는 1961년 그러니까 정산이 62세 되던 때였다. 1962년 1월, 63세에 열반한 정산이기에 언제부턴가는 모르나 만년의 정산은 인간으로서 가능한 상호의 절정에 이르렀음을 알 수 있다.

소태산의 열반 직후 종법사 위에 올랐을 때 사진을 보면, 참으로 단아하긴 하지만 앳되다는 느낌은 어쩔 수 없다. 아직 아닌 것 같다. 추측컨대 일제 말, 해방, 6·25전쟁기를 잇는 시련의 벨트와 인고의 세월을 지내면서 그의 얼굴은 무르익었다고 본다. 아이러니하게도 1953년 4월, 병석에 누우면서 그의 상호는 더할 수 없이 원만하고 아름다운 형상을 갖춘 듯하다. 아울러 그의 부실하던 카리스마 또한 상호의 완숙도에 비례하여 강화된 것으로 보인다. 안병욱의 지적처럼, '얼굴은 정신의 초상'이란 로마 철학자 키케로의 관점에 선다면 32상 80종호를 긍정할 근거도 성립한다. 정신-얼굴-카리스마의 떨어질 수 없는 고리를 안병욱이 같은 글에서 보여주고 있으니 이 또한 흥미롭다.

약 70쯤 나 보이는 늙은 할머니[181] 한 분이 방에 들어와서 송 선생님에게 작별 인사를 한다. 이마를 장판에 대고 한참 동안 지극히 공손하게 절을 한다. 송 선생님은 앉은 채로 응하신다. 원불교의 독실한 신도인 그 할머니는 있는 정성을 다하여 송 선생님에게 공경한 인사를 하였다. 나는 놀라운 마음으로 그 할머니를 지켜보았다. 나는 평생에 그렇게 공경스러운 인사를 아직 보지 못했기 때문이다. 그것은 정성 그 자체요, 공경 그것이었다. 더할 수 없이 깊은 존경의 표시였다. 한 인간이 딴 인간에 대해서 저렇게 공손한 인사를 할 수 있을까. 나는 마음속으로 혼자 놀랄 뿐이었다. 그 할머니의 송 선생에 대한 인사는 내가 이 세상에서 본 인사 중에서 가장 정성되고 가장 경건한 인사였다.

소태산과는 다르겠지만 정산도 나이 들수록 혹은 법력이 쌓일수록 종법사의 권위와 더불어 카리스마를 구축하는 데 성공했으리라. 시조시인 이병기가 "작은 키에 둥그러운 얼굴을 가진 원불교 종법사는 무슨 학벌이니 문장이니 하는 것도 없는 듯한데 교단을 소리 없이 이끌어 가시고 그 아래에는 훌륭한 인재와 학자 들이 있으나 머리를 숙이니 무서운 어른이다." 한 것도 그간의 사정을 보여주는 것이리라. 키가 크다고, 학벌이나 문장이 있다고 하여 종교적 카리스마가 생길 리도 없지만 말이다.

각설하고, 정산의 건강은 좀처럼 회복되지 않아 총부 조실에 자리 잡고 업무를 본다든가 교도나 내빈을 접견한다든가 하는 일상적인 일조차 어렵게 되면서 자주 전지요양을 했다. 1954년 8월부터

---

181) 이 할머니는 인타원(麟陀圓) 이대기화 교도라고 한다. 『우리 회상의 법모』 182쪽 이영자 편 참조.

두 달 보름간 이리고등선원에 가 있기도 하고, 1957년 6월에는 예의 안병욱이 '공손무비恭遜無比(견줄 데 없는 공손함)의 인사'라고 찬탄한 주인공 이대기화李大機華의 권유를 받아 전북 장수에 마련한 정양처(장수교당)로 옮겨 11개월이나 머물렀다.

이런 상황에서도 경륜 실현을 위한 정산의 집념은 한결같았다. 경륜 중에도 가장 중시한 것은 교서 정비라 할 것이다.

"내게 남은 일이 허다한 가운데 중요한 것은, 첫째는 『대종경』 완성이요, 둘째는 『정전』이 어느 시대 어느 지방에서도 알맞은 경이 되도록 개편하는 일이요, 셋째는 법훈法訓을 성편成篇하여 대종사님 사상을 조술祖述 연역演繹하는 일이다. 그런데 꼭 그 시기에 몸에 병이 있으니 내 이 일을 다 하지 못할까 저어한다." (『범범록』, 518쪽, 3월 23일자 일기)

첫째 『대종경』 일인즉, 소태산의 28년 언행을 정리하여 『논어』와 같은 방식의 경전을 만들고자 벌써부터 착수한 사업이다. 1948년부터 범산 이공전을 시켜 착수하고 1951년에 교서편수위원회를 구성하면서 자료 수집 등 사업을 본격화했지만, 진척 속도가 성에 차지 않는다. 둘째 『정전』 일인즉, 소태산도 "만전을 기하지 못했다."고 고백했지만, 정산은 시대적 한계 때문에 왜곡된 소태산 교법의 정체성을 살리면서 편차도 좀 더 짜임새 있게 다듬고 싶었던 것 같다. 셋째 법훈 성편 일인즉, 아마도 소태산 가르침을 바탕으로 하는 다양한 경서를 가리키는 것이 아닐까 싶은데, 뒤에 말할 정산의 편수 기획을 보면 짐작이 간다.

여기서 우리는 소태산이 처음 정산을 만나 2인자 자리(수위단 중앙)를 맡기며, "우리 회상의 법모요 전무후무한 제법주다." 한 뜻을 재음미하게 된다. '법모'는 대산 김대거의 「대종사는 우리의 정신을 낳아주신 영부시라면 정산 종사는 그 정신을 길러주신 법모시라.」[182](《정산종사성탑명》)에서 밝힌 대로, 회상(교단)에서 정산의 위상과 역할이 소태산의 아버지 역에 대응하는 어머니 역이라는 것이다. 이는 동양 전통의 부생모육父生母育(아버지가 낳고 어머니가 기름) 관념의 소산이라 치고, 그러면 '제법주'는 무엇일까? 법을 만드는 주인공이다. 원불교의 교법을 만든 것은 다름 아닌 소태산 자신이 아니던가. 소태산을 제하고 누가 감히 법을 만든다는 말인가. 여기서 자연히 상위법과 하위법의 관계를 떠올리게 된다. 요컨대 소태산은 나무의 둥치 같은 핵심을 제정해주고 나머지 가지와 잎에 해당하는 것은 제자들의 몫이다. 법의 가지가 뻗게 할 책임을 소태산은 일차적으로 정산에게 지운 것이다. 「정산은 소태산을 도와 원불교의 기본교리를 완정하는 데 보좌」(『원불교대사전』)했지만 거기에 그치지 않고, 소태산의 법을 보완하고 부연하고 확장하는 역할이 그의 몫이었으니 '전무후무한'이라는 엄청난 부담까지 지운 것이다. 그런데 몸에 병이 깊으니 그 책임을 다하지 못할까 염려되고 두렵다 한 것이다.

---

182) 김중묵은 조금 더 설명을 붙였다. 「대종사님은 우리의 정신적인 토대를 낳아주신 영부와 같으시다면 정산 종사님은 그러한 정신을 길러주시고 북돋아주신 법모이시다.」(『우리 회상의 법모』, 51쪽)

병이 나고도 정산은 안간힘을 쓰며 선원을 세우고 체제를 정비한다든가, 학교를 세우고 장학제도를 실시한다든가, 병원을 설립하고 요양재단을 운영한다든가 하는 등 교화·교육·자선의 교단 3대 사업을 차질 없이 추진한다. 뿐만 아니라 2차 방언을 통해 정관평의 면적을 두 배로 넓히고, 계룡산 신도안을 개발하고, 삼례 수계농원을 재건하고, 해외 포교에 착수하는 등 일일이 기획하고 추진한다. 그러나 그의 주요한 관심과 경륜은 변함없이 제법주로서의 역할이었다. 『예전』을 재편찬하고, 『성가』, 『교헌教憲』, 『교사』, 『세전世典』[183]에 이르기까지 편찬을 추진하면서도 그가 가장 비중을 둔 일인즉, 소태산이 손수 제정한 『불교경전』에서 핵심[184]을 분리하여 명실상부한 소의경전으로서 『정전』을 만드는 것과, 소태산의 언행록인 『대종경』을 편찬하는 일이었다.

1956년 편수위원회 발족 후 1년 반 동안 자료 수집을 마친 실무진은 1957년 10월부터 남원 산동교당을 편수 장소로 정하고 작업에 임했다. 1957년 6월에 장수 동촌에서 정양靜養(몸과 마음을 안정하여 휴양함)에 들어간 정산은 정작 정양에 힘쓰기보다 교서 편수에 애가 달았던 모양이다. 교서 전반의 편찬을 담당할 기구를 설립하도록 지시하니, 대종경편수위원회를 발전적으로 해체하고, 1958년

183) 태교로부터 출생·교육·결혼·열반에 이르기까지 가정·사회·국가·세계를 통하여 인간이 마땅히 밟아야 할 도리 강령을 밝혀놓은 교서다.

184) 『불교정전』 중 핵심은 1, 2, 3권 중 제1권이요, 그중에도 제2편 교의와 제3편 수행, 이 두 편이다.

5월 5일에 정산은 자신이 정양 중인 장수교당 마루 기둥에다 기어이 정화사正化社 간판을 매단다.

> 편수위원회 발족 당시 나는 희한한 꿈을 꾸었다. 곡선사谷禪寺란 현판이 걸린 조촐한 정사가 있는데 정산 종사께서 여러 폭의 소환素紈(흰 비단)을 펴 놓으시고 불화佛畫를 그려보라고 명하셨다. 나는 이 말씀을 받들어 대강 몇 폭을 그렸는데 정산 종사께서 범산에게 살을 붙여 완성해 보라고 하셨다. 범산이 붓을 들어 가필하고 윤색을 하고 보니 모두 훌륭한 불화가 되어 정산 종사님과 나는 대단히 만족해했다. 이런 꿈을 꾸고 그동안의 대종경 초안 자료를 범산에게 넘겼다.(『구도역정기』, 67쪽)

후에 3세 종법사가 된 대산 김대거의 회고이다. 정산은 꿈을 삼분하여 육체적 피로에서 오는 곤몽困夢, 정신적 피로에서 오는 번뇌몽煩惱夢, 그리고 예지몽이라 할 영몽靈夢이 있다 하였는데, 이 꿈은 영몽이다. 김대거는 폐결핵으로 원평 등지에서 요양하며 소태산 법문을 정리하였고, 전쟁 통에 원고를 분실했다가 되찾기도 하는 수난을 겪으면서 소중하게 간수하던 자료도 있었다. 이 꿈을 꾸고 나서 김대거는 전문편수위원인 범산凡山 이공전李空田에게 미련 없이 자료를 넘겼다는 이야기다. 소태산의 언행은 저술과 《회보》 등 간행물에 실린 공적 기록 외에 개인별 수필受筆(받아쓰기) 법문과 증언 등 다양한 사적私的 기록과 자료를 모아 검증하고 평가하고 마지막으로 문장을 다듬어가는 절차를 밟았지만, 김대거는 꿈에서조차 자신과 이공전의 합작으로 『대종경』의 편수가 성공할 것으로 자부했던 모양이다.

# IX

# 여래여거如來如去

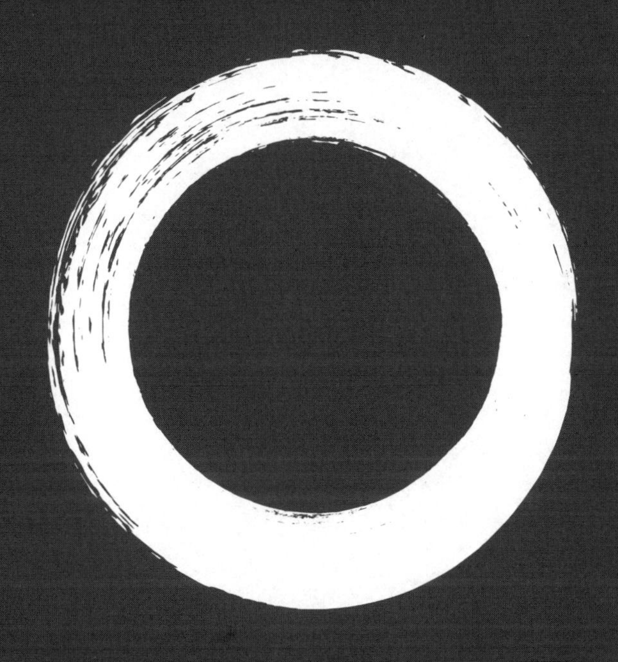

## 입멸 준비

원기 44년(1959) 4월 24일, 수위단회에서는 정산 종법사의 3선을 의결한다. 첫 임기 6년에, 1948년 중앙교의회에서 1대말 결산(원기 38년 4월)까지 유임을 의결했기에 4년이 연장되어 1953년부터 중임 6년을 시작하고, 1959년부터 3차 연임에 들어가게 된 것이다. 16년의 종법사 직무를 마치고 다시 '교단의 주법主法[185]으로서 교단을 주재하고 본교를 대표하는'(교헌) 자리에서 원불교를 이끌어 가게 된 것이다.

취임식은 원광고 학생 악대의 주악 속에 종법사가 입장하고 수천 대중이 박수로 환호하고…. 이렇게 시작하여 개식사, 종법사 약력 보고, 취임 고유문 독배 등등. 여기에 종법사 추대사, 취임사, 꽃

---

185) 교법을 주장하는 지위를 뜻하는 것으로 법주와 같은 말로 보인다. '교단의 주법'이라 하면 쉬운 말로 교주에 해당하니 '교단을 주재하고 본교를 대표'와는 동어반복 관계이다.

다발 증정, 종법사 찬송가, 축사, 축시 등으로 이어지며 거룩하고 장엄하게 행사를 치렀다. 축사를 대법원장 조용순이 하고, 시조시인 고두동이 연시조 송축시를 읊고, 끝으로 중앙교의회 부의장 문동현이 만세삼창까지 하며 마쳤다. 흠잡을 데가 없이 갖춰진 취임식이었다. 그런데 취임사를 임석한 종법사가 하지 않고 시자 이공전이 대독하였으니 이상하다. 취임사를 친히 읽을 수 없을 정도로 정산 종법사의 건강이 안 좋았던 모양이다. 이때까지만 해도 아무도 그리 심각하게 생각하지 않았고, 본인도 별로 내색을 하지 않았다. 취임사에서도「계미 6월에 대종사님의 열반을 당하여 망극한 가운데 이 대임을 계승해서 교단 대표의 중책에 처한 지 어언 17년이 되었습니다. (…) 이제 다시 동지 여러분의 밀어 주심을 고사하지 못하고 또 새 임기를 거듭하게 되니 여러분의 성의에는 감사하나 모든 것이 미비할뿐더러 아직도 건강이 충분히 회복되지 못한 몸이라 과중하고 송구한 마음 이를 데 없습니다.」하였지만 의례적인 인사말쯤으로 간주되었다.

이로부터 1년 반쯤 정산 건강이 겉으로는 소강상태를 보인다. 이 기간에 정산은 몇 가지 중요한 설법을 하고 또 몇 가지 중요한 사업안을 내놓는다. 설법은 '오륜 수정五倫修訂'과 '삼동윤리三同倫理' 같은 것이고, 사업안은 '영산성지 개척', '원광여자중·상고 설립', '신도안 개발' 등이다.

'오륜 수정'이란 다름이 아니라 동양 윤리 도덕의 표준인 오륜을 현대에 맞게 수정해야 한다는 뜻이다. 오륜 중 부자유친과 장유

유서를 제외하고 나머지 셋은 고치지 않으면 안 된다는 것이니, 군신유의는 상하유의上下有義(윗사람과 아랫사람 사이엔 의리가 있어야 한다.)로, 부부유별은 부부유화夫婦有和(남편과 아내 사이엔 화목함이 있어야 한다.)로, 붕우유신은 동포유신同胞有信(동포와 동포 사이엔 신의가 있어야 한다.)으로 수정하면 되겠다 함이다. 왕조시대가 아니니 임금과 신하를 윗사람과 아랫사람의 관계로 바꾼 것이요, 유별이 차별적 관념을 담고 있으니 이를 수평적 의미의 유화로 바꾼 것이요, 세계가 열려가는 시대에 붕우는 그 뜻이 협소하니 동포[186]로 하자는 것이다. 이는 시대정신과 유리된 유가적 가치관이 원불교에 와서 어떻게 다듬어지고 포용되는가를 보여주는 실례이기도 하다.

'삼동윤리'는 1961년 4월, 개교 46년 축하식과 더불어 종법사 정산의 회갑 경축식을 하는 자리에서 나온 법설이다. '하나의 세계'를 이룩할 기본 강령, 세계 인류가 크게 화합할 세 가지 원리라는 전제로, 첫째 강령은 동원도리同源道理이니 곧 모든 종교와 교파가 그 근본은 다 같은 한 근원의 도리인 것을 알아서 서로 대동화합하자는 것이요, 둘째 강령은 동기연계同氣連契이니 곧 모든 인종과 종족이 근본은 다 같은 한 기운으로 맺어진 동포인 것을 알아서 서로 대동화합하자는 것이요, 셋째 강령은 동척사업同拓事業이니 곧 모든 사업과 주장이 다 같이 세상을 개척하는 데에 동력이 되는 것을 알아서 서

---

186) 원불교 교리상 동포의 의미는 사람뿐 아니라 금수 초목까지 생명을 가진 일체를 가리키나 여기서의 동포는 종족의 한계를 초월한 보편적 인류로 보면 된다.

로 대동화합을 하자는 것이다. 어려서부터 세계지도를 놓고 평천하를 기본 스케일로 생각하던 그대로 정산의 사고는 세계의 평화와 인류의 행복이란 목표에 맞추어져 있음을 알 수 있다. 이야말로 그가 젊은 날에 꿈꾸고 고민하던 장부회국丈夫恢局(대장부의 넓은 포부)이나 해붕천리海鵬千里(천 리를 나는 바다 붕새)에 걸맞은 경륜이라 하겠다.

오륜이든 삼동윤리든 윤리는 본래 선도나 불교에서는 없는 말이요 오직 유가에서만 쓰는 말이다. 그가 윤리에 착안하는 것은 성주 야성송씨네에서 잔뼈가 굵었다는 표시이기도 하거니와, 달리 보면 이것이 스승 소태산의 법이 유불선 삼교회통의 연장임을 보여주는 것이기도 하다. 수행 원리인 원불교의 삼학이 불교의 삼학(계정혜)과 닮은 듯 다른 점은, 정신수양은 도교에서, 사리연구는 불교에서, 작업취사는 유교에서 각각 노하우를 가져다가 그것을 통합 활용한다는 데 있다.

### 영·기·질

정산 법설 가운데 '삼동윤리' 다음으로 원불교도들에게 회자되는 것이 영靈·기氣·질質 삼합론이다. 이는 1958년 겨울에 발표한 것이니까 수정 오륜이나 삼동윤리보다는 조금 앞서 나온 것이다.
정산은 사람은 물론 천지 만물이 영과 기와 질의 세 가지 요소로 구성되어 있다고 말한다. 영은 만유의 본체로서 영원불멸한 성품이며, 기는 만유의 생기로서 그 개체를 생동케 하는 힘이며, 질은 만유의 바탕으로서 그 형체를 이름이라고 설명한다. 만유는 이들의 결합으로 생겨나는데, 다만 영에 비중이 실리면 동물, 기에 비중이 실리면 식물, 질만으로 있으면 무생물이 된다. 인간 역시 이 세 가지가 만나서 화현한 존재이다. 식물에는 대령만 있고 동물과 인간에는 개령이 있다.

대산은 이를 삼혼론三魂論으로 보완하여, 식물은 생혼生魂만 있고, 동물은 생혼에 영혼까지 있고, 인간은 생혼과 영혼에 각혼覺魂까지 다 갖추고 있다 했다.

영·기·질, 이는 단학이나 한의학 등 동양 전통의 정精·기氣·신神 체계와 닮았으나 알고 보면 상당한 거리가 있다. 단학이나 한의학의 관심은 만물이 아니라 인체 중심이고, 특히 정精을 어떻게 보느냐에 이설이 있는 것 같다.

정산은 "법신·보신·화신은 누가 말하였는지 모르나 좀 답답하다. 영·기·질이라 하면 쉽지 않으냐?" 하기도 했는데, 법신불에 대응하는 영靈을 진리의 체로 파악한 듯하다. "불교의 법신불이나 도교의 무위자연이나 유교의 무극이나 천주교의 하느님이 다 진리의 체는 밝혔으나 그 내용에 있어서는 논리가 정연하지 못한 감이 있다." 고 비판하고, 소태산의 〈일원상서원문〉은 이 모든 것을 해명한 전무후무한 대법이라고 보았다.

사업안 중 '영산성지 개척'은 2차 방언에 이은 것으로, 영산은 주세불 소태산이 탄생하고 숱한 고행 끝에 대각을 이룬 곳이기도 하지만, 방언공사와 산상기도를 통하여 개벽 종교 원불교의 진정한 탄생을 이룬 성지이니, 영산 개척은 성지를 장엄하는 일이기도 하다. 정산 종법사의 뜻을 받든 대산 김대거는 자신이 요양 중임에도 성지의 요인들과 힘을 합쳐 적극적으로 성지 개척에 매진하였다. 탄생지와 대각지, 삼밭재 등 교도들의 희사와 협조를 통하여 대지와 임야를 매입하고, 이어 도로 개설, 녹화 조경, 건축과 시설 등을 성공리에 추진하여 성지 개척이란 불사를 성취하였다.

'원광여자중·상고 설립'은 정산이 품은 교육 사업의 복안이 시스템을 온전히 갖추는 첫 작품의 완성이다. 총부가 자리한 익산권에 원광대학이 설립되고 남자 중고등학교는 섰으나 여자 교육기관만 빠져서 늘 마음에 걸렸었는데, 1960년 드디어 여자중학교와 여자고등학교(여상)를 세움으로써 남녀 중고등학교와 대학의 설립이란 큰 그림이 완성된 것이다.

'신도안 개발'은 왜 정산이 집착하는가 좀 의외라고 할 만하다. 계룡산은 신라시대부터 풍수지리설의 영향을 받은 명산이었지만, 그 남쪽에 자리한 신도안은 조선 초의 천도설[187]과 정감록 신앙[188] 등에 힘입어 1920년대 이후 1백여 개 신흥종교 단체들의 보

---

187) 조선조 태조 이성계가 송도에서 한양으로 도읍을 옮기기 전에 먼저 신도안으로 천도하고자 궁궐 등의 토목 공사를 진행하다가 그만두었다는 것이니, 지금도 대궐터란 명칭과 그 흔적이 남아 있다.

금자리가 되었다. 소태산은 1936년과 1943년 두 차례에 걸쳐 신도안을 답사했다. 대궐터에는 큰 주춧돌이 90여 개 있는데 그중 '佛宗佛朴(불종불박)'[189]이란 글씨가 새겨진 바위가 있어서 화젯거리가 되고 있다. 원불교에선 소태산이 이를 보고 빙긋 웃었다나, 무학대사가 장난친 거라고 했다나, 그런 전설이 있다. 다음 성정철成丁哲(1902~1987)의 증언을 보면 정산의 집념을 알 만하다.

> 어느 날이었다. 송대에서 요양 중이신 정산 종사님께서 나를 부르시더니, 신도안에 가서 땅을 살 수 있는지 알아보고 오라고 말씀하셨다. 나는 지체 없이 신도안에 가서 '불종불박' 바위도 만져보고 거기 사람에게 "어디든지 자리가 나면 나에게 알려 주시오." 부탁하고 돌아왔다. 신도안에 다녀온 지 얼마 후 그곳에서 소식이 왔다. '불종불박'이 있는 바로 옆집인데 4만원에 내놓았다는 것이다.[190] 정산 종사님께 이 말씀을 드리니, 당신에게 들어온 시봉금에서 1만원을 내놓으시며 "가서 사도록 하라." 하셔서 나는 신도안에 가서 최초로 집을 한 채 사게 되었다. 이후 집을 팔겠다는 사람이 있을 때마다 정산 종사님께서는 집값을 보태주셨고 나 역시 힘이 솟아 집을 여러 채 샀다.(『구도역정기』,

---

188) 진인 정도령이 나와 계룡산을 도읍으로 하는 이상국가를 세운다는 예언을 믿고 기다리는 민간신앙.

189) '불종불박'을 두고는 '장차 불법이 주도하는 세상이 되는데, 그때 주세불(主世佛)은 박씨'라는 해설이 있다.

190) 당시 신도안 교당 교무였던 심익순은 불종불박을 경계로 한 앞집을 3천 원에, 뒷집은 7천 원에 샀다고 기억하고 있다.(『우리 회상의 법모』, 131쪽)

254~255쪽)

소태산이 '앞으로 인연이 닿으면'이라는 전제 아래 거기다가 수도 도량을 만들도록 당부했다는 소문도 있긴 하지만, 정산을 가까이 모셨던 시자로서 박정훈은「정산 종사께서는 이곳 신도안이 원불교와 깊은 인연이 있는 곳이며, 불종불박의 주인공은 곧 원불교와 소태산 대종사라 믿으시었다.」(『정산종사전』, 501쪽)라고 하였다. 정산은 1958년 봄에 성정철로 하여금 신도 일대를 답사케 하고 그 이듬해 가을에 '불종불박' 바위 옆에 있는 초가 한 채를 매입하게 함으로써 '신도안 개발'을 시작하였다. 김대거는 평소에도 정산이 신도안에 대해 자주 말하고 원불교 학생 소풍도 그리 가라고 챙기더니, 1961년 서울대병원에 입원하여 고통을 겪을 때조차 "내 걱정은 하지 말고 어서 내려가 땅 준비를 하라."는 당부를 하는 바람에 총부로 내려가 재무부장 성정철 등과 땅 매입에 나서게 되었노라고 회고했다.

'신도안 개발' 사업은 3세 김대거 종법사 시대까지 계속되어 삼동윤리의 실천 도량으로서 5만 7천 평의 '원불교삼동원'으로 발전하였고, 종법사가 무려 6년 동안이나 상주하였다. 1983년, 정부의 계룡대 이전 사업(6·20사업)으로 땅을 내놓고 철수할 수밖에 없었고, 대토로 논산시 벌곡면 천호산에 30만 평 임야를 매입하고 삼동원을 이전함으로써 '신도안 개발'은 왜곡되었다. 그러나 이런 상황이 벌어질 것까지도 정산은 이미 내다보고 있었다고 전한다. 1959년,

정산이 영통한 재가교도 이인의화와 더불어 나눈 말이 있으니, "앞으로 30년 후에는 신도안의 판도가 완전히 달라질 것이다."라고 했단다. 과연 그로부터 30년 후인 1989년부터 육해공 삼군 본부의 입주가 시작되었다. 정산은 또 "길룡에서 탁근하고 신룡에서 개화하며, 계룡에서 결실하고 금강에서 결복한다."[191] 고도 했단다. 교단에서는 정부에 삼동원 땅을 내놓으면서, 언젠가 군사시설을 이전하거나 폐쇄하게 될 때는 환매還買(판 물건을 도로 사들임) 우선권을 보장하기로 매매계약서에 명시했다는데, 그날이 정말 올지, 온다면 언제쯤 올지는 알 수 없다. 논산군 두마면 부남리가 계룡시 신도안면 부남리로 바뀌었듯이, 이곳 땅의 운명은 또 어떻게 바뀔 것인가, 아직 아무도 모른다. 그런데 정말 놀라운 반전인즉 정산은 계룡산을 한 번도 가본 적이 없었다는 점이다.

정산은 아프면서도 일을 계속한다. 특히 무슨 조직을 만들거나 기관을 설립하는 일을 서두른다. 인적 여유나 재정적 뒷받침이 부족한데도 왜 저러나 싶게 말이다. 전무출신 중 결혼 않고 사는 정남정녀를 위하여 정화단貞和團이란 친목단체를 조직하게 하고(1960), 나라 밖으로 나가는 포교를 준비하고자 해외포교연구소를 발족시키고(1960), 회갑 축의금을 모아 전무출신 요양기관을 위한 법은재

191) 托根(탁근, 뿌리박음), 開花(개화, 꽃피움), 結實(결실, 열매 맺음), 結福(결복, 은혜 누림). 이 예언은 내용이나 워딩에서 다소간 어긋남이 있는 버전이 있다.

단法恩財團을 설립하고(1960), 진작에 조직한 남자 전무출신 부인들의 모임인 정토회正土會에도 격려금을 주고 활성화를 당부하였다.

『건국론』의 저자답게 정산은 4·19학생혁명(1960)이나 5·16군사정변에 대해서도 상당한 관심을 보인다. 4·19학생혁명 희생자들의 공을 찬양하고 영을 위로하는 법설을 하였다. 그거야 마땅하다 하겠는데 5·16군사정변의 주인공 박정희를 찬양했음은 놀라운 일이다. "박정희 의장이 구국주救國主(나라를 구할 지도자)이다. 앞으로 한국뿐 아니라 세계의 방향도 달라질 것이다."라고 했다는 것이다. 박정훈은 "국가재건최고회의가 구성되자 정산 종사께서 말씀하시었다." 했는데, 국가재건최고회의는 쿠데타 이틀 후인 5월 18일에 구성되었고 당시는 장도영이 의장이었으니 '박정희 의장'과 맞지 않는다. 박정희가 장도영을 제거하고 의장 자리를 차지한 것은 7월 3일이었다. 어쨌건 시차는 있지만 정산이 박정희를 구국주라고 한 것은 사실로 보인다. 박정희 군사정권에 대한 평가는 오늘날까지도 의견이 분분하지만, 중요한 것은 아직 평가할 단계가 아닌 정변 초기에 그를 지지하고 '구국주'라고 단정했음이다. 그러나 이것이 어차피 예언의 성격인 것은 뒤에 따라 나오는 "한국뿐 아니라 세계의 방향도 달라질 것이다."에서 드러난다.

정산은 해방 정국에서 김구를 지지했듯이 살벌한 쿠데타 정국에서 박정희에게 줄을 댄 셈이다. 이상한 것은 종법사 정산에 이어 제2인자인 교정원장 응산 이완철(1897~1965)이 거의 같은 시기에 한시(칠언율시) 〈효공의기曉空義旗〉를 발표한다. 이 시는 5·16군사정변이 일어난 지 1개월 남짓밖에 되지 않은 시점에 나온 교단 기관지 《원광》 36호(1961.7.)에 실렸는데, 부제가 '축오일륙혁명祝五一六革命' 이듯이 5·16군사정변을 찬양하는 내용이다. 「義旗大擧太洋東(의기대거태양동, 태평양 동쪽에 의로운 깃발 크게 들려)/ 瑞日新光滿曉空(서일신광만효공, 상서로운 햇빛 새벽하늘에 가득하였다)/ 枯槁悉潤平和雨(고고실윤평화우, 평화의 빗물이 목마른 초목을 모두 적시고)/ 穢濁渾消義烈風(예탁혼소의열풍, 의열의 바람이 더러운 쓰레기를 다 쓸어버리도다.) (…)」 이 시가 정산과의 교감 없이 응산 혼자 생각으로 나온 것으로는 보기 힘들다. 보편적인 정교분리 원칙에서도 그렇고, 권력에 아부하지 말라[192]는 소태산의 유훈으로 보더라도 이건 아닐 듯한데 왜 이런 민감한 문제에 발을 담근 것일까? 이는 인간 정산의 정치적 선호나 개인적 성향으로 논할 문제는 아닌 것 같고, 더구나 정의·불의의 판단과는 달라 보인다. 암울한 일제강점기에 소태산이 조선의 국운을 어변성룡(물고기가 용이 된다.)으로 예언했듯이, 정산은 박정희의 등장이 대한민국 국운의 도약을 불러올 것임을 미리 안 듯하다. 박정희 개인의 공과나 박정희 정부의 성패를 평가할 수 없는 시점에서 예지자 정산은, 한국사에서 박정희 등장이 가난과 불운에 찌든 한 민족의 운명을 비약적으로 열어나갈 계기가 될 것임을 내다본 것일

---

192) 「나의 교리와 제도는 어떤 나라 어떤 주의에 들어가도 다 맞게 짜놓았다. 앞으로 내 법을 가지고 어느 나라에 가서든지 교화 활동을 펴되, 그 나라의 법률에 위반하여서는 아니 되고, 그렇다고 그 나라 권력에 아부해서 나의 본의를 소홀히 하여서도 아니 될 것이다.」(『대종경선외록』, 유시계후장21)

까. 역사가는 과거를 평가하고, 언론인은 현재를 비평하지만, 미래를 예단하는 것은 오직 선지자의 몫이다. 범부로서 용훼할 대상은 아닌 듯하다.

아이러니하게도 박정희 정권이 정산과 원불교에 안겨준 첫 번째 선물은 그해 11월, 사립대학정비령에 의하여 원광대학의 인가를 취소하고 학생 모집을 중지하라는 강편치였다.

## 니르바나

7월 6일, 식사조차 거의 못할 만큼 정산의 병이 위중해지자 간부들이 의논하여 병의 정체가 무엇인지 확실한 진찰을 받아보자며 종법사를 이리중앙병원에 입원시켰다. 혈압, 체온 측정부터 시작하여 소변·대변 검사에, 엑스레이 검사까지 종합 진찰을 한 결과는 「위가 건강치 못하고 심장이 비대한 편이며 동맥경화증이 있으니 자연치료와 심신 안정이 필요하다. 혈압강하제와 인삼 사용은 가급적 피하라.」였다. 뻔한 이야기에 그다지 도움이 될 것도 없었다. 종법사 주치의가 한의사이다 보니 인삼 사용을 피하라는 정도가 견제구 역할을 할 것 같았지만, 정작 주치의는 정산이 서울대병원 입원 중에도 산삼을 구해 복용케 했을 만큼 양의사 소견은 무시됐다.

정산은 3일 만에 퇴원하는 길에, 1959년에 개원하여 아직 자리가 잡히지 않은 동화병원(→ 원의원)을 둘러보았다. 정산이 마음 써서 정부 보조금까지 받아 설립한 양방병원인데 아직은 전문 인력이며 시설이며 모든 게 부족하지만, 언젠가 원불교의 의료기관으로 제구실을 하리라 기대했다.

정산은 동산선원(← 이리고등선원)으로 이동하여 2개월 기한으로 정양하면서 한의사의 처방으로 탕약을 쓰다가, 병세가 악화하여 9월 3일에 다시 중앙병원에 가서 위액검사와 엑스레이 검사를 받는다. 위가 붓고 유문幽門(위에서 창자로 넘어가는 경계 부분)이 협착해졌다는 소견이 나왔을 뿐이다. 서울교당 교무로 있는 큰딸 송영봉이 이래선 안 되겠다 싶었던지 서울대학병원으로 모시자고 주장했다. 9월 10일에 결국 서울대학병원에 입원하였다. 외과, 심장내과, 신경외과 등 의료진이 동원되어 검사를 진행한 후 진단을 종합한 결과가 9월 19일에 나왔다.「위 안에 악성종양이 생긴 것으로 보이며, 투시 결과 유문이 극히 협착하여 있으므로 그 부분의 절개수술이 긴요하다. 종양의 성질은 개복해야 확인되겠으나 대체로 악성인 것이 틀림없으며 종양이 그리 크지는 않다. 수술은 가급적 빨리 하는 것이 좋겠다.」결국 9월 25일에 수술을 받기로 하였다. 고통이 심하여 모르핀 주사까지 맞으며 수술 날짜를 기다렸다.

수술을 마치고 나온 주치의사의 말은 거의 절망적이었다. "위는 상부에 분문噴門 근처까지, 간은 하부로 혈관 조직 부근까지 암 조직이 만연하였으므로, 노령을 고려하여 당처의 절단은 보류하고 통로 두 개 처를 소장 문합吻合으로 내었습니다." 요컨대 분문(위와 식도가 연결되는 국부)부터 위와 간의 혈관 조직까지 암이 전이되어 암

세포 제거는 엄두도 못 내고 임시 조처만 하고 봉합했다는 얘기다. 후유증이 심각하여 욕창에, 수족 마비에, 뇌혈전증에, 저혈압 혼수 상태에, 두통에, 복부팽만증에, 불면증에, 섬어(헛소리)를 하기도 했다. 그런데도 정산은 틈만 나면 주변 사람에게 짧은 법문을 하고 이공전에게는 법설을 잘 받아 적으라고 채근하기도 했다.

"물질문명은 서양이 위주이니 기회 따라 교역하고, 정신문명은 동양이 위주이니 기회 따라 교역하라. 그러면 한 집안 된다.", "한국이 세계 중심국이 된다. 미국이 한국의 제일 큰 보호국이다.", "일등국이 돈으로나 힘으로 되는 것이 아니고 도덕으로써 되는 것이다.", "천하가 한 집안 되는 때다. 국(도량) 트인 사람이 큰 인물 된다.", "근연(가까운 인연)을 잘 두어라. 근연을 잘못 두면 평생에 난(어려움)이 많다.", "과거 시대는 좁은 시대, 새 시대는 백배나 더 너른 시대다.", "너희들이 모두 전체 후손이여. 앞으로는 김씨 이씨 박씨 안 찾아. 다 한 집안 자손이여.", "삼동윤리는 천하 윤리요 만고 윤리다."

그런데, 그런데 말이다. 그 짧은 토막 법설 중에 밑도 끝도 없는 것이 하나 끼어들었다. "하우씨夏禹氏 9년 치수에 백익伯益이 산야에 방화를 많이 하였다. 그 액이 지금 밀려들었느니라."(『범범록』, 575쪽, 10월 8일자 일기) 생뚱맞아 보이지만 헤아리건대, 정산이 지금 받고 있는 병고인즉, 중국 하나라(대략 기원전 2070~1600) 시조 우왕 때 9년 홍수를 다스리기 위하여 치수사업을 하는 와중에 대신大臣 백익이 산야에 불을 많이 싸질렀는데 그 과보라는 것이다. 비슷하나 좀 알아듣기 쉬운 법문이 있다. "하우夏禹 씨 9년 치수 때 백익이 산과 들에 불을 많이 놓아 수많은 금수 곤충을 죽였는데 내가 제일 중요한 시기에 그 과보를 받는 것 같다. 이제 9년이 지났으니 다 받았는지 모르겠다."(『한 울안 한 이치에』, 176쪽) 그러니까 정산이 곧 백익의 후신이라는 말이고, 전생의 살생 업으로 인한 과보를 받고 있는 중이라는 말이다. 백익의 살생은 『맹자』에서 좀 더 확실해진다.

> 요堯임금 때에는 아직 천하가 평정平定되지 않아서 홍수가 멋대로 흘러서 천하에 범람했으며, 따라서 초목이 무성하고 금수가 엄청나게 번식했으며, 오곡이 영글지도 못했고 짐승들이 사람을 덮치기 일쑤였고, 짐승이나 새들의 발자국이 국가의 중심부까지 종횡으로 엉켰다. 요임금이 홀로 이를 근심하여 순舜을 기용하여 다스리게 했다. 이에 순이 백익伯益으로 하여금 불을 관장하게 하니, 백익은 초목이 무성한 산야와 택지澤池에 불을 놓아 태웠으므로, 모든 짐승들이 도망하여 숨었다.(『맹자』, 등문공장구 상)

4천 년이나 지나서 백익의 업을 정산이 받는다는 것이 황당하다고 하지 마라. 인과는 초시간적이기도 하지만, 영겁의 세월 속에 4천 년은 순간이다. 정산은 「天不降不作之福(천불강부작지복, 하늘은 짓지 않은 복을 내리지 않고) 人不受不作之罪(인불수부작지죄, 사람은 짓지 않은 죄를 받지 않는다.)」라 했지만, 백익이 금수 곤충을 9년간이나 그렇게 많이 죽였으니 지은 죗값을 받아야 한다. 원한에 사무친 금수 곤충의 원혼들은 백익에게 원한 갚을 기회를 엿보며 가장 대미지가 클 타이밍을 호시탐탐 노렸다는 것이다. 그것이 4천 년을 기다려[193] 원불교 종법사로 '제일 중요한 시기'를 맞은 백익 후신 정산에게 회심의 치명타를 가하는 방식으로 나타났다. 그것도 9년 동안 당한 것을 9년 동안 두고두고 갚은 것이니, 원혼들은 1953년에 시작하여 1962년까지 만 9년을 괴롭히고 사라진다.[194] 다소간 설화적 냄새가 나긴 하지만 이쯤이면 대충 사개가 들어맞는 것도 같다.

**정산의 팔상**八相

석가불의 생애를 정리한 전기로 『팔상록』이 있다. '도솔내의상'부터 '쌍림열반상'까지 여덟 단계로 나누어 설명한 것이다. 정산이 소태산의 생애를 단계별로 설명한 것이 '대종사십상'이다. '관천기의상'부터 '계미열반상'까지 열 단계다.

3세 종법사 대산 김대거는 정산의 생애도 열 단계로 정리하였다.

---

193) 그 4천 년을 공백으로 두고 건너뛰었다는 뜻은 물론 아니다. 그 사이 백익의 후신은 여러 차례 출몰했다고 볼 만하다.

194) 다만 9년 만에 병이 나은 것은 아니지만, 본인이 죽음으로써 과보를 청산하는 것은 결국 같다고 볼 만하다. 이를 놓고 이공전은 이런 시조를 지었다. 「9년 액(厄), 9년 액 하시기에 9년아 어서 차라/ 차면 90 상수(上壽)로 모시리라 하였더니/ 9년을 이리 끝내실 줄 이 범한(凡漢, 멍텅구리)이 몰랐어라.」

「첫째는 하늘을 우러러 기원하신 앙천기원상이요, 둘째는 스승을 찾아 뜻을 이루신 심사해원상이요, 셋째는 중앙으로서 법을 이으신 중앙계법상이요, 넷째는 봉래산에서 교법 제정을 도우신 봉래조법상이요, 다섯째는 초기 교단의 교화 인연을 맺어 주신 초도교화상이요, 여섯째는 개벽 시대 주세불의 법을 이으신 개벽계성상이요, 일곱째는 전란 중에도 교단을 이끄시며 교화를 쉬지 않으신 전란불휴상이요, 여덟째는 교서를 정비하신 교서정비상이요, 아홉째는 큰 병환 중에도 자비로 제중하신 치병제중상이요, 열째는 임인년에 열반하신 임인열반상이니라.」(『대산종사법어』, 신심편41)

필자는 대산의 십상 정리를 보지 못한 상태에서, 팔상으로 된 장시 〈정산생애송〉을 지었고, 이것이 정산종사 탄생 백 주년 기념행사(2000)로 공연한 음악무용시극 〈달아 높이곰 돋으샤〉의 대본이 되었다. 그 후 약간 손질을 하였는데 여기에 단계만 소개하고자 한다.

①성주발심상星州發心相(성주에서 일찍이 도에 발심하시다.)

②영호유력상嶺湖遊歷相(스승 찾아 영·호남을 두루 다니시다.)

③화해제우상花海際遇相(정읍 화해리에서 대종사를 만나시다.)

④혈인중생상血印重生相(혈인을 나타내며 성자로 거듭나시다.)

⑤변산잠룡상邊山潛龍相(변산에서 잠룡으로 때를 기다리시다.)

⑥신룡보필상新龍輔弼相(신룡벌에서 대종사의 교화를 도우시다.)

⑦일월대명상日月代明相(해가 지매 달로 떠서 세상을 밝히시다.)

⑧삼동부촉상三同咐囑相(삼동윤리를 부촉하고 열반에 드시다.)

한번은 여제자 조전권이 소태산에게 질문하기를, 「석가불이나 대종사 같은 분은 나쁜 업을 안 지었을 테니 고통받을 과보도 없을 듯한데, 보아하니 그렇지도 않더라, 왜 이런 불합리한 일이 일어나는가?」 했다.[195] 그러자 답하기를 「다생을 통하여 많은 사람들을 교화할 때에 혹 완강한 중생들의 사기 악기가 부지중 억압되었던 연유인가 하노라.」 하고, 이어 말하기를 「정당한 법을 가지고 자비 제도하시는 부처님의 능력으로도 정업을 상쇄하지는 못하고 아무리 미천한 중생이라도 죄로 복이 상쇄되지는 아니하리라.」(『대종경』, 인과품8) 했다. 그렇다면 정산이 아무리 깨달음을 얻어 여래위에 오른 부처라 할지라도 정업定業은 피할 길이 없다는 것, 그리고 그것은 금수 곤충 같은 완강한 중생의 억압되었던 사기邪氣 악기惡氣가 일시에 몰려온 것이다, 이렇게 보면 되려는가?

입원 72일 만에 퇴원하여 큰딸 영봉 교무가 있는 서울교당에서 3일을 쉬고 다시 출발하여 익산 총부에 돌아온 것이 11월 24일이니, 75일 만의 귀관이다. 당대 최고의 의료진인 서울대학병원 교수들의 정성도 통하지 않았고, 병마는 마지막 소나기 펀치를 숨 가쁘게 날린다. 이공전이 12월 22일 일기에서 정리한 것을 보면, 저혈압 상태가 계속되며 의식이 혼미해지고 설사가 잦고 땀을 많이 흘리고 복부팽만에 팔다리 압박감을 호소한다. 그밖에도 팔에는 정맥

---

195) 여기서 조전권의 질문은 정신적 시련에 초점을 맞춘 모양새이지만, 육체적 병고에도 확대 적용할 수 있을 것으로 본다.

류 현상이 나타나고 손발은 퉁퉁 붓고 구역질에, 배뇨 장애로 인위적 도뇨를 해야 했다. 그 와중에도 병이 소강상태를 보이면 미음 아닌 밥을 먹어보고 이발과 목욕도 하면서 기운을 차리려고 안간힘을 썼다. 때때로 시자에게 한문을 읽어달라고 하였는데 구양수歐陽脩(1007~1072)의 〈취옹정기醉翁亭記〉나 왕원지의 〈대루원기待漏院記〉 같은 글이다.

정산은 점차 자신의 임종이 다가오는 것을 의식한 듯 초조함을 드러낸다. 그것은 제법주로서의 사명감이니 미완의 『경전』 편수에 조급증을 내는 것이다. 12월 24일부터 교재 정비를 언급하더니, 25일에는 『정전』 및 『대종경』의 완결 촉진에 관한 특별 유시를 내린다. 「대종경의 편찬과 정전의 수정을 조속 완결하며 여타 교서의 편수도 촉진하기 위하여 종전의 정화사 직제 일부를 개정하고 김대거, 이공주, 이완철, 박광전, 이운권, 박장식 여섯 분을 정화사 감수위원으로 정하여 일체 교서의 편찬에 있어서 감수 역에 당케 하고, 편수는 조속 추진하되 가능하면 신년 4월 이내로 양대 교서의 편찬을 완결하도록 하라.」 이공전은 이튿날 바로 유시를 결재받아 행정 처리하고 그에 맞추어 정화사 사칙의 일부도 개정했다. "내가 할 일을 10분의 1이나 하였느냐?" 묻길래, 시자가 "반 이상은 하신 것으로 믿나이다." 하니, "내가 못 한 일이 더 많으니라." 하였다. 한참 후 "천혜天惠가 나에게 어찌 이리 박한고! 천혜가 나에게 어찌 이리 박한고!" 하고 거듭 탄식하였다. 임무를 마칠 때까지 좀 유예할 수는 없느냐고 진리 전에 보채는 것이렷다.

1962년 새해 들어서도 병세는 악화일로여서 「건구역 자주 계속. 각성과 혼수 교착. 더러 심한 진통을 호소. 하복부 팽창감 호소하시면 도뇨導尿(인공배뇨).」(『범범록』, 593쪽, 1월 18일자 일기) 하더니, 「자주 구토, 혈압 현저히 강하. 오후 7시부터 퍽 처연하신 기색. 면도하고 옷 갈아입히라 하시다. 그대로 해 드리다. 취침 종소리 듣으시고 "휴병사장休病死藏[196]! 휴병사장!" 하시다.」(1월 21일자 일기)에 이르면 이미 체념한 듯하다. 22일, 시자가 "『정전』 수정 시안을 유인물로 일제히 공람하였나이다." 보고하니, "속히 의견 모아 결정하라. 잘하였다." 하고 독려하였다. 총부 안의 대중들이 속속 모여들자 그들에게 "마음공부 잘하여서 새 세상의 주인 되라." 당부하고, 10시 20분경 "내 발을 씻기고 내 몸을 닦아라." 하여 그대로 했다. '용태가 침중하고 기식이 엄엄하다.' 전하니, 이는 병세가 위중하고 숨이 곧 끊어질 듯하다 함이다. 기력 회복을 위해 알부민 수액을 꽂으니 곧 기운을 차리고, "누가 한번 삼동윤리를 설명해보라." 하여 대산 김대거가 설명하니, 다시 해보라 거듭 명했다. 그리고 "삼동윤리를 잘 지켜서 천하윤리 만고윤리가 되게 하라." 당부했다. 이공전이 "삼동윤리가 곧 법사님 게송이 되겠습니까?" 물으니 "그렇다."라고 하며 이의 실행을 재차 당부했다.[197] 이때 엄숙한 표정과는 달리 눈물이 주르륵 흘렀다. 삼동윤리는 갖춘 게송 형식으로 「한 울안 한 이치에/ 한 집안 한

---

196) 어떻게 해석해야 할지 난감하지만, "병에 그만 시달리고 죽음을 받아들이겠다."라는 뜻일 듯하다.

권속이/ 한 일터 한 일꾼으로/ 일원세계 건설하자.」로 정리되었다.

11시 40분, 산회하라는 정산의 지시로 대중을 흩어 보냈다. 12시 10분쯤 알부민 주입이 끝나고 정산이 말했다. "종사님께 할 일을 다 못 해드리고, 어머니 앞에서 떠나게 되고, 정전 일과 영모전 일 못 끝내서 미안하다. 종사님은 만고대성이시다." 첫째는 소태산의 뜻을 받들고 추모하는 사업들을 충분히 진척시키지 못함을 안타까워한 것이요, 둘째는 모친 이운외가 91세로 아직 생존해 있는 터에 먼저 감을 죄송해하는 것이요, 셋째는 『정전』의 수정 편찬과 더불어, 소태산 이하 역대 선령들의 위패를 모시고 추모하는 공간인 영모전永慕殿 건립에 미처 힘이 닿지 못한 것을 아쉬워하는 것이니 이것은 첫째의 구체적 내용이기도 하다.

이틀 후인 원기 47년(1962) 1월 24일 오전 9시 30분, 고통에 찬 육신을 버리고 정산은 마침내 열반에 들었다. 향년 61년 5개월, 법랍 45년, 종법사 재임 18년 8개월 만이다. 소태산의 생애가 그러했듯, 정산 송규의 생애 역시 그 자체가 서사적 설법이다.

---

197) 대산 김대거는 삼동윤리를 게송으로 삼을까 물은 것이 항타원 이경순 교무였다고 기억하고 있으나, 여기서는 이공전의 일기를 따랐다.

## 뒷이야기

정산 열반 후 입관을 앞두고 정산의 부인 중타원 여청운에게 참관하라는 전갈이 왔다. 마지막 작별의 자리에서 여청운이 수시포를 걷고 보니 고인의 얼굴은 너무도 맑고 밝았다. "당신은 복도 많으시오. 잘 가시오." 단 두 마디로 이승에서의 작별 인사를 나누었다.[198] 소태산 열반 때는 병원에서 영구차가 총부에 도착하자 부인 십타원 양하운은 일시 정신을 잃더니, 깨나서 한 말이 "아이구, 이 일을 어째! 이 일을 어째!"였다고 하는데,[199] 그에 비하면 여청운은 너무도 대범한 모습을 보여서 주변이 놀랐다고 한다. 다정다감한 전라도식 반응과 무뚝뚝한 경상도식 반응의 차이일까 모를 일이다.

5일장이었다. 세상이 온통 눈에 덮인 1월 28일, 추운 날씨임에도 교도와 조객 5천여 명이 모인 가운데 원광대학 광장에서 발인식을 치렀다. 장의위원장 박광전의 개식사, 시자 이공전의 약력 보고, 수위단 대표 이공주 등의 고사, 끝으로 조가 등의 순이었다. 이리화장장에서 다비에 붙여지고 다음 날 유해는 총부 종법실에 안치하였다가 종재를 지낸 후 송대로 옮겨 임시로 봉안하였다.

소태산이 심혈을 기울이고 마지막까지 독촉했던 『불교정전』이

---

198) 이상은 이현권(이춘풍 며느리)의 증언(『우리 회상의 법모』, 209쪽)이다. 그런데 심익순은 비슷한 내용을 임종시 정산 부부가 생전에 나눈 작별 인사로 기억하고 있다.(『우리 회상의 법모』 133쪽 참조.)

199) 박용덕, 『구수산 칠산바다』, 314쪽.

소태산 열반 후 2개월이 지나서 발간되었듯이, 제법주로서 정산이 심혈을 기울여 기획하고 편찬을 추진했던 각종 경전들은 그가 열반한 후 시차를 두고 줄줄이 발간된다. 임종을 앞두고, 당장 4월까지 마치라고 편찬을 독촉하였던 양대 교서(『정전』, 『대종경』)는 정산 열반 8개월 후인 1962년 9월에 둘을 합하여 『원불교교전』이란 이름으로 발간하였다. 1965년에는 『불조요경』이 발간되었다. 이것은 본래 소태산 생존 시에 편찬한 『불교정전』 2, 3권에 들어 있던 불경조론 등을 다시 엮은 것이니, 인과경 가운데서 『불설죄복보응경』만을 제외한 것이다. 『불조요경』에 대해서는 저승의 정산이 아쉽다고 할 것 같다.

### 『불조요경』과 『원불교요전』

정산은 "유불선 삼교와 기타 종교를 통합하여 한 경전을 만들려 한다."(『한 울안 한 이치에』, 122쪽) 한 바가 있는데 이것을 구체화한 것이 『원불교요전』으로 보인다.

원기 47년(1962) 2월 21일 수위단회에 제출된 '교서발간에 관한 의안' 가운데는 정화사에서 제안한 〈'원불교요전' 발간에 관한 건〉이 있다. 『원불교교전』의 보조경전으로 『원불교요전』을 편찬하고, 그 편차는 〈불교요전〉, 〈도교요전〉, 〈유교요전〉, 〈기독교요전〉, 〈한국신흥종교요전〉으로 하자는 것이다. 그 후 정화사에서 발송한 '교전편수 발간예고 공한'(1962.5.14.)에 보면 「『원불교요전』이라는 이름의 보조경전으로 후일에 공간公刊키로 의결되어 있사오며」라는 구절이 나온다.

『불조요경』은 〈불교요전〉을 대신하는 것으로 볼 수 있지만 나머지는 어찌한다는 언급이 없다. 그런데 이공전 일기(1965.1.24.)에 「고경 우선 추진과 그에 관한 편찬요강 양원장께 품의. 제2권에 유儒·선仙, 동학의 연원 경전은 약하고 발간하자는 의견 지배적. 제2권 부록에 인과경 3건 약하자는 의견 지배적」이라고 나온다. 여기서 이른바 요전을 발간하는 데에 대한 의견의 흐름이 대강 짐작은 간다. 고경(『불조요경』) 외의 요전들은 시급을 요하는 것도 아니니 일단 보류하자는 여론이 아니었던가 싶다.

그건 그렇다 해도 복안으로 가지고 있던 요전의 내역으로 어떤 것이 있었을까 궁금하다. 〈도교요전〉에는 정산이 몸소 강의도 한 『도덕경』에, 친히 엮은 『수심정경』(← 정정요론 ← 정심요결) 정도는 넣을 만하고, 〈유교요전〉에는 소태산 때부터 중시한 『중용』, 『대학』의 발췌본이 채택될 만하고, 〈기독교요전〉에는 산상수훈이 실린 〈마태복음〉 정도가 실릴 만하고, 〈한국신흥종교요전〉에는 동학의 『동경대전』이나 『용담유사』에서 발췌하고 증산교의 『대순전경』에서 발췌하는 방법으로 하면 어떨까 싶기도 하다.

1968년에, 수정된 『예전』과 새로 편찬한 『성가』를 합본으로 냈다. 원기 20년(1935)에 냈던 『예전』도 정산이 기안을 하긴 했지만 가례 위주에 필수적 교례를 덧붙인 것이었는데, 새로 편찬된 『예전』은 통례 편, 가례 편, 교례 편으로 삼분하여 보완한 것이었다. 『성가』는 1935년 〈불법연구회가〉 등을 다른 노래 곡에 얹어 부르다가, 1940년 이후 작곡을 의뢰한 창작 성가를 만들기 시작하였다. 두어 차례 곡을 추가하던 끝에 이번에 본격적으로 가사를 선정하고 김동진, 이흥렬, 나운영 등 전문가들에게 작곡을 의뢰하여 총 126곡으로 격을 갖춘 성가집을 낸 것이다. 1972년에 이르러 『정산종사법어』를 내니, 1부엔 정산 친제의 〈세전〉을, 2부엔 정산 언행록인 〈법어〉를 배치한 것이다. 1975년에 『원불교교사』를 내고 1976년엔 『원불교교헌』을 더하여, 이른바 원불교 7대 교서를 넘는 9종 교서를 온전히 완성했다. 1977년에는 이들을 함께 묶은 『원불교전서』를 펴냄으로써 정화사 20년 역사의 대미를 장식하고, 같은 해 10월에 정화사를 해체하였다.

여기에 이르러 제법주로서 정산이 꿈꾸었던 원불교 경전의 집대성을 마쳤으니, 제3세 종법사로서 정신적·행정적 뒷받침을 충실히 했던 대산 김대거와 20년간 정산의 당부와 유촉을 뼈에 새기고 정화사 사무장으로서 실무를 담당했던 범산 이공전의 공로는 길이 기억될 것이다. 1977년 11월 5일, 중앙교의회에서 이공전은 비장한 목소리로 마지막 인사를 했다.

"20년 전 막중한 이 기관을 개설하실 적에 약관의 본인을 사무장의 중임에 임명하시고, 모든 교서의 편수방침을 일일이 지시하시면서, 복전을 만났으니 법열 속에 일을 하고 정의를 서로 주어 동련

同連[200]으로 정진하라, 격려해주시던 초대 총재 정산 스승님과, 모든 교서들을 차례로 감수 감정해주시고 어려운 고비에 많은 법력을 밀어주신 2대 총재 대산 스승님과, 다섯 분 감수위원 및 자문위원 여러분의 각별하신 법은에, 이 자리에서 삼가 찬송과 감사의 인사를 드립니다."

이공전은 이후에도, 『논어』에서 빠진 것을 『공자가어』로 보완했듯이 『대종경』에서 빠진 것을 보완하라던 정산의 당부를 잊지 않고 있다가, 1978년에 『대종경 선외록』을 발표함으로써 남은 아쉬움이 없도록 하였다. 또, 애초 정화사 업무에 정산은 『경전』의 중역, 일역, 영역 등 3개 국어 번역도 계획에 넣어두었지만, 아마 정산도 원불교 백 년 기념으로 이들 교서가 10개 외국어로 번역되어 봉헌되리라고는 미처 예상하지 못했을 듯싶다.

대산 김대거 종법사는 정산의 삼동윤리 유지를 받들어 1965년 한국종교연합운동 초창부터 한국종교인협회(→ 한국종교협의회) 창립 멤버(불교, 유교, 원불교, 천도교, 천주교, 개신교)로 참여하였고, 1970년 일본에서 열린 제1차 세계종교자평화회의에 참가하여 세계종교연합기구 창설을 제의하였고, 이후로도 꾸준히 정치적 국제연합UN에 상응하는 정신적 종교연합UR을 촉구하고 나섰다.

1971년, 정산이 최후까지 미완의 사업으로 안타까워하던 영모

200) 사전류에서 이런 단어는 찾지 못해서 정확한 뜻은 모르겠으나 '함께 연대함'을 뜻하지 않을까 짐작된다.

전이 총부 경내에 넓은 잔디광장까지 갖춘 아름다운 현대식 건물로 준공되었고, 같은 해 10월 7일, 유해를 봉안한 정산종사성탑을 총부 경내에 건립하였다. 1988년에는 보다 품격 있게 장엄한 3층 성탑을 소태산 5층 성탑 가까이에 다시 세우고 유해를 옮겨 봉안하였다. 대산 김대거의 지음으로 탑명을 새기니 그 일부는 아래와 같다.

> 대범 하늘은 땅이 있어 그 도를 다하고 태양은 달을 두어 그 공을 더하나니, 대종사께옵서 대각을 이루신 후 새 세상의 새 회상을 세우시고자 시방을 응하여 수위단을 조직하실 제, 정산 종사를 기다려 그 중앙위를 맡기시고 "내가 만나려던 사람을 만났으니 우리의 대사大事는 이제 결정 났다." 하시었으며, 이로부터 지중한 부자父子의 결의로 한결같이 신봉과 보필의 소임을 다하시매 "나의 마음이 곧 그의 마음이 되고, 그의 마음이 곧 나의 마음이 되었다." 하시었으니, 이것이 정산 종사의, 법을 이어받으신 기연이다. (…) 오호라! 정산 종사는 한없는 세상을 통하여 대종사를 받들고 제생의세의 대업을 운전하실 제, 신의는 고금을 일관하시고 경륜은 우주를 관통하시며, 시국의 만난萬難 중에서도 대도를 이어받아 드러내시고, 흉흉한 세도인심 속에서도 대자대비로 모든 생명을 두루 안아 길러주시며, 새 질서를 갈망하는 세계를 향하여 일원세계 건설의 큰길을 높이 외쳐주셨으니, 후래 제자로서 묵묵히 우러러 뵈올 때에, 대종사는 하늘이요 태양이시라면 정산 종사는 땅이요 명월이시며, 대종사는 우리의 정신을 낳아주신 영부靈父시라면 정산 종사는 그 정신을 길러주신 법모法母시라. 광대무량한 그 공덕을

만에 일이라도 표기하고자 이 탑을 세우고 이에 명銘한다. (…)

대휴대헐大休大歇(크게 쉬고 크게 쉰다.)! 이제 그의 혼은 어디서 쉬고 있을까? 큰일 하는 성현들은 49일이 아니라 49년도 휴식하긴 짧을 듯한데, 하마 새 일터를 찾았을까? 한 일꾼으로 소태산을 따라갔을까?

"어젯밤 꿈에는 내 고향 달마산에 올라갔다 왔다. 공전아, 너 가서 산딸기도 따먹고 장군바위도 보고 오너라." 조부 송훈동의 후신으로 왔다던 이공전에게, 정산이 고향 이야기를 한 것은 열반을 앞둔 1961년 12월 11일이었다. 19세에 떠나 63세에 이르도록 굳이 찾지 않던 고향 성주를 정산이 새삼스레 그리워하는 것은 또 무슨 까닭인가. 그리 오래 사랑하던 영산(영광)도 아니고 수술 병상에서까지 그리 챙기던 신도안도 아닌 성주군 초전면 소성리 그곳에 임종을 앞두고서야 가고 싶었던 까닭이 무엇일까.[201] "공전아, 공전아! 내가 낫기만 하면 고향에 한번 가자. 꿈에 돌아가신 아버님이 자꾸 보인다." 하더니 끝내 가보지 못한 채 세상을 떴다. 49일 종재식을 마치고 이공전과 유족들이 정산의 영정을 모시고 고향 성주를 찾았다. 이공전은 눈물을 지으며 이 시조를 읊었다.

---

201) 남원교당에서 요양할 때 성주 재종제 송한익의 서신을 받고 이공전에게 말하기를 "병이 나아서 출입을 활발히 할 수 있게 되면 고향에도 한 차례 다녀오자. 가면 법연도 없지 않을 것이다."(1953년 11월 19일자 이공전 일기) 한 것으로 보아, 병들면서는 고향 생각을 종종 했던 것으로 보인다.

성주라 아성지亞聖地라 그리고 그리던 땅
"우리 같이 가자꾸나." 벼르신 길 벼르던 길
저희만 예 왔나이다, 임하 굽어 보소서.

정산이 꿈에 올랐다던 달마산! 산딸기, 장군봉을 그리던 임을 생각하며 이공전은 다시 읊었다.

네가 달마산가? "우리 어린 삼남매가
산딸기도 땄느니라. 꿈속에도 봤다." 하신
가신 임 향수의 상징아, 네가 그 달마산가?

이 글을 쓰고 있는 시간 「국방부가 경북 성주 사드THAAD(고고도미사일방어체계) 기지에 공사 자재 반입을 예고한 27일 오후, 경북 성주군 초전면 소성리 진밭교 사드 기지 진입로에서 사드 반대 단체 및 주민과 경찰이 충돌하고 있다.」는 설명과 함께 경찰과 주민이 한데 엉겨 아수라장을 연출하는 사진이 인터넷뉴스에 올라 있다. 이제 사드 기지를 둘러싸고 벌어지는 경찰과 주민과의 충돌은 국방부가 달마산 기슭 '롯데 성주CC 골프장'을 사드 부지로 발표한 2016년 9월 이래 일상적인 풍경이 되고 있다. 「전방 130도, 100미터 인원 절대 출입 금지, 3.6킬로미터 허가받은 인력 외 출입 금지, 5.5킬로미터 항공기 통제구역」이라는 사드 기지 수칙이 사실일진대 「산천의구란 말 옛 시인의 허사虛辭로고!」도 사치스럽다. 달마산에 올라 장군바위를 바라보며 산딸기를 따는 짓은 꿈도 꿀 수 없다. 계룡산 부남리(신도안)에서는 한국 5공 군부에 의해 쫓겨났듯이, 이제 달마산 소성리는 주한 미8군이 접수하여 접근이 불가능한 지역이 되는 것이다.

정산이 사랑하던 땅마다 이렇게 빼앗김이 다시 "천혜天惠가 나에게 어찌 이리 박한고!" 탄식이나 할 불가피한 운명인가? 운명치고는 참 얄궂다. 그래서 그는 못내 그리워하면서도 끝내 찾지를 않았던가? 먼 훗날 비밀은 풀리겠지만, 혹 짐작하는 사람이 있더라도 아직은 천기를 누설하지 말지어다.

# X

# 예언과 일화

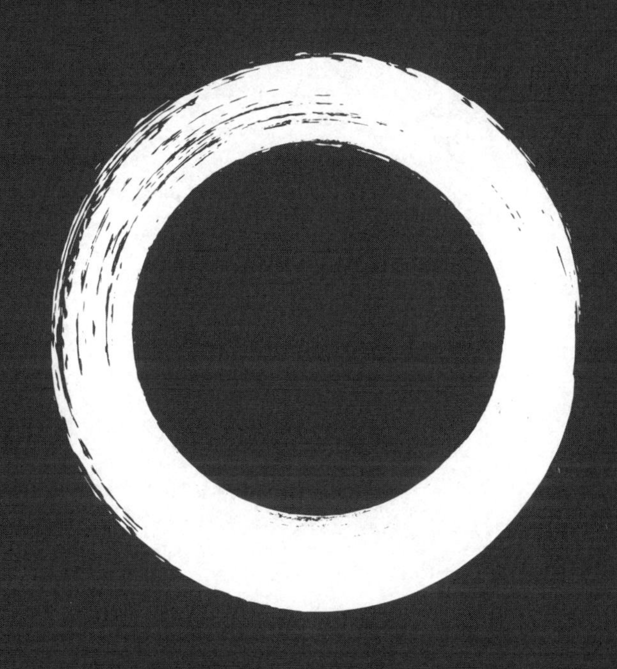

종교학자 최준식 교수가 영적 능력자들의 예언을 두고 그 신뢰성에 대하여 영화 품평처럼 5점 만점으로 점수를 매겨보았다고 한다.

같은 예언이라 해도 믿을 수 있는 것이 있고 그렇지 않은 것이 있다는 생각에서 그렇게 한 것이다. 이 평가는 주관적일 수 있지만 내용의 내적 일관성 혹은 예언가가 지닌 영격靈格의 고하, 그리고 사회적 위치 등을 고려해 점수를 매겨 보았다. 그 결과 원불교를 창시한 소태산 박중빈이나 그의 제자인 정산 송규가 행한 예언이 5점에 가까운 점수를 받은 반면, 미국의 개신교 부흥사들이나 외계인이 했다는 예언은 최하위가 됐다. 그 중간에는 인지학人智學을 창설한 슈타이너 등이 내린 예언이 포진됐다.(〈한국이 영적인 국가가 된다고?〉, 《서울신문》, 2020.4.21.)

이 기사를 보면서 필자는 문득 정산의 다음 예언이 생각났다.

지금은 폐병이 무서운 병이라 하지만 앞으로는 이름도 모를, 수 없는 병들이 발생할 것이다. 그 이유는 사람들이 인과를 모르고 (저지른) 무지한 살생으로 그 과보가 다르기 때문이다.(『우리 회상 법모』, 66쪽, 류관진 편)

장티푸스, 콜레라, 결핵 같은 세균성 질환에 암이나 걱정했고, 고작 문학작품 속에서 흑사병(페스트)이란 이름이나 들으며 살던 터에, 20세기 말기에 들어서면서 갑자기 A형간염이니 에이즈니 하는 낯선 이름의 바이러스 질환이 매스컴을 달구었다. 그때만 해도 남의 얘기로만 알았는데 사스, AI(조류독감), 신종플루, 메르스 등 듣도 보도 못한 이름들이 뻔질나게 등장하면서 불안감을 증폭시키더니 마침내 코로나19 같은 '쎈놈'이 나타나리라곤 짐작도 못 했다. 야생에 170만 종의 바이러스가 잠복하고 있다는 학자들의 주장이 맞는다면, 또 무슨 해괴한 이름의 바이러스 감염병이 세상을 흔들는지 알 수 없다. 아, 그래서 평점 5에 가까운 영적 능력자 정산이 "이름도 모를, 수 없는 병들이 발생할 것"이라고 예언을 했구나, 생각하니 정산의 예언과 법문을 그냥 묻어두고 이 글을 끝내기가 아쉬워졌다. 그래서 눈길을 끄는 법문과 일화 등을 주제별로 몇 가지 정리해보기로 한다.

## 한국의 미래

소태산이나 정산은 인류 세계의 미래나 한국의 미래를 두고 예언을 많이 했다. 『대종경』 전망품에 집중적으로 나와 있지만, 주목 받는 것이 조선의 국운을 '어변성룡'으로 예언한 것이요, '정신적 지도국 도덕의 부모국'으로 예언한 것이 아닌가 한다. 앞에서 얘기한 최준식의 인터뷰를 좀 더 보자.

> 소태산이 행한 것으로, 한국은 앞으로 물고기가 진화해 용과 같은 국가가 된다는 예언은 익히 들어 잘 알고 있다. 이 예언은 맞았다. 한국은 이미 아시아의 작은 용이 됐고 지금은 세계적인 용이 되기 위해 도약 중이니 말이다. 여기까지는 나도 수용할 수 있는데 한국인이 미래에 전 세계를 정신적으로 이끈다는 예언은 정녕 받아들이기 힘들었다. 한국의 정치나 교육, 종교 등의 분야에서 보이는 난맥상을 보면 그렇게 생각할 수밖에 없었다. 그런데 최근 뜻밖의 사태를 맞이하면서 이 예언이 실현될 수도 있겠다는 심산이 섰다.

요컨대 코로나19 대응을 보면서 한국이 정신적 지도자의 위치에 오를 수 있겠구나, 하는 감을 잡았다는 것이다. 못 미더우면 시간을 두고 지켜볼 일이다.

> 세계지도에서 지중해를 짚어보라 하시고, 나란히 옮겨 한국까지 와보라 하시더니 "16세기의 문명은 지중해로부터 발생했지만, 앞으로의 문명은 과학과 도학이 겸전한 문명이 되고, 한국이 세계의 심장부로 도덕의 부모국 역할을 하게 될 것이다."(『우리 회상의 법모』 157쪽, 윤주현 편)

지금까지 로마에서 세계를 지도하여 왔으나, 그 운이 이제는 한국으로 왔다. 옛날에는 음陰 시대를 상징하는 지중해에 운이 있었으나 오는 세상에는 양陽 시대를 상징하는 한반도에 그 운이 있다.(『한 울안 한 이치에』, 109쪽)

이 밖에도 세계지도 놓고 한 법문이 많다. 한국이 경제적 선진국에 그치는 것이 아니라, 로마 중심의 기독교가 세계를 제패했듯이 일원대도(원불교)가 있어 한국이 정신적 지도국의 위치에 설 것을 예언한 것이다.

우리가 선진국들보다 훨씬 후진되어 50년도 떨어진 것 같고 100년도 뒤진 것 같으나, 모를 심을 때 좀 늦게 심은 것도 결실 무렵에는 함께 익는 것처럼, 얼마 아니 가서 우리나라가 선진국 대열에 함께 서게 되리라.(『한 울안 한 이치에』, 108~109쪽)

돌아오는 세상 사람들은 하루 벌어서 일주일이나 먹고, 한 달 벌어서 일 년이나 먹게 되므로 자연 한가한 시간이 많아진다.(앞의 책, 119쪽)

최빈국이자 후진국인 한국은 정산 간 지 60년에 선진국에 진입했다. 고작 명절에나 쉴까 공휴일도 없이 종일토록 일하던 시대는 가고, 이제 토요일이나 일요일은 물론 휴일과 휴가가 넘쳐난다. 이미 1주일에 4일만 일하는 기업체들이 생겨나고 있지만, 이 기세대로라면 언젠가 1주일에 하루만 일해도 먹고사는 시대가 올 것이다. 『대학』에 「小人閑居爲不善(소인한거위불선, 소인은 한가하면 나쁜 짓을 한다.)」이라 한 말씀 때문에 정산은 미리부터 걱정이다.

보다 구체적 예언도 보인다. 서해 융기설은 가까이 탄허 스님 예언도 있고 비결서 등의 황당 스토리에도 있지만, 정산도 서해로 땅이 넓어진다 했다. 새만금 정도 가지고 한 말은 아닐 듯한데 그건 그렇다 치고, 대전 중심설은 색다르다. 여기서 말하는 대전은 예전의 대전시나 지금의 대전광역시가 아니라 계룡시나 세종특별자치시까지 포함하는 의미의 대전이란 해설도 있다.

> 서해 바다가 점차 많은 땅으로 변할 것이다. 그때가 되면 우리나라의 중심은 대전이 될 것이다.(『우리 회상의 법모』, 132쪽, 심익순 편)

> 대전이 대지大地니라. 기운이 그리 밀리니 송도(개성)나 서울보다 훨씬 대지이고 평양이 겨우 견줄 만하리라.(『한 울안 한 이치에』, 116쪽)

## 정산의 성격

어느 해 가을 교무강습 때 초청된 안병욱 교수는 "여러분은 십 년만 공부하면 나 같은 사람이 될 수 있지만, 나는 백 년을 공부해도 그분과 같은 얼굴을 가질 수는 없다."고, 정산이 가진 화열和悅의 표정을 예찬하였다지만,(『우리 회상의 법모』, 257쪽, 정도윤 편) 풍토와 기질로 보아 정산이 그렇게 유柔하기만 한 성격이 아닐 것이란 짐작을 뒷받침하는 일화들이 제법 있다.

촌스러울 만큼 온화한 성격에 모난 데가 없는 기산 이현도 교무가 젊은 날, 요양차 남원교당에 온 정산을 모실 때 일이다. 논을 매다가 쉴 참에 언덕에 올라 좌선을 시작했는데 그만 점심도 거르고 반나절이 지나도록 삼매경이 들었던 모양이다. 결국 정산에게 불려갔다. 이현도는 일은 안 했지만 낮잠을 잔 것도 아니고 좌선을 했으니 그리 잘못한 것 같지 않은데, 정산의 노여움은 컸다.

> 마루 끝에 겨우 꿇어앉은 나를 향해 하늘이 갈라지듯 울려나오는 엄하신 말씀으로 "너 지금까지 무엇을 했느냐?" 하고 물으셨다. (…) 얼핏 그 순간은 자비롭고 훈훈한 성안보다는 눈썹을 꼿꼿이 세우고 무서운 표정으로 내려다보시는데 놀라지 않을 수 없었다. (…) 겨우 정신을 차리고는 "정신의 밥을 먹느라고 육신의 밥 먹는 시간을 놓쳤습니다."라고 말했다. 그러자 정산 종사께서는 용서 못 할 칼날 같은 음성으로 "그게 무슨 소리냐? 너 지금 무엇이라고 했느냐? 응! 정신의 밥? 정신의 밥을 어떻게 먹느냐? 그 말 한 번 또 해봐라!" 연거푸 소리를 높이며 단숨에 다그치시는데 나는 혼비백산이 되고 말았다.(『우리 회상의 법모』, 211~212쪽, 이현도 편)

전무출신 하러 총부에 들어가 있던 전광순이 친구 하나를 데려왔는데 당시는 식량난이 극심하여 식구를 늘릴 형편이 못 되는지라 그냥 돌려보냈다. 그러자 전광순은 정산 종법사한테 떼를 쓰면 되겠지 싶어 매일같이 졸라댔다. 그러자 정산은 옆에 있던 빗자루로 전광순의 머리를 세 차례나 때리면서 "이 녀석아, 총부 실정을 네가 모르면 누가 아냐? 왜 말을 안 듣고 고집을 부리느냐?" 하며 혼을 내더란다.(『우리 회상의 법모』, 246쪽, 전광순 편)

물론 할아버지와 손녀 같고 무간한 사이니까 떼도 썼고 아프게 때리기야 했겠느냐만, 필자는 이 이야기를 듣고는 어리둥절했다. 요샌 꽃으로도 때리지 말라 하는데, 아무리 옛날이라 해도 그 자비롭고 유화하기만 했다는 어른이 빗자루로 젊은 처자를 세 번이나 때렸다고? 정산에게 이런 일면이 있었다는 건 놀랍다. 한의사 주치의였던 장인중이 정산의 성격을 분석한 것은 이러하다.

> 정산 종사님은 의학적으로 표현해 보면, 금기성국金氣成局에 용지성龍之性으로, 이는 체격은 금으로 이루어졌는데 기상은 용의 성품이라는 말이다. 다시 말하면 눈을 바로 바라볼 수 없을 정도로 안광 등 용모에 위엄성이 있는 동시에 말씀과 풍모에서 자비훈풍이 흘러넘쳤다.(『우리 회상의 법모』, 239쪽, 장인중 편)

그래서 시자 박정훈은 「위엄〔剛〕과 자비〔柔〕가 찰나 사이에 조화를 이루되 어쩌면 그렇게 흔적이 없으신지 감탄할 뿐」이라 했고, 「언제나 부드러울 것과 두루 포용할 것〔柔〕을 주장하시는 가운데에도 간혹 분명히 가를 것은 가르시고 강剛하실 때는 능히 강하시었다.」고도 했다.(『한 울안 한 이치에』, 190~191쪽)

## 전생과 후생

나는 과거에 중국에 산 것이 분명하다. 중국에 산동, 산서 지역이 있는데 이곳에도 남원에 산동山東, 장수에 산서山西가 있다. 나는 산동, 산서의 지명만 들어도 마음이 좋다.(『우리 회상의 법모』, 78쪽, 류장순 편)

정산은 고대부터 근세에 이르기까지 중국 관련 전생사를 종종 이야기했다. 앞서도 이야기했다시피 백익이 9년 홍수를 다스리면서 저지른 살생의 과보를 받고 있다 함도 그렇고, 구양수의 〈취옹정기〉를 거듭 읽어달라면서 "나도 그 까닭을 모른다마는 반드시 무슨 곡절이 있는 것 같다."고 한 것도 그렇고, 장개석(장제스)이 당신의 아우였던 적이 있다고도 했다. 산동성이나 산서성에서 많이 활동했는지도 모르겠다. 심익순은 "정산 종사님의 생전 모습을 돌이켜 생각해 보면, 분명 전생에 중국에서 한 회상을 열으셨던 성인임을 의심치 않는다."고도 했다.(『우리 회상의 법모』, 130쪽)

시봉진 중 두 사람에게 "너희가 남이 아니다. 여러 생의 형제다. 너희는 서로 사랑하기를 금같이 하고 서로 위하기를 옥같이 하라."(1961년 11월 12일자 이공전 일기) 했다. 두 사람 중 하나는 이공전이지만, 나머지 한 사람을 이공전은 공개하지 않았다.

개성교당 송달준이 뵈러 올 때 여러 번 “장비다. 장비가 왔다.” 했다.(『우리 회상의 법모』, 112쪽) 장비라면 『삼국지』에 나오는 그 장비張飛(165~221)? 1,700여 년 전의 장비가 여자로 한국에 왔다?

아버지 송벽조가 열반하자 “아버님께서 고향을 못 잊어 하시더니 성주에 가서 태어나셨다.”고 했다. 남원교당에서 양아들 전은이 죽은 지 1개월쯤 되자 “전은이가 종재(49일)를 기다리지 아니하고 인연을 찾아갔다.” 했다. 일산 이재철이 열반하자 정산은 새벽, 저녁으로 독경 축원을 해주었는데, 어느 날 저녁에는 잠깐 밖에 나갔다가 들어오더니 일산의 아들 이명진에게 “아버님 영혼을 인도해드리고 왔다.” 했다. 이런 것을 보면 정산은 영혼들의 이동 경로를 소상히 파악하고 있던 모양이다. 윤회전생을 못 미더워하는 제자에게 한 유명한 말씀이 있다.

“하루살이는 하루만 보고 버마재비는 한 달만 보므로 하루살이는 한 달을 모르고 버마재비는 일 년을 모르며, 범부는 일생만 보므로 영생을 모른다.”

## 스승 소태산과 효孝

소태산은 다른 제자들에게 “송규는 내 분화신이다.” 했고, 정산은 또 “대종사님과 나는 둘이 아니다.” 했다. 그러면서도 스승 소태산을 깍듯이 섬기기로는 정산 같은 효자가 없다. 그야말로 소태산의 그림자조차 밟기를 삼가고 행여나 소태산의 흔적이라도 지워질까 조심했다.

소태산 열반 후 새로 종법사가 된 정산에겐 힘겨운 상대가 둘 있었으니, 하나는 당연히 일제이고, 다른 하나는 뜻밖에도 소태산의 해묵은 제자들이었다. 특히 권위와 영이 서지 못하는 상황에서 무엄한 제자들을 내치라는 권고를 받으면 "대종사님이 길러놓은 제자를 내가 이래라저래라 하면 되겠느냐. 대종사님은 부모뻘이고 나는 형제뻘이다." 했다. 소태산과 그 제자들의 관계는 부자 관계, 수직 관계였지만, 정산과 그들 관계는 수평 관계, 형제 관계라고 보는 것이다.

> 한번은 전체 대중이 공회당에 모여 대종사님 재세시부터 내려오던 은자녀恩子女 제도 문제로 공사가 벌어져, 폐지하자는 쪽으로 결의되어 그 공사 내용을 말씀드렸다. "너희들 마음대로 대종사님께서 제정해 놓은 법을 이렇게 해라 저렇게 해라 하며 없애려 하느냐?" 하며 크게 나무라셨다.(『우리 회상의 법모』, 168쪽, 이백철 편)

> 나는 어려서 대종사님으로부터 이영자李影子라는 법명을 받들었다. 발음은 괜찮은데 한문으로 보면, 이 그림자 영影 자가 실實이 없는 것 같아 어쩐지 마음에 걸렸었다. (…) "종법사님으로부터 새 법명을 받들고 싶습니다." 말씀드렸더니 "그래? 오늘은 그냥 돌아가고 다음에 말해주마." 며칠 후 조실에서 들어오라는 전갈을 받들고 들어갔다. "영자야!"

하고 부르시더니, "이 이름은 대종사님께서 내리신 법명인데 내가 어떻게 고치겠느냐. 다 뜻이 있어 내리신 이름이니 잘 받들어라." 하시며 이름을 바꿔주지 않으셨다.(『우리 회상의 법모』, 183쪽, 이영자 편)

세월이 흘러 시대에 잘 맞지 않게 된 제도는 폐기도 하고, 본인이 싫어하는 이름이라면 바꿔줄 만도 한데 말이다. 『논어』(학이편11)에 보면, 「아버지께서 살아계실 때는 그 뜻을 살피고, 아버지께서 돌아가셨을 때는 그 하신 일을 살핀다. 3년 동안 아버지가 하시던 방식을 고치지 않아야 효자라고 할 만하다.」 했다. 정산은 대종사가 하신 일이라면 20년이 지나도 안 고칠 정도의 지극한 효심이 있었다.

그래도 1951년, 대학 인가를 받을 때에 교명을 짓게 되자, 소태산이 지어놓은 유일대학唯一大學을 버리고, 차선책으로 자신이 제의한 성문대학聖文大學도 양보하고, 대중의 공의에 따른 원광대학圓光大學을 받아들일 만큼은 열려 있었다.

## 인간미

성인이라고 하여 근엄하기만 하면 인간미가 없고, 같이 사는 사람들은 숨이 막힐 것이다. 정산 종법사는 총부 구내 사는 전무출신이나 전무출신 가정의 자녀들이 병이 났다 하면 몸소 문병을 가서 위로해주었다.

유일학림 학생이던 송자명이 결핵 앓던 동기생을 간호하다가 전염이 되어 각혈까지 하면서 요양하고 있을 때, 종법사 정산이 문병을 왔다. 손수 주문(청정주)을 써가지고 와서 벽에 붙여주며 하루에 3천 번씩 외우라고 했다. 숨이 차서 그렇게 못하겠노라 하니 2천 번을 하라 하고, 그것도 많다 하니 그러면 1천 번만 하라고 하더란다. 시키는 대로 하라고 강요하는 것이 아니라 두 번이나 깎아주며 타협하는 데 묘미가 있다. 위기를 넘기자 보약 한 재를 지어주고 위로금 4천 환도 주더란다. 이렇게 사랑을 받은 송자명은 정산이 병들어 수술 받고 요양할 때 지성껏 간병함으로써 되갚았다.(『우리 회상의 법모』, 117~118쪽)

안이정이 폐결핵 3기가 되어 잠도 못 자고 숨쉬기도 힘들어졌다. 조실 옆방에서 기거하며 요양을 하였는데 정산이 사람을 시켜 안이정에게 개고기를 보내어 보신케 했다. 그리고 몸소 찾아와서 위로하고 수양법을 일러주니, 그대로 주문을 외고 기도를 하자 완쾌하여 건강을 회복하였다. 당신 약으로 쓰라고 가져온 잉어를 놓아주라고 하리만큼 생명을 아끼는 이가 제자 병에는 개고기를 삶아주는 것이 얼마나 각별한 배려와 사랑이겠는가.(『우리 회상의 법모』, 137쪽)

한번은 김중묵에게 『논어』(향당편8)에 나오는 「食不語(식불어) 寢不言(침불언)」을 새겨보라고 했다. 김중묵은 흔히 하는 해석대로 "그것은, 밥을 먹을 때나 잠을 잘 때는 말을 삼가라는 말씀입니다." 하니 정산이 다시 새겼다. "식불어란 배가 고픈 이가 있어 의義 아닌 짓을 하는 이가 있다 해도 너무 시시비비를 따지지 말라는 것이고, 침불언은 남녀 문제가 드러난 것은 모르지만 분명치 않은 것은 드러내 시비를 함부로 논하지 말라는 것이다."(『우리 회상의 법모』, 50쪽)

정산의 새김은 의도적 오역이다. 쉽게 말하면 배고픈 장발장의 도둑질은 벌하지 말라는 것이고, 남녀의 성관계는 너무 엄격히 캐지 말고 알아도 모른 척 눈감아주라는 것이다. 이 비슷한 글이 강증산의 말(『대순전경』)에도 나오는데 그를 고쳐서 한 말인지 그와는 상관없이 한 말인지는 알 수 없으나, 어쨌건 인간의 식욕과 성욕을 엄격한 도덕적 잣대로 재단하기보다 느슨하고 관대하게 대하라는 것이 참 인간적이다 싶다.

## 병고病苦

명진 스님은 『중생이 아프면 부처도 아프다』(2011)라는 책을 냈는데, 이 제목의 출전은 『유마경』으로 보인다. 문병 온 문수보살에게 유마거사는 "중생이 병을 앓을 때는 보살도 병을 앓으며, 중생의 병이 나으면 보살도 낫습니다." 했고, 보살의 병은 중생을 사랑하는 광대한 자비가 그 근본적 원인이라고도 했다. 좌산 이광정은 정산의 병고를 예수의 십자가형과 수운 최제우의 참수형에 견주어 의미를 찾기도 했지만, 정산이 앓은 병고의 정체는 과연 무엇일까?

정산의 병은 누구나 걸릴 수야 있는 질병이지만, 유난히 극심한 고통이 수반되고 장기간 지속되었다. 말년엔 스스로 고백하기를 "인생고 가운데에는 병고가 으뜸이라."고도 하고, 극심한 통증을 바늘 한 쌈으로 온몸을 찌르는 것 같다거나, 가슴이 터질 것 같다고 묘사하였다.

정산 병고의 원인을 두고는 ①과로, ②토굴 생활 후유증 등 두 가지로 분석한다. 첫째 원인론인즉, 원기 37년(1952) 제1대 성업봉찬의 결산기를 앞두고 갖가지 중첩한 일들을 주야 없이 처리하느라 과로한 것이 병을 유발했다는 것이고, 둘째 원인론은 원기 4년(1919) 정읍 화해리에서 영산에 온 정산을 소태산이 토굴에 가두고 8개월 인가를 지냈는데 그게 원인이 되어 치질도 생기고 중풍도 생겼다는 것이다. 그러나 과로는 발병의 직접적 원인이 될지는 모르나 진행 과정이나 결과까지 설명할 수는 없다. 둘째 원인론도 정산의 치명적 병증인 위암 등을 설명하지는 못하고, 예로부터 수도자의 토굴 생활은 흔했는데 그들이 그로 인해 심한 병고를 겪었다는 얘기는 없으니 설득력이 부족하다. 정산도 주치의(한의)에게 치료에 참고하라면서 '차고 습한 곳'에서 여러 달 생활한 것이 발병의 원인이라고 귀띔했다지만, 그것이 그리 극심한 병고를 다 설명하지 못한다는 것은 자신도 알았다. 정산이 제3의 원인으로 ③전생 업보를 거론한 것은 열반 백여 일 전(1961.10.8.)이다.

소태산 열반 1주일 전 이공주가 스승의 쾌유를 비는 기도를 올리겠다고 하자, 소태산은 "공주의 기도는 위력이 있지." 하며 좋은 향을 챙겨주고 격려했다. 그러나 정산은 시자들이 특별기도를 올리겠다고 하자 "나는 법계에서 아는 사람이라 기도 여부로 병이 좌우

되지는 않을 것이니 오직 천리에 순종할 따름이다." 하고 기도를 만류하였다.(『범범록』, 511쪽) 소태산은 방편을 썼고 정산은 솔직했던 것 같다.

## 호생好生의 자비

생명 살리기를 좋아하는 것이 호생이니, 성인들은 공통적으로 사람의 목숨뿐 아니라 동식물을 가리지 않고 생명을 귀하게 알고 중하게 여겼다. 소태산도 정산도 생명체에 대한 자비의 일화가 많지만, 소태산이 때로는 융통성이 있었다면 정산은 모범생 스타일의 호생덕인이다. 정산은 종종 "나는 어려서부터 나뭇잎 하나 함부로 따지 아니하였다."고 하며 생명을 함부로 대하는 제자들의 감수성 부족을 나무랐다.

만년을 배냇골훈련원에서 보낸 향타원 박은국은 정산으로부터 가장 많이 받은 교훈이 '살생하지 말라.'였다고 했다. 정산이 하루살이에게 살충제 뿌린 제자를 호되게 나무라는 걸 보았기에, 자신도 훈련원에서 잔디에 제초제 뿌린 제자를 호되게 나무랐다고 하였다.

연일 기후 관계인지 각방에 파리 떼가 창궐하다. 도신, 공전이 상론하여 약을 뿌리려 하니 말리시며 말씀하시기를 "그대로 두어도 자멸할 것을 성급히 서둘러서 독살할 것은 없지 않은가. 정 귀찮거든 밖으로 몰아내라." 하시고, "그래도 나가지 않거든 방 한 구석에 먹을 것을 약간 주어 사람만 괴롭히지 않게 해두라."(1953년 11월 21일자 이공전 일기)

전쟁 중 정산 종사 생신을 맞이하여 삼계탕을 끓여 올렸더니, "생명을 죽여 생일을 축하하는 일이 도가에서 어디 있으며 사람으로서 할 수 있는 일이더냐. 살생이란 약으로도 안 해야 하며, 남에게도 살생하는 약을 가르쳐 주지 않아야 한다."고 말씀하시었다. 그렇게 화내시는 일은 처음 뵈었다.(『우리 회상의 법모』, 78쪽, 류장순 편)

기르던 개가 죽자 소태산은 "생명을 아끼어 죽기를 싫어하는 것은 사람이나 짐승이나 같다. 떠나는 개의 영혼을 위하여 7·7천도재를 지내주어라." 하고 재비 4원까지 챙겨주었다지만, 정산이 보여준 호생의 백미는 송충이 영가의 천도라고 하겠다. 송대 일원에 송충이가 극성이어서 총부 임원들과 송충이 퇴치 작업에 나섰다. 잡고 나니 가엾어서 송충이 영혼을 천도하는 법문을 내린다. 「송충이 영가여! 사생四生이 일신一身이라 하였으니 어찌 너희들의 생명이 귀중하지 아니하랴. (…) 오, 불쌍하고 불쌍하도다. 송충이 영가여! 듣고 또 듣느냐. 너희들의 생명을 애석히 여기고 말로 달래보고자 하나 말을 못 알아듣고, 호령하고자 하나 무서워할 줄을 모르며, 위협을 하여 쫓고자 하나 피하여 달아날 줄을 모르니, 무명에 거듭 뭉친 우치한 생령들아, 가련하고 가련하도다. (…)」(『정산종사법설』, 235쪽)

정산 종법사가 병중에 있을 때, 어떤 교도가 약에 쓰라고 산 잉어 두 마리를 가져왔다. 시봉진이 "어찌 하오리까?" 하고 여쭈니, 깜짝 놀라면서 "그 과보를 누가 받으려느냐? 당장에 물에 갖다 놓아주어라." 하며 꾸중하여서 바로 물에 넣어주었다.(『우리 회상의 법모』, 66쪽, 류관진 편) 그러나 이와 대조적인 사건도 있다.

정산이 영산에 있을 때 손수 붕어의 배를 따고 있는지라 사람들이 놀라서 그 연유를 물으니 대답하였다. "어머님 병환에 붕어가 약이 된다는데 죄 짓는 일을 남에게 하라고 할 수 없어서 내가 하고 있는 중이다."(『한 울안 한 이치에』, 167쪽)

효를 실천하기 위하여 과보를 감수하기로 작정하고 몸소 살생업을 짓는 모습에서, 한겨울에 잉어가 먹고 싶다는 어머니에게 잉어를 잡아다 드렸다 하여 효의 표본으로 회자되는 진晉나라 왕상王祥의 이미지가 겹쳐 보인다.

## 역사와 예언

정산은 정치와 역사에 관심이 컸던 것 같다. 한국의 역사와 동아시아 역사가 세계사와 어떻게 연동되는지를 곧잘 언급하며 예언했다.

한국 사람이 된 것을 불행하게 생각하는 사람이 있을지 모르나 후일에는 한국 사람이 된 것을 다행으로 생각하게 될 것이다. 힘없는 한국으로서 세계에 드러낼 것이 별로 없으나 오직 도덕으로써 세계 제일이 될 것이다. 세계 전쟁의 시초는 갑오동학란으로 인하여 청일전쟁, 러일전쟁, 제2차 세계대전이 일어난 후, 남북이 막혀 있다가 앞으로 다시 남북이 트이면서 세계가 크게 움직여 한국에서 분쟁이 종결을 짓게 될 것이다.(『한 울안 한 이치에』, 109쪽)

"근세의 동란이 갑오동란을 기점으로 하여 일어났나니, 동란의 비롯(시작)이 이 나라에서 된지라 평화의 발상發祥도 이 나라에서 되리라. 우리가 경제나 병력으로 세계를 어찌 호령하리요. 새 세상의 대운은 성현 불보살이 주장하나니, 이 나라의 새로운 대도덕으로 장차 천하가 한 집안 되리라." 또 말씀하시기를 "세계 대운이 이제는 동남으로 돌고 있으므로 앞으로 동남의 나라들이 차차 발전될 것이며, 이 나라는 세계의 정신적 중심지가 되리라."(『정산종사법어』, 국운편32 부분)

다른 자리에서 정산은 "러일전쟁이 일어나고 일본이 국제연맹에서 탈퇴하니 이에 따라 독일과 이태리가 탈퇴하게 되어 제2차 세계대전이 일어나게 된 것"이라고 좀 더 자상하게 경로를 짚어주기도 했고, "종교나 정치로써 세상을 구제하지 못할 때에는 인심을 충동시켜 무력으로써 다스리기도 한다."고 하여 무력의 역할을 인정하기도 했다. 성자들이 세계를 평정하기 위하여 수단 방편으로 난리를 일으키기도 한다는 말씀은, 소태산이나 정산이 낭만적 평화주의자가 아니라 폭력을 방어하는 무력을 긍정하는 현실적 평화주의자임을 알게도 한다. 「"동란자動亂者도 성인이요 정란자靖亂者도 성인이라." 하셨나니, 때를 맞추어 일으키고 때에 맞게 진정시키는 이를 성인이라 하고 그렇지 못한 이를 배은자라 하나니라.」(『정산종사법어』, 도운편18 부분)

세계를 한 울안으로 보고 세계인을 한 집안 한 식구로 보는 거시적 안목이 삼동윤리일진대 정산이 세계사의 흐름을 바라보는 예언도 대세계주의에 맞춰지는 것은 당연하다.

> 앞으로 세상이 더욱 열리면 나라와 나라 사이에 국경이 따로 없고, 이 지방에서 살다가 저 지방에 가서 사는 것같이 이주와 왕래가 쉬울 것이요, 인종과 국적의 차별이 없이 덕망 있고 유능한 사람이 그 나라 인민들의 지지를 받으면 그 나라의 지도자가 될 수도 있는 것이, 지금 나라 안에서 다른 지방 사람이라도 그 지방의 장관이 될 수 있는 것 같으리라.(『정산종사법어』, 도운편17)

당장 한국을 보더라도 듣도 보도 못한 나라 사람들까지 세계 각국 사람들이 모여들어 살고 있고, 한국인과 결혼하여 혼혈이 되는 모습을 보면서, 이미 실현되는 예언이라 생각된다. 아프리카 케냐 출신의 아버지를 둔 흑인 버락 오바마가 미국의 대통령이 될 줄이야 어찌 알았겠는가. 물론 편협한 인종주의나 국가주의가 그리 쉽게 무너지기야 하랴마는, 제가 버티면 얼마나 버티겠는가. 전쟁을 걱정하는 제자에게 "국부전은 있어도 세계전은 없을 것이다. 남북통일과 세계평화는 무위이화로 될 것이다." 했고, "통일이 될 때는 아주 수월스럽게 쉽게 될 것이다." 하기도 했다.

## 저자 후기

『소태산 평전』(2018)을 내고 출판기념회 자리에서부터 나오기 시작한 말이, 후속작으로 '정산 평전'을 쓰라는 권유였다. 당시는 너무 지쳐 있었기에 다른 책을 쓴다는 엄두를 낼 수가 없어서 덕담으로만 치부하고 넘겼는데, 이후로도 종종 같은 말을 듣다 보니 어느새 나의 과업인 양 짐스럽게 느껴지기 시작했다. 그리고 언제부턴가 그 짐을 내려놓기 위해 '정산 평전'을 구상하고 있는 자신을 발견하였다.

『정산 송규 평전』은 코로나19로 닫힌 시간 속에서 시작되고 탈고까지 되었다. 이 책을 쓰지 않았더라면 이 답답한 시간을 어떻게 견뎠을까 생각할 때 평전이 참 고맙지만, 뒤집어 생각하면 이 책의 집필에 오롯이 매달리도록 시간과 자리를 마련해준 코로나19가 또한 고맙다.

처음부터 이 두 책을 연속으로 낼 생각이었으면 내용 구성을 좀 더 균형 있게 배분했을 것이다. 같은 사항을 다룰 때엔 차별화가 힘들어서 상당 부분을 『소태산 평전』에서 옮겨다 써야 했다.

늘 그렇지만 이번 책을 쓰는 데에도 인터넷 검색과 더불어 선진님들의 저술과 증언이 많은 도움을 주었다. 특히 적어 감사를 드리고 싶은 분(것)들이 있다.

송벽조 〈구산수기〉, 이경순 〈정산종사 출가 전후의 이모저모〉, 이공전 『범범록』, 박장식 『평화의 염원』, 박정훈 『정산종사전』, 『한울안 한 이치에』, 박용덕 『정산종사 성적을 따라』, 『대장부』, 송인걸 〈교사 이야기〉 연재물, 원불교신문사 『우리 회상의 법모』, 『구도역정기』 등.

평전을 집필하는 동안 흔들리는 마음을 붙잡아주고 용기를 북돋운 가르침이 있다. "나는 조국의 역사가 아름답기를 원한다. 그렇지만 아름답게 꾸미기를 원치 않는다. (…) 아름다운 미래는 억지로 얻어지는 것이 아니다. 옛것이 올바로 풀이되어야만 아름다운 미래는 비로소 보장된다."(정규복, 『생명의 외경』, 국학자료원, 1993) 정규복 스승은 필자의 대학원 지도교수였다.

2021년 6월 일

지은이

# 부록

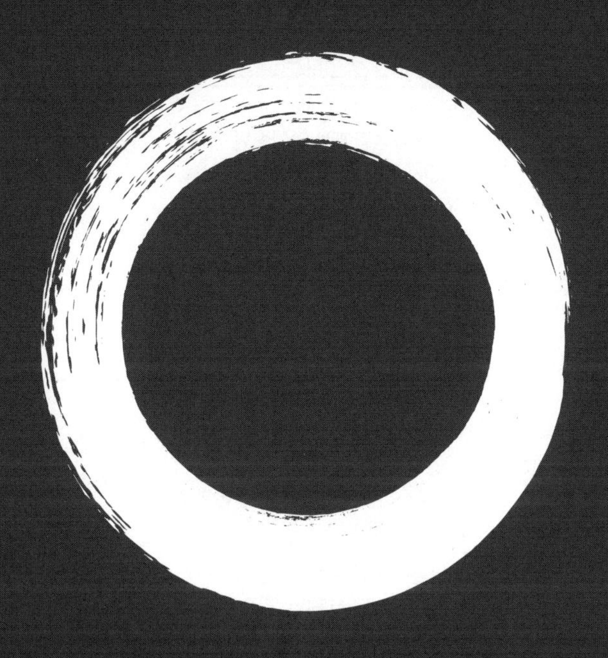

## 정산 송규 연보

| 원기(년) | 서기(나이) | 중요 사항 | 비고 |
|---|---|---|---|
| -16 | 1900(1) | • 8월 28일(음력 8월 4일), 경북 성주군 초전면 소성리에서 야성송씨 송맹영의 30세손으로, 부친 송인기(벽조), 모친 연안이씨(운외) 장남으로 출생. 본명 도군(道君), 족보명 홍욱(鴻昱), 아명 명여(明汝), 자 명가(明可). | |
| -10 | 1906(7) | • 조부 송성흠에게 한문 배우기 시작. | |
| -9 | 1907(8) | • 12월 23일, 아우 도성 출생. | |
| -7 | 1909(10) | • 10세 전후하여 고양서당 공산 송준필에게 4~5년간 사서(四書) 중심으로 한학, 유학을 학습. 이후 인생과 우주에 대한 의문을 풀고자 이인 은자를 찾는 일이 잦아짐. | • 8월, 증산 강일순 사망. 고판례, 차경석 중심 교단 형성(선도교). |
| -4 | 1912(13) | • 2월, 같은 군 금수면 사는 여병규의 딸 성주여씨 선이(청운)와 혼인.<br>• 『사기』를 배우다 감상이 있어 <장부회국론>이란 글을 지으니, 세상에 큰 뜻을 펴려는 장부로서의 포부를 드러냄. | |
| -3 | 1913(14) | • 같은 소성리에서 소야(1세) → 구성(9세) → 박실(14세)로 이사하고, 박실에서 구도 발심. | |
| -2 | 1914(15) | • 박실 거북바위 앞에서 4~5년간 기도.<br>• 「해붕천리고상우 운운」의 시를 짓고 이상과 현실의 괴리에 고뇌. | |

| | | | |
|---|---|---|---|
| 1 | 1916(17) | • 구도차 가야산으로 여 처사를 만나러 가다 동행의 변심으로 중도에 돌아옴. | • 4월 28일, 소태산 박중빈 영광 길룡리 노루목에서 대각.<br>• 12월, 소태산은 단을 만들고자 표준 제자로 8인을 뽑음. |
| 2 | 1917(18) | • 음력 2월, 여 처사 만나러 가야산을 두 차례 찾았으나 실패하고, 대신 증산도꾼들 만나 1주일쯤 기도하고 돌아옴.<br>• 음력 6월, 호남 1차 유력. 강증산 누이 선돌댁 동행하고 성주 귀가하여 100일 치성.<br>• 음력 9월, 호남 2차 유력.<br>• 음력 11월, 강증산 딸 강순임으로부터 비장한 도선서 『정심요결』 입수 후 모악산 대원사 들어가 수행. | • 9월, 소태산이 저축 조합을 설립.<br>• 11월, 소태산이 한시문과 가사 등 작품 모아 『법의대전』 엮음. |
| 3 | 1918(19) | • 봄, 대원사 나와 정읍 화해리 김해운 집에서 수행 정진. 이적을 종종 나타냈다 함.<br>• 음력 4월, 김광선을 대동한 소태산의 방문을 받고 소태산을 평생의 스승으로 맞이함.<br>• 음력 7월, 소태산의 지시로 찾아온 김광선을 따라 영광 와서 스승을 만나고 10인 1단의 중앙이 됨. 부자지의(父子之義) 맺음. | • 5월, 소태산과 조합원 등 방언공사 개시.<br>• 조철제, 정읍 태인에서 무극도 창시. |
| 4 | 1919(20) | • 4월, 방언공사 완공.<br>• 4월 26일, 9인 제자 산상기도 결제.<br>• 8월 21일, 백지혈인의 이적으로 법인 기도 완성. 법명 규(奎), 법호 정산(鼎山).<br>• 음력 7월 말, 소태산의 지시로 변산 월명암 가서 머리 깎고 백학명에게 의탁.<br>• 음력 9월, 부친 송인기 등 일가 영광으로 이사.<br>• 음력 10월, 소태산, 오창건 대동하고 월명암으로 와서 송규와 합류. | • 고종 승하.<br>• 3·1운동 전국 확산.<br>• 중국 상하이에 대한민국 임시정부 수립.<br>• 음력 10월 6일(11월 28일), 저축조합(방언조합)을 불법연구 회기성조합으로 개칭. |

| 5 | 1920(21) | • 음력 4월, 송규, 소태산이 『조선불교혁신론』, 『수양연구요론』 등 저술을 초안하고 교강(4은4요, 3강령8조목)을 제정하는 데 보좌. | • 2월, 소태산은 월명암에서 나와 실상사 옆 실상초당 입주. |
|---|---|---|---|
| 6 | 1921(22) | • 10월, 송벽조의 인도로 외종형 이춘풍이 변산 와서 소태산에 귀의. 이후 일가 거느리고 부안 종곡으로 이사.<br>• 10월, 소태산이 학명에게 위탁했던 송규를 소환하여 만행 길을 떠나보냄. 송규, 진안 만덕산 미륵사 머물며 최도화 만남. | • 1월, 차경석 보화교(보천교) 창립.<br>• 8월, 석두암 신축 착공하여 10월 준공. |
| 7 | 1922(23) | • 봄, 송규 인연으로 최도화가 변산 와서 소태산에 귀의.<br>• 12월, 송규 친제 송도성, 변산 석두암 와서 출가서원하고 소태산 시봉. | |
| 8 | 1923(24) | • 1월, 소태산 모시고 진안 만덕산 산제당(만덕암)에서 3개월쯤 체류.<br>• 7월, 서동풍의 인도로 서중안이 변산 석두암에서 귀의하고 소태산의 하산을 종용. 교단 창립을 추진키로 약속하고 서중안에 준비 절차 일임. | • 1월, 소태산, 전음광 만나 은부시자 결의, 일가 귀의.<br>• 8월, 소태산 모친 유정천 별세. |
| 9 | 1924(25) | • 2월, 주지 백학명이 제안한 강원 설립 등 합작 사업 사전 점검차 일행 4인과 내장사 방문했으나 계획 무산.<br>• 3월, 최도화 안내로 소태산 모시고 경성 가서, 4월 한 달간 당주동에 임시 출장소 차리고 보좌.<br>• 6월 1일, 이리 보광사에서 불법연구회 창립총회, 아우 송도성, 외종형 이춘풍 등과 참석.<br>• 6월, 소태산과 송규 등 12명의 남녀 제자들이 만덕산에서 최초로 훈련(初禪) 3개월. 이때 노덕송옥이 11세인 손자 김대거와 합류.<br>• 8월, 부친 송벽조 출가.<br>• 9월, 익산군 북일면 신룡리 일대를 불법연구회 총부 기지로 정하고, 서중안 회장이 3,500평을 매입하여 희사. | • 4월, 박사시화, 박공명선, 이동진화, 김삼매화 등 여성 제자들 소태산에 귀의.<br>• 8월, 조부 송훈동 열반.<br>• 11월, 소태산이 2차로 상경하여 이공주 등 일가의 귀의를 받음. |

| | | | |
|---|---|---|---|
| | | • 12월, 2개월의 공사 끝에 회관 건물로 초가 2동 17간 건물을 준공함으로써 불법연구회 총부가 갑자년에 문을 열자 전무출신(출가자) 공동생활에 동참. | |
| 11 | 1926(27) | • 3월, 송규 기안으로 <신정의례> 제정 발표.<br>• 8월, 서울 창신동에 불법연구회 경성 출장소 개설(초대 교무 송도성). | • 6월, 순종 승하, 6·10만세 사건.<br>• 7월, 오산 박세철 열반.<br>• 12월, 일본 왕 히로히토(昭和, 천황) 즉위. |
| 12 | 1927(28) | • <신분검사법> 등 기안.<br>• 봄, 아우 송도성에 이어 경성출장소 2대 교무. | • 12월, 장녀 영봉(靈鳳) 출생. |
| 13 | 1928(29) | • 5월 15일(음력 3월 26일) 불법연구회 제1대(12년) 기념총회. 제1대 서중안에 이어 제2대 회장으로 조송광 선출.<br>• 송벽조, 송규, 송도성 삼부자 특신부 승급.<br>• 영광지부장 겸 교무부장으로 5년간 교화. | • 이춘풍, 송규에 이어 제3대 경성출장소장 발령. |
| 14 | 1929(30) | • 아우 송도성이 소태산 친녀 길선과 혼인. | • 3월, 『대순전경』 발간.<br>• 미국발 세계 경제공황(대공황) 발발.<br>• 광주학생독립운동. |
| 16 | 1931(32) | • 음력 3월, 삼부자 예비법마상전급 승급. | |
| 17 | 1932(33) | • 『보경육대요령』 편집.<br>• 음력 7월, <원각가> 발표. | • 7월, 송도성 장남 전은(典恩) 출생. |
| 18 | 1933(34) | • 송규는 총부 총무, 아우 송도성은 영산지부장 발령. | • 8월, 차녀 순봉(順鳳) 출생. |
| 19 | 1934(35) | • 교정원장 발령(3년 총부 주재). | |

| 20 | 1935(36) | • 4월, 총부 대각전 준공(처음으로 일원상 공식 봉안).<br>• 8월, 『예전』 발간. | • 2월, 안창호, 대전형무소에서 가출옥.<br>• 4월, 『조선불교혁신론』 발간.<br>• 7월, 김태흡 《불교시보》 창간.<br>• 9월, 삼산 김기천 열반. |
|---|---|---|---|
| 21 | 1936(37) | • 2월, 도산 안창호 익산총부 내방, 소태산 면담.<br>• 10월, 일경이 총부 구내 북일주재소 설치 후 상주하며 사찰.<br>• 영광지부장 겸 교감(6년 영산 주재).<br>• 12월, 정산 《회보》에 <불법연구회창건사> 연재 시작(1938년 11월 마침). | • 조선총독부, 유사종교해산령 발동.<br>• 보천교 교주 차경석 사망, 보천교 해체.<br>• 조철제의 무극도(태극도) 해체. |
| 22 | 1937(38) | • 5월, 송도성이 교정원장 피선. | • 7월, 중일전쟁 발발. |
| 23 | 1938(39) | • 8월, 총독부 경무국장, 전북도경 경찰부장 등 불시에 총부 방문, 소태산 사상 검증.<br>• 11월, 소태산이 필수 독송경문 <심불일원상내역급서원문>(→ 일원상서원문) 작성 발표. | |
| 24 | 1939(40) | • 7월, 송벽조 교무(마령지부) 천황불경죄로 구속. 장남 송규 연좌 구금(21일)당함. | • 1월, 팔산 김광선 열반. |
| 25 | 1940(41) | • 3월, 부친 송벽조, 전주지방법원에서 1년 징역형 판결(복역).<br>• 6월, 《회보》 65호로 종간.<br>• 일제의 창씨개명 강요로 소태산(一圓證士) 및 총부 회원들 일원(一圓) 씨로 창씨하여 개명. 송규는 일원광(一圓光), 송도성은 일원도성(一圓道性). | • 8월, 《동아일보》, 《조선일보》 폐간. |

| | | | |
|---|---|---|---|
| 26 | 1941(42) | • 1월, 소태산 <게송> 발표. | • 12월, 일본의 진주만 공격으로 태평양전쟁 발발. |
| 27 | 1942(43) | • 4월, 장녀 송영봉 출가(出家).<br>• 5월, 송규 총부 교감 발령. 『불교정전』 등 교서 편찬 보좌.<br>• 5월, 송도성은 영광지부장으로 발령.<br>• 9월, 불교시보사장 김태흡 총부 방문. 『정전』 출판 협조 부탁.<br>• 12월, 김태흡 도움으로 『불교정전』 출판 허가받음. | |
| 28 | 1943(44) | • 5월 16일, 소태산 병석에 누움.<br>• 6월 1일, 오후 2시 반경 열반.<br>• 6월 7일, 정산 송규를 2세 종법사로 추대, 8일 취임식.<br>• 8월, 『불교정전』 1천 권 익산총부 도착. | • 11월, 일산 이재철 열반. |
| 29 | 1944(45) | • 정산 종법사, 불법연구회를 황도불교화하려는 일제의 집요한 요구에 시달림. | |
| 30 | 1945(46) | • 1월, 정산 종법사, 소태산이 내정했던 여자수위단 9명 명단 공개.<br>• 8월, 정산 종법사, 황도불교화 결재를 피하여 부산 체류 후 해방과 함께 총부 귀환.<br>• 9월, 해방 후 전재동포 구호사업에 거교적으로 나섬(서울, 이리, 전주, 부산).<br>• 9월, 송도성, 경성귀환동포구호소 부소장으로 활약. 조선원호회단체대회 연합 활동 참여.<br>• 10월, 『건국론』 인쇄본 발간 배포.<br>• 12월, 경교장으로 김구 방문, 지지 표명.<br>• 12월, 자선기관 보화원(고아원) 설립. | • 8·15 해방.<br>• 9월, 미군정 개시. |

| | | | |
|---|---|---|---|
| 31 | 1946(47) | • 3월, 송도성 구호소에서 전염병에 감염돼 순직.<br>• 4월, 한남동 정각사에 서울출장소(소장 김대거) 개설하고 정계 등 활발한 교류.<br>• 5월, 교육기관 유일학림 설립. | |
| 33 | 1948(49) | • 1월 16일 재단법인 원불교 등록 인가.<br>• 4월, 교헌 제정 반포. 교명 '원불교' 공표.<br>• 5월, 자선기관 전주양로원 개원. | • 8월, 대한민국 정부 수립. |
| 34 | 1949(50) | • 4월, 소태산대종사 성탑 건립.<br>• 4월, 기관지 《원광》 창간. | • 6월, 김구 서거. |
| 35 | 1950(51) | • 3월, 금산요양원(→중앙요양원) 설립<br>• 7월, 전쟁 중에도 종법사 등 총부 수호.<br>• 8월, 총부에 인민군 호남지구 철도경비사령부가 주둔. | • 6·25전쟁 발발.<br>• 7월 11일, 미공군기의 폭격으로 이리역 주변 주민 수백 명이 죽는 대참사 발생.<br>• 9월, 육산 박동국 열반. |
| 36 | 1951(52) | • 1월, 익산보화원 설립.<br>• 6월, 원광중학교 설립.<br>• 9월, 원광대학 설립.<br>• 10월, 부친 송벽조 교무 열반. | |
| 37 | 1952(53) | • 3월, 신룡양로원(→ 원광효도마을 수양의 집) 설립. | |
| 38 | 1953(54) | • 4월, 제1대 성업봉찬대회.<br>• 4월, 뇌빈혈로 쓰러짐.<br>• 4월, 종법사 중임 선출.<br>• 5월 이리보육원 인수.<br>• 6월, 소태산대종사 성비 건립.<br>• 6월, 이리고등선원(→ 동산선원) 개원.<br>• 6월, 산동교당 거쳐, 8월, 남원교당 요양.<br>• 차녀 송순봉 출가. | • 1월, 사산 오창건 열반.<br>• 7월, 6·25전쟁 휴전협정조인.<br>• 8월, 양자 전은이 남원교당 와서 급사. |

| 39 | 1954(55) | • 2월, 원광고등학교 설립.<br>• 4월, 여교무들의 기관 독립 선언으로 촉발된 교단 분열 위기 수습.<br>• 8월, 이리고등선원에서 종법사 요양. | |
|---|---|---|---|
| 40 | 1955(56) | • 도양고등공민학교(← 도양원광학원) 설립.<br>• 6월, 원광고등공민학교 설립. | |
| 41 | 1956(57) | • 4월, 정관평 재방언 공사(1961년 1월 준공).<br>• 5월, 『대종경』 편수위원회 발족. | |
| 42 | 1957(58) | • 6월, 장수교당 요양.<br>• 10월, 동화병원 설립. | |
| 43 | 1958(59) | • 5월, 교서편찬기관 정화사 발족. | |
| 44 | 1959(60) | • 4월, 3차 연임 선출.<br>• 가을, 신도안 개발 착수.<br>• 12월, 수계농원 재건. | |
| 45 | 1960(61) | • 1월, 영산성지 개척 사업 추진.<br>• 2월, 원광여자중 · 원광여상 설립.<br>• 9월, 전무출신 요양 지원 위한 법은재단 설립.<br>• 11월, 해외포교연구소 발족. | • 4·19학생혁명. |
| 46 | 1961(62) | • 4월, 개교 46년 축하 및 회갑경축식 거행.<br>• 4월, 삼동윤리 발표.<br>• 7월, 동산선원 요양.<br>• 9월, 서울대학병원 입원, 11월, 총부 귀관.<br>• 12월, 『대종경』, 『정전』 편수 완결 추진 유시. | • 5·16군사정변. |
| 47 | 1962(63) | • 1월 24일, 삼동윤리를 게송으로 남기고 열반, 28일 발인식.<br>• 2월, 대산 김대거 3세 종법사 취임.<br>• 9월, 『정전』과 『대종경』 합본인 『원불교교전』 발간.<br>• 9월, 『정산종사법설집』 발간.<br>• 대각여래위 추존. | • 5월, 정부에서 '불교재산관리법' 공포. |

| 50 | 1965 | • 12월, 『불조요경』 발간. | |
|---|---|---|---|
| 53 | 1968 | • 3월, 『예전』, 『성가』 합본인 『예전 · 성가』 발간.<br>• 10월, 『원불교 교고총간』 1권 발간(1974년까지 6권 발간). | |
| 56 | 1971 | • 10월, 영모전 준공, 정산종사성탑 건립. | |
| 57 | 1972 | • 1월, 『정산종사법어』(세전+법어) 발간. | |
| 60 | 1975 | • 9월, 『원불교교사』 발간. | |
| 61 | 1976 | • 11월, 『원불교교헌』 발간. | |
| 62 | 1977 | • 10월, 『원불교전서』 발간. | |
| 63 | 1978 | • 1~11월, 『대종경선외록』, 《원불교신보》 연재. | • 10월, 여청운 열반. |
| 73 | 1988 | • 10월, 성주성지성역화 사업 준공.<br>• 10월, 정산종사성탑 재건. | |

## 참고 문헌


김삼웅, 『심산 김창숙 평전』, 시대의창, 2006.

김일상, 『정산 송규 종사』, 월간원광사, 1987.

김정용, 『생불님의 함박웃음』, 원불교출판사, 2010.

———, 〈일제하 교단의 수난〉, 『원불교70년정신사』, 성업봉찬회, 1989.

박용덕, 『돌이 서서 물소리를 듣는다』, 원광대출판국, 1997.

———, 『정산 종사 성적을 따라』, 원불교출판사, 2003.

———, 『대장부』, 원불교출판사, 2003.

박정훈, 『정산종사전』, 원불교출판사, 2002.

———, 『한 울안 한 이치에』, 원불교출판사, 1987.

박정훈, 손정윤, 『개벽계성 정산 송규 종사』, 원불교출판사, 1992.

박제권, 『정산종사 수필법문』 상/하, 원불교출판사, 2008.

박희선, 『휜학의 울음소리』, 불교영상, 1994.

송인걸, 『대종경 속의 사람들』, 월간원광사, 1996.

———, 〈교사 이야기〉 연재물, 원불교신문사, 2015.

양은용, 〈구산 송인기의 천황모독사건과 일제말기 원불교의 수난〉, 『한국종교사연구』, 한국종교사학회, 1999.

오선명, 『정산종사 법설』, 월간원광사, 2000.

원불교신보사, 『구도역정기』, 원불교출판사, 1988.

이경순, 〈정산종사 출가 전후의 이모저모〉, 《원광》 54호(1967.2.).

이공전, 〈정산선사구도역정기〉, 《원광》 49호(1965.8.). *가칭 〈구산수기〉

———, 『범범록』, 원불교출판사, 1987.

이승원, 『원각성존, 소태산 대종사 법문 수필집』, 원불교대학원대학교 교화정책연구회.

이혜화, 『소설 소태산』, 북바이북, 2020.

———, 『소태산 평전』, 북바이북, 2018.

———, 『원불교의 문학세계』, 원불교출판사, 2012.

주산추모사업회, 『마음은 스승님께 몸은 세상에』, 원불교출판사, 2007.

———, 『민중의 활불 주산 종사』, 원불교출판사, 2007.

황이천, 〈내가 내사한 불법연구회〉, 《원불교신문》 101호(1973).

〈思想犯罪から觀た最近の朝鮮在來類似宗教〉, 《사상휘보》 22호(1940.3.), 고등법원 검사국 사상부.

『66년도 최초법어부연법문』, 법무실, 1981.

『원불교교고총간』 제6권, 원불교출판사, 1974.

『원불교대사전』, 『원불교용어사전』, 『대산종사법어』,

『정산종사법어』, 『대종경선외록』, 『원불교교사』

## 원불교 관련 저서 수정 자료

* 필자의 원불교 관련 저서 중 수정을 요하는 사항이나 오탈자를 발견했으나 차후 추가 인쇄를 기대할 수 없기에, 독자 혹은 연구자를 위하여 이 책 지면을 빌려 수정 자료를 붙여둔다.

**『소설 소태산』**(북바이북, 2020)

(1) 205쪽 아래서부터 제3행
宋成欽 → 宋**性**欽

(2) 205쪽 아래서부터 제2행
恭山 宋俊弼 → 恭山 宋**浚**弼

(3) 284쪽 제9행
무녀도, 선시도 → 무녀도, **신**시도

(4) 431쪽 아래서부터 제9행
다람쥐가 가여워서 혀를 끌끌 갔다. → 다람쥐가 가여워서 혀를 끌끌 **찼**다.

『**소래산 평전**』(북바이북, 2018)

(1) 35쪽 아래서부터 제10행

전남 정읍 출신이고 → **전북** 정읍 출신이고

(2) 141쪽 제3행

박경문(법명 세철, 1979~1926) → 박경문(법명 세철, 1879~1926)

(3) 185쪽 아래서부터 제4행

또한 고종사촌 형 되는 한학자 → 또한 **외사촌 형** 되는 한학자

(4) 187쪽 하단

농지등기 격인 전라남도의 '대부허가貸付許可'가 드디어 났다. 준공 5개월이 다 된 1919년 9월 16일자였다.

→ **개간허가라 할** 전라남도의 '대부허가貸付許可'가 드디어 났다. 준공 5개월이 다 된 1919년 9월 16일자였다.(각주24-1)

* 각주24-1) 1907년 7월 조선통감부 제정 법령 〈국유미간지이용법〉에 따르면, 절차가 ①미간지대부허가 출원 ②대부허가 ③간척지준공 인가 ④토지불하/ 대여 등으로 되어 있다.

(5) 193쪽 맨 아랫줄

축문(공동발원문)을 독송했다. → 축문(공동발원문)을 **낭독**했다.

(6) 196쪽 셋째 단

9인 제자들은 미리 단장이 주는 단도를 받아 → 9인 제자들은 **단장이 미리 준** 단도를 받아

(7) 246쪽 아래서부터 제4행

『대종경』, 무시선법 → 『정전』, 무시선법

(8) 267쪽 박스 제1행

정산 송규의 고종 형인 → 정산 송규의 외종형인

같은 쪽 박스 제4행

그가 고향(경북 금릉) → 그가 고향(경북 김천)

(9) 271쪽 아랫부분

백학명은 작은 규모의 선원인 월명암의 주지가 아니라 거찰 내장사의 주지로 전임을 앞두고 있었다.

→ 백학명은 작은 규모의 월명암 주지가 아니라 지금은 비록 퇴폐했을망정 거찰인 내장사의 주지다.

(10) 276쪽 아랫부분

서중안은 당주동에 한옥 한 채를 임대하였다. → 서중안은 당주동에 한옥한 채를 임차하였다.

(11) 286쪽 중간 부분

송규, 오창건, 김광선, 김기천에, 진안 제자 전삼삼, 전음광 모자, 그리고

→ 송규, 오창건, 김광선에, 진안 제자 최도화, 전삼삼, 전음광, 그리고

(12) 286쪽 아랫부분

이렇게 하여 소태산 외에 선객 열두 명은 정확히 남녀 각 여섯 명으로 동수이니 사전에 그렇게 편성하고 시작한 것은 아니지만 의미 있는 일이다.

→ 이렇게 하여 소태산 외에 남자 다섯과 여자 일곱 등 남녀노소 모두 열두 명의 선객으로 초선이 진행되었다.

(13) 287쪽 둘째 단락 제3행
최도화, 조갑종 모자처럼 선객의 (…) → 조갑종처럼 선객의 (…)

(14) 301쪽 제3행
『성가』 11장 → 『성가』 117장

(15) 305쪽 각주 1)
여기서 의무라 하는 것은 (…) 생각한다.
→ 여기서 의무라 하는 것은 연회비 1원, 월회비 20전(합계 3원 40전)의 회비 납부와 예회 출석을 가리키는데, 회비를 1년 이상 미납한 자라든가, 예회 출석을 3개월 이상 하지 않은 자를 제명 조치하였다.

(16) 306쪽 제2행
총독부에서 〈의례준칙〉을 제정할 때 → 총독부에서 〈신정 의례편람〉을 제정할 때

(17) 356쪽 제5행
'보습영원암步拾靈源庵' → '보습영원경步拾靈源景'

(18) 409쪽 제1행
박해원옥朴解寃玉 → 박해원옥朴解願玉

(19) 449쪽 아래서부터 제5행
유시계시계후장6 → 유시계후장6

(20) 455쪽 아랫부분

제3권은 수심결, 휴휴암좌선문 등 → 제3권은 『수심결』, 〈휴휴암좌선문〉 등

(21) 464쪽 인용문 끝

(『소태산대종사수필법문집』) → (『소태산대종사수필법문집』, 361쪽)

(22) 497쪽 제5행

전남도경 → 전북도경

(23) 508쪽 중간

·음력 6월 송도군을 영광으로 (…) →·음력 7월 송도군을 영광으로 (…)

**『'새로쓴' 소태산의 문학세계』**(원불교출판사, 2012)

(1) 32쪽 제4행

임자도 일대 파시 등에서 → 임자도 인근 타리섬 파시에서

(2) 38쪽 제4행

1970~1830 → 1760~1830

(3) 44쪽 박스

'2녀 도선화'가 초취 나주임씨 소생으로 그려진 것을 재취 강릉유씨 소생으로 고침.

(4) 54쪽 제8행

『수심정경』 → 『정심요결』

(5) 87쪽 중간

계절 따라 누래졌다가 → 계절 따라 누레졌다가

(6) 162쪽 아래 부분

「步拾靈源庵 (…)」 → 「步拾靈源景 (…)」

(6) 303쪽 중간 부분

〈게송〉 → 삭제

(7) 328쪽 제8행

〈무이구곡시〉 → 〈무이구곡가〉

**『원불교의 문학세계』**(원불교출판사, 2012)

(1) 20쪽 끝줄

③시가 ④지부소식 ⑤기타 → ④시가 ⑤지부소식 ⑥기타

(2) 53쪽 아래부분 표

① 〈표3〉 천지OO아심정 → 천지OO아심정

② 〈표1〉 天地天地同心O → 我與天地同心O

(3) 162쪽 아랫부분

이런 문체가 응산은 설법 → 이런 문체가 응산의 설법

(4) 163쪽 상단

〈돈암정사기(敦岩精舍記)〉는 '경성지부 신점기지 소개'라는 부제가 붙었듯이 원불교경성지부 기지를 소개하는 서경적 문장이다. 〈지환선(池歡善) 씨의 독실한 정성을 보고〉는 교도의 미행담이며, 〈신년소감(新年所感)〉은 새해(1933년)를 맞이하는 소감과 다짐을 적은 글이다.

→ **〈경성지부 신점기지 소개〉**(회보 1호)**는 불법연구회 경성지부** 기지를 소개하는 서경적 문장이다. 〈지환선(池歡善) 씨의 독실한 정성을 보고〉(회보 13호)는 교도의 미행담이며, 〈신년소감(新年所感)〉(월보 43호)은 새해(1933년)를 맞이하는 소감과 다짐을 적은 글이다.

(5) 164쪽 제4행

-〈돈암정사기〉 부분- → -**〈경성지부 신점기지 소개〉** 부분-

(6) 184쪽 제8행

(십분 살렸)다 할 만하다.

→ (십분 살렸)다 할 만하다. **이는 『노자』 21장의 '도(道)의 성격은 오직 황홀할 따름이다'(道之爲物 唯恍唯惚)와도 직통할 것이다.**

(7)193쪽 제5행

거기에 끼지 않은 → 거기에 **끼이지** 않은

(8) 195쪽 하단

不如歸嫁織網 → 不如歸**家**織網

(9) 215쪽 중간 부분

그러고 보니 율곡의 시(偶吟)에 '無憂亦無喜(무우역무희)'가 나온다. 만약 구타원이 이 시를 읽었다면 이 결구를 근거로 거슬러 가서

→ 그러고 보니 삽삼조사(卅三祖師) 게송 중 제22조 마나라존자(摩拏羅尊者) 게송의 결구(結句)에는 '無喜亦無憂(무희역무우)'가 나오고, 율곡의 시(偶吟)에 '無憂亦無喜(무우역무희)'가 나온다. 만약 구타원이 이 들 시를 읽었다면 이 결구들을 근거로 거슬러 가서

(10) 221쪽 제4행
영광군 백수면 → 영광군 법성면

(11) 234쪽 중간 부분
'무삼'은 '무슨'의 옛말이지 별것 아니다.
→ '무삼'은 '무슨' (혹은 '무엇')에 해당하는 옛말이지 별것 아니다.

(12) 235쪽 제5행
'이 뭐꼬?'와 동류다. 그러나 '이 무삼 도리인고'를 '무삼 도리'로 줄여 써도 되는지 난감하긴 하다.
→ '이 뭐꼬?'와 동류다. 그러나 '이 무삼 도리'를 '무삼 도리'로 줄여 써도 되는지 난감하긴 하지만, '무삼?'(무엇?)이 곧 '이 뭐꼬'에 해당하는 화두로 통용된 지가 오랜 듯하다.

(13) 248쪽 아랫부분
그러나 36세에 다시 (…)한쪽 폐를 절제한 상태로
→ 그러나 36세에 다시 (…) 한쪽 폐가 완전히 망가진 상태로

(14) 352쪽
① 제4행: 朗然獨尊悠悠自適 → 朗然獨存悠悠自適
② 아래서부터 제5행: 本卽是用이요 → 體卽是用이요
③ 맨 아랫줄: 照感無惑이라 → 照鑑無惑이라

(15) 385쪽 중간 부분

초기 참고경전인 선서仙書 『修心正經(수심정경)』에 나온 말

→ 초기 참고경전인 선서仙書 『**正心要訣**(정심요결)』(→ 『修心正經(수심정경)』)에 나온 말

(16) 385쪽 중간 부분

〈武夷九曲詩(무이구곡시)〉 → 武夷九曲**歌**(무이구곡가)

(17) 386쪽 제3행 및 제8행

〈무이구곡시〉 → 〈무이구곡**가**〉

# 정산 송규 평전

2021년 6월 30일 1판 1쇄 인쇄
2021년 7월 10일 1판 1쇄 발행

**지은이** 이혜화
**펴낸이** 한기호
**책임편집** 정안나
**편집** 도은숙, 유태선, 염경원, 강세윤, 김미향, 김민지
**마케팅** 윤수연
**디자인** 블랙페퍼디자인
**경영지원** 국순근
**펴낸곳** 북바이북
출판등록 2009년 5월 12일 제313-2009-100호
주소 04029 서울시 마포구 동교로 12안길 14 삼성빌딩 A동 2층
전화번호 02-336-5675 팩스 02-337-5347
이메일 kpm@kpm21.co.kr
홈페이지 www.kpm21.co.kr

ISBN 979-11-90812-22-1 03810

- 북바이북은 한국출판마케팅연구소의 임프린트입니다.
- 책값은 뒤표지에 있습니다.
- 잘못된 책은 구입처에서 교환해드립니다.